Toda sua

PRIMEIRO VOLUME DA SÉRIE CROSSFIRE

SYLVIA DAY

Toda sua

Tradução
ALEXANDRE BOIDE

paralela

A Editora Paralela é uma divisão da Editora Schwarcz S.A.

Grafia atualizada segundo o Acordo Ortográfico da Língua Portuguesa de 1990, que entrou em vigor no Brasil em 2009.

TÍTULO ORIGINAL Bared to You

IMAGEM DE CAPA © Spencer Jones/ Glasshouse/ Wildcard Images UK

PREPARAÇÃO Lígia Azevedo

REVISÃO Vivian Miwa Matsushita e Renato Potenza Rodrigues

Dados Internacionais de Catalogação na Publicação (CIP)
(Câmara Brasileira do Livro, SP, Brasil)

Day, Sylvia
Toda sua / Sylvia Day ; tradução de Alexandre Boide. — 1ª ed. — São Paulo : Paralela, 2013.

Título original: Bared to You.
ISBN 978-85-65530-36-1

1. Ficção norte-americana 2. Histórias eróticas I. Título.

13-10206 CDD-813

Índice para catálogo sistemático:
1. Ficção : Literatura norte-americana 813

4ª reimpressão

[2014]

EDITORA SCHWARCZ S.A.
Rua Bandeira Paulista, 702, cj. 32
04532-002 — São Paulo — SP
Telefone (11) 3707-3500
Fax (11) 3707-3501
www.editoraparalela.com.br
atendimentoaoleitor@editoraparalela.com.br

Para o dr. David Allen Goodwin.
Meu amor e minha gratidão são infinitos.
Obrigada, Dave. Você salvou minha vida.

1

"A gente devia ir até um bar comemorar."

A declaração enfática de meu amigo Cary Taylor, com quem eu dividia um apartamento, não foi nada surpreendente. Ele estava sempre disposto a comemorar, mesmo as coisas mais insignificantes. Sempre considerei isso parte de seu charme.

"Sair pra beber um dia antes de começar num emprego novo com certeza não é uma boa ideia."

"Vamos lá, Eva."

Cary sentou no chão da sala do nosso novo apartamento, em meio à bagunça da mudança, e abriu seu sorriso irresistível. Fazia dias que só cuidávamos da arrumação, e ainda assim ele estava lindo. Com seu corpo esguio, cabelos escuros e olhos verdes, Cary era o tipo de homem cuja aparência, quaisquer que fossem as circunstâncias, raramente era algo menos do que incrível. Isso me deixaria com raiva, se ele não fosse a pessoa que eu mais adorava no mundo.

"Não estou dizendo pra gente encher a cara", ele insistiu. "Só uma ou duas tacinhas de vinho. A gente pega o happy hour e volta pra casa lá pelas oito."

"Não sei se vou ter tempo." Apontei para minha calça de ioga e meu top de ginástica. "Depois que eu cronometrar a caminhada até o trabalho, vou pra academia."

"É só andar depressa e malhar mais depressa." A expressão de Cary, com as sobrancelhas cuidadosamente curvadas em um arco perfeito, me fez rir. Nunca perdi a esperança de que seu rosto incrível aparecesse um dia em outdoors e revistas de moda do mundo inteiro. Qualquer que fosse sua expressão, ele era um arraso.

"Que tal amanhã, depois do trabalho?", ofereci em troca. "Se eu conseguir sobreviver ao primeiro dia, aí sim vamos ter o que comemorar."

"Combinado. Hoje vou estrear a cozinha nova fazendo o jantar."

"Hã..." Cozinhar era um dos prazeres de Cary, mas não um de seus talentos. "Legal."

Afastando uma mecha de cabelo que caíra sobre seu rosto, ele me olhou com um sorriso.

"A gente tem uma cozinha de fazer inveja à maioria dos restaurantes. Não tem erro ali."

Não muito convencida, eu me despedi com um aceno, decidida a me esquivar da conversa sobre a cozinha. Desci para o térreo de elevador e sorri para o porteiro quando ele abriu a porta pra mim.

Assim que pus o pé para fora, fui envolvida pelos aromas e ruídos de Manhattan, que me convidavam a sair e explorar. Eu não estava apenas do outro lado do país em relação à minha antiga casa em San Diego — parecia estar em outro mundo. Duas metrópoles importantes — uma infinitamente amena e sensualmente preguiçosa, a outra pulsando como um organismo vivo carregado de uma energia frenética. Nos meus sonhos, eu me imaginava em um pequeno e charmoso prédio no Brooklyn, mas, por ser uma boa menina, acabei no Upper West Side. Se não fosse o Cary, eu estaria completamente sozinha em um apartamento enorme que custa por mês mais do que a maioria das pessoas ganha em um ano.

Paul, o outro porteiro, me cumprimentou tirando o quepe.

"Boa noite, senhorita Tramell. Vai precisar de um táxi esta noite?"

"Não, obrigada, Paul." Bati no chão com os amortecedores do meu tênis de ginástica. "Vou sair pra caminhar."

Ele sorriu. "Esfriou um pouquinho agora no fim da tarde. O tempo está gostoso."

"Me disseram pra aproveitar o mês de junho, antes que comece o calor de verdade."

"Um ótimo conselho, senhorita Tramell."

Ao me afastar da fachada envidraçada e moderna que de alguma forma não destoava da idade do edifício e da vizinhança, desfrutei da relativa tranquilidade da rua arborizada antes de chegar à agitação e ao trânsito intenso da Broadway. Eu ainda tinha esperanças de me adaptar rapidamente, mas por enquanto me sentia uma falsa nova-iorquina. Eu tinha um apartamento e um emprego, mas ainda não me sentia segura o bastante para me aventurar no metrô, e não tinha me acostumado a acenar ostensivamente para os táxis. Enquanto caminhava, eu tentava não parecer impressionada e atônita, mas era difícil. Havia *tanta coisa* para ver e experimentar.

O estímulo sensorial era atordoante — o cheiro da fumaça dos escapamentos misturado com o da comida dos carrinhos dos ambulantes; os gritos dos camelôs se infiltrando na música dos artistas de rua; a impressionante variedade de rostos, estilos e sotaques; as maravilhas arquitetônicas... E os carros. *Minha nossa.* O fluxo frenético de carros, sempre grudados uns nos outros, era algo que eu nunca tinha visto na vida.

Havia sempre uma ambulância, uma viatura ou um caminhão de bombeiros tentando romper a torrente de táxis amarelos com o uivo eletrônico de sirenes ensurdecedoras. Fiquei impressionada com os ruidosos caminhões de lixo que se arremessavam em ruas estreitas de mão única e com os entregadores que encaravam a massa compacta de veículos, com prazos rigorosos a cumprir.

Os verdadeiros nova-iorquinos nem reparavam em tudo isso — a cidade para eles era familiar e confortável como um velho par de sapatos. Eles não viam as ondas de vapor escapando dos bueiros e saídas de ar com um encanto carregado de romantismo, nem pareciam notar quando o chão tremia sob seus pés com a passagem do metrô — ao contrário de mim, que sorria como uma idiota e encolhia os dedos dos pés. Nova York era um caso de amor totalmente novo para mim. Eu estava embasbacada e não conseguia esconder.

Tive que me esforçar bastante para manter uma atitude indiferente enquanto me dirigia ao local em que ia trabalhar. Pelo menos em termos profissionais, as coisas estavam acontecendo da maneira como eu queria. Meu desejo era ganhar a vida com base em meus próprios méritos, o que significava começar por baixo. A partir da manhã seguinte, eu seria a assistente de Mark Garrity na Waters Field & Leaman, uma das maiores agências de propaganda dos Estados Unidos. Meu padrasto, o magnata do setor financeiro Richard Stanton, não gostou nada da ideia — na opinião dele, se eu fosse menos orgulhosa, poderia trabalhar para algum amigo dele e colher os benefícios inerentes a esse tipo de proximidade.

"Você é teimosa como seu pai", ele falou. "Ele vai demorar a vida inteira para conseguir pagar seu financiamento estudantil com o que ganha como policial."

Esse foi outro motivo de disputa, e meu pai se recusou terminantemente a ceder. "De jeito nenhum outro homem vai pagar pela educação da minha filha", respondeu Victor Reyes quando Stanton fez sua proposta. Ele ganhou meu respeito com essa atitude. E acho que o de Stanton também, embora ele nunca vá admitir isso. Eu entendia o lado dos dois, porque queria pagar eu mesma pelos meus estudos... mas não teve jeito. Para meu pai, era uma questão de honra. Minha mãe não quis se casar com ele, mas isso não diminuiu sua determinação em agir como pai em toda e qualquer situação.

Como remoer frustrações do passado nunca leva a nada, concentrei-me na tarefa de chegar ao trabalho o mais rápido possível. Decidi cronometrar o trajeto em um horário de pico de uma segunda-feira, e fiquei satisfeita por conseguir chegar ao Crossfire Building, sede da Waters Field & Leaman, em menos de meia hora.

Inclinei a cabeça e segui o contorno do edifício até encontrar o azul do céu. O Crossfire era absolutamente fenomenal — uma torre imponente com um brilho safírico que parecia chegar até as nuvens. Nas entrevistas que fiz ali, vi que o outro lado das portas giratórias ornadas com cobre era tão suntuoso quanto seu exterior, com piso e paredes revestidos de mármore dourado e mesas e catracas de alumínio polido.

Tirei meu novíssimo crachá do bolso da calça e mostrei para os dois seguranças de terno escuro sentados à mesa. Eles me barraram assim mesmo, sem dúvida por eu estar muito malvestida para aquele ambiente, mas depois me deixaram entrar. Após subir os vinte andares de elevador, pude fazer uma estimativa do tempo de viagem de casa até o trabalho. Nada mau.

Eu estava saindo do elevador quando vi uma morena bonita e muito bem arrumada passar pela catraca sem levantar devidamente a bolsa, que ficou enroscada e se abriu, provocando um dilúvio de dinheiro sobre o chão. As moedas caíram e saíram rolando alegremente — e as pessoas que passavam se esquivavam do caos e seguiam em frente como se nada estivesse acontecendo. Em um gesto de compaixão, eu me curvei para ajudá-la a recolher o dinheiro, junto com um segurança que havia tido o mesmo impulso.

"Obrigada", ela disse, abrindo um breve sorriso no rosto quase coberto pelos cabelos.

Retribuí o sorriso. "Imagina. Essas coisas acontecem."

Eu tinha acabado de me agachar para alcançar uma moedinha que fora parar perto da entrada quando dei de cara com um luxuoso par de sapatos oxford, encimado por uma elegante calça preta. Esperei um pouco para que aquele homem saísse do caminho, mas, como ele não se mexia, levantei a cabeça para ampliar meu campo de visão. O terno feito sob medida já era suficiente para deixar meus sinais de alerta ligados, mas era o corpo alto e esguio por baixo dele que o tornava sensacional. Ainda assim, apesar de toda aquela demonstração impressionante de masculinidade, foi só quando vi seu rosto que percebi o que havia de fato diante de mim.

Uau. Simplesmente... *uau*.

Em um gesto cheio de elegância, ele se agachou bem de frente para mim. Com toda aquela beleza masculina ao alcance dos meus olhos, tudo o que eu podia fazer era encarar. Admirada.

Foi então que o espaço que havia entre nós desapareceu.

Ao olhar para mim, ele mudou... como se um escudo tivesse sido removido de seus olhos, revelando uma força vital esmagadora que me fez perder o fôlego. O magnetismo poderoso que ele exalava se intensificou, transformando-se em uma impressão quase tangível de uma energia vigorosa e inesgotável.

Reagindo puramente por instinto, eu me inclinei para trás. E caí de bunda no chão.

Meus cotovelos latejavam violentamente pelo baque contra o piso de mármore, mas a dor passou quase despercebida. Eu estava mais preocupada em olhar, hipnotizada por aquele homem na minha frente. Seus cabelos de um preto bem vivo emolduravam um rosto de tirar o fôlego. Sua estrutura óssea faria um escultor chorar de alegria, e sua boca de contornos firmes, seu nariz retilíneo e seus olhos azuis intensos lhe conferiam uma beleza selvagem. A não ser pelos olhos ligeiramente estreitados, sua fisionomia denotava uma impassibilidade total.

Tanto sua camisa como seu terno eram pretos, mas a gravata combinava perfeitamente com o brilho da íris. Seus olhos eram penetrantes e inquisidores, e estavam pregados em mim. Meu coração começou a bater mais forte; meus lábios se abriram parcialmente com a aceleração da respiração. Seu cheiro era tentador. Não era colônia. Loção corporal, talvez. Ou xampu. O que quer que fosse, era inebriante, assim como ele.

Ele estendeu a mão para mim, mostrando suas abotoaduras de ônix e um relógio que aparentava ser caro.

Inspirando tremulamente, pus a mão sobre a dele. Minha pulsação disparou quando ele a apertou. Seu toque era como uma onda de eletricidade, que subiu pelo meu braço e arrepiou os pelos da minha nuca. Por um momento ele permaneceu imóvel, com uma ruga preenchendo o espaço entre suas sobrancelhas absurdamente bem desenhadas.

"Está tudo bem?"

Sua voz era suave e refinada, com um toque de rouquidão que fez meu estômago gelar. Era uma evocação ao sexo. Ao que o sexo tinha de melhor. Por um momento cheguei a pensar que poderia ter um orgasmo só de ouvi-lo falar.

Meus lábios estavam ressecados, então passei a língua por eles antes de responder: "Sim".

Ele se levantou com uma notável economia de gestos, puxando-me junto para cima. Continuamos nos encarando, porque eu não conseguia olhar para outra coisa. Ele era mais jovem do que imaginei a princípio. Meu palpite seria menos de trinta, mas seus olhos pareciam muito mais experientes. Implacavelmente inteligentes e afiados.

Era como se eu estivesse sendo atraída para ele, como se houvesse uma corda em torno da minha cintura me arrastando de forma lenta mas inexorável em sua direção.

Piscando para despertar dessa espécie de delírio, eu o soltei. Ele não era apenas lindo, era... fascinante. O tipo de cara que faz uma mulher querer abrir sua camisa com um único puxão e ver os botões irem abaixo junto com as inibições. Olhei para seu terno civilizado, requintado e absurdamente caro e só consegui pensar em uma trepada violenta, de rasgar os lençóis.

Ele se abaixou para apanhar o crachá que eu nem percebi que havia derrubado, libertando-me de seu olhar irresistível. Meu cérebro lutava para voltar a funcionar normalmente.

Fiquei irritada por me sentir tão desconcertada enquanto ele parecia tranquilo e controlado. E por quê? Porque eu estava deslumbrada, ora essa.

Ele me olhou lá de baixo, e essa posição — ele praticamente ajoelhado na minha frente — fez com que eu quase perdesse o equilíbrio novamente. Enquanto se levantava, seus olhos permaneciam fixos nos meus.

"Tem certeza de que está tudo bem? É melhor você sentar um pouco."

Senti meu rosto ficar vermelho. Que maravilha parecer insegura e estabanada diante do homem mais confiante e elegante que já conheci.

"Eu só perdi o equilíbrio. Está tudo bem."

Ao desviar os olhos, vi a mulher que havia derrubado no chão o dinheiro. Ela agradeceu ao segurança que a ajudou e então se virou para falar comigo, desculpando-se enfaticamente. Virei para ela e estendi a mão com o punhado de moedas que havia pego, mas seu olhar tinha se voltado para o deus de terno, e ela imediatamente se esqueceu de mim. Depois de um tempo, simplesmente fui até ela e despejei as moedas dentro da bolsa. Então arrisquei outra olhada e o encontrei voltado na minha direção, ignorando a moça e seus agradecimentos. *Para ele*. Não para mim, a pessoa que de fato havia ajudado.

Levantei minha voz acima da dela. "Você poderia devolver meu crachá, por favor?"

Ele estendeu a mão para me devolver. Apesar de eu ter me esforçado para pegá-lo de volta sem nenhum contato físico, seus dedos resvalaram nos meus, fazendo com que aquela sensação de eletricidade voltasse a circular pelo meu corpo.

"Obrigada", murmurei antes de passar por ele e tomar o caminho da rua pela porta giratória. Parei um pouco na calçada, inspirando profundamente o ar de Nova York, que recendia a um milhão de coisas, algumas boas, outras tóxicas.

Havia um Bentley estacionado na frente do prédio, e eu observei meu reflexo nas janelas escuras e impecavelmente limpas daquele carrão. Eu estava vermelha, e meus olhos verdes pareciam especialmente radiantes. Aquele rosto era familiar para mim — era o que eu via no espelho do banheiro antes de ir para a cama com um homem. Era o meu olhar de estou-pronta-pra-foder, e não deveria estar estampado na minha cara naquele momento, de jeito nenhum.

Meu Deus. Controle-se.

Cinco minutos com o sr. Moreno Perigoso e eu já estava me sentindo dominada por um impulso impaciente e inquietante. Era capaz de sentir seu toque, e um desejo inexplicável de voltar para o lugar onde ele estava. Eu poderia argumentar que ainda não havia terminado o que tinha ido fazer no Crossfire, mas sabia que ia me arrepender depois. Quantas vezes eu ainda precisaria fazer papel de idiota em um único dia?

"Já chega", disse baixinho para mim mesma. "Hora de ir."

As buzinas ressoavam em meio à disputa milimétrica dos táxis por espaço, interrompidas pelo guinchar dos freios diante de pedestres corajosos o bastante para pisar no cruzamento segundos antes de o sinal fechar. Então começava a gritaria, uma explosão de insultos e gestos que na verdade não era motivada por nenhum ódio real. Em poucos segundos, ambas as partes se esqueceriam de tais diálogos, que eram apenas mais uma forma de expressão do modo de vida da cidade.

Quando voltei a me misturar ao intenso tráfego de pedestres para ir à academia, minha boca se sentiu tentada a abrir um sorriso. *Ah, Nova York*, pensei, sentindo-me à vontade novamente, *você é demais.*

Minha ideia era fazer o aquecimento na esteira e matar o restante do tempo me exercitando em alguns aparelhos, mas, quando vi que a aula de *kickboxing* para iniciantes estava para começar, decidi me juntar aos alunos que aguardavam. Quando a aula terminou, senti que havia retomado o controle sobre mim. Meus músculos tremiam, e eu me sentia cansada na medida certa, com a certeza de que dormiria como uma pedra quando me deitasse.

"Você foi muito bem."

Limpei o suor do rosto com uma toalha e olhei para o jovem que havia falado comigo. Magro, embora com uma musculatura bem definida, ele tinha olhos castanhos bem vivos e uma pele morena impecável, café com leite. Seus cílios eram grossos e longos, de fazer inveja, mas os cabelos eram raspados bem rentes.

"Obrigada." Minha boca se contorceu num lamento. "Está na cara que é a minha primeira vez, né?"

Ele sorriu e estendeu a mão. "Parker Smith."

"Eva Tramell."

"Você leva jeito, Eva. Com um pouco mais de treino ninguém vai ter coragem de encarar você. Em uma cidade como Nova York, saber se defender é fundamental." Ele apontou para o quadro de cortiça pendurado na parede. Estava coberto de folhetos e cartões de visita. Apanhou uma folha de um bloco de papel fluorescente e ofereceu para mim. "Já ouviu falar em krav maga?"

"Vi em um filme da Jennifer Lopez."

"Sou professor e adoraria ensinar você. Aí tem meu site e o telefone da minha academia."

Gostei da abordagem dele. Foi bem direta, assim como seu olhar, e o sorriso era autêntico. Imaginei que estivesse querendo me paquerar, mas, se era essa a intenção, ele disfarçou bem o suficiente para me deixar em dúvida.

Parker cruzou os braços, exibindo seus bíceps bem delineados. Ele vestia uma camiseta preta sem mangas e uma bermuda comprida. Seu tênis tinha a aparência surrada dos calçados realmente confortáveis, e era possível ver as tatuagens tribais que se estendiam até pouco abaixo de seu pescoço. "No site tem todos os horários. Você pode assistir a uma aula, só pra ver se gosta."

"Vou pensar a respeito, pode deixar."

"Muito bem." Ele estendeu a mão e me cumprimentou com firmeza e confiança. "Espero ver você de novo."

*

Um cheiro maravilhoso se espalhava pelo apartamento quando cheguei, e a voz de Adele saía cheia de emoção das caixas de som, cantando "Chasing Pavements". Olhei para o outro lado da sala integrada com a cozinha e vi Cary balançando ao som da música enquanto mexia alguma coisa perto dele. No balcão, havia uma garrafa de vinho tinto e duas taças, uma delas pela metade.

"Ei", eu chamei ao me aproximar. "O que você está fazendo aí? Dá tempo de tomar banho primeiro?"

Ele serviu o vinho na outra taça e a arrastou pelo balcão até mim com movimentos seguros e elegantes. Olhando para Cary, ninguém seria capaz de dizer que ele passou a infância entre temporadas com a mãe viciada em drogas e lares adotivos, e a adolescência em reformatórios juvenis e centros de reabilitação estatais. "Macarrão à bolonhesa. E deixe o banho para mais tarde, já está pronto. Se divertiu bastante?"

"Lá na academia, sim." Puxei um dos banquinhos de madeira do balcão e me sentei. Contei a ele sobre a aula de *kickboxing* e sobre Parker Smith. "Quer ir comigo?"

"Krav maga?", Cary balançou a cabeça. "Isso não é moleza, não. Eu ficaria cheio de hematomas e acabaria perdendo alguns trabalhos. Mas posso ir com você até lá, pro caso do sujeito ser um maníaco."

Fiquei calada enquanto ele despejava o macarrão no escorredor. "Um maníaco?"

Meu pai havia me ensinado muito sobre os homens — por isso eu sabia que o deus de terno era encrenca certa. As pessoas costumam sorrir quando ajudam alguém, como uma forma de criar uma ligação momentânea para quebrar o gelo.

Por outro lado, eu também não tinha sorrido para ele.

"Gata", disse Cary, tirando as tigelas da prateleira, "você é uma mulher sexy e deslumbrante. Duvido da masculinidade de qualquer homem que resista à tentação de chamar você pra sair assim que tem a chance."

Agradeci franzindo o nariz para ele.

Ele me serviu uma tigela contendo pequenos tubos de macarrão cobertos com um molho ralo de tomate com pedaços de carne moída empelotada e ervilha.

"Você não para de pensar em alguma coisa. O que é?"

Hum... Peguei o cabo do garfo enfiado na tigela e decidi não fazer nenhum comentário sobre a comida. "Acho que hoje vi o homem mais lindo do planeta. Talvez o mais lindo da história do planeta."

"Ah, é? Pensei que fosse eu. Conte mais."

Cary preferiu ficar do outro lado do balcão e comer em pé.

Esperei que ele desse algumas garfadas na gororoba antes de criar coragem e experimentar. "Não tem muito mais pra contar, na verdade. Caí de bunda no saguão do Crossfire e ele me deu uma mão."

"Alto ou baixo? Loiro ou moreno? Forte ou magro? E a cor dos olhos?"

Empurrei minha segunda garfada goela abaixo com um gole de vinho. "Alto. Moreno. Magro *e* forte. Olhos azuis. Podre de rico, a julgar pelas roupas e pelos acessórios. E incrivelmente sexy. Você sabe como é: alguns caras bonitos não mexem com os hormônios da gente, enquanto outros não tão bonitos têm um *sex appeal* absurdo. Esse cara tinha as duas coisas."

Senti um frio na barriga como quando o Moreno Perigoso tocou em mim. Lembrei do seu rosto com uma clareza cristalina. Deveria ser proibido um homem ser tão estonteante. Eu ainda estava me recuperando dos danos que ele havia provocado nos meus neurônios.

Cary apoiou o cotovelo no balcão e se inclinou para mim, com sua franja comprida cobrindo um de seus olhos verdes e faiscantes. "E o que aconteceu depois que ele ajudou você a levantar?"

Encolhi os ombros. "Nada."

"Nada?"

"Fui embora."

"Quê? Não rolou nem uma paquera?"

Comi mais uma garfada. Na verdade, a comida não estava ruim. Ou então era eu que estava morrendo de fome. "Ele não era do tipo que dá pra paquerar, Cary."

"Não existe essa história de gente que não dá pra paquerar.

Até as pessoas casadas e felizes gostam de uma paquera inofensiva de vez em quando."

"Esse cara não tinha nada de inofensivo", eu disse num tom seco.

"Ah, sei." Cary balançou a cabeça, mostrando que tinha entendido. "Esses são divertidos, mas é melhor não se envolver com eles."

Cary obviamente sabia do que estava falando; homens e mulheres de todas as idades se atiravam a seus pés. Ainda assim, de alguma forma ele conseguia fazer sempre a escolha errada. Já tinha sido traído, perseguido obsessivamente, aturado ameaças de suicídio... O que quer que pudesse acontecer, já tinha acontecido com ele.

"Não vejo como eu poderia me divertir com esse cara", continuei. "Ele era intenso demais. Mesmo assim, aposto que ele deve ser incrível na cama, com toda aquela intensidade."

"É assim que se fala. Esqueça o cara real. Use o rosto dele nas suas fantasias e faça com que nelas ele seja perfeito."

Preferia mantê-lo longe dos meus pensamentos de toda e qualquer maneira, então mudei de assunto. "Você tem algum trabalho amanhã?"

"Claro." Cary me passou os detalhes de sua programação para o dia seguinte, mencionando anúncios para uma marca de jeans, produtos de bronzeamento, cuecas e colônias.

Esqueci de todo o resto e me concentrei nele e no seu sucesso cada vez maior. A demanda por Cary Taylor crescia diariamente, e ele estava ganhando entre fotógrafos e clientes uma reputação de profissionalismo e dedicação. Eu estava felicíssima por ele, e muito orgulhosa. Cary havia conquistado muito, depois de ter sofrido um bocado.

Apenas depois do jantar percebi duas enormes caixas de presente encostadas no sofá.

"O que é isso aí?"

"Isso aí", Cary respondeu, acompanhando-me até a sala, "é o máximo."

Percebi imediatamente que aquilo era coisa de Stanton e minha mãe. O dinheiro era algo de que minha mãe precisava para ser feliz, e para minha sorte Stanton, o marido número três, era capaz de suprir essa necessidade e muitas outras também. Diversas vezes desejei que isso a fizesse sossegar, mas minha mãe nunca aceitou bem o fato de eu ter outro tipo de relação com o dinheiro.

"O que foi agora?"

Cary jogou seu braço por cima dos meus ombros — algo facílimo para ele, que era pelo menos dez centímetros mais alto que eu. "Não seja ingrata. O cara ama sua mãe. Adora mimá-la, e ela adora mimar você. Não importa o que você pense, ele não faz essas coisas por você. Stanton faz tudo isso por ela."

Concordei soltando um suspiro. "O que temos aí?"

"Roupas chiques para o jantar beneficente de sábado. Um vestido arrasador para você e um smoking Brioni pra mim, porque comprar presentes pra mim é o que ele faz por você. O fato de eu estar aqui pra ouvir você reclamar da vida melhora um pouco esse seu mau humor."

"Isso é verdade. Ainda bem que ele sabe disso."

"Claro que sabe. Stanton não seria um zilionário se não soubesse de tudo." Cary me pegou pela mão e me arrastou até lá. "Então. Dá só uma olhada."

Na manhã seguinte, às dez para as nove, atravessei a porta giratória do saguão do Crossfire. Para causar uma boa impressão no meu primeiro dia, tinha ido vestida com um tubinho básico e sapatos pretos de salto alto para combinar, que substituíram meus tênis de caminhada durante a subida do elevador. Meus cabelos loiros estavam presos em um coque muito bem-feito, que parecia um número oito estilizado, uma cortesia de Cary. Eu não tinha o menor jeito para penteados, mas ele era capaz de criar obras-primas glamorosas. Estava usando também o colar de pérolas miúdas que meu pai havia me dado como presente de formatura e um Rolex, oferecimento de Stanton e minha mãe.

Até cheguei a pensar que estava me preocupando demais com a aparência, mas assim que pisei no saguão lembrei que tinha me esborrachado naquele chão usando roupa de ginástica e fiquei agradecida por não me parecer em *nada* com aquela garota estabanada. Os dois seguranças não pareceram ter me reconhecido quando mostrei o crachá a caminho das catracas.

Vinte andares acima, lá estava eu no hall de entrada da Waters Field & Leaman. Diante de mim havia uma parede de vidro à prova de balas, emoldurando a porta dupla que levava à recepção. A recepcionista, sentada a uma mesa em formato de lua crescente, viu meu crachá através do vidro. Ela acionou o botão para destravar a porta, e eu o guardei.

"Olá, Megumi", eu cumprimentei enquanto entrava, admirando sua blusa vermelha. Ela era mestiça, de origem asiática, com certeza, e muito bonita. Seus cabelos eram escuros, grossos e bem cortados, mais curtos atrás e compridos e afiados na frente. Seus olhinhos puxados eram castanhos e calorosos, e seus lábios, fartos e naturalmente rosados.

"Eva, oi. Mark ainda não chegou, mas você sabe aonde ir, certo?"

"Com certeza." Despedindo-me com um aceno, entrei pelo corredor à esquerda da recepção e, no final, virei de novo à esquerda para chegar a um antigo espaço aberto que havia sido subdividido em baias. Uma delas era a minha, e fui direto até ela.

Guardei minha bolsa e a sacola com os tênis de caminhada na última gaveta da minha mesa de metal e liguei o computador. Eu tinha levado também algumas coisas para personalizar meu espaço. Uma delas era uma montagem emoldurada de três fotos — eu e Cary em Coronado Beach, minha mãe e Stanton no iate dele na Riviera Francesa e meu pai fardado em uma viatura de polícia de Oceanside, Califórnia. Outra era um arranjo de flores bem colorido que Cary havia me dado como presente de primeiro dia de trabalho. Coloquei um ao lado do outro e me recostei na cadeira para visualizar o conjunto.

"Bom dia, Eva."

Fiquei em pé imediatamente para falar com meu chefe. "Bom dia, senhor Garrity."

"Pode me chamar de Mark, por favor. Venha comigo até minha sala."

Eu o segui pelo corredor estreito, mais uma vez pensando em como era agradável olhar para meu novo chefe, com sua pele escura e radiante, seu cavanhaque bem aparado e seus olhos castanhos risonhos. Mark tinha um maxilar anguloso e um sorriso charmosamente desalinhado. Era magro e elegante, e sua postura segura inspirava confiança e respeito.

Ele apontou para uma das duas cadeiras posicionadas diante de sua mesa de vidro com estrutura cromada e esperou que eu me sentasse para se ajeitar em sua cadeira. Contra o pano de fundo dos arranha-céus da cidade, Mark parecia bem-sucedido e poderoso. Na verdade, ele era apenas um gerente de contas júnior, e seu escritório parecia um armário em comparação aos ocupados por diretores e demais executivos, mas ainda assim a vista era impressionante.

Ele se recostou e sorriu. "Já está tudo ajeitado no novo apartamento?"

Fiquei surpresa por ele ter se lembrado — positivamente surpresa. Eu o conheci quando fiz minha segunda entrevista para o emprego e gostei dele logo de cara.

"Na medida do possível", respondi. "Ainda tem algumas caixas espalhadas aqui e ali."

"Você veio de San Diego, não é? Uma bela cidade, mas muito diferente de Nova York. Está sentindo falta das palmeiras?"

"Estou sentindo falta do ar mais seco. É difícil acostumar com a umidade daqui."

"Espere só o verão começar." Ele sorriu. "Então... é seu primeiro dia, e você é minha primeira assistente, o que significa que a gente vai ter que trabalhar à base de tentativa e erro. Não estou acostumado a delegar tarefas, mas tenho certeza de que logo pego o jeito."

Eu me senti instantaneamente à vontade. "Mal posso esperar para receber tarefas."

"Ter você por aqui é um passo importante pra mim, Eva. Quero que seja feliz trabalhando aqui. Você toma café?"

"O café está na base da minha pirâmide alimentar."

"Ah, uma assistente que gosta das mesmas coisas que eu." Seu sorriso se alargou. "Não vou pedir pra você servir café pra mim, mas não me incomodaria se me ajudasse a aprender a mexer na cafeteira nova que instalaram na copa."

Retribuí o sorriso. "Sem problemas."

"Seria uma decepção muito grande se eu não tivesse nada pra você?" Ele coçou a nuca, meio sem graça. "Que tal a gente dar uma olhada nas contas em que estou trabalhado pra ver o que podemos fazer?"

O restante do dia passou num piscar de olhos. Mark conversou com dois de seus clientes e teve uma longa reunião com a equipe de criação para conceber ideias para a campanha de uma rede de escolas de ensino profissionalizante. Foi fascinante ver pessoalmente como os diversos departamentos se alternavam para levar uma campanha da teoria à prática. Eu poderia ter ficado até mais tarde para entender melhor o funcionamento dos escritórios, mas meu telefone tocou às dez para as cinco.

"Escritório de Mark Garrity. Eva Tramell falando."

"Saia logo daí pra gente ir beber tudo aquilo que você não quis ontem."

O tom imperativo fingido de Cary me fez dar risada. "Tudo bem, tudo bem. Estou saindo."

Desliguei o computador e saí. Quando cheguei aos elevadores, saquei o celular e digitei uma mensagem de "Já estou a caminho" para ele. Uma campainha soou, indicando qual dos elevadores ia parar no meu andar. Posicionei-me diante dele e voltei minha atenção ao envio da mensagem. Quando a porta se abriu, dei um passo à frente. Tirei os olhos da tela para ver aonde ia e dei de cara com um par de olhos azuis. Prendi a respiração.

O deus do sexo era a única pessoa do elevador.

2

Sua gravata era prateada, e a camisa, branquíssima. A ausência de cor realçava ainda mais seus incríveis olhos azuis. Vê-lo parado ali, com o paletó aberto e as mãos casualmente enfiadas nos bolsos da calça, era como dar de cara com uma parede cuja existência eu desconhecia.

Detive meu passo de repente, com os olhos grudados naquele homem, que parecia ainda mais impressionante do que eu me lembrava. Nunca tinha visto cabelos tão perfeitamente negros. Eram brilhantes e um pouquinho compridos, com as pontas roçando o colarinho. Pareciam um indício de vitória do jovem impulsivo sobre o homem de negócios bem-sucedido, uma pitada de chantilly em um sorvete com calda quente. Como diria minha mãe, aqueles cabelos longos eram sinal de juízo curto.

Minhas mãos tiveram que lutar contra a vontade de tocá-los, sentir se eram tão sedosos quanto pareciam.

A porta começou a se fechar. Ele deu um passo à frente e apertou o botão para mantê-la aberta. "Tem espaço de sobra pra nós dois aqui, Eva."

O som implacável daquela voz me tirou do estado de inconsciência momentânea. *Como é que ele sabia meu nome?*

Foi quando lembrei que ele havia apanhado o crachá que eu tinha derrubado no chão do saguão. Por um instante, pensei em dizer a ele que estava esperando alguém e pegaria o elevador seguinte, mas meu cérebro logo voltou a funcionar como deveria.

Que diabos eu estava tentando fazer? Ele trabalhava no Crossfire, sem sombra de dúvidas. Eu não ia conseguir evitá-lo todas as vezes que o visse, e por que faria isso? Para poder admirar sua beleza sem me sentir abalada, precisaria vê-lo o bastante para me acostumar com sua presença, como se ele fosse apenas uma peça decorativa.

Rá! Como se isso fosse possível.

Entrei no elevador. "Obrigada."

Ele soltou o botão e deu um passo para trás. As portas se fecharam e começamos a descer.

Não demorou muito para que eu me arrependesse de pegar o mesmo elevador que ele.

Eu sentia sua presença na pele. Sua energia poderosa se amplificava naquele ambiente pequeno e fechado, irradiando uma força palpável e um magnetismo sexual que me deixaram inquieta. Minha respiração e meus batimentos cardíacos ficaram caóticos. Senti de novo aquela atração inexplicável em sua direção, como se ele exalasse uma ordem silenciosa à qual eu me sentia instintivamente inclinada a obedecer.

"Gostou do seu primeiro dia?", ele perguntou, despertando-me do meu devaneio.

Sua voz ressoava, fluía pelo meu corpo em um ritmo sedutor. *Como é que ele sabia que era meu primeiro dia?*

"Gostei, sim", respondi tranquilamente. "E o seu, como foi?"

Senti seu olhar percorrer minha silhueta, mas mantive minha atenção concentrada na porta de alumínio polido do elevador. Meu coração tinha disparado, e meu estômago dava voltas e mais voltas. Estava me sentindo confusa e insegura.

"Bom, não foi meu primeiro dia", ele respondeu num tom divertido. "Mas foi produtivo. E tem tudo pra ficar ainda melhor."

Acenei com a cabeça e esbocei um sorriso, sem saber direito o que aquilo significava. O elevador parou no décimo segundo andar e entraram três pessoas, que conversavam animadamente. Dei um passo atrás para abrir espaço para o grupo, encolhendo-me no canto oposto ao que estava o Moreno Perigoso. Nisso, ele também deu um passo, ficando ao meu lado. Naquele momento, estávamos ainda mais próximos do que antes.

Ele ajustou o já perfeito nó da gravata, roçando seu braço no meu enquanto fazia isso. Respirei profundamente, tentando ignorar o efeito que sua presença exercia sobre mim, procurando me concentrar na conversa que se desdobrava à nossa frente. Era impossível. *Ele* estava ali. Bem ali. Perfeito e maravilhoso, exalando um perfume divino. Meus pensamentos se perderam, fantasiando sobre como seria seu corpo firme por baixo daquele terno, sobre como seria apertá-lo contra mim, sobre como ele poderia ser bem dotado — ou não...

Quando o elevador chegou ao térreo, quase soltei um gemido de alívio. Esperei com impaciência as pessoas saírem e, assim que possível, dei um passo à frente. Ele pôs sua mão firme na parte inferior das minhas costas e veio atrás de mim, guiando-me. A sensação do toque em um lugar tão vulnerável me deixou arrepiada.

Quando chegamos às catracas, ele tirou a mão de mim, fazendo com que eu me sentisse estranhamente abandonada. Olhei para ele tentando adivinhar o que pretendia, mas, apesar de estar olhando para mim, seu rosto não deixava transparecer nada.

"Eva!"

A visão de Cary apoiado casualmente em uma coluna de mármore no saguão mudou tudo. Seu jeans mostrava toda a extensão de suas pernas quilométricas, e o suéter folgado verde-claro enfatizava seus olhos. Ele atraiu sem dificuldades a atenção de todos no saguão. Diminuí o passo ao chegar perto dele, e o deus do sexo passou por nós, atravessando a porta giratória e entrando rapidamente pela porta traseira do Bentley com chofer que eu tinha visto estacionado ali na noite anterior.

Cary assoviou quando o carro arrancou. "Ora, ora. Pelo jeito como estava olhando para ele, era o cara de quem você falou ontem, né?"

"Ah, sim. Era ele mesmo."

"Vocês trabalham juntos?" De braços dados comigo, Cary me guiou até a rua pela porta lateral.

"Não." Parei na calçada para calçar meu tênis de caminhada, apoiando-me em Cary enquanto os pedestres fluíam em torno de nós. "Não sei quem é, mas ele perguntou se meu primeiro dia foi bom, então é melhor eu descobrir."

"Olha..." Ele sorriu e segurou meu cotovelo enquanto eu pulava de maneira estabanada de um pé para o outro. "Não sei como alguém conseguiria trabalhar perto dele. Meu cérebro meio que derreteu por um instante."

"Tenho certeza de que isso acontece com todo mundo", concordei. "Vamos lá. Preciso beber."

*

A manhã seguinte chegou com uma leve pontada na parte de trás da cabeça, consequência do fato de eu ter bebido vinho demais. Ainda assim, ao subir de elevador rumo ao vigésimo andar, não lamentei a ressaca tanto quanto poderia. Minhas escolhas eram o excesso de álcool ou uma sessão com meu vibrador, e eu estaria condenada se houvesse tido um orgasmo movido a pilha pensando no Moreno Perigoso. Não que ele fosse descobrir que me deixava com tanto tesão a ponto de eu mal conseguir enxergar, ou mesmo se importar com isso — mas *eu* saberia, e não queria dar essa satisfação à imagem fantasiosa que tinha dele.

Joguei minhas coisas na última gaveta da mesa de trabalho e, quando vi que Mark ainda não havia chegado, fui buscar um café para ler meu novo blog favorito sobre o mundo da publicidade.

"Eva!"

Levei um susto quando ele apareceu atrás de mim, com seu sorriso branco contrastando com a pele escura. "Bom dia, Mark."

"Bom dia mesmo. Acho que você me dá sorte. Vamos até o meu escritório. E traga o tablet. Trabalhou até muito tarde ontem?"

Fui atrás dele, compartilhando seu entusiasmo. "Ah, sim."

"Era o que eu queria ouvir de você." Ele se sentou em sua cadeira.

Eu me sentei na mesma cadeira do dia anterior e logo abri o programa de bloco de notas.

"Então", Mark começou, "recebemos uma solicitação de proposta da vodca Kingsman, e eles mencionaram meu nome. É a primeira vez que isso acontece."

"Meus parabéns!"

"Obrigado, mas vamos deixar essa parte pra quando eu conseguir a conta. Vamos ter que mostrar serviço, se passarmos desse estágio. Eles querem fazer uma reunião comigo amanhã no fim do dia."

"Uau. Essas coisas caminham rápido assim mesmo?"

"Não. Geralmente eles esperam a gente resolver a questão da solicitação de proposta antes de pedir uma reunião, mas as Indústrias Cross acabaram de comprar a Kingsman, e a I.C. tem dezenas de subsidiárias. Se a gente conseguir a conta, vai ser um ótimo negócio. Eles sabem disso, então estão nos testando. Essa reunião é o primeiro teste."

"Normalmente haveria mais gente, né?"

"Sim, nós nos apresentaríamos como um grupo. Mas eles já sabem como as coisas funcionam. Sabem que a apresentação vai ser feita por um executivo sênior, mas que no fim vão trabalhar mesmo com um júnior como eu. Então, já me chamaram logo de uma vez e agora querem me avaliar. É quase o mesmo que pedir um currículo, então não posso acusá-los de estarem sendo exigentes demais. Meticulosos, talvez. Quando se lida com as Indústrias Cross, as coisas são assim mesmo."

Ele passou a mão pelos cabelos ondulados, deixando entrever que estava se sentindo pressionado. "O que você acha da vodca Kingsman?"

"Hã... bom... Sendo bem sincera, nunca ouvi falar."

Mark se recostou na cadeira e soltou uma risada. "Ainda bem. Pensei que eu fosse o único. Certo, o lado bom é que a gente não vai precisar superar nenhuma resistência. Ser desconhecido pode ser bom."

"O que eu posso fazer pra ajudar? Além de pesquisar sobre marcas de vodca e ficar aqui até mais tarde?"

Seus lábios se contraíram um pouco enquanto pensava. "Anote pra mim..."

Trabalhamos sem parar, invadindo a hora do almoço e até bem depois de o escritório esvaziar, analisando os dados iniciais levantados pelos estrategistas de mercado. Passava um pouco das sete quando o celular de Mark tocou. A interrupção abrupta do silêncio me assustou.

Mark acionou o viva voz e continuou trabalhando. "Oi, amor."

"Você deu alguma coisa pra pobre da menina comer?", perguntou uma voz masculina do outro lado da linha.

Olhando pra mim através da divisória de vidro do escritório, Mark respondeu: "Ah... esqueci".

Desviei os olhos rapidamente, mordendo o lábio inferior para esconder o riso.

Ouvi uma bufada do outro lado da linha. "Só dois dias de emprego e você já está escravizando e matando a pobre moça de fome. Ela vai acabar pedindo demissão."

"Droga. Você tem razão. Steve, querido..."

"Não me venha com essa de 'Steve, querido'. Ela gosta de comida chinesa?"

Fiz sinal de positivo para Mark.

Ele sorriu. "Gosta, sim."

"Muito bem. Chego aí em vinte minutos. Deixe o segurança avisado."

Mais ou menos vinte minutos depois abri a porta da recepção para Steven Ellison. Era um sujeito enorme, vestido com jeans escuro, botas de operário surradas e uma camisa de botão muito bem alinhada. Com seus cabelos ruivos e olhos azuis risonhos, era tão bonito quanto seu companheiro, mas de uma beleza bem diferente. Nós nos sentamos em torno da mesa de Mark, servimos o frango *kung pao* e a carne com brócolis em pratos de papel, acrescentamos arroz branco e mandamos ver com os palitinhos.

Descobri que Steven era um empreiteiro e que namorava Mark desde a época da faculdade. Ao ver os dois interagindo, senti um misto de admiração e inveja. O relacionamento dos dois dava tão certo que era uma alegria passar um tempo com eles.

"Santo Deus, minha filha", Steven disse depois de soltar um assovio quando me servi pela terceira vez. "Isso é que é disposição. Para onde vai tudo isso?"

Encolhi os ombros. "Acho que fica tudo lá na academia. Isso justifica?"

"Não ligue pra ele", interrompeu Mark, sorrindo. "Steven está com inveja. Ele precisa se cuidar para não virar uma matrona."

"Minha nossa", Steven fuzilou seu companheiro com um olhar de censura. "Eu poderia levar você pra almoçar com o pessoal da obra. Dava pra ganhar um bom dinheiro apostando quanto você consegue comer."

Eu sorri. "Ia ser divertido."

"Rá. Sabia que você era do tipo saidinha. Seu sorriso diz tudo."

Olhando somente para minha comida, eu me recusei a deixar minha mente divagar pelas lembranças de como tinha sido muito mais do que saidinha na minha fase mais rebelde e autodestrutiva.

Foi Mark quem me salvou. "Pare de assediar minha assistente. E o que você sabe sobre mulheres saidinhas, aliás?"

"Conheço algumas que curtem sair com gays. Elas gostam da forma como a gente encara a coisa." Ele abriu um sorriso. "E sei algumas outras coisinhas também... Ei, não precisam ficar tão chocados, vocês dois. Eu só queria saber se o sexo hétero era tudo isso que dizem."

Obviamente, isso era novidade para Mark, mas, pela maneira como ele sorriu, deu para ver que tinha confiança suficiente em seu relacionamento para achar aquela conversa toda engraçada. "Ah, é?"

"E o que você achou?", arrisquei-me a perguntar.

Steven encolheu os ombros. "Não diria que é algo superestimado, porque não sou a pessoa certa pra julgar e tive uma experiência bem limitada, mas consigo viver sem."

Achei muito atencioso da parte de Steven relatar sua experiência a partir de uma perspectiva que fazia sentido para Mark. Eles costumavam conversar também sobre suas carreiras e sabiam ouvir um ao outro a esse respeito, apesar de atuarem em campos muito diferentes.

"Considerando o tipo de vida que você leva hoje", Mark disse a ele, pegando um pedaço de brócolis com seus palitinhos, "eu diria que é sorte sua que seja assim."

Quando terminamos de comer, já eram oito horas, e a equipe de limpeza já havia chegado. Mark fez questão de chamar um táxi para mim.

"Quer que eu chegue mais cedo amanhã?", perguntei.

Steven bateu no ombro de Mark com o seu. "Você deve ter feito alguma coisa de bom em uma vida passada para ganhar uma assistente como essa."

"Acho que aturar você nesta vida foi o suficiente", rebateu Mark, irônico.

"Ei", protestou Steve, "eu sou educadíssimo. Abaixo a tampa do vaso direitinho."

Mark me lançou um olhar fingindo irritação, mas repleto de carinho por seu companheiro. "E o que isso tem a ver?"

Mark e eu trabalhamos duro a quinta-feira inteira, a fim de nos preparar para a reunião das quatro da tarde com o pessoal da Kingsman. Tivemos um almoço muito produtivo com dois funcionários da área de criação, que iam participar da campanha caso conseguíssemos a conta; mais tarde analisamos os dados sobre o posicionamento da empresa na internet e sua penetração nas mídias sociais.

Fiquei meio tensa quando vi que eram três horas, porque sabia que o trânsito poderia estar complicado, mas Mark continuou trabalhando normalmente mesmo depois de eu dizer que horas eram. Faltavam vinte para as quatro quando ele saiu da sua sala com um sorriso no rosto, ainda terminando de vestir o paletó.

"Vamos lá, Eva."

Lancei um olhar de surpresa para ele da minha mesa. "Sério?"

"Ei, você deu um duro danado me ajudando a preparar tudo. Não quer ver como as coisas funcionam?"

"Claro que sim." Fiquei de pé em um pulo. Sabendo que minha aparência contaria pontos para meu chefe, alisei a saia preta com a mão e ajeitei as mangas longas da minha blusa de seda. Por um acaso do destino, a blusa era vermelha, combinando perfeitamente com a gravata de Mark. "Obrigada."

Entramos no elevador e levei um pequeno susto quando senti que ele subia ao invés de descer. Ao chegarmos ao último andar, vi que o hall de entrada era consideravelmente maior e mais luxuoso que o do vigésimo. Vasos suspensos de samambaias e lírios preenchiam o ar com uma fragrância suave, e em uma porta de vidro opaco lia-se INDÚSTRIAS CROSS em letras grossas e masculinas.

A porta foi aberta para nós, e pediram que aguardássemos um momento. Ambos recusamos a água e o cafezinho e, menos de cinco minutos depois, fomos conduzidos até uma sala de reunião com a porta fechada.

Mark olhou para mim com um brilho nos olhos quando a recepcionista pôs a mão na maçaneta da porta.

"Está pronta?"

Eu sorri. "Estou."

A porta se abriu, e eu fui a primeira a ser conduzida para dentro. Fiz questão de abrir um enorme sorriso ao entrar... um sorriso que se congelou no meu rosto ao ver o homem que estava diante de mim logo na entrada da sala.

Minha parada repentina bloqueou a passagem, e Mark acabou trombando nas minhas costas, arremessando-me para a frente aos tropeções. O Moreno Perigoso me apanhou pela cintura, tirando meus pés do chão e me obrigando a me amparar em seu peito. O ar foi arrancado de dentro de mim com o impacto, assim como o restante de bom senso que eu ainda possuía. Mesmo com as diversas camadas de tecido que havia entre nós, pude sentir que seus bíceps endureceram como pedra sob o contato das minhas mãos, e que sua barriga contra a minha era uma massa compacta de músculos. Quando ele respirou perto de mim, meus mamilos endureceram, estimulados pela expansão do peito dele.

Ah, não. Eu só poderia estar sob uma maldição. Uma rápida sequência de imagens passou pela minha mente, mostrando as mil e uma maneiras como eu poderia tropeçar, cair, escorregar ou me esborrachar na frente daquele deus do sexo ao longo dos próximos dias, semanas ou até meses.

"Olá de novo", ele murmurou, e a vibração de sua voz fez meu corpo todo se enrijecer. "É sempre um prazer topar com você, Eva."

Fiquei vermelha de vergonha e de desejo, incapaz de tomar a atitude de me afastar, apesar da presença de outras duas pessoas na sala. O fato de a atenção dele estar toda voltada para mim também não ajudava — seu corpo firme irradiava uma impressão irresistível de um desejo poderoso.

"Senhor Cross", disse Mark atrás de mim. "Desculpe a entrada meio abrupta."

"Não precisa se desculpar. Foi uma entrada memorável."

Cambaleei sobre os saltos quando Cross me pôs de volta no chão, com os joelhos trêmulos em virtude do intenso contato corporal. Ele estava mais uma vez de preto, com uma camisa e uma gravata em um tom claro de cinza. Como sempre, estava lindo de morrer.

Como deve ser ter essa aparência? Com certeza, em todo lugar por onde passava ele causava uma comoção.

Chegando até mim, Mark me amparou e me ajudou a retomar o equilíbrio com toda a gentileza.

O olhar de Cross se concentrou na mão de Mark no meu cotovelo até que ele me soltasse.

"Muito bem. Vamos lá, então." Mark retomou sua postura. "Esta é minha assistente, Eva Tramell."

"Nós já nos conhecemos." Cross puxou uma cadeira ali perto. "Eva."

Olhei para Mark em busca de orientação, ainda tentando me recuperar dos momentos em que havia ficado a milímetros daquele supercondutor sexual escondido sob um terno Fioravanti.

Cross se aproximou em silêncio e ordenou: "Sente-se, Eva".

Mark acenou com a cabeça, mas eu já estava me soltando sobre a cadeira ao comando de Cross. Meu corpo obedeceu instintivamente antes que minha mente compreendesse a situação e fizesse alguma objeção.

Fiz de tudo para passar despercebida a hora seguinte, durante a qual Mark foi duramente questionado por Cross e as diretoras da Kingsman, duas morenas bonitas, vestidas com terninhos elegantes. A de lilás fazia questão de chamar a atenção de Cross o tempo todo, enquanto a de terninho creme se concentrava no meu chefe. Todos pareciam bastante impressionados com a capacidade de Mark de explicar como o trabalho da agência — e seu modo de trabalhar com o cliente — agregaria valor à marca.

O fato de Mark permanecer tão tranquilo sob pressão me deixou admirada — ainda mais sob uma pressão exercida por Cross, que comandava o andamento da reunião sem fazer o menor esforço.

"Muito bom, senhor Garrity", Cross elogiou casualmente

quando as conversas se encerraram. "Estou ansioso para ver sua resposta à solicitação de proposta quando for a hora. O que levaria você a se sentir tentada a experimentar a Kingsman, Eva?"

Com o susto, comecei a piscar sem parar. "Como?"

A intensidade de seus olhos era avassaladora. Senti que toda a sua atenção estava voltada para mim, o que só me fez admirar ainda mais a tranquilidade de Mark, que foi obrigado a argumentar sob o peso daquele olhar por uma hora.

A cadeira de Cross estava voltada para mim, fazendo com que ele me olhasse bem de frente. Seu braço direito repousava sobre a superfície lisa da mesa, com seus longos e elegantes dedos tamborilando sobre o tampo do móvel. Dei uma olhada furtiva em seu pulso por baixo do paletó e, por alguma estranha razão, a visão daquela pequena parcela de pele dourada coberta de pelos escuros fez meu clitóris implorar por atenção. Ele era tão... *másculo*.

Ele refez a pergunta: "Qual dos conceitos sugeridos por Mark você prefere?".

"Acho que são todos brilhantes."

Seu lindo rosto permaneceu impassível enquanto ele dizia: "Posso mandar todo mundo sair da sala para ter uma opinião sincera, se é isso que você quer".

Meus dedos se enrodilhavam pelas extremidades dos apoios de braço da minha cadeira. "Acabei de dar uma opinião sincera, senhor Cross, mas, se faz questão de saber, acho que luxúria lasciva a um preço acessível terá mais apelo entre o público em geral. Mas não sei se..."

"Eu concordo." Cross se levantou e abotoou o paletó. "Aí está seu ponto de partida, senhor Garrity. Retomamos o assunto na semana que vem."

Fiquei ali sentada por um momento, aturdida com o rumo que as coisas haviam tomado. Então olhei para Mark, que parecia oscilar entre o espanto e o encantamento.

Eu me levantei e fui a primeira a tomar o caminho da porta. Minha atenção estava toda voltada para Cross, posicionado atrás de mim. A maneira como ele se movia, com uma elegância natural e uma economia de gestos absurda, era um atrativo excepcional. Eu não conseguia imaginá-lo na cama como outra coisa além de dominante e agressivo, deixando qualquer mulher louca de desejo de fazer tudo o que ele mandasse.

Cross não saiu de perto de mim até chegarmos aos elevadores. Ele e Mark conversaram brevemente sobre os últimos eventos esportivos, mas, ao que parece, eu estava concentrada demais no efeito que ele causava sobre mim para me preocupar com conversas sem importância. Quando o elevador chegou, soltei um suspiro de alívio ao embarcar sozinha com Mark.

"Só um momento, Eva", Cross disse suavemente, puxando-me de volta pelo cotovelo. "Daqui a pouco ela desce", ele informou para Mark quando a porta do elevador se fechou diante de seu rosto atônito.

Cross não disse nada enquanto o elevador ainda estava por perto; depois acionou novamente o botão e em seguida perguntou: "Você está dormindo com alguém?".

A pergunta foi feita de maneira tão casual que eu demorei um pouco para registrar o que ele havia dito.

Inspirei profundamente. "Por que está me perguntando isso?"

Vi no seu olhar a mesma coisa que havia notado da primeira vez em que nos encontramos — uma energia absurda e um controle absoluto sobre mim. O que me fez dar um passo para trás involuntariamente. De novo. Pelo menos dessa vez eu não caí; já era alguma coisa.

"Porque eu quero comer você, Eva. Então preciso saber se existe alguém atrapalhando meus planos."

A compressão súbita que senti entre minhas coxas me obrigou a procurar apoio na parede para manter o equilíbrio. Ele chegou mais perto e me escorou, mas eu o mantive à distância com uma das mãos. "Talvez eu não esteja interessada, senhor Cross."

Um esboço de sorriso transpareceu em seus lábios e fez o que parecia impossível: deixou-o ainda mais bonito. *Minha nossa...*

A campainha assinalando a aproximação do elevador me causou um sobressalto, de tão tensa que eu estava. Eu nunca tinha me sentido tão excitada na minha vida. Nunca tinha me sentido tão implacavelmente atraída por outro ser humano. Nunca tinha me sentido tão ofendida por alguém que me atraía.

Entrei no elevador e me virei para ele.

Cross sorriu. "Até a próxima, Eva."

As portas se fecharam e eu desmoronei sobre o corrimão de bronze, tentando me recompor. Mal havia me endireitado novamente quando a porta se abriu e eu vi Mark andando de um lado para o outro no hall de entrada do nosso andar.

"Meu Deus, Eva", Mark murmurou, interrompendo-se de repente. "O que foi aquilo?"

"Não faço a menor ideia", fui logo dizendo, louca para compartilhar a conversa confusa e ultrajante que havia tido com Cross, mas sabendo que meu chefe não era a pessoa mais indicada para isso. "Mas que diferença faz? Você já sabe que a conta é nossa."

Ele abriu um sorriso. "Acho que é mesmo."

"Como diz meu amigo, você devia comemorar. Quer que eu faça uma reserva em um restaurante para você e Steven?"

"Por que não? No Pure Food and Wine às sete, se conseguir. Se não der certo, nos surpreenda."

Mal havíamos voltado ao escritório de Mark quando ele foi interceptado pelos executivos — Michael Waters, CEO e presidente, além de Christine Field e Walter Leaman, a diretora-executiva e o vice-presidente do conselho, respectivamente.

Passei pelos quatro com a maior discrição possível e me recolhi à minha mesa.

Liguei para o Pure Food and Wine e implorei por uma mesa para dois. Depois de infinitas súplicas, a hostess enfim cedeu.

Deixei uma mensagem no correio de voz de Mark: "Hoje é mesmo seu dia de sorte. Seu jantar está confirmado para as sete. Divirta-se!".

Depois disso fui embora, ansiosa para chegar logo em casa.

"Ele disse o *quê*?" Cary estava sentado no canto oposto do sofá modulado branco, balançando a cabeça negativamente.

"Pois é!" Dei mais um gole no meu vinho. Era um *sauvigon blanc* gelado no ponto certo, que eu havia comprado a caminho de casa. "Minha reação também foi essa. Até agora não sei se essa conversa não foi uma alucinação causada por excesso de feromônios."

"E então?"

Apoiei as pernas sobre o sofá e me recostei no canto. "E então o quê?"

"Você sabe o quê, Eva." Apanhando seu netbook de cima da mesa de centro, Cary o posicionou sobre suas pernas cruzadas. "Vai deixar essa passar?"

"Eu nem conheço o cara. Não sei nem o nome dele, e ele já me vem com uma proposta dessas."

"Ele sabe o seu." Cary começou a digitar no teclado. "E essa história da vodca? De pedir uma reunião com seu chefe?"

A mão que eu estava passando pelos cabelos ficou paralisada. "Mark é muito talentoso. Se Cross tiver algum bom senso para os negócios, vai saber aproveitar e explorar isso muito bem."

"Da capacidade dele para os negócios eu não duvido." Cary virou seu netbook e mostrou o site das Indústrias Cross, que ostentava uma belíssima foto do Crossfire. "Esse prédio é dele, Eva. Gideon Cross é o dono do Crossfire."

Droga. Meus olhos se fecharam. *Gideon Cross.* O nome combinava com ele. Era sexy, elegante e másculo como seu dono.

"Ele tem um departamento só para cuidar do marketing das subsidiárias. Um departamento com dezenas de pessoas, talvez."

"Pare com isso, Cary."

"Ele é bonito, rico e quer ir pra cama com você. Qual é o problema?"

Olhei bem para ele. "Vai ser muito esquisito esbarrar com ele o tempo todo. Quero ficar um bom tempo nesse emprego. Gosto muito do trabalho. Gosto muito de Mark. Ele me deixou fazer parte do processo, estou aprendendo muito com ele."

"Lembra o que o doutor Travis falou sobre riscos calculados? Quando seu analista diz pra você correr riscos, você ganha esse direito. Quer dizer que você pode lidar com isso. Você e

Cross são duas pessoas adultas." Ele voltou a atenção novamente para a busca que fazia na internet. "Uau. Sabia que ainda faltam dois anos para ele fazer trinta? Imagine só a disposição..."

"Imagine só a grosseria. Fiquei ofendida com o jeito como ele falou comigo. Detesto me sentir como uma vagina ambulante."

Cary parou e se virou para mim, seus olhos exalando compaixão. "Desculpe, gata. Você é tão forte, tão mais forte do que eu. Duvido que cairia nas ciladas em que caio."

"Não acho que eu seja tão forte assim, pelo menos não o tempo todo." Desviei o olhar, porque não queria falar sobre tudo o que enfrentamos no passado. "Não que eu queira namorar ou coisa do tipo. Mas existem outras maneiras de dizer que você quer ir pra cama com uma mulher."

"Você tem razão. Ele é bem arrogante e pretensioso. Que fique morrendo de tesão por você até subir pelas paredes. Vai ser um castigo merecido."

Isso me fez rir. Cary sempre conseguia me fazer rir. "Duvido que alguma vez ele tenha subido pelas paredes por causa de alguém, mas é uma fantasia divertida."

Ele fechou o netbook em uma atitude resoluta. "O que vamos fazer hoje à noite?"

"Pensei em ir ver a aula de krav maga daquele sujeito do Brooklyn." Eu tinha feito uma pesquisa durante a semana, depois de conhecer Parker Smith no treino na academia, e a ideia de dispor de uma válvula de escape tão enérgica e brutal para o estresse me parecia cada vez mais interessante.

Eu sabia que não seria o mesmo que trepar loucamente com Gideon Cross, mas achava que seria bem menos perigoso para minha saúde.

3

"Sua mãe e Stanton não vão deixar você vir até aqui tantas noites por semana", comentou Cary, encolhendo-se dentro de sua estilosa jaqueta de brim, apesar de o tempo não estar muito frio.

O antigo galpão que Parker Smith usava como local de trabalho era uma construção com fachada de tijolos aparentes em uma antiga área industrial do Brooklyn que naquele momento lutava para se revitalizar. O espaço era bem amplo, e as enormes portas de metal, antes usadas para embarque e desembarque de carga, tornavam impossível adivinhar o que estava acontecendo lá dentro. Cary e eu nos sentamos nas arquibancadas, observando meia dúzia de lutadores treinando no tatame ali abaixo.

"Ai." Até eu me encolhi ao ver um deles levar um chute na região da virilha. Mesmo usando equipamento de proteção, aquilo parecia doloroso. "Como é que o Stanton vai descobrir, Cary?"

"Você vai acabar no hospital!" Ele olhou bem para mim. "Falando sério. Krav maga é muito violento. Eles estão só treinando, e é a maior pancadaria. Seu padrasto vai descobrir mesmo que você consiga esconder os hematomas. Ele sempre descobre."

"Por causa da minha mãe! Ela conta tudo pra ele. Mas eu não vou dizer nada pra ela sobre isto aqui."

"Por que não?"

"Ela não entenderia. Ia achar que eu quero me proteger por causa do que aconteceu, e vai se sentir culpada, fazer um dramalhão. Ela não ia acreditar que só quero me exercitar pra aliviar o estresse."

Apoiei o queixo na palma da mão e vi Parker ir até o centro do tatame com uma mulher. Ele era um bom instrutor. Paciente e atencioso, explicava tudo de uma maneira fácil de entender. Parker dava aula em uma região bem barra-pesada, mas onde tudo aquilo que era ensinado fazia sentido. Nada é capaz de reproduzir melhor a sensação de insegurança do que um enorme galpão vazio.

"Esse Parker é um gato", murmurou Cary.

"E usa aliança."

"Percebi. Os bons partidos são sempre os primeiros a sair do mercado."

Parker veio falar conosco depois da aula, com seus olhos pretos brilhantes e seu sorriso ainda mais reluzente.

"O que você achou, Eva?"

"Onde eu me matriculo?"

Seu sorriso sexy fez Cary apertar minha mão até quase interromper a circulação sanguínea.

"Logo ali."

A sexta-feira começou muito bem. Mark me explicou o processo de coleta de informações para preencher uma solicitação de proposta e me contou um pouco mais sobre as Indústrias Cross e sobre Gideon Cross, fazendo questão de assinalar que eles dois tinham a mesma idade.

"Tenho que ficar me lembrando disso o tempo todo", disse Mark. "É bem fácil esquecer que Gideon é assim jovem quando se está diante dele."

"Verdade", concordei, sem querer admitir que estava triste por saber que não veria Cross por dois dias. Por mais que dissesse a mim mesma que isso não faria nenhuma diferença, eu estava desapontada. Só me dei conta de que estava animada com a possibilidade de nos encontrarmos quando ela deixou de existir. Ficar perto de Gideon era excitante demais. Além disso, olhar para ele era uma experiência e tanto. Eu não tinha nada nem ao menos parecido para fazer no fim de semana.

Estava tomando algumas notas no escritório de Mark quando ouvi o telefone tocar. Pedi licença e fui correndo atender.

"Escritório de Mark Garrity."

"Eva, querida. Como vai?"

Afundei na cadeira ao ouvir a voz do meu padrasto. Stanton soava como um aristocrata para mim — culto, poderoso e arrogante.

"Richard. Está tudo bem? Tudo certo com a mamãe?"

"Sim. Está tudo bem. Sua mãe está ótima, como sempre."

Seu tom de voz se atenuava quando ele falava da mulher, e eu ficava grata por isso. Era grata a meu padrasto por vários motivos, na verdade, mas às vezes era difícil admitir isso sem me sentir desleal. Eu sabia que meu pai se sentia incomodado com a enorme diferença entre as contas bancárias dos dois.

"Que bom", eu disse aliviada. "Fico feliz. Vocês receberam meu bilhete agradecendo o vestido e o smoking do Cary?"

"Sim, foi muita consideração da sua parte, mas você sabe que não precisa nem agradecer. Só um momento." Ele falou com alguém, provavelmente a secretária. "Eva, querida. Eu gostaria de almoçar com você hoje. Vou mandar Clancy ir buscar você."

"Hoje? Mas a gente vai se ver amanhã à noite. Não dá pra esperar até lá?"

"Não, precisa ser hoje."

"Mas eu só tenho uma hora de almoço."

Um tapinha no meu ombro me alertou para a presença de Mark na minha baia. "Pode tirar duas horas", ele sussurrou. "Você merece."

Soltei um suspiro e agradeci silenciosamente. "Pode ser ao meio-dia, Richard?"

"Perfeito. Estou ansioso para ver você."

Eu não tinha nenhuma razão para aguardar ansiosamente um encontro com Stanton, mas ainda assim saí pouco antes do meio-dia e encontrei um carro parado no meio-fio esperando por mim. Clancy, motorista e guarda-costas de Stanton, abriu a porta quando o cumprimentei. Ele assumiu seu lugar ao volante e tomou o caminho do centro. Vinte minutos depois, eu estava sentada em uma sala de reunião anexa ao escritório do meu padrasto, diante de uma refeição lindamente servida para duas pessoas.

Stanton entrou na sala logo depois de mim, com sua aparência distinta e impecável. Seus cabelos eram totalmente brancos, e seu rosto era bem delineado e ainda muito bonito. Seus olhos tinham uma cor de brim lavado, e brilhavam, inteligentes. Ele era magro e atlético, sempre conseguia arrumar um tempinho em seus dias ocupados para se exercitar, mesmo antes de se casar com a esposa modelo — minha mãe.

Eu me levantei, e ele me deu um beijo na bochecha. "Você está linda, Eva."

"Obrigada." Eu era muito parecida com minha mãe, que também era loira. Mas os olhos verdes eram do meu pai.

Sentando-se em uma cadeira na ponta da mesa, Stanton tinha consciência da paisagem que se descortinava atrás dele, com os prédios de Nova York, e sabia tirar vantagem da impressão que causava.

"Coma", ele disse com a voz de comando tão facilmente entoada pelos homens poderosos. Homens como Gideon Cross.

Será que Stanton era tão determinado quanto Cross quando tinha sua idade?

Apanhei o garfo e ataquei a salada de frango, nozes, queijo feta e frutas vermelhas. Estava uma delícia, e eu tinha fome. Fiquei feliz por Stanton não ter começado a falar imediatamente, pois assim podia apreciar a refeição, mas o silêncio não durou muito.

"Eva, querida, eu gostaria de conversar sobre esse seu interesse por krav maga."

Fiquei paralisada. "Como é?"

Stanton tomou um gole de água gelada e se recostou, com o maxilar contraído de uma forma que avisava que eu não ia gostar do que ele estava prestes a dizer. "Sua mãe ficou preocupadíssima ontem à noite quando você foi àquele lugar no Brooklyn. Demorou um tempo para ela se acalmar e se convencer de que eu poderia tomar providências para que você faça isso de maneira segura. Ela não quer..."

"Espere." Eu larguei meu garfo cuidadosamente, já sem o menor apetite. "Como é que ela sabe aonde eu fui?"

"Ela rastreou seu celular."

"Não acredito!" Eu respirei fundo, desabando na cadeira. A tranquilidade com que ele deu essa resposta, como se fosse a coisa mais natural do mundo, me deixou enojada. Senti algo no estômago, que subitamente parecia mais interessado em rejeitar o conteúdo do almoço do que em digeri-lo. "Foi por isso que ela insistiu que eu usasse um telefone da empresa. Não tinha nada a ver com economia."

"Claro que um dos motivos era esse. Mas assim ela também podia ter paz de espírito."

"Paz de espírito? Espionando a própria filha, uma mulher adulta? Isso não é saudável, Richard. Você precisa entender. Ela ainda faz terapia com o doutor Petersen?"

Stanton pareceu incomodado. "Sim, é claro."

"Ela conta pra ele o que anda fazendo?"

"Não sei", ele respondeu, seco. "Isso é assunto dela. Eu não interfiro."

É claro que ele interferia. Stanton a pajeava o tempo todo, fazia tudo para agradá-la e mimá-la. Ele permitia que a obsessão dela pela minha segurança alcançasse proporções descomunais. "Ela precisa pôr uma pedra sobre tudo o que aconteceu. *Eu* já fiz isso."

"Você era uma menina inocente, Eva. Ela se sente culpada por não ter conseguido proteger você. Precisamos ter um pouquinho de tolerância."

"Tolerância? Ela invadiu minha privacidade!" Minha cabeça estava a mil. Como minha mãe tinha coragem de desrespeitar minha individualidade daquela forma? E *por que* fazia aquilo? Ela estava ficando maluca e me enlouquecendo junto. "Isso precisa acabar."

"Não tem problema nenhum. Já conversei com Clancy. Ele vai levar você quando precisar ir ao Brooklyn. Está tudo combinado. Vai ser muito melhor para você."

"Não tente fingir que a maior beneficiada sou eu." Meus olhos estavam ardendo e minha garganta queimava com o choro e a frustração contidos. Detestei a maneira como ele se referiu ao Brooklyn, como se fosse um país subdesenvolvido. "Sou uma mulher adulta. Posso tomar minhas próprias decisões. Existe uma lei que diz isso!"

"Não precisa elevar o tom de voz comigo, Eva. Estou apenas fazendo o melhor para sua mãe. E para você."

Eu me afastei da mesa. "Você está incentivando esse comportamento. Está mantendo ela doente, e me deixando doente também."

"Sente-se. Você precisa comer. Monica está preocupada, acha que você não está se alimentando direito."

"Ela se preocupa com tudo, Richard. Esse é o problema." Larguei meu guardanapo sobre a mesa. "Preciso voltar ao trabalho."

Dei as costas, tomando imediatamente o caminho da porta para sair dali o quanto antes. Peguei minha bolsa com a secretária e deixei meu celular em cima da mesa dela. Clancy, que estava me esperando na recepção, veio atrás de mim, e eu sabia que não adiantava tentar dispensá-lo. Ele seguia as ordens de Stanton e de mais ninguém.

Clancy me levou de volta enquanto eu fumegava no banco de trás. Eu poderia reclamar o quanto quisesse, mas no fim não era muito diferente do meu padrasto, porque no fim acabaria cedendo. Eu ia deixar minha vontade de lado e fazer o que minha mãe queria, porque a ideia de fazê-la sofrer ainda mais era de cortar o coração. Ela era emotiva e sensível demais, e me amava a ponto de enlouquecer por causa disso.

Eu estava de péssimo humor ao chegar ao Crossfire. Quando Clancy me deixou no meio-fio, olhei para os dois lados na calçada lotada à procura de um mercadinho para comprar chocolate ou de uma loja para arrumar um celular novo.

Acabei dando uma volta no quarteirão e comprando meia dúzia de chocolates na farmácia da esquina antes de entrar no prédio. Só fazia uma hora que eu tinha saído, mas eu não estava a fim de usar a hora a mais que Mark havia me concedido. Precisava trabalhar para esquecer minha família perturbada.

Ao entrar sozinha no elevador, rasguei a embalagem de uma barra de chocolate e a mordi furiosamente. Estava disposta a consumir toda a minha cota de chocolate antes de chegar ao vigésimo andar, mas o elevador parou no quarto. Gostei da ideia de ter um tempo extra para deixar o chocolate e o caramelo derreterem na minha língua.

A porta abriu, revelando a figura de Gideon Cross, que conversava com dois outros homens.

Como sempre, fiquei sem ar diante dele, o que só reacendeu minha raiva, que já estava começando a diminuir. Por que ele tinha aquele efeito sobre mim? Quando eu conseguiria ficar imune a ele?

Ele olhou para dentro. Ao me ver, seus lábios se curvaram em um sorriso de tirar o fôlego.

Que ótimo. Que sorte a minha. Eu agora era uma espécie de desafio para ele.

O sorriso de Cross se desfez em uma expressão séria. "Falamos sobre isso mais tarde", ele murmurou para seus companheiros sem tirar os olhos de mim.

Cross entrou no elevador e os dispensou com um gesto de mão. Eles pareceram surpresos. Olharam para mim, para Cross, e depois para mim de novo.

Fiz menção de sair, ciente de que seria melhor para minha saúde mental pegar outro elevador.

"Por que a pressa, Eva?" Ele me agarrou pelo cotovelo e me puxou de volta. A porta fechou e o elevador se pôs suavemente em movimento.

"O que você está fazendo?", protestei. Depois de ter que lidar com Stanton, a última coisa de que eu precisava era de outro macho dominante me dando ordens.

Cross agarrou meus braços e forçou o contato visual. Seus olhos azuis eram intensos. "Tem alguma coisa incomodando você. O que é?"

Aquele aperto afetou ainda mais meu mau humor, e a eletricidade que eu sabia existir entre nós enfim se manifestou. "Você."

"Eu?" Seus dedos aliviaram a pressão sobre meus ombros. Depois de me soltar, ele tirou uma chave solitária do bolso e a enfiou no painel. Todos os botões se apagaram, a não ser o do último andar.

Ele estava vestido de preto de novo, com riscas de giz em cinza. Vê-lo de costas foi uma revelação. Seus ombros eram largos sem serem ostensivos, realçando sua cintura bem delineada e suas pernas compridas. Os cabelos sedosos roçando o colarinho me despertaram o desejo de agarrá-los e puxá-los. Com força. Eu o desejava com toda a minha raiva. Estava disposta a uma boa briga.

"Não estou nem um pouco a fim desse tipo de conversa, senhor Cross."

Ele observava o mostrador em estilo antigo acima da porta passar pelos números dos andares que deixávamos para trás. "Posso deixar você a fim."

"Não estou interessada."

Cross olhou para mim por cima do ombro. Sua camisa e sua gravata tinham o mesmo tom azulado de sua íris. O efeito do conjunto era devastador. "Não minta pra mim, Eva. Nunca."

"Não é mentira. E daí que eu me sinto atraída por você? A maioria das mulheres deve se sentir." Embrulhei o pedaço de chocolate que havia restado e joguei de volta na sacola, que enfiei dentro da bolsa. Quando estava com Gideon Cross, eu não precisava de chocolate. "Mas não estou interessada em levar isso adiante."

Então ele se virou para mim, lentamente, com um esboço de sorriso percorrendo sua boca tentadora. Sua tranquilidade e impassibilidade me deixaram ainda mais descontrolada. "*Atração* é uma palavra civilizada demais para...", ele percorreu com a mão o espaço entre nós, "isto."

"Pode me chamar de maluca, mas eu preciso *gostar* de um cara antes de tirar a roupa na frente dele."

"Eu não diria maluca. Mas não tenho tempo nem disposição pra namoros."

"Pois então somos dois. Ainda bem que tiramos isso a limpo."

Ele chegou mais perto, erguendo a mão na direção do meu rosto. Eu me obriguei a não lhe dar a satisfação de me esquivar ou parecer intimidada. Ele esfregou o polegar na minha boca, levou-o até a dele, chupou a ponta do dedo e sussurrou: "Chocolate e você. Que delícia".

Senti um tremor pelo corpo todo, seguido por uma compressão entre minhas pernas ao me imaginar lambendo aquele corpo absurdamente sexy regado com chocolate.

Seu olhar se tornou mais intenso e sua voz baixou para um tom de intimidade. "Romance não é meu forte, Eva. Mas conheço mil maneiras de fazer gozar. Basta você querer."

O elevador parou subitamente. Ele tirou a chave do painel e a porta abriu.

Eu me encolhi em um canto e fiz um sinal com a mão para que ele se afastasse. "Realmente não estou interessada."

"Veremos." Cross me pegou pelo cotovelo e, de maneira gentil mas insistente, me pôs para fora.

Fui junto com ele porque gostava da emoção de estar a seu lado, e também porque estava curiosa para saber o que Cross diria se interagíssemos por mais de cinco minutos, para variar.

A porta abriu tão rapidamente que não foi preciso nem diminuir o passo. A bonita ruiva da recepção se levantou depressa, ansiosa para transmitir alguma informação enquanto ele balançava a cabeça demonstrando impaciência. Ela se calou e ficou me encarando enquanto passávamos a passos largos.

Felizmente, o corredor que levava à sala dele era curto. Seu secretário se levantou diante da aproximação do chefe, mas ficou em silêncio ao perceber que ele não estava sozinho.

"Não passe nenhuma ligação, Scott", disse Cross, conduzindo-me a seu escritório através da porta dupla de vidro.

Apesar da irritação, não pude deixar de me impressionar com a espaçosa sala de comando de Gideon Cross. Janelas panorâmicas exibiam a cidade de ambos os lados, como uma parede de vidro envolvendo o escritório. A única parede não transparente, bem na frente de sua enorme mesa, era coberta de monitores exibindo notícias em tempo real de canais de notícias do mundo inteiro. Havia três ambientes distintos, todos maiores que o escritório inteiro de Mark, e um bar com decanters de cristal, que proporcionavam os únicos pontos coloridos em uma decoração em que predominavam o preto, o branco e o cinza.

Cross apertou um botão na mesa e a porta se fechou. Logo em seguida a parede de vidro ficou opaca, protegendo-nos dos olhos dos funcionários. Com os filmes instalados nas janelas, nossa privacidade estava garantida. Ele tirou o paletó e o pendurou em um cabide cromado. Depois voltou para onde eu estava desde o momento em que entramos. "Quer beber alguma coisa, Eva?"

"Não, obrigada." Droga. Ele estava ainda mais gostoso só de colete. Dava para ver melhor como seu corpo era bonito. Como seus ombros eram fortes. Como seus bíceps se flexionavam lindamente quando ele se mexia.

Cross apontou para um sofá de couro preto. "Pode sentar."

"Preciso voltar ao trabalho."

"E eu tenho uma reunião às duas. Quanto mais cedo resolvermos isso, mais depressa podemos voltar ao trabalho. Agora pode sentar."

"O que exatamente nós temos que resolver?"

Soltando um suspiro, ele me pegou pelo braço, conduziu-me até o sofá e se sentou ao meu lado. "Suas objeções. Está na hora de discutir o que pode fazer você querer dar pra mim."

"Um milagre." Eu me afastei, ampliando o espaço entre nós. Puxei para baixo a barra da minha saia verde-esmeralda, arrependida de não ter vestido uma calça naquele dia. "Sua abordagem é grosseira e ofensiva." E me deixou louca de tesão, mas isso eu nunca ia admitir.

Ele me observou estreitando os olhos. "Posso não ser muito sutil, mas sou sincero. Você não me parece o tipo de mulher que prefere ouvir mentiras e galanteios em vez da verdade pura e simples."

"Prefiro ser tratada como alguém que tem mais a oferecer do que uma boneca inflável."

Cross ergueu as sobrancelhas. "Muito bem, então."

"Estamos conversados?", perguntei já me levantando.

Envolvendo meu pulso com os dedos, Cross me fez sentar de novo. "De jeito nenhum. Só esclarecemos alguns pontos: sentimos uma enorme atração sexual um pelo outro e nenhum dos dois quer namorar. Então você quer o que exatamente, Eva? Sedução? Você quer ser seduzida?"

Aquela conversa era ao mesmo tempo fascinante e ultrajante. E, é claro, tentadora. Dificilmente não seria, com um macho maravilhoso e viril daquele olhando para mim, determinado a me levar para a cama. Ainda assim, o lado negativo daquilo tudo falou mais alto. "Falar de sexo como quem fala de negócios é broxante demais pra mim."

"Estabelecer parâmetros logo de início evita que as expectativas sejam exageradas, o que poderia levar a uma decepção desnecessária."

"Você está falando sério?", perguntei com desdém. "Ouça o que está dizendo. Por que perder tempo falando em sexo?

Por que não dizer logo 'uma emissão seminal em um orifício pré-aprovado'?"

Ele jogou a cabeça para trás e soltou uma gargalhada. Fiquei ainda mais irritada. O som gutural de sua risada desabou sobre mim como um jato de água morna. Meu desejo por ele cresceu a um nível próximo do sofrimento físico. Seu divertimento mundano o fez parecer menos com um deus do sexo e mais com um ser humano. De carne e osso. Gente de verdade.

Eu me levantei e me afastei dele. "Sexo casual não precisa começar com flores e vinho, mas, pelo amor de Deus, sexo é uma coisa pessoal. Íntima. Que exige um mínimo de respeito mútuo."

A disposição para o humor pareceu sumir dos olhos dele. "Não existe espaço para ambiguidade nas minhas relações pessoais. Você está querendo misturar as coisas. E eu não vejo nenhum motivo pra isso."

"Não quero que você faça nada além de me deixar voltar ao trabalho." Tomei o caminho da porta e acionei a maçaneta, xingando baixinho ao ver que ela não funcionava. "Me deixe sair, Cross."

Senti que ele se aproximava de mim. As palmas de suas mãos, pressionadas contra o vidro, me aprisionaram entre seus braços. Eu não conseguia mais pensar em me preservar sentindo sua presença assim tão próxima.

A força e a determinação de seu desejo formavam uma espécie de campo de força quase palpável. Ele deu um passo à frente e me envolveu com seu corpo. Tudo o que havia fora dessa bolha deixou de existir, enquanto dentro dela meu corpo inteiro ansiava pelo dele. Cross exercia um efeito tão profundo e visceral sobre mim, mesmo sendo tão irritante, que minha cabeça começou a girar. Como eu podia sentir tanto tesão por alguém cujas palavras deveriam me deixar broxada?

"Vire para mim, Eva."

Seu tom de voz autoritário me deixou tão excitada que meus olhos até se fecharam. Meu Deus, o cheiro dele era maravilhoso. Seu corpo poderoso irradiava desejo e calor, instigando a vontade enlouquecida que eu tinha dele. Essa reação incontrolável foi intensificada pela minha frustração com Stanton e pela discussão com o próprio Cross.

Eu queria Cross. Muito. Mas ele era demais para mim. Sinceramente, eu não precisava de ninguém para arruinar minha vida, não precisava de ajuda nesse quesito.

Minha testa quente tocou o vidro resfriado pelo ar-condicionado. "Me deixe sair, Cross."

"Vou deixar. Você tem cheiro de encrenca." Seus lábios roçavam de leve minha orelha. Uma de suas mãos apertava minha barriga, seus dedos me puxavam para que eu encostasse nele. Ele estava tão excitado quanto eu: senti seu pau duro e grosso contra a base da minha coluna. "Agora vire para mim e se despeça."

Decepcionada e arrependida, recusei seu toque, encolhendo-me contra a porta gelada em comparação às minhas costas quentes. Ele estava curvado sobre mim, com os cabelos luxuriosos emoldurando seu lindo rosto e o antebraço apoiado na porta para ficar ainda mais perto. Quase não havia espaço entre nós. A mão que estava na minha cintura havia passado para a curvatura do meu quadril, apertando-me cada vez mais e me deixando maluca. Ele me encarou com seu olhar intenso e perturbador.

"Me dê um beijo", ele pediu, sussurrando. "Pelo menos isso."

Ligeiramente ofegante, passei a língua pelos lábios ressecados. Ele inclinou a cabeça e encostou sua boca na minha. Fiquei impressionada com a firmeza e a maciez de seus lábios, e com a pressão suave que eles exerciam. Suspirei, e sua língua entrou na minha boca, sentindo meu gosto em longas e deliciosas lambidas. Era um beijo confiante e habilidoso, com a quantidade ideal de agressividade para me deixar morrendo de tesão.

Mal registrei quando minha bolsa caiu no chão; minhas mãos foram logo para os cabelos dele. Puxei as mechas sedosas, usando-as para direcionar sua boca para a minha. Ele gemeu, tornando o beijo ainda mais profundo, atacando minha língua com movimentos lascivos. Senti seus batimentos descontrolados contra meu peito, uma prova de que ele não era tão desesperadamente perfeito como na minha imaginação febril.

Cross se afastou da porta. Agarrando minha nuca e minha

bunda, ele me levantou do chão. "Quero você, Eva. Cheirando a encrenca ou não, não consigo evitar."

Estava inteiramente grudada nele, sentindo cada pedacinho do seu corpo gostoso. Eu o beijava como se fosse comê-lo vivo. Minha pele estava úmida e hipersensível, meus seios pareciam mais pesados e receptivos ao toque. Meu clitóris implorava por atenção, pulsando ao ritmo da minha respiração acelerada.

Sem que eu me desse conta, já estava deitada no sofá. Cross estava inclinado sobre mim, com um dos joelhos apoiado no estofamento e o outro pé no chão. O peso da parte superior de seu corpo estava apoiado sobre seu braço esquerdo, enquanto ele agarrava a parte de trás do meu joelho com a mão direita, subindo para a minha coxa em uma carícia firme e possessiva.

Cross expirou com força quando chegou ao ponto em que minha cinta-liga se prendia à parte de cima da meia de seda. Ele desviou o olhar de mim e o direcionou para baixo, puxando minha saia para tirá-la.

"Minha nossa, Eva." Um gemido grave reverberou em seu peito, uma emissão sonora primitiva que fez minha pele inteira se arrepiar. "Sorte do seu chefe que ele é gay."

De relance, vi a parte inferior do corpo de Cross contra o meu, minhas pernas abertas para acolher a amplitude de seus quadris. Meus músculos queimavam de vontade de me encostar toda nele, de apressar o contato que eu desejava desde a primeira vez que o vi. Baixando um pouco a cabeça, ele atacou minha boca de novo, ferindo um pouco os meus lábios com sua impetuosidade levemente violenta.

Mas, de um momento para o outro, ele se afastou de mim, ficando em pé imediatamente.

Eu permaneci lá, ofegante e molhada, pronta e desejosa. Foi quando percebi por que Cross havia reagido de maneira tão abrupta.

Havia alguém atrás dele.

4

Horrorizada com a súbita intromissão na nossa privacidade, eu me sentei apressadamente no braço do sofá, ajeitando minha saia enquanto isso.

"... da reunião das duas horas está aqui."

Precisei de alguns segundos intermináveis de pânico para perceber que Cross e eu ainda estávamos sozinhos na sala, que a voz que eu tinha ouvido vinha de um alto-falante. Cross se sentou na outra ponta do sofá, parecendo irritado, com a respiração ofegante. A braguilha da calça ostentava o volume de uma ereção impressionante.

Apavorada, imaginei com que aparência eu deveria estar. E já tinha passado da hora de voltar ao trabalho.

"Meu Deus." Cross passou as mãos pelo cabelo. "Estamos no meio do expediente. E na porra do meu escritório!"

Eu me levantei e tentei me recompor.

"Espere." Ele veio até mim e levantou minha saia de novo.

Furiosa com o que quase havia acontecido quando eu deveria estar trabalhando, dei um tapa nas mãos dele. "Pare com isso. Me deixe."

"Fique quieta, Eva", ele disse com um sorriso, pegando nas mãos a barra da minha blusa de seda preta e a recolocando no lugar, de modo que ficasse ajustada e que os botões formassem de novo um arco perfeito em torno dos seios. Depois ele abaixou minha saia de volta, alisando-a com suas mãos seguras e competentes. "Prenda direito o cabelo."

Cross vestiu o paletó, acomodando-se dentro dele antes de ajustar a gravata. Chegamos à porta no mesmo instante e, quando me abaixei para apanhar minha bolsa, ele me acompanhou no mesmo movimento.

Então pegou meu queixo e fez com que eu olhasse para ele. "Ei", ele disse com uma voz suave. "Está tudo bem?"

Minha garganta queimava. Eu estava excitada, irritada e morrendo de vergonha. Nunca tinha perdido a cabeça dessa forma antes. E detestava o fato de isso ter acontecido com ele, um homem cuja noção de intimidade sexual era tão asséptica que me deixava deprimida só de pensar.

Livrei meu queixo do seu toque. "Eu *pareço* estar bem?"

"Você está linda e louca para trepar. Me deixou com tanto tesão que até dói. Estou a ponto de voltar para aquele sofá e fazer você gozar até não aguentar mais."

"Não dá pra acusar você de não ser direto", resmunguei, deixando claro que não estava ofendida. Na verdade, a brutalidade do desejo dele era um potente afrodisíaco. Apanhando a alça da bolsa, eu me pus de pé sobre as pernas bambas. Precisava me afastar dele. E, quando o dia de trabalho terminasse, precisava de um tempo sozinha com uma boa taça de vinho.

Cross também se levantou. "Vou apressar tudo aqui pra terminar até as cinco. Aí desço pra pegar você."

"Não, senhor. Isso que aconteceu agora não muda nada."

"É claro que muda."

"Não seja arrogante, Cross. Posso ter perdido a cabeça por um momento, mas isso não significa que eu queira o mesmo que você."

Seus dedos agarraram a maçaneta da porta. "Você quer, sim. Só não quer que seja da maneira como estou oferecendo. Só precisamos alinhar alguns pontos."

Outra vez a linguagem de negócios. Fria e impessoal. Comecei a me irritar de novo.

Pus minha mão sobre a dele e abri a porta, passando por baixo de seu braço para empurrá-la. Seu secretário se levantou rapidamente, assim como a mulher e os dois homens que esperavam por Cross. Ouvi quando ele disse:

"Scott vai conduzi-los até minha sala. Volto em um instante."

Ele me alcançou na recepção, passando o braço pelas minhas costas e me agarrando pelo quadril. Eu não queria causar nenhum constrangimento, então esperei até chegar ao elevador para afastá-lo.

Ele não se abalou e apertou calmamente o botão. "Até as cinco, Eva."

Não tirei os olhos do botão do elevador. "Estou ocupada."

"Até amanhã então."

"Tenho compromisso no fim de semana."

Ele entrou na minha frente e perguntou com a voz firme: "Com quem?".

"Isso não é da sua..."

Cross cobriu minha boca com a mão. "Chega. Só me diga quando, então. E, antes que se sinta tentada a dizer nunca, dê uma boa olhada e me diga se pareço ser um homem que desiste facilmente."

Sua expressão estava séria, e seu olhar era concentrado e determinado. Estremeci. Não tinha certeza se podia confiar na minha capacidade de resistir a Gideon Cross.

Engolindo em seco, esperei que ele tirasse a mão de mim e falei: "Acho que nós dois precisamos esfriar um pouco a cabeça. Pensar um pouco".

Ele insistiu. "Segunda depois do expediente."

O elevador chegou e eu entrei. Virando para ele, dei minha resposta: "Segunda na hora do almoço".

Assim teríamos só uma hora, e eu teria um bom motivo para fugir.

Antes de as portas se fecharem, ele ainda disse: "Eu não vou desistir, Eva".

Soou mais como uma ameaça do que como uma promessa.

"Não se preocupe, Eva", tranquilizou Mark quando cheguei à mesa, às duas e quinze. "Você não perdeu nada. Tive um almoço demorado com o senhor Leaman. Também acabei de chegar."

"Obrigada." Por mais que ele me tranquilizasse, eu ainda estava me sentindo muito mal. Minha produtiva manhã de sexta-feira no trabalho parecia ter ficado em um passado longínquo.

Trabalhamos sem parar até as cinco, conversando sobre um cliente do ramo de fast-food e tendo algumas ideias para um anúncio de uma rede de mercearias especializadas em produtos orgânicos.

"Pepinos nós temos de sobra", Mark havia dito em tom de brincadeira, sem saber que isso se aplicava perfeitamente à minha vida pessoal.

Eu tinha acabado de desligar o computador e estava pegando a bolsa quando o telefone tocou. Olhei para o relógio, que mostrava exatamente cinco horas, e pensei em ignorar a ligação, uma vez que tecnicamente o expediente já havia terminado.

Mas, como eu ainda estava me sentindo culpada por causa do almoço de duas horas, atendi como uma forma de penitência. "Escritório de Mark..."

"Eva, querida. Richard me disse que você esqueceu o celular no escritório dele."

Soltei uma bufada e me joguei de volta na cadeira. Conseguia até ver o lencinho na mão que acompanhava aquele tom de voz especialmente ansioso da minha mãe. Era muito irritante, mas também era de cortar o coração. "Oi, mãe. Tudo bem?"

"Ah, estou ótima. Obrigada por perguntar." Minha mãe tinha uma voz ao mesmo tempo infantil e sussurrante, uma mistura de Marilyn Monroe e Scarlett Johansson. "Clancy já deixou o celular na portaria do seu prédio. Você não deveria sair sem ele. Nunca se sabe quando se vai precisar ligar para alguém..."

Eu já vinha planejando uma forma de manter aquele telefone e encaminhar as chamadas para outro que minha mãe não tivesse registrado, mas naquele momento essa não era minha prioridade. "O que o doutor Petersen falou sobre você rastrear meu telefone?"

O silêncio do outro lado da linha era revelador. "O doutor Petersen sabe que eu me preocupo com você."

Coçando o nariz, eu falei: "Acho que está na hora de fazermos outra consulta conjunta, mãe".

"Ah... claro. Ele inclusive falou que gostaria de ver você de novo."

Provavelmente por achar que você não está dizendo toda a verdade. Mudei de assunto. "Estou adorando o novo emprego."

"Que maravilha, Eva! Seu chefe está tratando você bem?"

"Sim, ele é ótimo. Não poderia ser melhor."

"Ele é bonito?"

Eu sorri. "Sim, muito. Mas é comprometido."

"Que coisa. Os melhores sempre são." Ela riu, e meu sorriso se abriu ainda mais. Eu adorava vê-la feliz. Gostaria que passasse mais tempo assim. "Mal posso esperar para ver você no jantar beneficente."

Monica Tramell Barker Mitchell Stanton se sentia em casa em eventos sociais, uma beldade radiante acostumada a receber grandes doses de atenção masculina a vida toda.

"Vamos aproveitar o dia juntas também", disse minha mãe mais baixo. "Eu, você e Cary. Podemos ir a um spa e nos embelezar. Tenho certeza de que você está precisando de uma massagem depois de trabalhar tanto."

"Seria bom, com certeza. E sei que Cary ia amar."

"Ah, estou tão animada! Posso mandar um carro até sua casa às onze?"

"Vou estar esperando."

Desliguei, recostei-me na cadeira e soltei um suspiro. Estava precisando muito de uma banheira quente e de um orgasmo. Pouco importava se Gideon Cross descobrisse que eu me masturbava pensando nele. Minha frustração sexual estava enfraquecendo minha posição naquele jogo, uma fraqueza que eu sabia que ele não tinha. Com certeza haveria um orifício pré-aprovado à sua disposição antes do fim do dia.

Enquanto trocava os saltos pelos tênis, o telefone tocou de novo. Minha mãe raramente permanecia relaxada por muito tempo. Os cinco minutos que se passaram desde nossa conversa devem ter sido suficientes para ela perceber que a questão do celular ainda não estava resolvida. Mais uma vez, pensei em ignorar o telefone, mas não queria levar nada de ruim comigo para casa depois de um dia como aquele.

Atendi com minha saudação habitual, mas sem o mesmo entusiasmo.

"Ainda estou pensando em você."

A voz rouca e aveludada de Cross tomou conta de mim sem nenhuma resistência, o que me fez perceber que eu ansiava por ouvi-la de novo.

Meu Deus. O desejo era tão intenso que era como se ele

tivesse se tornado uma droga para meu corpo, a única fonte de uma sensação inigualável.

"Ainda estou sentindo você, Eva. Seu gosto. Estou de pau duro desde que saiu, apesar de duas reuniões e uma teleconferência. Estou em desvantagem. Faça suas exigências."

"Ah", murmurei. "Deixe-me ver."

Eu o deixei esperando, e abri um sorriso ao me lembrar do comentário de Cary sobre fazê-lo subir pelas paredes. "Humm... Não consegui pensar em nada. Mas tenho alguns conselhos de amiga. Procure uma mulher que esteja babando por você e faça com que se sinta um deus. Trepe com ela até nenhum dos dois aguentar mais. Quando me encontrar na segunda-feira, você já vai ter esquecido tudo isso, e sua vida vai voltar à sua ordem obsessivo-compulsiva."

Um som de atrito se tornou audível ao telefone, o que me fez pensar que ele estava se remexendo na cadeira. "Desta vez vou deixar passar, Eva. Mas, da próxima vez que insultar minha inteligência, vai levar um tapa na bunda."

"Não gosto desse tipo de coisa." E ainda assim, naquele tom de voz, aquela ameaça tinha me deixado excitada. Ele era perigoso, com certeza.

"Veremos. Enquanto isso, me fale do que você gosta."

Eu me levantei. "Sua voz é perfeita para fazer sexo por telefone, mas preciso ir. Tenho um encontro com meu vibrador."

Eu deveria ter desligado naquele momento, para que minha recusa tivesse um efeito dramático, mas queria ouvir quando ele engolisse em seco, como eu imaginava que faria. Além disso, eu estava me divertindo.

"Ah, Eva." Cross disse meu nome em uma espécie de suspiro esvaído. "Você quer que eu implore, não é mesmo? O que eu preciso fazer pra entrar nessa brincadeira com seu amiguinho movido a pilha?"

Ignorei ambas as perguntas e ajeitei a bolsa sobre o ombro, feliz por saber que ele não estava vendo como minha mão tremia. Eu não estava *nem um pouco* disposta a falar sobre meu vibrador com Gideon Cross. Nunca conversei abertamente sobre masturbação com um homem, muito menos com um cujas verdadeiras intenções eu desconhecia. "Meu amiguinho e eu temos uma relação bem clara — quando a brincadeira acaba, sabemos exatamente quem foi usado, e esse alguém nunca sou eu. Boa noite, Gideon."

Desliguei e tomei o rumo das escadas, tendo em mente que descer aqueles vinte andares serviria tanto para evitar encontros indesejáveis como para compensar o fato de que naquela noite eu não iria à academia.

Fiquei tão feliz ao chegar em casa no fim daquele dia que entrei praticamente dançando no apartamento. Meu suspiro de alívio — "Nossa, como é bom estar em casa!" — e os rodopios que o acompanharam foram suficientes para atrair a atenção do casal que estava sentado no sofá.

"Opa", eu disse, encolhendo-me de vergonha. Cary não estava fazendo nada muito comprometedor quando entrei, mas a proximidade com que estavam sentados sugeria alguma intimidade.

Pensei em Gideon Cross, que era capaz de eliminar a intimidade dos atos mais íntimos que alguém é capaz de imaginar, com certo mau humor. Eu já tinha feito sexo casual e mantido relações sem nenhum compromisso, e ninguém sabia melhor que eu que fazer sexo e fazer amor eram coisas bem diferentes, mas nunca seria capaz de enxergar o sexo como algo mecânico, como um aperto de mãos. O fato de Cross encarar a coisa dessa forma me entristecia, apesar de ele não ser o tipo de homem que despertasse compaixão ou pena.

"Oi, gata", Cary me cumprimentou, ficando de pé. "Queria mesmo que você chegasse antes de Trey ir embora."

"Tenho aula daqui a uma hora", explicou Trey, contornando a mesa de centro enquanto eu punha minha bolsa em um banquinho junto ao balcão. "Mas fico feliz de ter conseguido ver você antes de ir embora."

"Eu também." Apertei sua mão quando ele a estendeu para mim, aproveitando a chance para examiná-lo de relance. Tinha mais ou menos a minha idade. Altura mediana e musculatura sólida. Cabelos loiros despenteados, olhos azuis redondinhos e um nariz que claramente já havia sido quebrado em algum momento.

"Se importa se eu beber uma taça de vinho?", perguntei. "Tive um dia difícil."

"Vai fundo", respondeu Trey.

"Eu também quero uma." Cary se juntou a nós no balcão. Usava uma calça jeans preta larga e um suéter preto de gola bem larga. Um visual despojado e elegante, que realçava de maneira fenomenal seus cabelos castanhos e seus olhos verdes.

Fui até a adega e puxei uma garrafa qualquer.

Trey enfiou as mãos nos bolsos da calça jeans e ficou se balançando sobre os calcanhares, falando baixinho com Cary enquanto eu abria e servia o vinho.

O telefone tocou, e eu atendi. "Alô?"

"Alô, Eva? Aqui é Parker Smith."

"Oi, Parker." Apoiei o quadril no balcão. "Tudo bem?"

"Espero que não se importe de eu telefonar. Foi seu padrasto que me passou o número."

Argh. Stanton já tinha me incomodado demais em um só dia. "Não, tudo bem. Algum problema?"

"Sendo bem sincero? Nenhum. Seu padrasto foi a melhor coisa que nos aconteceu. Ele vai financiar algumas reformas para a segurança do espaço e outras melhorias que precisavam ser feitas. É por isso que estou ligando. Não vamos abrir na semana que vem. As aulas só vão voltar na outra segunda."

Fechei os olhos, tentando reprimir um grito de desespero. Não era culpa de Parker se Stanton e minha mãe eram maníacos controladores. Obviamente, eles não eram capazes de entender a ironia em tentar me defender enquanto estivesse cercada de pessoas treinadas para fazer exatamente isso. "Parece ótimo. Mal posso esperar. Estou muito animada para começar a treinar com você."

"Eu também. Vamos trabalhar duro, Eva. Seus pais vão ver como o investimento deles vai valer a pena."

Servi uma taça cheia para Cary e dei um gole enorme na minha. Nunca deixei de me surpreender diante do efeito que o dinheiro era capaz de causar. Só que, mais uma vez, a culpa não era de Parker. "Por mim tudo bem."

"Vamos começar assim que estiver tudo pronto. Seu motorista já está com os horários."

"Legal. A gente se fala, então." Quando desliguei, vi o olhar que Trey lançou na direção de Cary quando pensou que nenhum de nós dois estávamos olhando. Era um olhar meigo e cheio de ternura, o que me lembrava de que meus problemas podiam esperar. "Que pena que eu peguei você de saída, Trey. Você pode sair pra comer uma pizza na quarta? Seria bom ter tempo pra falar alguma coisa além de oi e tchau."

"Tenho aula." Ele me ofereceu um sorriso de lamento e lançou outro olhar de soslaio para Cary. "Mas na terça eu posso."

"Seria ótimo." Eu sorri. "A gente pode comer aqui mesmo e ver um filme."

"Eu adoraria."

Fui recompensada com um beijo, que Cary me mandou enquanto acompanhava Trey até a porta. Quando ele voltou para a cozinha, pegou sua taça de vinho e falou: "Vamos lá. Desembucha, Eva. Você parece estar bem estressada".

"Estou mesmo", confirmei, apanhando a garrafa e me dirigindo à sala.

"É o Gideon Cross, né?"

"Ah, sim. Mas não quero falar dele agora." Apesar de os fins de Gideon serem louváveis, seus meios eram deploráveis. "Vamos falar de você e Trey. Como se conheceram?"

"Foi em um trabalho. Trey trabalha meio período como assistente de fotógrafo. Sexy ele, né?" Seus olhos brilhavam de felicidade. "E um verdadeiro cavalheiro. À moda antiga."

"Quem diria que isso ainda existe?", resmunguei antes de matar minha primeira taça.

"O que você quer dizer com isso?"

"Nada. Desculpe, Cary. Trey me pareceu ótimo e claramente gosta de você. Ele estuda fotografia?"

"Veterinária."

"Uau. Que incrível."

"Também acho. Mas vamos esquecer um pouquinho Trey. Me fale sobre o que está incomodando você. Ponha tudo pra fora."

Eu suspirei. "Minha mãe. Ela descobriu que eu vou fazer aula com Parker e está surtando."

"Quê? Como ela descobriu? Juro que não contei pra ninguém."

"Eu sei que não. Nem desconfiei de você." Apanhando a garrafa de cima da mesa, reabasteci minha taça. "Escuta só. Ela rastreou meu celular."

Cary ergueu as sobrancelhas. "Sério? Isso é meio... assustador."

"Pois é! Foi isso que eu falei, mas Stanton não quer me ouvir."

"Que coisa." Ele passou a mão pela franja comprida. "E o que você vai fazer?"

"Comprar um telefone novo. E conversar com o doutor Petersen para ver se ele consegue fazer minha mãe agir com um pouco de bom senso."

"Boa ideia. Dedurar para o analista. Então... como andam as coisas no trabalho? Ainda na fase do encantamento?"

"Com certeza." Deitei a cabeça nas almofadas do sofá e fechei os olhos. "O trabalho e você estão salvando minha vida neste momento."

"E aquele zilionário gostoso que quer transar com você? Vai, Eva. Você está me matando de curiosidade. O que rolou?"

Contei tudo para Cary, claro. Queria sua opinião sobre o assunto. Quando terminei, ele ficou em silêncio. Levantei a cabeça para olhá-lo e o surpreendi mordendo os lábios, com os olhos brilhando.

"Cary? O que foi?"

"Essa história me deixou excitado." Ele riu, e o som de sua gargalhada profunda e masculina varreu boa parte da minha irritação para longe. "Ele deve estar muito confuso agora. Eu pagaria um bom dinheiro pra ver a cara dele quando ameaçou dar um tapa na sua bunda."

"Não acredito que ele disse aquilo." Só a lembrança da voz de Cross ao fazer a ameaça já fez as palmas das minhas mãos ficarem suadas o bastante para deixar uma mancha na taça de vinho. "Vai saber o que mais ele curte..."

"Não tem nada de estranho em gostar de uns tapinhas na bunda. Além disso, ele estava mandando ver no papai-e-mamãe no sofá, então não deve ter nada contra fazer só o básico." Cary desabou no sofá, com um sorriso radiante iluminando seu lindo rosto. "Você está sendo um grande desafio para um cara que obviamente adora ser desafiado. E ele está disposto a fazer concessões por você, o que com certeza não está acostumado a fazer. Diga logo pra ele o que quer."

Dividi entre nós o que sobrou do vinho, sentindo-me um pouquinho melhor agora que tinha certa quantidade de álcool nas veias. O que eu queria, afinal? Além do óbvio? "Somos totalmente incompatíveis."

"É assim que você chama o que aconteceu naquele sofá?"

"Ah, Cary. Vamos cair na real. Ele me conheceu no saguão do prédio e já foi logo dizendo que queria me comer. Do nada. Até um cara que você conhece num bar e leva pra casa faz mais por merecer do que ele. Ei, como é que você chama? Você vem sempre aqui? Está acompanhada? O que está bebendo? Quer dançar? Você trabalha aqui perto?"

"Tudo bem, tudo bem. Entendi." Cary deixou a taça sobre a mesa. "Vamos sair. Ir a um bar. Dançar até não aguentar mais. Quem sabe encontrar uns carinhas pra conversar com você."

"Ou pelo menos me pagar um bebida."

"Ei, Cross ofereceu uma bebida pra você no escritório dele."

Balancei a cabeça e fiquei de pé. "Dane-se. Vou tomar um banho e já vamos."

Eu me joguei na balada como se nunca tivesse feito isso antes. Cary e eu circulamos por todos os clubes noturnos de Tribeca ao East Village, jogando dinheiro fora com taxas de consumação, mas nos divertindo muito. Dancei até meus pés quase não aguentarem, mas consegui segurar firme, e Cary foi o primeiro a reclamar do desconforto das botas.

Saímos de um clube que tocava tecnopop com a intenção de comprar chinelos em uma farmácia ali perto quando cruzamos com o promotor de um *lounge* localizado a poucos quarteirões de distância.

"É um ótimo lugar pra você descansar um pouco os pés", ele sugeriu, sem o habitual sorriso forçado e entusiasmo exagerado da maioria dos promotores. Suas roupas — jeans preto e blusa de gola alta — também pareciam ser bem caras, o que me deixou intrigada. E ele não tinha nenhum panfleto ou coisa do tipo. Só me entregou um cartão de visita impresso em um papel chique com letras que capturavam a luz dos letreiros ao nosso redor. Tentei me lembrar de guardá-lo como um modelo interessante para anúncios impressos.

Uma torrente de pedestres apressados fluía ao nosso redor. Cary teve que espremer os olhos para ler o cartão, pois havia bebido alguns drinques a mais que eu. "Parece bem legal."

"Mostre esse cartão na entrada", instruiu o promotor. "Assim eles não cobram consumação."

"Legal." Cary envolveu meu braço com o dele e me arrastou rua afora. "Vamos lá. Em um lugar assim estiloso você pode encontrar um cara que valha a pena."

Meus pés estavam quase me matando quando chegamos ao tal lugar, mas parei de reclamar quando vi a porta de entrada. A fila era longa, chegava a virar a esquina. A voz cheia de Amy Winehouse escapava pela porta aberta, assim como alguns clientes bem vestidos que saíam com um sorriso no rosto.

Como o promotor havia dito, aquele cartão de visita garantiu nossa entrada gratuita e imediata. Fomos levados por uma hostess lindíssima ao andar de cima, a um bar VIP, menos movimentado, com vista para o palco e a pista de dança. Nós nos instalamos perto do mezanino, em uma mesa cercada por dois sofás de veludo em formato de meia-lua. A hostess abriu o menu de bebidas no centro da mesa e anunciou: "Seus drinques são por conta da casa. Tenham uma boa noite".

"Uau." Cary assoviou. "A gente se deu bem."

"Acho que aquele promotor reconheceu você de algum anúncio."

"Não seria o máximo?" Ele sorriu. "Meu Deus, que noite é essa? Saindo com minha melhor amiga e descobrindo alguém com quem dividir a vida."

"Hã?"

"Acho que estou decidido a ir em frente com Trey."

Fiquei feliz. Era como se eu tivesse esperado a vida inteira para que aparecesse alguém que tratasse Cary como ele merecia. "E vocês já conversaram sobre isso?"

"Não, mas acho que ele não faria nenhuma objeção a respeito." Cary encolheu os ombros e alisou sua camiseta toda rasgada. Com a calça de couro preta e os braceletes com pontas afiadas, dava a ele uma aparência sexy e indomável. "Acho que ele está tentando entender nossa relação primeiro. Ficou todo surpreso quando eu disse que morava com uma mulher e tinha vindo do outro lado do país só pra ficar perto de você. Ele tem medo de que eu seja bi e esteja apaixonado por você. É por isso que eu quis que vocês se conhecessem, para que ele visse como a gente interage."

"Sinto muito, Cary. Vou tentar tornar as coisas mais fáceis pra ele."

"A culpa não é sua. Não se preocupe. Se for pra dar certo, vai dar."

Tudo isso não foi capaz de fazer com que eu me sentisse melhor. Eu queria encontrar uma maneira de ajudar.

Dois caras pararam ao lado da nossa mesa. "Tudo bem se a gente sentar aqui?", perguntou o mais alto.

Olhei para Cary, e depois de volta para os dois. Pareciam irmãos, e eram muito bonitos. Sorridentes e confiantes, tinham uma postura relaxada e descontraída.

Eu estava quase dizendo "É claro" quando senti uma mão quente apertando com firmeza meu ombro descoberto. "Ela está comigo."

Cary, que estava sentado na minha frente, ficou de boca aberta ao ver Gideon Cross contornar o sofá e estender a mão para ele. "Taylor. Gideon Cross."

"Cary Taylor." Ele apertou a mão de Gideon com um sorriso escancarado no rosto. "Mas isso você já sabia. Prazer em conhecer. Ouvi falar muito de você."

Eu queria matá-lo. Pensei seriamente nisso.

"Fico feliz em saber." Gideon se sentou ao meu lado, com o braço apoiado no encosto atrás de mim, de modo que seus dedos pudessem casualmente, e possessivamente, acariciar meu braço. "Talvez ainda haja motivos para ter esperança."

Girando a cintura para encará-lo, sussurrei em um tom de voz furioso: "O que você está fazendo?".

Ele me fuzilou com um olhar determinado. "O que for preciso."

"Vou dançar." Cary se levantou com um sorriso carregado de malícia. "Volto daqui a pouco."

Ignorando meus olhares de súplica, meu melhor amigo jogou um beijo para mim e se mandou, levando os dois caras com ele. Ao vê-los se afastar, meu coração disparou. Depois de certo tempo, continuar ignorando Gideon se tornaria ridículo, além de impossível.

Meu olhar se voltou para ele. Gideon usava calça cinza-chumbo e suéter preto de gola V, o que lhe dava uma aparência despojada mas ao mesmo tempo sofisticada. Adorei aquela roupa e a suavidade que conferia a ele, apesar de saber que era apenas uma ilusão. Gideon era um homem duro, em vários sentidos.

Respirei fundo, sentindo que precisava fazer um esforço para socializar. Afinal de contas, eu não estava reclamando justamente disso? Que ele queria pular os preâmbulos e ir direto aos finalmentes?

"Você está..." Fiz uma pausa. *Lindo. Maravilhoso. Deslumbrante. Deliciosamente sexy...* No fim, acabei dizendo apenas: "Gostei do visual".

Ele ergueu as sobrancelhas. "Ah, de alguma coisa em mim você gosta. Será que é do pacote completo? Ou só da roupa? Só da blusa? Ou talvez da calça?"

Eu não gostei do tom de voz em que ele disse aquilo. "E se eu dissesse que só gostei da blusa?"

"Compraria mais umas dez e usaria todo dia."

"Seria uma pena."

"Você não disse que gostou?" Ele estava irritado, falando rápido, emendando uma palavra na outra.

Minhas mãos se contorciam inquietamente no meu colo. "Adorei a blusa, mas também gosto dos ternos."

Ele me encarou um instante, depois acenou com a cabeça. "Como foi seu encontro com o amiguinho movido a pilha?"

Saco. Olhei para o outro lado. Era bem mais fácil falar sobre masturbação pelo telefone. Mencionar esse assunto diante daqueles olhos azuis incisivos era uma tortura. "Uma dama nunca comenta esse tipo de coisa."

Ele acariciou meu queixo com as costas da mão e murmurou: "Você ficou vermelha".

Notei em sua voz o prazer que Gideon sentiu ao dizer isso e mudei rapidamente de assunto. "Você vem sempre aqui?"

Merda. De onde veio esse papinho clichê?

Sua mão desceu até as minhas pernas e agarrou uma das minhas mãos, acariciando a palma com os dedos. "Quando necessário."

Uma pontadinha de ciúme me fez querer endurecer o jogo. Olhei bem para ele, apesar de estar com raiva de mim mesma por me importar com o que ele fazia ou deixava de fazer. "Como assim, necessário? Quando você está no cio?"

Gideon abriu um sorriso sincero, que me deixou abalada. "Quando decisões importantes precisam ser tomadas. Sou o dono deste lugar, Eva."

Ora, mas que surpresa.

Uma linda garçonete serviu dois copos quadrados com drinques cor-de-rosa bem gelados. Ela olhou para Gideon e abriu um sorrisinho malicioso. "Aqui está, senhor Cross. Duas Stoli Elit com suco de cranberry. Mais alguma coisa?"

"Por enquanto não. Obrigado."

Estava na cara que ela queria entrar na lista de orifícios pré-aprovados, e isso me irritou; ou seja, eu estava distraída demais para reparar no que havia sido servido. Vodca cranberry era o que eu costumava pedir quando saía, era o que eu estava bebendo desde o início daquela noite. Minha cabeça deu um nó. Fiquei só observando enquanto ele dava o primeiro gole, fazia a bebida passear pela boca como se fosse um vinho finíssimo e depois engolia. O movimento de sua garganta me deixou com tesão, mas nada comparável ao efeito da intensidade do seu olhar.

"Nada mau", ele murmurou. "Veja se acertamos na mistura."

Ele me beijou. Foi um movimento rápido, mas eu vi o que ele estava fazendo e não me esquivei. Sua boca estava gelada e tinha gosto de cranberry com um toque de álcool. Uma delícia. Todo o turbilhão de energia e sentimentos caóticos que vinha se acumulando dentro de mim de repente se tornou grande demais para ser contido. Enfiei a mão entre seus cabelos maravilhosos e os agarrei com força, mantendo-o imóvel enquanto chupava sua língua. Seu gemido foi o som mais estimulante que eu já tinha ouvido na vida, e fez a carne entre minhas pernas enrijecer furiosamente.

Surpresa pela fúria da minha própria reação, recuei, ofegante.

Gideon veio atrás de mim, passando o nariz pela lateral do meu rosto, com seus lábios roçando minha orelha. Sua respiração também estava acelerada, e o som do gelo tilintando contra o copo em sua mão amplificava a agitação dos meus sentidos inflamados.

"Preciso sentir como é estar dentro de você, Eva", ele sussurrou bruscamente. "Estou morrendo de vontade."

Meu olhar passou do drinque para a mesa, pensamentos giravam a mil na minha cabeça, uma orgia de impressões, lembranças e dúvidas. "Como você sabia?"

Sua língua percorreu a cartilagem da minha orelha, e eu estremeci. Era como se cada célula do meu corpo ansiasse por ele. Resistir a Gideon demandava uma quantidade absurda de energia, sugava minhas forças e me deixava exausta.

"Sabia o quê?", ele perguntou.

"O que eu gosto de beber. O nome de Cary."

Ele respirou fundo e se afastou. Pôs o drinque sobre a mesa, virou-se no sofá e posicionou um dos joelhos sobre o estofamento para permanecer voltado diretamente para mim. Ele pôs o braço novamente no encosto do sofá e com as pontas dos dedos começou a fazer movimentos circulares no meu ombro. "Você passou por outros lugares esta noite. E pagou com cartão de crédito, e o que você bebeu ficou registrado na conta. E o nome Cary Taylor está no contrato de locação do seu apartamento."

Tudo começou a girar ao meu redor. *Não acredito...* Meu celular. Meu cartão de crédito. Até meu apartamento, merda. Eu não conseguia nem respirar. Cercada por todos os lados por minha mãe e Gideon, tive uma crise de claustrofobia.

"Eva. Meu Deus. Você está pálida, parece um fantasma." Ele pôs um copo na minha mão. "Beba."

Era o drinque. Virei tudo, esvaziando o conteúdo do copo. Meu estômago se revirou por um momento, mas depois se acalmou. "Você sabe onde eu moro?" Eu estava ofegante.

"Pode parecer estranho, mas eu sei." Gideon se sentou sobre a mesa, virado para mim, com as pernas posicionadas junto às minhas. Pegou o copo e pôs de lado, depois aqueceu minhas mãos geladas com as dele.

"Você é louco, Gideon?"

Ele estreitou os lábios. "Está perguntando isso a sério?"

"Sim, estou. Minha mãe vive me espionando, mas ela faz terapia. Você faz terapia?"

"Atualmente não, mas você está me deixando tão maluco que acho que vou precisar em breve."

"Então esse comportamento não é o seu normal?" Meu coração batia furiosamente. Eu sentia o sangue pulsar nos meus tímpanos. "Ou é?"

Ele passou a mão pelos cabelos, fazendo-os voltar à maneira como estavam quando eu os ataquei durante o beijo. "Apenas acessei informações que você disponibilizou voluntariamente."

"Mas não pra você! Não pra isso que você fez! Deve até ser contra a lei." Olhei bem para ele, mais confusa do que nunca. "Por que você fez isso?"

Ele se dignou a parecer que estava sem graça. Pelo menos isso. "Para poder saber, ora essa."

"Por que você não me perguntou, Gideon? Porra, por que isso é tão difícil pras pessoas hoje em dia?"

"Com você é difícil." Ele apanhou o drinque e virou quase tudo o que restava. "Só consigo ficar com você por alguns minutos, no máximo."

"Claro, você só quer falar sobre o que precisa fazer pra me levar pra cama!"

"Minha nossa, Eva", ele sussurrou, apertando minha mão. "Não precisa gritar!"

Eu o observei meticulosamente, estudando cada linha e contorno do seu rosto. Infelizmente, porém, catalogar os mínimos detalhes não diminuiu nem um pouco meu deslumbramento. Estava começando a desconfiar que nunca ia deixar de me espantar com a aparência dele.

E eu não era a única; via como as outras mulheres se comportavam perto dele. Gideon era podre de rico, coisa capaz de tornar até mesmo os caras mais velhos, carecas e barrigudos figuras atraentes. Não era à toa que ele só precisava estalar os dedos para conseguir uma trepada.

Ele fuzilava meu rosto com o olhar. "Por que está me olhando desse jeito?"

"Estou pensando."

"Em quê?" Ele cerrou os dentes. "Já vou avisando, se disser alguma coisa sobre orifícios pré-aprovados ou emissões seminais, não respondo pelos meus atos."

Isso quase me fez rir. "Quero tentar entender algumas coisas, porque acho que talvez eu não esteja valorizando você como deveria."

"Eu também gostaria de entender algumas coisas", ele rebateu.

"Acho que a abordagem 'Quero te comer' tem um alto nível de sucesso no seu caso."

A expressão de Gideon se fechou em uma impassibilidade inescrutável. "Sobre isso eu não vou falar, Eva."

"Certo. Você quer saber o que precisa fazer pra me levar pra cama. É por isso que está aqui? Por minha causa? E nem se dê ao trabalho de tentar dizer o que pensa que eu quero escutar."

Seu olhar era límpido e impassível. "Estou aqui por sua causa, sim. Eu providenciei tudo."

De um momento para o outro, minha desconfiança em relação ao promotor da casa passou a fazer sentido. Fomos fisgados por um funcionário das Indústrias Cross. "Você achava que me trazer até aqui ia render uma trepada?"

Sua boca se curvou em um sorriso, demonstrando certa dose de divertimento reprimido. "Sempre existe a esperança, mas eu sabia que um encontro casual e alguns drinques não seriam suficientes."

"Você está certo. Então por que fazer isso? Por que não esperar até o almoço de segunda?"

"Porque você está solta por aí, totalmente disponível. Não posso fazer nada a respeito do seu vibrador, mas posso impedir que você vá pra cama com um idiota qualquer que conheceu num bar. Se você quer transar, Eva, estou bem aqui."

"Não estou totalmente disponível. Estou dissipando a tensão de um dia estressante."

"Pois não é a única." Ele começou a passar os dedos pelos meus brincos de prata. "Você sai para beber e dançar quando está tensa. Eu tento resolver de uma vez o problema que está me causando tensão."

Ele disse isso em um tom suave, que despertou um desejo alarmante. "É isso que eu sou? Um problema?"

"Com certeza." Mas havia um esboço de sorriso em seus lábios.

Eu sabia que isso era muito atraente para ele. Gideon Cross não teria chegado aonde chegou, com tão pouca idade, se aceitasse facilmente um não como resposta. "Para você, o que significa namorar?"

Ele enrugou a testa entre as sobrancelhas. "Eu e uma mulher perdendo tempo com convenções sociais quando poderíamos estar trepando."

"Você não gosta da companhia das mulheres?"

A careta se transformou em uma expressão de desagravo. "Gosto, mas desde que isso não implique expectativas exageradas ou demandas excessivas do meu tempo livre. Descobri que a melhor maneira de garantir isso é separando amizades e relações sexuais em campos opostos."

Mais uma vez, ele vinha com aquele papo de "expectativas exageradas". Obviamente, aquilo era uma questão importante para ele. "Então você tem amigas mulheres?"

"É claro." Suas pernas se apertaram em torno das minhas, prendendo-me. "Aonde você quer chegar com isso?"

"Você separa o sexo do restante da vida. Separa da amizade, da vida profissional... de tudo."

"Tenho boas razões para isso."

"Deve ter mesmo. Muito bem, vou dizer o que penso." Era difícil para mim me concentrar estando tão perto dele. "Eu disse que não queria namorar, e não quero mesmo. Meu trabalho é a prioridade número um, seguido de perto pela vida pessoal — uma vida pessoal de mulher solteira. Não quero sacrificar nenhuma das duas coisas em nome de um relacionamento, e não tenho tempo para me dedicar a mais nada além disso."

"Nisso eu concordo com você."

"Mas eu gosto de sexo."

"Ótimo. Faça comigo." Seu sorriso era um convite ao prazer.

Empurrei seu ombro. "Preciso ter uma ligação pessoal com os homens com quem durmo. Não precisa ser nada muito intenso ou profundo, mas o sexo precisa ser mais do que uma negociação impessoal pra mim."

"Por quê?"

Eu sabia que ele não estava sendo irônico. Por mais bizarra que aquela conversa pudesse parecer para Gideon, ele a estava levando bem a sério. "Digamos que é uma das minhas manias, e para mim não é fácil dizer isso. Odeio ser usada. Faz com que eu me sinta desvalorizada."

"Não dá pra considerar que é você que está me usando?"

"Com você, não." Ele era poderoso demais, dominante demais.

Um brilho triunfante e predatório surgiu em seus olhos quando expus minhas fraquezas para ele.

"Além do mais", logo acrescentei, "isso é só uma questão semântica. O que eu quero nos meus relacionamentos sexuais é uma troca justa. Ou então estar no comando."

"Certo."

"Certo? Você concordou depressa demais, considerando que o que eu quero é juntar duas coisas que você faz tanta questão de separar."

"Não gosto da ideia e não vou fingir que entendo, mas estou ouvindo — é uma questão importante. Me diga como fazer isso."

Minha respiração acelerou. Por essa eu não esperava. Ele era um homem que não queria complicações na vida sexual, e eu era uma mulher que considerava sexo uma coisa complicada. Mas isso não significava que ele havia cedido. Pelo menos ainda não.

"Precisamos ter alguma intimidade, Gideon. Não temos que virar melhores amigos ou confidentes, apenas duas pessoas que conhecem um pouco mais sobre a outra do que os contornos do corpo. Pra mim, isso significa que precisaríamos passar algum tempo juntos quando não estivermos trepando. E passar esse tempo juntos em lugares onde seríamos obrigados a nos controlar."

"Não é isso que estamos fazendo agora?"

"Sim. E é exatamente disso que estou falando. Eu não estava valorizando seu esforço. Você poderia ter feito isso de uma maneira menos invasiva" — tapei a boca dele com os dedos quando ele tentou me interromper — "mas admito que tentou criar ocasiões para a gente conversar e eu não colaborei."

Gideon mordeu a ponta dos meus dedos, o que me fez dar um grito e puxar minha mão de volta.

"Ei. O que foi isso?"

Ele levou a mão que mordeu até a boca e a beijou onde estava doendo, passando de leve a língua para amenizar a dor. E excitar.

Num movimento de autodefesa, puxei a mão de volta para o colo. Ainda não tinha certeza de que havia esclarecido as coisas entre nós. "Para que você não pense que minhas expectativas são exageradas, quando estivermos perdendo tempo fazendo alguma coisa que não seja trepar, não vou considerar isso um namoro. Certo?"

"Parece um bom acordo." Gideon sorriu, e a decisão de ficar com ele se solidificou dentro de mim. Seu sorriso era como um relâmpago na escuridão, ofuscante, admirável, misterioso, e eu o desejava com tanta intensidade que doía.

Suas mãos se abaixaram para agarrar a parte de trás das minhas coxas. Apertando-me de leve, ele me puxou um pouco mais para perto. A bainha do meu vestido preto curto subiu de maneira quase indecente, e seu olhar ficou vidrado na pele que suas mãos tinham exposto. Ele umedeceu os lábios com a língua em um gesto tão carnal e insinuante que eu quase senti uma carícia na minha pele.

A voz de Duffy cantando "Mercy" ressoava na pista de dança logo abaixo. Uma dor incômoda cresceu no meu peito, e eu o esfreguei com a mão.

Eu já tinha bebido o suficiente, mas ouvi o som da minha voz dizendo: "Preciso de mais um drinque".

5

Acordei no sábado de manhã com uma ressaca monstruosa, e só conseguia pensar que era aquilo mesmo que eu merecia. Por mais que detestasse a insistência de Gideon de negociar sexo com a mesma facilidade com que discutia uma fusão empresarial, no fim acabei entrando no jogo. Meu desejo por ele justificava o fato de eu assumir um risco calculado e quebrar minhas próprias regras.

Eu me consolei com a ideia de que ele também estava quebrando algumas das dele.

Depois de um banho bem longo e quente, fui para a sala e encontrei Cary deitado no sofá com seu netbook, parecendo muito bem desperto e revigorado. Sentindo o cheiro de café na cozinha, fui até lá e enchi a maior caneca que consegui encontrar.

"Bom dia, dorminhoca", ele disse.

Segurando com as duas mãos minha tão necessária dose matinal de cafeína, eu me juntei a ele no sofá.

Cary apontou para uma caixa na mesa de centro. "Chegou enquanto você estava no banho."

Deixei a caneca de café sobre a mesa e apanhei o embrulho de papel pardo. Meu nome estava escrito diagonalmente na tampa da caixa com uma caligrafia floreada. Dentro dela havia uma garrafinha âmbar com os dizeres CURA RESSACA pintados em uma fonte estilo retrô e um bilhete amarrado com ráfia no gargalo em que se lia: "Beba-me". O cartão de visitas de Gideon estava cuidadosamente aninhado no papel de seda que protegia o embrulho.

Ao analisar o presente, considerei-o bastante conveniente. Desde que havia conhecido Gideon, eu tinha entrado em um mundo fascinante e sedutor em que quase nenhuma das regras conhecidas do bom senso se aplicava. Eu estava desbravando um território desconhecido, o que era ao mesmo tempo excitante e assustador.

Olhei para Cary, que encarava a garrafa com um ar de dúvida.

"Saúde." Tirei a rolha e bebi o conteúdo sem pensar duas vezes. Tinha gosto de xarope para tosse, espesso e doce. Meu estômago se contraiu de desgosto por um momento, depois esquentou. Limpei a boca com as costas da mão e enfiei a rolha de volta na garrafa vazia.

"O que era isso?", perguntou Cary.

"Pelo tanto que queima, mais álcool."

Ele franziu o nariz. "Um método eficiente, mas desagradável."

E funcionava mesmo. Eu já estava começando a me sentir melhor.

Cary apanhou a caixa e retirou de lá o cartão de Gideon. Ele o virou e mostrou para mim. No verso, Gideon havia escrito "Me ligue" com uma letra apressada e anotado seu telefone.

Peguei o cartão, envolvendo-o com minha mão. Aquele presente era a prova de que ele estava pensando em mim. Sua determinação e insistência eram sedutoras. E uma espécie de elogio.

Não havia como negar que Gideon havia derrubado todas as minhas barreiras. Queria sentir de novo aquilo que experimentei quando ele me tocou, e adorei o modo como reagiu quando eu o toquei. Quando parei para refletir sobre o que não faria para ter suas mãos sobre meu corpo de novo, não consegui pensar em muita coisa.

Cary quis me passar o telefone, mas fiz que não com a cabeça. "Ainda não. Quero estar bem lúcida quando falar com ele, e ainda estou meio zonza."

"Vocês dois pareciam estar se dando muito bem ontem à noite. Ele está muito a fim de você."

"E eu estou muito a fim dele." Aninhando-me no canto do sofá, apoiei o rosto no estofamento do encosto e abracei os joelhos. "A gente vai sair, se conhecer melhor, fazer sexo casual-mas-fisicamente-intenso e continuar sendo independente. Sem vínculos, sem expectativas, sem compromisso."

Cary apertou um botão no netbook e a impressora começou a expelir folhas de papel do outro lado da sala. Ele fechou o computador, deixou-o sobre a mesa de centro e passou a dedicar toda a sua atenção a mim. "Talvez vire algo mais sério."

"Talvez não", rebati.

"Cínica."

"Não estou atrás de um conto de fadas, Cary, principalmente com um figurão como Cross. Aprendi com minha mãe o que significa estar ao lado de homens poderosos. É comprometimento total em troca de uma entrega parcial. O dinheiro basta pra fazer minha mãe feliz, mas pra mim não é suficiente."

Meu pai amava minha mãe. Ele a pediu em casamento, queria passar sua vida com ela. Isso não aconteceu porque ele não tinha o currículo expressivo e a conta bancária polpuda que ela exigia de um marido. O amor não era um pré-requisito para o casamento na opinião de Monica Stanton e, como seu olhar provocador e sua voz sussurrada eram irresistíveis para a maior parte dos homens, ela nunca precisou se contentar com menos do que desejava. Infelizmente, meu pai tinha sido só um caso passageiro para ela.

Olhei para o relógio e vi que já eram dez e meia. "Acho que preciso ir me trocar."

"Adoro passar o dia no spa com sua mãe." Cary sorriu, e isso afastou a melancolia do meu estado de espírito. "Quando termina, eu me sinto como um deus."

"Eu também. Filha da deusa persuasão."

Estávamos tão ansiosos para sair que descemos antes mesmo que a portaria anunciasse a chegada do carro.

O porteiro abriu um sorriso quando aparecemos — eu de sandálias de salto e vestido estampado longo, Cary com um jeans apertado e camiseta de manga comprida.

"Bom dia, senhorita Tramell, senhor Taylor. Vão precisar de um táxi hoje?"

"Não, obrigado, Paul. Um carro está vindo buscar a gente." Cary sorriu. "Hoje é dia de spa no Perrini's!"

"Ah, o Perrini's", Paul balançou a cabeça. "Dei um vale-presente de lá pra minha mulher no nosso aniversário de casamento. Ela gostou tanto que estou pensando em fazer isso todo ano."

"É uma boa ideia, Paul", eu falei. "Uma mulher nunca se cansa de ser mimada."

Um carro preto com Clancy ao volante parou no meio-fio. Paul abriu a porta de trás e nós embarcamos, soltando um grito ao encontrar uma caixa de chocolates finos no assento. Depois de nos despedir de Paul com um aceno, nós nos recostamos no banco e partimos para a ação, dando pequenas mordidas naquelas trufas feitas para serem saboreadas aos poucos.

Clancy nos levou diretamente ao Perrini's, onde o relaxamento começava a partir do momento em que se punha o pé na soleira da porta. Cruzar aquela entrada era como tirar umas férias do restante do mundo. Todas as portas, adornadas com arcadas, eram emolduradas por pedaços de seda de uma cor viva, e almofadas cravejadas de joias eram usadas na decoração de divãs elegantes e poltronas largas e confortáveis.

Pássaros trinavam em suas gaiolas suspensas e vasos de plantas preenchiam todos os cantos com suas folhagens frondosas. Pequenas fontes decorativas propiciavam o som constante de água corrente, enquanto a música executada em instrumentos de cordas chegava através de alto-falantes cuidadosamente escondidos. O ar recendia a uma mistura exótica de especiarias e fragrâncias, fazendo com que eu me sentisse em um conto de *As mil e uma noites*.

A coisa toda estava a *um passo* de se tornar exagerada e cafona, mas jamais cruzava essa linha. O Perrini's era exótico e luxuoso, e oferecia um tratamento de primeira a quem tinha dinheiro para pagar por isso. Como minha mãe, que tinha acabado de sair de uma banheira de leite com mel quando chegamos.

Examinei as opções de tratamentos disponíveis, deixando de lado o habitual "mulher guerreira" em benefício do "mimo apaixonado". Eu já tinha me depilado uma semana antes, mas o restante do tratamento — "feito para torná-la sexualmente irresistível" — parecia ser exatamente o que eu precisava.

Só voltei a raciocinar normalmente quando ouvi Cary perguntar da cadeira ao meu lado:

"Senhora Stanton, já ouviu falar de Gideon Cross?"

Olhei feio para ele, que sabia muito bem que minha mãe ficaria maluca caso ouvisse alguma notícia sobre minhas relações amorosas — embora, nesse caso, não se tratasse exatamente de amor.

Minha mãe, sentada em uma cadeira do meu outro lado, inclinou-se para a frente com a habitual empolgação juvenil com que falava sobre homens ricos e bonitos. "É claro, eu o conheço. É um dos homens mais ricos do mundo. Número vinte e cinco na lista da *Forbes*, se bem me lembro. Um jovem muito determinado, é claro, e um doador generoso para diversas instituições de caridade que eu ajudo. E tem fama de ser mulherengo."

"Azar o meu." Cary sorriu e ignorou o modo como eu sacudia a cabeça violentamente. "Mas seria um caso perdido, de qualquer forma, porque ele está muito a fim de Eva."

"Eva! Não acredito que você não disse nada. Como pôde esconder uma coisa dessas de mim?"

Olhei para minha mãe, cujo rosto bem cuidado parecia jovem, sem rugas, e muito parecido com o meu. Não havia como negar que éramos mãe e filha, o que já ficava claro pelo sobrenome. A única concessão que ela fez ao meu pai foi me dar o mesmo nome da mãe dele.

"Não tem nada pra falar", insisti. "Somos apenas... amigos."

"Mas não precisa ser assim", disse Monica, com um olhar calculista que me deixou assustada. "Não sei como fui esquecer que vocês trabalham no mesmo prédio. Tenho certeza de que ele ficou encantado assim que pôs os olhos em você. Apesar de dizerem que ele prefere as morenas... Humm... Enfim. Ele também é conhecido pelo bom gosto. Obviamente isso falou mais alto no seu caso."

"Não é nada disso. Por favor, não comece. Você vai me fazer passar vergonha."

"Que bobagem. Se tem alguém que entende de homens aqui, esse alguém sou eu."

Encolhi os ombros. Quando minha massagem começou, eu estava precisando dela mais do que nunca. Deitei na maca e fechei os olhos, planejando tirar um cochilo a fim de me preparar para a longa noite que viria.

Como toda mulher, adoro me arrumar e ficar bonita, mas eventos beneficentes davam muito trabalho. Jogar conversa fora era uma coisa cansativa, sorrir sem parar era um saco, e conversar sobre negócios com pessoas que eu não conhecia era um tédio. Se esse tipo de interação social não fosse bom para Cary, eu compraria uma boa briga para não ter de participar.

Suspirei. A quem estava tentando enganar? Eu acabaria indo de qualquer jeito. Minha mãe e Stanton ajudavam instituições que cuidavam de crianças vítimas de abuso porque era uma coisa importante para *mim*. Comparecer a um ou outro evento pomposo era um preço pequeno a pagar em troca disso.

Respirando fundo, tentei relaxar. Eu me programei para ligar para meu pai quando chegasse em casa e pensei em um bilhete de agradecimento para mandar a Gideon pela garrafinha que curou minha ressaca. Eu até poderia enviar um e-mail para o endereço que estava no cartão de visitas que ele me deu, mas seria uma deselegância. Além disso, eu não sabia se ele mesmo lia seus e-mails ou delegava essa tarefa a alguém.

Ligaria para ele quando chegasse em casa. Por que não? Foi o que ele pediu — ou melhor, *mandou*; estava escrito com todas as letras no cartão de visitas. E eu poderia ouvir aquela voz cheia de luxúria de novo.

A porta se abriu e a massagista entrou. "Olá, Eva. Está pronta?"

Não exatamente. Mas estava quase lá.

Depois de passar várias horas agradabilíssimas no spa, minha mãe e Cary me deixaram no apartamento e saíram à procura de abotoaduras novas para Stanton. Aproveitei esse tempo livre para ligar para Gideon. Mesmo estando sozinha, tive que digitar o número dele várias vezes antes de enfim tomar coragem para completar a ligação.

Ele atendeu ao primeiro toque. "Eva."

Fiquei surpresa por Gideon saber quem era, e confusa por alguns instantes. Por que ele tinha meu número na lista de contatos? "Hã... Oi, Gideon."

"Estou aí perto. Avise na portaria que estou chegando."

"Quê?" Parecia que eu havia perdido uma parte da conversa. "Chegando aonde?"

"Na sua casa. Estou virando a esquina. Avise a portaria, Eva."

Gideon desligou e eu fiquei olhando para o telefone, tentando assimilar o fato de que em poucos momentos estaria novamente com ele. Um tanto desorientada, fui até o interfone e avisei na portaria que estava à espera dele, que chegou ainda enquanto eu falava. Poucos instantes depois, Gideon estava à minha porta.

Foi quando eu lembrei que estava usando apenas um robe de seda fina e que já estava maquiada e penteada para o evento da noite. Que tipo de impressão aquilo causaria nele?

Fechei bem o robe antes de deixá-lo entrar. Ele apareceu sem ser convidado, e eu não tinha a intenção de seduzi-lo nem nada do tipo.

Gideon ficou parado na porta por um bom tempo, percorrendo com seu olhar desde a ponta dos meus cabelos até os meus dedos do pé pintados em estilo francesinha. Eu também estava impressionada com a aparência dele. A maneira como ele estava vestido, com um jeans surrado e camiseta, fez com que eu quisesse despi-lo com os dentes.

"Valeu a pena ter vindo até aqui para ver você assim, Eva." Ele entrou e trancou a porta atrás de si. "Como está se sentindo?"

"Bem. Graças a você. Obrigada." Senti um nó no estômago por causa da presença dele, que fazia com que eu ficasse meio... tonta. "Mas não foi por isso que você veio aqui."

"Vim até aqui porque você demorou pra ligar."

"Eu não sabia que tinha um prazo."

"Eu precisava falar com você ainda hoje, e também queria saber se está tudo bem depois de ontem à noite." Seus olhos assumiram uma expressão séria ao passear por mim. Seu rosto de tirar o fôlego parecia emoldurado por seus cabelos negros impecáveis. "Você está linda, Eva. Acho que nunca desejei tanto alguém como agora."

Com essas poucas palavras, simples e diretas, já fiquei toda excitada e carente. Vulnerável demais. "O que você tem pra falar de tão urgente?"

"Vamos juntos ao evento de hoje à noite."

Levei um susto, surpresa e animada com o pedido. "Você vai?"

"E você também. Vi a lista de convidados e sei que sua mãe também vai. Podemos ir juntos."

Pus a mão sobre a garganta, dividindo minha preocupação entre o fato de ele saber tanta coisa sobre mim e o que havia acabado de me pedir. "Não foi isso que eu quis dizer quando pedi pra gente passar algum tempo juntos."

"Por que não?" Era uma pergunta desafiadora. "Qual é o problema de irmos juntos a um evento a que nós dois já iríamos de qualquer forma?"

"Não é só um jantarzinho íntimo. É um evento de muita visibilidade."

"E daí?" Gideon chegou mais perto e acariciou com o dedo um dos cachos do meu cabelo.

Havia um tom sugestivo em sua voz que me fez estremecer. Eu conseguia sentir o calor de seu corpo largo e rígido e o aroma masculino de sua pele. A cada minuto que passava, eu me deixava levar mais por seu charme.

"As pessoas vão tirar conclusões, principalmente minha mãe. Ela já está farejando sua solteirice no ar."

Baixando a cabeça, Gideon pressionou seus lábios contra a curvatura do meu pescoço. "Não me importa o que as pessoas vão pensar. Sabemos o que estamos fazendo. E pode deixar que eu me encarrego da sua mãe."

"Se você pensa assim", eu disse, quase sem fôlego, "é porque não a conhece muito bem."

"Pego você às sete." Sua língua percorreu a veia pulsante da minha garganta e eu me derreti sob ela. Meu corpo amoleceu quando ele me puxou para mais perto.

Ainda assim, consegui dizer: "Eu não disse que sim".

"Mas não vai dizer que não." Ele mordeu o lóbulo da minha orelha. "Não vou deixar."

Abri minha boca para protestar, mas Gideon logo a calou com um beijo molhado e luxurioso. Sua língua se movia devagar, fazendo com que eu desejasse que ele fizesse o mesmo entre as minhas pernas. Minhas mãos foram diretamente para seus cabelos, passeando por eles, agarrando com força. Quando lançou os braços em torno de mim, arqueei o corpo, curvando-me sob suas mãos.

Assim como no escritório dele, antes que me desse conta eu já estava deitada no sofá, com sua boca engolindo meu suspiro de surpresa. Meu robe se abriu ao toque de seus dedos habilidosos; ele agarrava meus seios, explorando-os com apertões suaves e ritmados.

"Gideon..."

"Shh." Ele sugou meu lábio inferior, enquanto seus dedos beliscavam meus mamilos sensíveis. "Eu estava ficando maluco só de pensar que você estava sem nada por baixo desse robe."

"É que você veio sem avisar... Ah! Ui..."

Ele abocanhou um dos meus seios, produzindo uma onda de calor que fez minha pele transpirar.

Meu olhar buscou desesperadamente o relógio do decodificador da TV a cabo. "Gideon, não."

Ele me olhou com seus olhos azuis intensos. "É uma loucura, eu sei. Eu não... não sei explicar por que, Eva, mas preciso fazer você gozar. Penso nisso o tempo todo, há dias."

Uma de suas mãos abriu caminho até o meio das minhas pernas. Elas se abriram sem o menor pudor. Meu corpo estava todo excitado, eu estava toda vermelha, quase febril. Sua outra mão continuou massageando os meus seios, deixando-os insuportavelmente sensíveis ao toque.

"Você está toda molhadinha pra mim", ele sussurrou, seguindo com os olhos até onde estavam seus dedos. "Você é linda aqui também. Macia e rosadinha. Quente. Não foi hoje que você se depilou, foi?"

Fiz que não com a cabeça.

"Ainda bem. Acho que não aguentaria nem mais dez minutos sem tocar em você, imagine dez horas." Ele enfiou um dedo cuidadosamente em mim.

Meus olhos se fecharam diante da vulnerabilidade de estar de pernas abertas sendo masturbada por um homem cujo conhecimento do tempo de recuperação depois de uma sessão de depilação com cera denunciava uma tremenda intimidade com o sexo feminino. Um homem que ainda estava totalmente vestido, ajoelhado no chão à minha frente.

"Você é tão gostosinha." O dedo de Gideon entrava e saía suavemente de mim. Minhas costas se curvaram, e minhas pernas o abraçaram com vontade. "E tão gulosinha. Faz quanto tempo que você não trepa?"

Engoli em seco. "Eu andei meio ocupada. Tinha que terminar a tese, depois procurar emprego, cuidar da mudança..."

"Faz um tempão, então." Ele tirou o dedo de mim e voltou com dois. Não consegui segurar um gemido de prazer. Aquele homem tinha mãos talentosas, confiantes e habilidosas, e conseguia tudo o que queria com elas.

"Você toma pílula, Eva?"

"Tomo." Minhas mãos agarraram as bordas do estofamento. "Claro."

"Assim que eu te provar que não tenho nada e você fizer o mesmo, vou gozar dentro de você."

"Gideon!" Eu estava ofegante, girando os quadris sem nenhuma vergonha ao ritmo dos dedos dele. Senti que ia explodir se Gideon não me fizesse gozar.

Nunca tinha ficado tão excitada na minha vida. Estava absolutamente dominada pela necessidade de ter um orgasmo. Se Cary chegasse naquele momento e me visse me contorcendo no meio da sala enquanto Gideon me masturbava, eu não ia nem ligar.

A respiração dele também estava acelerada. Seu rosto estava todo vermelho de desejo. Por mim. Sendo que tudo o que eu tinha feito fora me entregar a ele, incapaz de resistir.

A mão que estava nos meus seios passou pelo meu rosto. "Você está vermelha. Ficou escandalizada comigo."

"Fiquei."

Seu sorriso era o de alguém ao mesmo tempo perverso e deliciado, e me fez perder o fôlego. "Quero sentir minha porra aqui dentro quando enfiar o dedo em você. Quero que você sinta a minha porra aqui dentro, pra lembrar como eu estava quando gozei, dos ruídos que fiz. E, quando pensar nisso, você vai querer fazer de novo e de novo e de novo."

Seus dedos produziam ondas dentro de mim, o descaramento de suas palavras me deixava à beira do orgasmo.

"Vou dizer tudo o que quero que você faça para me dar prazer, Eva, e você vai fazer tudinho... se me obedecer, vamos fazer sexo explosivo, selvagem, sem restrições. Você sabe disso, não é? Já está sentindo como as coisas vão ser entre nós."

"Sim", eu sussurrei, agarrando meus seios para aplacar a fúria dos mamilos endurecidos. "Gideon, por favor."

"Shh... Pode deixar comigo." Ele começou a esfregar meu clitóris com o dedão, em movimentos circulares. "Olhe bem nos meus olhos quando gozar pra mim."

Eu estava prestes a explodir, e a tensão só aumentava enquanto ele massageava meu clitóris e enfiava os dedos em mim em um ritmo constante, sem a menor pressa.

"Goza pra mim, Eva", ele ordenou. "Agora."

Cheguei ao orgasmo com um grito abafado, agarrando as bordas do sofá até meus dedos ficarem sem cor, remexendo os quadris nas mãos dele, esquecendo completamente qualquer vergonha ou timidez. Meus olhos estavam grudados nos dele, incapazes de se desviar, hipnotizados pelo triunfo masculino que brilhava em seus olhos. Naquele momento, ele tinha total poder sobre mim. Eu faria tudo o que ele quisesse. E ele sabia disso.

Um prazer avassalador tomava conta de mim. Com o sangue pulsando nas minhas orelhas, ouvi sua voz rouca dizer alguma coisa, mas não consegui identificar as palavras quando ele apoiou uma das minhas pernas no encosto do sofá e cobriu meu sexo com a boca.

"Não..." Eu empurrei sua cabeça com as mãos. "Eu não aguento."

Eu estava inchada demais, sensível demais. Mas, quando sua língua tocou meu clitóris e começou a passear por ele, a vontade voltou com toda a força. Com mais intensidade do que antes. Ele percorreu tudo, me provocando, me tentando com a promessa de outro orgasmo que eu sabia que não conseguiria ter tão cedo.

Foi quando sua língua entrou em mim, e eu tive que morder os lábios para não gritar. Gozei pela segunda vez, e meu corpo se sacudiu violentamente, com os músculos mais tenros se enrijecendo desesperadamente ao toque da língua. O urro que ele soltou reverberou através de mim. Não tive forças para afastá-lo quando ele voltou ao meu clitóris e o chupou suavemente... incansavelmente... até eu gemer de novo, sussurrando seu nome.

Eu estava me sentindo toda mole quando Gideon endireitou minha perna, e ainda não tinha recuperado o fôlego quando ele começou a beijar minha barriga e meus seios. Ele lambeu meus mamilos e me enlaçou com seus braços. Permaneci imóvel e submissa ao seu toque enquanto ele beijava minha boca com uma violência controlada, ferindo meus lábios e denunciando seu estado de excitação extrema.

Então ele fechou meu robe e ficou de pé, olhando para mim de cima a baixo.

"Gideon...?"

"Às sete horas, Eva." Ele se abaixou e tocou meu tornozelo, acariciando com os dedos a tornozeleira que eu havia posto já pensando no evento. "E não tire isto aqui. Quero comer você com nada além disto."

6

"Oi, pai. Encontrei você!" Ajustei melhor a posição do telefone e puxei um banquinho ao lado do bar. Eu estava com saudade. Durante os quatro anos anteriores, moramos perto o bastante para que eu o visse toda semana. Agora que eu tinha mudado, a casa dele em Oceanside ficava do outro lado do país. "Tudo bem?"

Ele abaixou o volume da televisão. "Melhor agora que você ligou. Como foi a primeira semana de trabalho?"

Fiz um relatório completo de segunda até sexta, deixando de fora apenas as partes referentes a Gideon. "Adorei meu chefe, Mark", concluí. "E o ambiente da agência é bem animado, até meio maluco. Adoro levantar para ir trabalhar, fico até triste quando chega a hora de ir embora."

"Tomara que continue assim. Mas você precisa saber a hora de relaxar também. Sair, fazer coisas de jovem, se divertir. Só não precisa se divertir demais."

"Pois é, eu exagerei um pouco ontem à noite. Fui pra balada com Cary e acordei com uma tremenda ressaca."

"Porra, nem me fale uma coisa dessas", ele resmungou. "Umas noites atrás acordei suando frio, imaginando você em Nova York. Consegui me acalmar dizendo pra mim mesmo que você é inteligente demais pra fazer bobagem, que tem dois pais com as regras básicas de segurança inscritas no DNA."

"Isso é verdade", concordei, dando risada. "Por falar nisso... vou começar a treinar krav maga."

"Sério mesmo?" Ele parou um pouco para pensar. "Lá na corporação tem um cara que é craque nisso. Acho que vou experimentar também, assim podemos comparar nosso progresso quando eu for visitar você."

"Você vai vir a Nova York?" Não consegui esconder a empolgação. "Ah, pai, eu adoraria se você viesse. Por mais que sinta falta do sul da Califórnia, Manhattan é o máximo. Acho que você vai adorar."

"Eu ia gostar de qualquer lugar do mundo em que você estivesse." Meu pai esperou um pouco antes de perguntar: "Como vai sua mãe?".

"Bem... como sempre. Bonita, charmosa e obsessivo-compulsiva."

Meu peito começou a doer, obrigando-me a massageá-lo. Parecia que meu pai ainda era apaixonado por ela. Ele nunca se casou. Essa foi uma das razões por que nunca contei a ele o que aconteceu comigo. Como policial, faria questão de abrir inquérito, e o escândalo teria destruído minha mãe. Também imaginei que ele fosse perder o respeito por ela ou até mesmo culpá-la pelo que aconteceu, apesar de não ter sido culpa dela. Assim que descobriu o que o enteado dela vinha fazendo comigo, ela deixou o marido, com quem vivia muito bem, e pediu o divórcio.

Continuei falando e acenei para Cary quando ele entrou com uma sacola pequena da Tiffany. "Passamos o dia no spa hoje. Foi uma boa forma de encerrar a semana."

Notei que sua voz se tornou um pouco mais leve quando ele disse: "Fico feliz que vocês estejam passando algum tempo juntas. Quais são seus planos para o restante do fim de semana?".

Evitei tocar no assunto do evento de caridade, pois sabia que essa história de tapete vermelho e jantares a preços exorbitantes só ia enfatizar a diferença entre os estilos de vida dos meus pais. "Cary e eu vamos sair pra jantar, e amanhã quero ficar em casa. Dormir até tarde, passar o dia de pijama, talvez ver um filme e pedir alguma coisa pra comer. Vegetar um pouco antes de mais uma semana de trabalho."

"Pra mim, parece o paraíso. Eu aviso quando for tirar folga de novo."

Dei uma olhada no relógio e vi que já passava das seis. "Preciso ir me arrumar agora. Tome cuidado no trabalho, hein? Eu também me preocupo com você."

"Vou tomar. Tchau, filha."

Aquela despedida tão familiar fez com que eu sentisse uma pontada de saudade que fez minha garganta doer. "Ah, espera!

Vou comprar outro celular. Mando o número novo pra você assim que tiver."

"De novo? Pensei que você tinha comprado um novo quando se mudou."

"É uma longa e cansativa história."

"Humm... Mas não fique sem celular. É uma coisa importante pra sua segurança, não serve só pra jogar *Angry Birds*."

"Eu já parei com esse jogo!" Caí na risada e senti um calor se espalhar pelo meu corpo quando ouvi que ele também estava rindo. "Ligo de novo daqui a alguns dias. Comporte-se."

"Essa fala é *minha*."

Desligamos. Fiquei alguns minutos curtindo o silêncio, sentindo que meu mundo estava entrando nos eixos, uma sensação que nunca durava muito. Apeguei-me a esse sentimento enquanto ele durou; depois Cary ligou o som no quarto, tocando Hinder, e isso me pôs de novo em movimento.

Corri até o quarto para me preparar para uma noite com Gideon.

"Com colar ou sem colar?", perguntei para Cary quando ele apareceu no meu quarto, lindo de morrer. Com seu smoking novinho, ele parecia ao mesmo tempo um cavalheiro e um aventureiro, e estava seguro de que atrairia muita atenção.

"Humm." Cary inclinou a cabeça e analisou meu visual. "Me deixe ver de novo."

Levantei a gargantilha de ouro até o pescoço. O vestido que minha mãe havia mandado era de um vermelho bem vivo, e parecia ter sido desenhado para ser usado por uma deusa grega. Era de ombro único, com um decote diagonal, justo até o quadril e com uma abertura que começava no alto da coxa. Nas costas não havia nada além de um cordão de pedraria ligando um lado a outro para impedir que o vestido caísse. Em outras palavras, minhas costas estavam nuas desde a base da coluna, em um enorme decote V.

"Esqueça o colar", ele disse. "Eu estava pensando em brincos de ouro com pingentes, mas agora acho melhor argolas de diamantes. As maiores que você tiver."

"Quê? Sério?" Enruguei a testa diante do nosso reflexo no espelho, atenta a seus movimentos enquanto ele ia até o porta-joias e começava a procurar algo lá dentro.

"Estas aqui." Ele levou os brincos até mim, as argolas de mais de cinco centímetros que minha mãe me deu quando fiz dezoito anos. "Confie em mim, Eva. Experimente."

Ele estava certo. Os brincos produziam um efeito bem diferente da gargantilha de ouro — menos glamour e mais sensualidade. Além disso, combinavam com a tornozeleira de diamantes da minha perna direita, que eu nunca mais veria da mesma forma depois do comentário de Gideon. Com meus cabelos caindo sobre o rosto como uma cachoeira de cachos grossos e deliberadamente caóticos, parecia que eu tinha acabado de transar, uma impressão que só era reforçada pela maquiagem esfumaçada dos olhos e os lábios brilhantes.

"O que seria de mim sem você, Cary Taylor?"

"Gata" — ele pôs a mão sobre meus ombros e apertou seu rosto contra o meu — "isso você nunca vai saber."

"Você está lindo, aliás."

"Não estou?" Ele piscou para mim e deu um passo atrás, exibindo-se.

À sua maneira, Cary era um duro concorrente para Gideon... em termos de aparência, é claro. Cary tinha feições mais delicadas, quase femininas em comparação à beleza bruta de Gideon, mas ambos eram homens maravilhosos, que faziam você querer olhar duas vezes, e depois continuar olhando por puro deleite.

Cary não estava tão bem assim quando nos conhecemos. Estava muito magro e acabado por causa das drogas, seus olhos verdes pareciam opacos e perdidos. Mesmo assim me senti atraída por ele, fiz de tudo para me sentar a seu lado na terapia de grupo. Depois de um tempo, Cary simplesmente perguntou, do nada, se eu queria ir para a cama com ele, acostumado como estava a só receber atenção das pessoas em troca de sexo. Foi quando recusei, de maneira firme e irrevogável, que nos tornamos grandes amigos. Ele era o irmão que nunca tive.

O interfone tocou e levantei em um pulo, o que me fez perceber como estava nervosa. Olhei para Cary. "Esqueci de avisar na portaria que ele ia voltar."

"Eu cuido disso."

"Tudo bem pra você ir sozinho com Stanton e minha mãe?"

"Está brincando? Eles me adoram." Seu sorriso se desfez. "Está arrependida de ter aceitado ir com Cross?"

Respirei fundo, lembrando-me de onde estava pouco tempo antes — deitada, tendo orgasmos múltiplos. "Na verdade, não. É que as coisas estão acontecendo rápido demais e indo bem melhor do que eu imaginava... ou previa... ou queria..."

"Você está procurando o lado ruim da coisa." Ele chegou mais perto e mexeu na ponta do meu nariz com um dos dedos. "Ele é o lado bom *e* o lado ruim da coisa, Eva. E você conseguiu domar o cara. Agora, divirta-se."

"Estou tentando." Fiquei agradecida por saber que Cary me entendia, sabia como minha cabeça funcionava. Era muito bom poder conviver com ele, saber que podia contar com sua compreensão mesmo quando não conseguia explicar o que estava sentindo.

"Fiz uma puta pesquisa sobre ele hoje de manhã e imprimi as coisas mais recentes e interessantes. Está na sua mesa, se você quiser dar uma olhada."

Lembrei que ele estava mesmo imprimindo algumas coisas antes de irmos ao spa. Ficando na ponta dos pés, dei um beijo em sua bochecha. "Você é o máximo. Eu te amo."

"Eu também, gata." Ele saiu. "Vou até a portaria buscá-lo. Fique à vontade. Ele chegou dez minutos adiantado."

Com um sorriso no rosto, vi Cary sair para o corredor. A porta já havia se fechado atrás dele quando cheguei ao pequeno escritório anexo ao meu quarto. Na escrivaninha nem um pouco prática que minha mãe havia escolhido para mim, encontrei uma pasta lotada de artigos e imagens impressas. Eu me recostei na cadeira e me deixei levar pela história de Gideon Cross.

Quando descobri que ele era filho de Geoffrey Cross, ex-presidente de um fundo de investimentos que mais tarde se revelou um enorme esquema de pirâmide, foi como se eu tivesse sido atropelada por um trem. Gideon tinha apenas cinco anos de idade quando seu pai se matou com um tiro na cabeça para não ser preso.

Ah, Gideon... Tentei imaginá-lo naquela idade, e pensei em um menininho bonito de cabelos pretos e lindos olhos azuis carregados de perplexidade e tristeza. Essa imagem partiu meu coração. O suicídio de seu pai — e as circunstâncias que o cercaram — deve ter sido devastador, tanto para ele como para sua mãe. Todo o desgaste e o sofrimento de um acontecimento trágico como esse devem ter sido um fardo terrível para uma criança daquele tamanho.

Sua mãe se casou mais tarde com Christopher Vidal, um executivo do ramo da música, e teve mais dois filhos, Christopher Vidal Jr. e Ireland Vidal, mas ao que parece uma família completa e a segurança financeira chegaram tarde demais para ajudar a estabilizar a mente de Gideon depois de um abalo tão grande. Ele se fechou para o mundo, o que era sinal de cicatrizes sentimentais profundas.

Com um olhar crítico e curioso, analisei as mulheres que foram fotografadas a seu lado e logo pensei em sua opinião sobre namoro, vida social e sexo. O que vi foi exatamente o que minha mãe havia dito — elas eram todas morenas. Sua companhia mais frequente tinha todos os traços de ascendência hispânica. Era mais alta que eu, e seu corpo estava mais para esguio que para curvilíneo.

"Magdalene Perez", murmurei, admitindo dolorosamente que ela era linda. Sua postura ostentava o tipo de autoconfiança que eu tanto admirava.

"Muito bem, acho que já chega." Cary me interrompeu com um leve tom de contentamento. Ele ocupou a abertura da porta do meu pequeno escritório, encostado insolentemente no batente da porta.

"Sério?" Eu estava tão entretida; não tinha noção do tempo que havia se passado.

"Acho que não vai demorar muito pra ele vir até aqui. Está todo impaciente."

Fechei a pasta e fiquei de pé.

"Interessante, não?"

"Bastante." Quanto o pai de Gideon — ou, mais especificamente, seu suicídio — tinha interferido na vida dele?

Todas as respostas que eu queria estavam me esperando na sala ao lado.

Saí do quarto e caminhei pelo corredor até a sala. Parei um pouco na porta, com o olhar vidrado nas costas de Gideon, que olhava a cidade pela janela. Minha pulsação acelerou. Seu reflexo no vidro revelava uma expressão contemplativa. Seus olhos estavam perdidos, e ele tinha um sorriso nos lábios. Os braços cruzados revelavam certo desconforto, como se ele estivesse fora de seu habitat natural. Parecia distante e distraído, um homem irremediavelmente solitário.

Ele sentiu minha presença, ou então meu desejo. Deu meia-volta, mas permaneceu imóvel. Aproveitei a oportunidade para examiná-lo por inteiro, percorrendo todo o seu corpo com os olhos. Ele tinha toda a aparência de um poderoso magnata. Era de uma beleza tão sensual que eu sentia meus olhos queimarem só de olhar para ele. A cascata de cabelos negros que se espalhava ao redor de seu rosto fez meus dedos se flexionarem de vontade de tocá-la. E o modo como ele me olhava... meu coração disparou.

"Eva." Ele veio até mim com seu andar gracioso e determinado. Pegou minha mão e levou até a boca. Seu olhar era intenso — intensamente ardoroso, intensamente compenetrado.

O toque dos lábios contra minha pele fez um arrepio se espalhar por meu braço e despertou lembranças daquela boca pecaminosa em outras partes do meu corpo. Fiquei instantaneamente excitada: "Oi".

Seus olhos brilharam de contentamento. "Oi. Você está linda. Mal posso esperar para exibir você por aí."

Soltei um suspiro de satisfação ao ouvir aquele elogio. "Espero que consiga fazer jus a você."

Ele franziu levemente as sobrancelhas. "Já está pronta pra ir?"

Cary apareceu atrás de mim, trazendo meu xale de veludo preto e minhas luvas longas. "Está tudo aqui. O gloss está na bolsa."

"Você é o máximo, Cary."

Ele piscou para mim — uma indicação de que havia visto as camisinhas que eu guardara em um compartimento interno da bolsa. "Vou descer com vocês."

Gideon pegou o xale das mãos de Cary e o deitou sobre meus ombros. Quando começou a tirar os cabelos que haviam ficado sob ele, o toque de sua mão no meu pescoço me deixou tão distraída que mal notei que Cary estava me ajudando a colocar as luvas.

A descida de elevador até o saguão foi um exercício de sobrevivência a uma tensão sexual aguda. Não que Cary tenha percebido. Ele estava à minha esquerda, assoviando com as mãos nos bolsos. Gideon, por outro lado, exercia uma tremenda força sobre mim do lado oposto. Apesar de ele não ter se mexido nem emitido nenhum som, eu era capaz de sentir a excitação que irradiava de seu corpo. Sentia na minha pele a atração magnética que havia entre nós e comecei a ofegar. Foi um alívio quando a porta abriu e nos libertou daquele espaço fechado.

Duas mulheres esperavam para subir. Ficaram de queixo caído quando viram Gideon e Cary, o que me deixou contente e me fez sorrir.

"Senhoras", Cary cumprimentou, com um sorriso que era quase uma covardia. Dava para ver os neurônios delas entrando em parafuso.

Gideon, por sua vez, fez apenas um breve aceno e me conduziu para fora com a mão na base da minha coluna, pele contra pele. Um contato que produziu eletricidade, fazendo meu corpo inteiro ser invadido por uma onda de calor.

Apertei a mão de Cary. "Reserve uma dança pra mim."

"Sempre. Até daqui a pouco."

Uma limusine estava esperando na esquina, e o motorista abriu a porta assim que eu e Gideon saímos. Deslizei pelo banco para me sentar do outro lado e ajeitei o vestido. Quando Gideon se acomodou a meu lado e a porta se fechou, pude perceber como ele cheirava bem. Inspirei profundamente, dizendo a mim mesma para relaxar e desfrutar da companhia. Ele pegou minha mão e começou a percorrê-la com os dedos, e esse simples toque despertou em mim uma luxúria furiosa. Dispensei o xale — estava quente demais para usá-lo.

"Eva." Ele acionou um botão e o vidro escuro atrás do motorista começou a subir. Um instante depois eu estava no colo dele, e sua boca estava grudada na minha, beijando-me furiosamente.

Fiz então o que estava com vontade de fazer desde que o vi em pé na minha sala: enfiei as mãos entre seus cabelos e retribuí o beijo. Eu adorava o jeito como ele me beijava — como se fosse uma *necessidade*, como se ele fosse enlouquecer se não o fizesse, como se não aguentasse mais esperar. Chupei sua língua e percebi que ele gostava disso, e que eu gostava disso, o que me fez desejar chupá-lo em outro lugar com a mesma volúpia.

Quando suas mãos deslizaram sobre minhas costas nuas soltei um gemido, sentindo as pontadas de sua ereção contra o quadril. Eu me ajeitei para montar sobre ele, tirando o vestido do caminho e agradecendo mentalmente à minha mãe por ter escolhido uma roupa com uma abertura tão conveniente. Com os joelhos apoiados dos dois lados de seus quadris, lancei minhas mãos sobre seus ombros e tornei o beijo ainda mais profundo. Lambi sua boca, mordi de leve seu lábio inferior, acariciei sua língua com a minha...

Gideon me agarrou pela cintura e me tirou dali. Ele se inclinou para trás no acento, com o pescoço curvado para ver bem meu rosto e meu peito ofegante. "O que você está fazendo comigo?"

Percorri seu peito com a mão, dentro da camisa, sentindo a rigidez implacável de sua massa corporal. Meus dedos acompanharam o contorno dos músculos de seu abdome, formulando na minha mente a imagem dele sem roupa. "Estou tocando você. Me aproveitando de você. Eu quero você, Gideon."

Ele agarrou meus pulsos, detendo meus movimentos. "Mais tarde. Estamos no meio da rua."

"Não dá pra ver a gente."

"Não importa. Não é hora nem lugar de começar uma coisa que só vamos poder terminar daqui a várias horas. Já estou enlouquecendo com o que aconteceu hoje à tarde."

"Então vamos acabar logo com isso."

Seu aperto se intensificou, tornando-se doloroso. "Não podemos fazer isso aqui."

"Por que não?" Foi quando um pensamento surpreendente me ocorreu. "Você nunca transou numa limusine?"

"Não." Ele cerrou os dentes. "Você já?"

Olhei para o outro lado sem responder, e vi a massa de carros e pedestres em torno de nós. Estávamos a poucos centímetros de centenas de pessoas, mas o vidro escuro nos escondia de seus olhares, o que atiçava minha ousadia. Eu queria dar prazer a ele. Queria saber se era capaz de me aproximar de Gideon Cross, e não havia nada impedindo isso além dele.

Avancei com os quadris para cima dele, esfregando-me em toda a extensão de seu pau duro. Sua respiração sibilava por entre os dentes cerrados.

"Preciso de você, Gideon", sussurrei quase sem fôlego, inalando seu perfume, que parecia ainda melhor com minha excitação. Fiquei levemente intoxicada só de sentir o cheiro de sua pele. "Você me deixa louca."

Gideon soltou meus pulsos e agarrou meu rosto, apertando firmemente os lábios contra os meus. Com uma das mãos, procurei a braguilha da sua calça, abrindo os dois botões que escondiam o zíper. Ele enrijeceu.

"Eu preciso disso", murmurei bem perto da boca dele. "Deixa, vai."

Ele não relaxou, mas também não tentou mais me deter. Quando eu o peguei nas mãos, ele gemeu, um ruído de dor e prazer. Eu o apertei de levinho, usando um toque deliberadamente suave enquanto o media com as mãos. Estava duro como pedra, e quente. Deslizei minhas duas mãos fechadas em torno dele, da base até a ponta, perdendo o fôlego e me estremecendo toda ao fazê-lo.

Gideon agarrou meus quadris e suas mãos ultrapassaram os limites do meu vestido até que seus polegares encontrassem a renda vermelha da minha calcinha fio-dental. "Sua bocetinha é tão doce", ele murmurou com a boca colada à minha. "Quero abrir suas pernas e te lamber até você implorar pelo meu pau."

"Eu imploro agora mesmo, se você quiser." Eu o masturbava com uma das mãos, enquanto com a outra tentava abrir minha bolsa para pegar uma camisinha.

Um de seus polegares deslizou para dentro da minha calcinha, sentindo a intensidade do meu desejo úmido. "Mal toquei em você", ele sussurrou com os olhos brilhando sobre mim na escuridão daquele banco traseiro, "e você já está prontinha pra mim."

"Não dá pra evitar."

"Não é pra evitar." Ele enfiou o polegar em mim, mordendo o lábio interior enquanto eu me contorcia ao seu toque. "Não seria justo, já que não posso obrigar você a parar o que está fazendo."

Abri a embalagem do preservativo com os dentes e entreguei a ele com a camisinha já quase fora do invólucro. "Não sei pôr essas coisas."

Ele envolveu minhas mãos com a dele. "Estou quebrando todas as minhas regras com você."

A seriedade de seu tom de voz grave fez com que eu me sentisse inundada por uma onda de calor e confiança. "Regras foram feitas para serem quebradas."

Vi seus dentes brancos brilharem; ele acionou um botão do painel atrás de si e ordenou: "Continue dirigindo até eu mandar parar".

Senti minhas bochechas ficarem vermelhas. A luz dos faróis do carro de trás atravessou o vidro escuro e bateu no meu rosto, traindo meu embaraço.

"Ora essa, Eva", ele falou baixinho enquanto desenrolava com habilidade o preservativo. "Você me faz querer transar na limusine, mas sente vergonha quando digo ao motorista que não quero ser interrompido?"

Sua demonstração de bom humor fez com que eu o quisesse ainda mais. Apoiando as mãos nos seus ombros para me equilibrar, apoiei-me em um dos joelhos para chegar à altura necessária para me posicionar acima de seu pau grosso e duro. Suas mãos agarraram meus quadris, e eu ouvi um som de estalo quando ele rasgou minha calcinha. O ruído abrupto e a violência daquele gesto transformaram meu desejo em algo quase febril.

"Vá devagar", ele ordenou com a voz rouca, erguendo os quadris para poder abaixar mais a calça.

Senti sua ereção entre minhas coxas enquanto ele se mexia e soltei um gemido. Eu sentia uma espécie de vazio dentro de mim, como se os orgasmos que havia tido à tarde só tivessem aumentado meu desejo, em vez de aplacado.

Ele se enrijeceu quando eu o tomei com os dedos e o posicionei, ajustando seu membro grosso à minha abertura sedenta. O cheiro de tesão carregava o ar de umidade, uma mistura sedutora de feromônios que despertou todas as células do meu corpo. Minha pele estava vermelha e alerta, e meus seios, inchados e sensíveis.

Era isso que eu queria desde a primeira vez em que o vi — possuí-lo, montar sobre seu corpo magnífico e senti-lo profundamente dentro de mim.

"Minha nossa, Eva", ele perdeu o fôlego enquanto eu me abaixava sobre seu corpo, sentindo suas mãos apertando incansavelmente minhas coxas.

Fechei os olhos. Senti que estava me expondo mais do que deveria. Eu queria ter intimidade com ele, mas aquilo parecia demais. Estávamos nos encarando, a poucos centímetros de distância, encapsulados em um pequeno espaço com o restante do mundo pulsando ao nosso redor. Eu era capaz de sentir sua euforia, sabia que ele estava tão fora de si quanto eu.

"Você é tão apertadinha." Suas palavras saíram abafadas, com um toque delicioso de agonia.

Fui um pouco além, deixando que ele penetrasse mais fundo. Inspirei uma grande lufada de ar, sentindo-me deliciosamente alargada.

Com a palma da mão aberta sobre meu ventre, ele tocou meu clitóris pulsante com o dedão e começou a massageá-lo com movimentos circulares lentos e precisos. Senti meu corpo se enrijecer e se contorcer, trazendo-o ainda mais para dentro de mim. Ao tentar abrir os olhos, eu o vi através de minhas pálpebras semicerradas. Ele estava lindíssimo, estendido sob mim com um smoking elegante, exalando um desejo animal de acasalar através de seu corpo poderoso.

Ele arqueou o pescoço, pressionando o encosto do assento com a cabeça enquanto lutávamos para atravessar barreiras invisíveis. "Nossa", ele soltou através dos dentes. "Vou gozar muito."

Aquela promessa me excitou ainda mais. O suor brotava da minha pele. Eu estava tão molhada que deslizei por toda a extensão do pau dele até envolvê-lo quase completamente. Deixei escapar um grito abafado quando ele entrou em mim. A penetração era tão profunda que eu mal conseguia suportar, forçando-me a ir um pouco para o lado, tentando amenizar aquele inesperado toque de desconforto. Meu corpo, porém, não parecia se importar com seu tamanho avantajado. Estava estremecendo em torno dele, apertando-o, estremecendo à beira do orgasmo.

Gideon soltou um palavrão e agarrou meu quadril com sua mão livre, obrigando-me a me inclinar sobre seu peito, que pulsava com uma respiração trôpega. Essa mudança de posição fez com que eu me abrisse, aceitando-o por inteiro dentro de mim. Imediatamente, a temperatura do seu corpo subiu — eu sentia seu tórax irradiando ondas de calor através das roupas. Gotas de suor surgiram sobre seus lábios.

Inclinando-me para a frente, passei a língua por toda a sua extensão, capturando aquele líquido salgado com um leve murmúrio de prazer. Ele contorceu a boca de maneira impaciente. Eu me levantei com cuidado, deslizando um pouco para cima antes que ele detivesse o movimento agarrando meu quadril com ferocidade.

"Devagar", ele me avisou novamente, com um leve tom autoritário que fez com que uma onda de luxúria se espalhasse pelo meu corpo.

Deixei que meu corpo caísse, recebendo-o de novo dentro de mim, sentindo uma dor estranhamente gostosa quando ele foi um pouco além dos meus limites. Nossos olhos se encontraram, e o prazer se espalhou pelo ar quando nos identificamos com o que estávamos fazendo. Foi quando me dei conta de que estávamos completamente vestidos, a não ser pelas partes mais íntimas dos nossos corpos. Tudo aquilo me parecia muito natural, assim como os ruídos que ele fazia, mostrando que, como eu, estava sentindo um prazer extremo.

Sedenta por Gideon, grudei minha boca à dele, agarrando com os dedos as raízes de seus cabelos úmidos de suor. Eu o beijava e remexia os quadris, cavalgando no ritmo dos movimentos circulares enlouquecedores de seu polegar, sentindo o orgasmo que se construía ao redor de seu membro longo e grosso no meu ventre em ebulição.

Deixei que minha consciência fosse absorvida pelo instinto primitivo e permiti que meu corpo assumisse o controle por completo. Não conseguia pensar em mais nada além do desejo de foder, uma necessidade feroz de cavalgar em cima do pau dele até que toda aquela tensão se desfizesse em uma explosão que enfim me libertaria daquele desejo escravizador.

"Como isso é bom", suspirei, entregue a ele. "Está sentindo? Ah, como é bom."

Usando ambas as mãos, Gideon comandava meu ritmo, curvando-me em um ângulo que fazia com que a cabeça do seu pau se esfregasse no ponto mais sensível que havia dentro de mim. Meu corpo se endureceu e eu comecei a tremer, sentindo que estava prestes a gozar só de sentir suas estocadas precisas dentro de mim. "Gideon."

Ele agarrou minha nuca quando o orgasmo explodiu dentro de mim, lançando espasmos de êxtase que se irradiaram pelo meu corpo, fazendo-me estremecer. Gideon observou enquanto eu desmoronava diante dele, mantendo meus olhos abertos apesar do meu desejo de fechá-los. Dominada pelo seu olhar, eu gemia e gozava como nunca, sentindo meu corpo se contorcer a cada pulsação de prazer.

"Caralho, caralho, caralho", ele urrava, batendo seus quadris nos meus, puxando meu corpo para baixo a fim de fazê-lo ir de encontro a suas estocadas punitivas. Ele chegou até o ponto mais profundo do meu corpo. Sentia que ele estava cada vez mais duro e grosso.

Eu olhava para ele com avidez, sentindo a necessidade de vê-lo quando ele perdesse as estribeiras comigo. Seus olhos estavam arregalados de vontade, e seu belo rosto, contorcido pela brutal corrida em direção ao clímax.

"Eva!" Ele gozou emitindo um som de êxtase selvagem, uma liberação súbita de energia que me deixou fascinada por sua ferocidade. Ele tremeu ao sentir o orgasmo percorrer seu corpo, aliviando a expressão do rosto por um instante e demonstrando uma inesperada vulnerabilidade.

Envolvi seu rosto com as mãos e juntei meus lábios aos dele, tentando confortá-lo enquanto sua respiração agitada fazia inchar minhas bochechas.

"Eva." Ele me envolveu com os braços e me apertou contra ele, pressionando seu rosto úmido contra meu pescoço.

Eu sabia como ele se sentia. Entregue. Sem defesas.

Ficamos assim por um bom tempo, abraçados, absorvendo os tremores pós-orgasmo. Ele virou a cabeça e me beijou suavemente, aplacando meus sentimentos exaltados com o carinho de sua língua na minha boca.

"Nossa." Respirei fundo, abalada.

Seus lábios se curvaram para cima. "Pois é."

Eu sorri, sentindo-me tonta e feliz.

Gideon afastou os fios de cabelos úmidos de suor das minhas têmporas, percorrendo meu rosto com os dedos de maneira quase reverente. O modo como ele me olhava fez meu peito doer. Ele estava lindo e parecia... agradecido, com os olhos repletos de ternura. "Não quero estragar o momento."

Senti que ele estava jogando alguma coisa no ar e tentei capturar. "Mas...?"

"Mas não posso perder o jantar. Tenho um discurso a fazer."

"Ah." O momento estava de fato arruinado.

Eu me levantei lentamente de cima dele, mordendo os lábios ao sentir que Gideon escapava, úmido e escorregadio, de dentro de mim. O atrito foi suficiente para me fazer querer mais. Ele mal havia começado a amolecer.

"Droga", Gideon disse de repente. "Quero você de novo."

Ele me agarrou antes que eu saísse de cima dele, puxando um lenço sabe-se lá de onde e passando-o gentilmente entre minhas pernas. Foi um gesto profundamente íntimo, assim como o sexo que havíamos acabado de fazer.

Depois de seca, sentei-me no assento a seu lado e procurei o gloss dentro da bolsa. Por cima do pequeno espelho da caixinha de maquiagem, vi quando Gideon tirou a camisinha e deu um nó. Ele a embrulhou em um guardanapo de papel e a dispensou em uma lixeira engenhosamente escondida. Quando recompôs sua aparência, ele ordenou ao motorista que retomasse a rota, recostou-se no assento e deixou seu olhar se perder fora da janela.

A cada segundo que passava eu o sentia mais distante; a identificação entre nós se perdia a cada momento. Vi-me encolhida no canto do assento, longe dele, como se estivesse materializando a distância que havia entre nós. Todo o calor que eu havia recebido se transformou em uma evidente frieza, que me obrigou a procurar abrigo sob meu xale. Ele não moveu um músculo quando me afastei e guardei a maquiagem — era como se eu nem estivesse ali.

Em um movimento abrupto, Gideon abriu o compartimento de bebidas e puxou uma garrafa. Sem ao menos olhar para mim, ele perguntou: "Conhaque?".

"Não, obrigada." Minha voz saiu em um fio trêmulo, mas ele não pareceu notar. Ou então não deu nem bola. Serviu uma dose em um copo e virou-se completamente.

Confusa e magoada, vesti as luvas e tentei imaginar o que havia feito tudo ir por água abaixo.

7

Não me lembro bem do que aconteceu depois que chegamos. Os flashes dos fotógrafos espocaram ao nosso redor enquanto andávamos pela área de imprensa, mas eu mal me dei conta disso, estava sorrindo apenas por inércia. Na verdade, estava retraída e ansiosa para me livrar da tensão que Gideon exalava na minha direção.

No momento em que entramos, alguém chamou seu nome e ele se virou. Saí de fininho, olhando ao redor, para os outros convidados, que lotavam a entrada acarpetada do evento.

Quando cheguei à recepção, apanhei duas taças de champanhe da bandeja de um garçom que passava e virei uma delas enquanto procurava por Cary. Quando o vi do outro lado do salão junto com minha mãe e Stanton, fui direto até lá, descartando a taça vazia sobre uma mesa no caminho.

"Eva!" A expressão da minha mãe se iluminou ao me ver. "Esse vestido ficou maravilhoso em você!"

Ela me cumprimentou beijando minhas bochechas sem tocá-las. Estava linda em um vestido longo e justo, azul e brilhante. Suas orelhas, seus pulsos e sua garganta estavam adornados de safiras, ressaltando a cor de seus olhos e o tom de sua pele.

"Obrigada." Dei um gole na segunda taça de champanhe, lembrando que havia planejado expressar minha gratidão pelo vestido. Enquanto agradecia pelo presente, não estava mais tão contente com sua conveniente abertura na perna.

Cary tomou a frente, pegando-me pelo cotovelo. Só de olhar para meu rosto ele percebeu que eu estava chateada. Balancei a cabeça, mostrando que não queria falar sobre o assunto naquele momento.

"Mais champanhe, então?", ele perguntou, gentil.

"Por favor."

Senti que Gideon se aproximava antes mesmo de ver o rosto de minha mãe se iluminar como a Times Square em noite de Ano-Novo. Stanton também pareceu se ajeitar e se empertigar todo.

"Eva." Gideon apoiou a mão na parte inferior de minhas costas nuas, e uma onda de choque percorreu meu corpo. Com seus dedos grudados em mim, perguntei-me se ele sentia a mesma coisa. "Você fugiu."

Fiquei gelada com o tom de reprovação que ouvi em sua voz. Eu o fuzilei com um olhar que dizia tudo aquilo que eu não podia falar em público. "Richard, você conhece Gideon Cross?"

"Sim, é claro." Os dois se cumprimentaram.

Gideon me puxou mais para perto. "Temos a sorte de acompanhar as duas mulheres mais bonitas de Nova York."

Stanton concordou, abrindo um sorriso para minha mãe.

Virei o restante do meu champanhe e troquei com gratidão a taça vazia pela que Cary havia me trazido. O álcool produzia uma leve queimação no meu estômago, e ajudava a desatar um pouco o nó que havia se formado lá dentro.

Gideon se inclinou na minha direção e cochichou em um tom áspero: "Não se esqueça de que você está comigo".

O cara era *maluco*? Que conversa era aquela? Meus olhos se estreitaram de raiva. "Olha só quem fala."

"Aqui não, Eva." Ele acenou com a cabeça para todos e me levou dali. "Agora não."

"Nem nunca", murmurei, concordando em ir com ele só para poupar minha mãe daquela cena.

Virando taças de champanhe, eu me coloquei no piloto automático e passei a agir num modo de autopreservação ao qual não recorria havia muitos anos. Gideon me apresentou a algumas pessoas, e acho que minha atuação foi boa — falando nos momentos certos e sorrindo quando necessário —, mas não estava prestando a mínima atenção. Eu estava mais preocupada com a parede de gelo que se ergueu entre nós, com minha raiva e minha mágoa. Caso eu ainda precisasse de alguma prova da determinação de Gideon em evitar interações sociais com as mulheres com quem dormia, tinha acabado de obtê-la.

Quando o jantar foi anunciado, fui com ele para a mesa e mal toquei na comida. Bebi algumas taças de vinho tinto que serviram junto com a refeição e ouvi Gideon conversar com as demais pessoas à mesa. Não prestei a menor atenção às palavras, apenas à cadência e o tom sedutor e equilibrado da sua voz. Felizmente, ele não tentou me integrar à conversa. Acho que eu não diria nada que prestasse.

Só voltei a demonstrar interesse quando, em meio a uma salva de palmas, ele subiu até o palco. Eu me virei na cadeira e o observei enquanto caminhava em direção ao púlpito, incapaz de deixar de admirar sua elegância natural e sua beleza impressionante. A cada passo que dava ele impunha atenção e respeito, o que era uma proeza, considerando suas passadas tranquilas e sem pressa.

Gideon não lembrava nem um pouco aquele sujeito vulnerável depois da nossa foda desmedida na limusine. Na verdade, parecia outra pessoa. Ele havia voltado a ser o homem que conheci no saguão do Crossfire, absolutamente controlado e naturalmente poderoso.

"Em nosso país", ele começou, "o abuso sexual na infância é uma realidade para uma a cada quatro mulheres e um a cada quatro homens. Dê uma boa olhada ao seu redor. Alguém da sua mesa pode ter sido uma vítima, ou então conhece uma. Essa é a inaceitável verdade."

Fiquei vidrada nele. Gideon era um grande orador, e seu tom de barítono era hipnotizante. Mas era o tema de seu discurso, tão pessoal para mim, e sua maneira apaixonada e às vezes surpreendente de abordá-lo que me emocionou. Comecei a amolecer, sentindo minha fúria injuriada e minha autoconfiança ferida dando lugar ao deslumbramento. Minha visão sobre ele mudou quando me vi apenas como mais um membro de uma plateia atenta. Ele não era mais o homem que tinha acabado de magoar meus sentimentos; era apenas um palestrante habilidoso falando sobre uma questão importantíssima para mim.

Quando terminou, eu me levantei e aplaudi, surpreendendo tanto Gideon como a mim mesma. No entanto, os demais logo se juntaram a mim naquela ovação, e comecei a ouvir as conversas que zuniam ao redor, desmanchando-se discretamente em merecidos elogios.

"Você é uma menina de sorte."

Virei-me para ver de quem era a voz que havia dito aquilo, e me deparei com uma bela ruiva que parecia ter pouco mais de quarenta anos. "Somos só... amigos."

Seu sorriso sereno fazia de tudo para me desmentir.

As pessoas começaram a abandonar as mesas. Eu estava prestes a pegar minha bolsa e ir para casa quando um jovenzinho se aproximou para falar comigo. Seus cabelos castanhos rebeldes despertavam uma inveja imediata, e seus olhos de um tom de verde acinzentado eram gentis e amistosos. Bonito e ostentando um sorriso jovial, ele arrancou de mim o primeiro sorriso sincero desde que saí da limusine.

"Olá."

Ele parecia me conhecer, o que me deixou na desconfortável posição de fingir que fazia alguma ideia de quem ele era. "Olá."

Ele deu uma risada, despreocupada e charmosa. "Meu nome é Christopher Vidal, sou irmão de Gideon."

"Ah, é claro." Senti meu rosto esquentar. Eu não conseguia acreditar que estava tão mergulhada na autopiedade que não fui capaz de fazer essa associação de imediato.

"Você ficou vermelha."

"Desculpe." Ofereci a ele um sorriso envergonhado. "Não sei muito bem como dizer que li uma reportagem sobre você sem que isso soe meio esquisito."

Ele riu. "Fico feliz que tenha lembrado. Só não me diga que foi na coluna social."

"Não", eu me apressei em esclarecer. "Na *Rolling Stone*, talvez?"

"Isso eu consigo aceitar." Ele estendeu o braço para mim. "Quer dançar?"

Dei uma olhada para Gideon, parado diante da escada que levava ao palco. Estava cercado de pessoas ansiosas para falar com ele, em sua maioria mulheres.

"Como você pode ver, meu irmão vai demorar um pouco", disse Christopher, parecendo se divertir com a situação.

"Pois é." Eu estava prestes a me virar quando reconheci a mulher ao lado de Gideon — Magdalene Perez.

Apanhei minha bolsa e me esforcei para sorrir para Christopher. "Eu adoraria dançar."

De braços dados, fomos até a pista. A banda começou a tocar uma valsa, e seguimos naturalmente o ritmo da música, com movimentos suaves. Ele era um dançarino habilidoso, ágil e seguro quanto à sua capacidade de conduzir.

"Então você é amiga de Gideon?"

"Não exatamente." Acenei com a cabeça para Cary quando ele surgiu ao meu lado com uma loira escultural. "Trabalho no Crossfire, e nós nos encontramos nos corredores uma vez ou outra."

"Você trabalha para ele?"

"Não. Trabalho como assistente na Waters Field & Leaman."

"Ah." Ele sorriu. "Publicidade."

"É."

"Gideon deve estar muito a fim de você para passar dos encontros casuais nos corredores para um evento como este."

Praguejei em silêncio. Sabia que as pessoas iam tirar conclusões, mas não estava nem um pouco disposta a ser humilhada. "Gideon conhece minha mãe, que foi quem me convidou para vir, então era só uma questão de duas pessoas irem ao mesmo lugar no mesmo carro ou em carros separados."

"Então você está desacompanhada?"

Respirei fundo, sentindo-me desconfortável, apesar da fluidez com que nos movíamos na dança. "Bom, comprometida eu não estou."

Christopher abriu seu carismático sorriso de menino. "Minha noite acabou de mudar pra melhor."

Ele preencheu o restante do tempo da dança com piadinhas divertidas sobre a indústria musical, que me fizeram rir e esquecer um pouco Gideon.

Quando a música terminou, Cary estava a postos para a próxima dança. Nós dançávamos bem, tínhamos feito aulas juntos. Relaxei em seus braços, agradecia por ter seu apoio moral.

"Está se divertindo?", perguntei.

"Fiquei bobo durante o jantar quando percebi que estava sentado ao lado da principal organizadora da Semana de Moda de Nova York. E ela deu em cima de mim!" Ele sorriu, mas seus olhos pareciam assustados. "Toda vez que apareço em lugares como este... vestido deste jeito... é inacreditável. Você salvou minha vida, Eva. E depois a mudou completamente."

"E você é a salvação da minha sanidade mental. Estamos quites, pode acreditar."

Ele apertou minha mão e me olhou bem nos olhos. "Você não parece estar nada contente. O que foi que ele fez?"

"Acho que a culpa é minha. Depois a gente conversa sobre isso."

"Você está com medo de que eu arrebente a cara dele na frente de todo mundo."

Suspirei. "Acho melhor não, por causa da minha mãe."

Cary deu um beijo de leve na minha testa. "Ele já estava avisado. Sabe o que vai ter pela frente."

"Ah, Cary." O amor que eu sentia por ele me provocou um nó na garganta, apesar de meus lábios sorridentes demonstrarem um divertimento relutante. Eu deveria saber que Cary daria uma de irmão mais velho para cima de Gideon. Era a cara dele.

Gideon apareceu ao nosso lado. "Agora é minha vez."

Não foi um pedido.

Cary parou e olhou para mim. Eu concordei. Ele se afastou fazendo uma reverência, com os olhos grudados em Gideon.

Ele me puxou para perto e partiu para a pista de dança da mesma maneira como fazia tudo na vida — com uma confiança absoluta. Dançar com Gideon era uma experiência completamente distinta em relação aos meus dois parceiros anteriores. Ele possuía ao mesmo tempo a habilidade de seu irmão e a intimidade com meu corpo que Cary demonstrava, mas seu estilo era ousado, agressivo, de uma sensualidade inerente.

Não ajudou muito o fato de, apesar da minha infelicidade, eu me sentir seduzida por aquele homem do qual tinha me sentido tão íntima pouco tempo antes. Seu cheiro era magnífico, recendendo a sexo, e o modo como ele me conduzia, com passos ousados e arrebatadores, fez com que eu sentisse um vazio dentro de mim, no lugar que ele havia ocupado pouco tempo antes.

"Você não para de fugir", ele murmurou, provocando-me.

"Mas pelo jeito Magdalene soube ocupar meu lugar rapidinho."

Ele ergueu as sobrancelhas e me puxou para mais perto. "Está com ciúmes?"

"Fala sério..."

Olhei para o outro lado.

Ele fez um ruído de frustração. "Fique longe do meu irmão, Eva."

"Por quê?"

"Porque estou mandando."

Fiquei irritada com aquilo, o que era uma coisa boa depois de toda a recriminação e de todas as dúvidas com que vinha lidando após treparmos como dois coelhos no cio. Decidi pagar para ver se virar a mesa era uma opção viável no mundo de Gideon Cross. "Fique longe da Magdalene, Gideon."

Ele cerrou os dentes. "Ela é só uma amiga."

"Isso quer dizer que você não dormiu com ela...?"

"Claro que não. Nem quero. Escute..." A música desacelerou e diminuiu de volume. "Preciso ir. Eu trouxe você aqui e gostaria de levá-la para casa, mas não quero estragar a diversão. Você prefere ficar por aqui e ir embora com Stanton e sua mãe?"

Minha diversão? Ele estava de brincadeira ou tinha perdido totalmente a noção? Ou pior. Talvez estivesse tão desinteressado que nem prestava atenção em mim.

Eu o afastei um pouco, precisava criar certa distância. O cheiro dele mexia com minha cabeça. "Vou ficar bem. Me deixe."

"Eva." Ele tentou me tocar, mas dei um passo atrás.

Um braço aparou minhas costas, e eu ouvi a voz de Cary. "Pode deixar que eu cuido dela, Cross."

"Não complique as coisas, Taylor", alertou Gideon.

"Pelo que estou vendo, você já fez isso muito bem sozinho", ironizou Cary.

Engoli em seco, superando o nó que havia na minha garganta. "Você deu um belíssimo discurso, Gideon. Foi o ponto alto da minha noite."

Ele respirou fundo diante do insulto que aquilo implicava e depois passou a mão pelos cabelos. De forma abrupta, soltou um palavrão, e eu entendi o porquê quando ele sacou o telefone do bolso e olhou para a tela.

"Preciso ir." Seu olhar capturou o meu e o manteve prisioneiro. Seus dedos passearam por meu rosto. "Mais tarde eu ligo."

E ele foi embora.

"Você quer ficar?", Cary perguntou em voz baixa.

"Não."

"Eu levo você pra casa, então."

"Não, não precisa." Eu queria ficar um tempo sozinha. Afundar-me em uma banheira quente com uma garrafa de vinho e sair daquele estado de agitação. "É melhor você ficar. Pode ser bom pra sua carreira. A gente conversa quando você chegar. Ou amanhã. Quero ficar o dia inteiro em casa sem fazer nada."

Ele me lançou um olhar inquisitivo. "Tem certeza?"

Confirmei com a cabeça.

"Certo." Mas ele não parecia muito convencido.

"Se puder mandar buscar a limusine de Stanton, preciso dar uma passadinha no banheiro."

"Tudo bem." Cary passou a mão pelo meu braço. "Vou pegar seu xale no guarda-volumes e encontro você lá na frente."

A visita ao banheiro demorou mais do que deveria. Para começar, um número surpreendente de pessoas me parou para conversar, e o motivo disso só podia ser o fato de eu ter chegado acompanhada de Gideon Cross. Além disso, evitei o banheiro mais próximo, que tinha um grande fluxo de mulheres entrando e saindo, e encontrei um mais distante. Tranquei-me na cabine e fiquei ali um pouco mais de tempo do que tinha levado para fazer o que era necessário. Não havia mais ninguém ali além da funcionária responsável, não havia motivo para me apressar.

Eu estava tão chateada com Gideon que mal conseguia respirar, e estava absolutamente perplexa com suas mudanças de humor. Por que ele havia acariciado meu rosto daquele jeito? Por que tinha se aborrecido por eu não ter permanecido ao lado dele? E por que tinha tratado Cary daquele jeito? Gideon dava um novo significado à velha descrição de uma pessoa "de lua".

Fechei os olhos e retomei a compostura. *Minha nossa.* Eu não precisava passar por tudo aquilo.

Tinha exposto os meus sentimentos naquela limusine e estava extremamente vulnerável — uma sensação que tinha me custado infinitas horas de terapia para aprender a evitar. Eu só queria ir para casa e me esconder, libertar-me da pressão de agir como se estivesse tudo bem.

Você entrou nessa porque quis, lembrei a mim mesma. *Agora aguenta.*

Respirando fundo, saí do banheiro e dei de cara com Magdalene Perez parada de braços cruzados. Ela estava claramente à minha espera, procurando o momento certo para me pegar com a guarda baixa. Hesitei; depois me recuperei e fui na direção da pia para lavar as mãos.

Ela se virou para o espelho, observando-me. Eu também a observei. Era ainda mais bonita pessoalmente do que nas fotos. Alta e magra, com grandes olhos escuros e cabelos castanhos lisos. Seus lábios eram carnudos e vermelhos, e os ossos de sua face eram pronunciados e harmônicos. Seu vestido era sexy e modesto, uma leve camada de cetim cor de creme que contrastava lindamente com sua pele morena. Ela parecia uma supermodelo e exalava *sex appeal* por todos os poros.

A funcionária do banheiro me entregou a toalha de mão, e Magdalene falou com ela em espanhol, pedindo para nos deixar sozinhas. Reforcei o pedido: "*Por favor, gracias*". Magdalene arqueou as sobrancelhas e me olhou mais atentamente, um olhar que retribuí com igual frieza.

"Ah, não", ela murmurou assim que a funcionária se afastou. Fez também um estalo com a língua, um barulho que me irritava tanto quanto o som de unhas numa lousa. "Você já deu pra ele."

"E você não."

Isso pareceu surpreendê-la. "É verdade, eu não. Sabe por quê?"

Tirei uma nota de cinco da bolsa e depositei na bandeja de gorjetas. "Porque ele não quer."

"E eu também não quero, porque ele não consegue assumir um compromisso. Ele é jovem, bonito, rico e está aproveitando a vida."

"Ah, sim." Concordei. "Com toda a certeza."

Ela estreitou os olhos, e a expressão de contentamento sumiu do seu rosto. "Ele não respeita as mulheres que come. Depois que enfia o pau em você, acabou a conversa. É assim com todas. Mas eu ainda estou aqui, porque é a mim que ele quer no futuro."

Mantive a frieza, apesar de ter acusado o golpe, que me acertou justamente onde mais me doía. "Isso é patético."

Saí pisando duro e só parei ao chegar à limusine de Stanton. Apertei a mão de Cary ao entrar, e consegui esperar o carro virar a esquina para começar a chorar.

"Oi, gata", cumprimentou Cary quando saí do quarto na manhã seguinte. Vestido apenas com uma calça velha, ele estava deitado no sofá com os pés cruzados em cima da mesa de centro. Estava lindo, todo largado, despreocupado com a própria aparência e confortável. "Dormiu bem?"

Fiz sinal de positivo com o dedo e fui pegar um café na cozinha. Parei no meio do caminho, com uma expressão de surpresa diante do enorme buquê de rosas vermelhas no balcão. O aroma era divino, e respirei bem fundo para senti-lo. "O que é isso?"

"Chegou faz mais ou menos uma hora. Entrega dominical. Uma beleza, mas não sai nada barato."

Desgrudei o cartão do papel celofane e o abri.

AINDA ESTOU PENSANDO EM VOCÊ.

GIDEON

"Foi Cross que mandou?", Cary perguntou.

"Foi." Passei o dedão por cima do que imaginei ser sua caligrafia. Era sexy e masculina. Um gesto romântico de um cara que não tinha o romance em seu repertório. Larguei o cartão no balcão como se estivesse queimando meus dedos e enchi uma caneca de café, rezando para que a cafeína me desse forças e restaurasse meu bom senso.

"Pelo jeito você não gostou muito." Ele baixou o volume do jogo de beisebol a que estava assistindo.

"Ele não faz bem pra mim. É um gatilho pra coisas não muito agradáveis. Preciso ficar longe dele." Cary havia feito terapia comigo, então sabia do que eu estava falando. Não estranhou quando apelei para o jargão da psicanálise e não se furtou a responder na mesma moeda.

"O telefone ficou tocando a manhã toda. Eu não queria causar nenhuma perturbação, por isso deixei no silencioso."

Sentindo um formigamento entre as pernas, eu me aninhei no sofá e lutei contra a vontade de ver se Gideon havia deixado alguma mensagem. Queria ouvir a voz dele, e alguma explicação para o que tinha acontecido na noite anterior. "Boa ideia. Pode deixar assim mesmo o resto do dia."

"O que aconteceu?"

Soprei a fumaça do meu café e tentei dar um gole. "Fiz com que ele perdesse a cabeça na limusine e depois disso ele se fechou como uma porta."

Cary me olhava com seus olhos verdes e expressivos, que já haviam visto muito mais do que deveriam. "Você abalou as estruturas dele, então?"

"Pois é." Fiquei irritada só de pensar. A gente tinha se dado bem. Eu tinha *certeza*. Eu o queria mais do que tudo na noite anterior, e agora nunca mais queria vê-lo. "Foi intenso. O melhor sexo da minha vida, e ele estava totalmente na minha. Dava pra ver. Era a primeira vez dele num carro, e ele pareceu meio reticente no começo, mas depois ficou com tanto tesão que não conseguiu mais resistir."

"Sério mesmo?" Ele passou a mão na barba por fazer. "A maioria dos caras risca isso da lista antes de entrar na faculdade. Na verdade, não conheço ninguém que nunca tenho feito isso, a não ser os nerds e os feiosos, e ele não é uma coisa nem outra."

Dei de ombros. "Acho que ele me considera uma piranha depois dessa."

Cary ficou imóvel. "Foi isso que ele disse?"

"Não. Ele não disse porra nenhuma. Quem falou isso foi a 'amiguinha' dele, Magdalene. Aquela morena das fotos da internet, lembra? Ela decidiu pôr as asinhas de fora e foi atrás de mim no banheiro."

"A vaca está com ciúmes."

"Puro recalque. Ela não consegue dar pra ele, porque ao que parece ele descarta todas as mulheres com quem trepa."

"Ele disse isso?" Mais uma vez, a pergunta saiu carregada de raiva.

"Não com essas palavras. Só disse que não dormia com as amigas dele. Ele não consegue suportar a ideia de que as mulheres queiram outras coisas além de ir pra cama, então faz uma separação entre as mulheres com quem trepa e as mulheres com quem conversa." Dei mais um gole no café. "Avisei que comigo isso não ia funcionar, e ele disse que daria um jeito, mas acho que era só uma forma de conseguir o que queria."

"Ou então você assustou o sujeito."

Olhei fixamente para ele. "Nem tente arrumar desculpas pro cara. De que lado você está, afinal?"

"Do seu, gata." Ele se inclinou e deu um tapinha no meu joelho. "Sempre do seu."

Agarrei seu antebraço musculoso a deslizei suavemente os dedos por ele em sinal de gratidão. Não consegui sentir as inúmeras cicatrizes de cortes que ele tinha nos pulsos, mas nunca esqueci onde ficavam. Eu agradecia todos os dias por ele estar vivo, com saúde e ser tão importante para mim. "Como é que foi sua noite?"

"Não posso reclamar." Seus olhos ganharam um brilho de malícia. "Peguei aquela loira peituda na salinha da limpeza. Os peitos dela eram de verdade."

"Olha só." Eu sorri. "Ela teve uma noite inesquecível, pode ter certeza."

"Pelo menos eu tentei." Ele pegou o telefone e piscou para mim. "O que você quer comer? Sanduíche? Comida chinesa? Indiana?"

"Não estou com fome."

"Você está sempre com fome. Se não escolher nada, vou cozinhar e você vai ter que comer o que estiver na panela."

Levantei as mãos em sinal de rendição. "Tudo bem, tudo bem. Você escolhe."

Cheguei ao trabalho vinte minutos adiantada na segunda, em uma tentativa de escapar de Gideon. Consegui ir até minha mesa sem nenhum incidente e me senti tão aliviada que percebi que ele era um assunto muito mais sério para mim do que poderia imaginar. Meu humor era instável e flutuante.

Mark chegou todo animado, ainda motivado pelo sucesso da semana anterior, e partimos logo para o trabalho. Eu tinha feito uma pesquisa sobre marcas de vodca no domingo, e ele foi gentil o bastante para repassá-la comigo e ouvir o que eu achava. Mark também era responsável pela conta de um novo fabricante de leitores eletrônicos, então demos o pontapé inicial nessa campanha também.

Com uma manhã tão ocupada, o tempo passou voando, e eu não tive tempo de pensar na minha vida pessoal. Fiquei muito feliz por isso. Mas então o telefone tocou, e ouvi a voz de Gideon do outro lado da linha. Não estava preparada para isso.

"Como está a sua segunda?", ele perguntou, e sua voz me deixou toda arrepiada.

"Ocupadíssima." Olhei para o relógio e me assustei ao constatar que faltavam só vinte minutos para o meio-dia.

"Ótimo." Ele fez uma pausa. "Tentei ligar pra você ontem. Deixei umas mensagens. Queria ouvir sua voz."

Fechei os olhos e respirei fundo. Precisei recorrer a toda a força de vontade que tinha para resistir à tentação de ouvir as mensagens dele. Até Cary se envolveu na causa — eu disse a ele para me segurar caso a tentação falasse mais alto. "Queria ficar sozinha, e aproveitei para trabalhar um pouco."

"Recebeu as flores que mandei?"

"Sim, são lindas. Obrigada."

"Elas me lembraram do seu vestido."

O que ele estava fazendo? Eu estava começando a pensar que ele sofria de algum distúrbio de múltiplas personalidades. "Algumas mulheres diriam que você está sendo romântico."

"Só me importa o que você diz." A cadeira rangeu quando ele se levantou. "Pensei em passar na sua casa... Senti vontade."

Suspirei, já desistindo de tentar entender. "Ainda bem que você não fez isso."

Ele fez outra longa pausa. "Eu mereci essa."

"Não falei isso pra castigar você. É a verdade."

"Eu sei. Olha... Eu providenciei um almoço aqui no escritório, pra gente não perder tempo com deslocamentos."

Depois que nos despedimos no evento, fiquei pensando se ele queria mesmo me encontrar depois de se recuperar de sabe-se lá que processo desencadeado pela nossa relação. Era uma possibilidade que eu vinha remoendo desde sábado à noite, ciente de que precisava afastá-lo de mim, mas ao mesmo tempo torturada pelo desejo de estar com ele. Queria sentir de novo aquele momento puro e perfeito de intimidade que compartilhamos.

Mas aquele único momento não justificava todos os outros em que ele fez com que eu me sentisse um lixo.

"Gideon, não temos por que almoçar juntos. Acabamos confundindo as coisas na sexta à noite e... bom, o assunto foi resolvido no sábado. É melhor deixar tudo como está."

"Eva." Ele baixou o tom de voz. "Eu sei que estraguei tudo. Me deixe explicar."

"Não precisa. Está tudo bem."

"Não está, não. Preciso ver você."

"Eu não quero..."

"Podemos fazer isso do jeito mais fácil, Eva, ou então dificultar as coisas." Sua voz endureceu e meu coração disparou. "De qualquer forma, você vai me ouvir."

Fechei os olhos e aceitei o fato de que não ia me livrar tão facilmente, com uma simples conversa ao telefone. "Tudo bem. Eu subo aí."

"Obrigado." Ele soltou um suspiro bem audível. "Mal posso esperar pra ver você."

Pus o telefone no gancho e fiquei olhando para as fotos na minha mesa, tentando elaborar o que precisava dizer e me preparando para o impacto de rever Gideon. A ferocidade da minha reação física à presença dele era impossível de controlar.

De alguma forma, eu precisava acabar logo com aquilo e seguir em frente. Mais tarde eu pensaria em como lidar com o fato de ter que cruzar com ele no prédio ao longo dos dias, meses e anos seguintes. Por ora, eu só precisava pensar em como sobreviver à hora do almoço.

Optando por ceder ao inevitável, voltei para o trabalho comparando o impacto visual de algumas amostras de folhetos a serem encartados em jornais e revistas.

"Eva."

Dei um pulo na cadeira ao perceber que Gideon estava na minha baia. Fiquei desconcertada ao vê-lo, como sempre, e meu coração quase explodiu dentro do peito. Uma olhada rápida no relógio revelou que quinze minutos haviam se passado num piscar de olhos.

"Gid... Senhor Cross. Não precisava ter descido até aqui."

Seu rosto parecia calmo e impassível, mas seus olhos fervilhavam. "Está pronta?"

Abri a gaveta e peguei minha bolsa, aproveitando a oportunidade para respirar bem fundo. O cheiro dele era fenomenal.

"Senhor Cross." Era a voz de Mark. "Que bom vê-lo aqui. Posso ser útil em...?"

"Estou aqui por causa de Eva. Vamos almoçar juntos."

Fiquei de pé a tempo de ver a expressão de surpresa no rosto de Mark. Ele logo se recompôs, e seu rosto retomou a beleza e a simpatia que lhe eram naturais.

"Volto à uma hora", garanti.

"Até lá, então. Bom almoço."

Gideon pôs a mão na parte inferior das minhas costas e me guiou até os elevadores, fazendo com que Megumi erguesse as sobrancelhas de espanto quando passamos pela recepção. Continuei inquieta enquanto esperávamos o elevador, desejando que fosse possível passar um dia sem ver aquele homem cujo toque despertava meu desejo como uma droga.

Ele se virou para mim enquanto o elevador não chegava e percorreu com os dedos as mangas da minha blusa de cetim. "Toda vez que fecho os olhos, vejo você com aquele vestido vermelho. Escuto seus gemidos de tesão. Sinto você descendo pelo meu pau, apertadinha, me fazendo ficar tão duro que chega até a doer."

"Pare com isso." Virei o rosto para o outro lado, incapaz de suportar o olhar de intimidade que ele lançava em minha direção.

"Não consigo evitar."

A chegada do elevador foi um alívio. Ele me pegou pela mão quando entramos. Depois de pôr a chave no painel, ele me puxou mais para perto. "Eu vou te beijar, Eva."

"Eu não..."

Ele calou a minha boca com a dele. Resisti o quanto pude, mas no fim acabei me desmanchando ao sentir sua língua acariciando lentamente a minha. Eu queria esse beijo desde o momento em que transamos. Precisava de uma garantia de que ele dava valor ao que tínhamos vivenciado, que aquilo significava para ele o mesmo que para mim.

A sensação de abandono voltou quando ele se afastou.

"Vamos lá." Gideon tirou a chave do painel e a porta se abriu.

A recepcionista ruiva não disse nada dessa vez, apesar de ter me olhado de um jeito estranho. Já o secretário, Scott, levantou-se quando chegamos e me cumprimentou simpaticamente pelo nome.

"Boa tarde, senhorita Tramell."

"Oi, Scott."

Gideon se limitou a um leve aceno de cabeça. "Não passe nenhuma ligação."

"É claro."

Entrei no escritório luxuoso de Gideon e já procurei com os olhos o sofá onde tinha acontecido nosso primeiro contato mais íntimo.

O almoço estava servido no bar — dois pratos cobertos com tampas de metal.

"Quer que eu guarde sua bolsa?"

Olhei para ele e percebi que havia tirado o paletó e que o mantinha pendurado no braço. Estava ali parado, com sua calça e seu colete feitos sob medida, uma camisa e uma gravata impecavelmente brancas, seus grossos cabelos negros ao redor do rosto de tirar o fôlego, seus olhos de um azul selvagem e deslumbrante. Em resumo, ele me fascinava. Eu não conseguia acreditar que tinha transado com um homem tão lindo.

Foi quando lembrei que aquilo não havia significado nada para ele.

"Eva?"

"Você é muito bonito, Gideon." As palavras saíram da minha boca sem que eu me desse conta.

Ele pareceu surpreso, e amenizou um pouco a intensidade de seu olhar. "Fico feliz que goste do que vê."

Entreguei minha bolsa a ele e me afastei. Precisava manter distância. Ele pendurou o paletó e a bolsa no cabide e se dirigiu ao bar.

Cruzei os braços. "Vamos acabar logo com isso. Não quero mais sair com você."

8

Gideon passou a mão pelos cabelos e bufou. “Não acho que você queira isso.”

De repente eu me senti cansada, exaurida de tanto lutar contra mim mesma por causa dele. “Quero, sim, de verdade. Foi... um erro.”

Ele cerrou os dentes. “Não foi. A maneira como me comportei depois é que foi um erro.”

Olhei bem para ele, surpresa com sua capacidade feroz de negação. “Eu não estava falando de sexo, Gideon. Estava me referindo ao fato de concordar com o tipo de relação que se estabeleceu entre nós. Estava na cara que ia dar errado desde o começo. Eu deveria ter seguido meus instintos.”

“Você não me quer mais?”

“Não é isso. É que...”

“Não como eu disse no bar. De verdade.”

Meu coração disparou. “Do que você está falando?”

“De tudo.” Ele chegou mais perto. “Eu quero ser seu.”

“Não foi isso que pareceu no sábado.” Apertei ainda mais os braços.

“Eu estava... inseguro.”

“E daí? Eu também.”

Ele pôs as mãos na cintura. Depois cruzou os braços como eu. “Por favor, Eva.”

Vi que ele estava remoendo alguma coisa e senti um fio de esperança. “Se é isso que você tem a dizer, estamos conversados.”

“Não estamos, não.”

“Se você vai entrar em parafuso toda vez que a gente transar, não temos nem por que começar.”

Ele estava visivelmente escolhendo as palavras. “Estou acostumado a ficar no controle. Eu *preciso* disso. E você mandou essa ideia para o espaço na limusine. Eu não soube como lidar com isso."

"Jura?"

"Eva." Ele chegou mais perto. "Nunca fiz isso antes. Pensei que nem fosse capaz. Agora que aconteceu... não posso abrir mão. Não posso abrir mão de você."

"É muito simples, Gideon. Por mais que o sexo seja bom, uma relação puramente sexual pode mexer seriamente com sua cabeça se o convívio com a outra pessoa não fizer bem pra você."

"Nada disso. Admito que pisei na bola. Não posso mudar o que aconteceu, mas tenho o direito de ficar puto se você não quiser mais sair comigo por causa disso. Você impôs as regras e eu concordei, mas você não abriu mão de nada pra se adaptar a mim. Precisamos encontrar um meio-termo." Seu rosto estava carregado de frustração. "Você precisa ceder pelo menos um pouco."

Olhei bem pra ele, tentando entender o que estava acontecendo e aonde aquilo ia chegar. "O que você quer, Gideon?", perguntei calmamente.

Ele me abraçou e segurou meu queixo com uma das mãos. "Quero continuar me sentindo como me sinto quando estou com você. Só me diga o que preciso fazer. E não se comporte assim quando eu fizer bobagem. É tudo novidade pra mim. Um aprendizado."

Pus a minha mão sobre seu coração e senti que estava disparado. Ele parecia ansioso e apaixonado, e isso me levou ao limite. O que eu deveria responder? Deveria seguir meus instintos ou usar o bom senso? "O que exatamente é uma novidade pra você?"

"O que for preciso pra passar o maior tempo possível com você. Na cama e fora dela."

A onda de satisfação que me arrebatou naquele momento foi absurdamente poderosa. "Você é capaz de imaginar como vai ser complicada a nossa relação, Gideon? Ela mal começou e eu já estou exausta. Além disso, tenho umas coisas para resolver comigo mesma, além do emprego novo... da minha mãe maluca..." Meus dedos cobriram sua boca antes que ele a abrisse.

"Mas acho que vale o esforço, e quero muito você. Então não tenho escolha, não é?"

"Eva. Você é terrível." Gideon me levantou do chão, posicionando um dos braços abaixo do meu traseiro para fazer com que minhas pernas enlaçassem sua cintura. Ele me beijou com força e esfregou o rosto contra o meu. "Nós vamos dar um jeito."

"Até parece que vai ser fácil." Eu sabia que era uma pessoa difícil de lidar, e ele estava se mostrando tão difícil quanto.

"O que é fácil não tem graça." Ele me carregou até o bar e me sentou em um banquinho. Tirou a tampa do meu prato e revelou um enorme cheesebúrguer com fritas. Ainda estava quente, graças à pedra aquecida sob a bandeja.

"Humm", murmurei, percebendo como estava com fome. Depois daquela conversa, meu apetite voltou com toda a força.

Ele abriu meu guardanapo com um movimento brusco e o estendeu sobre meu colo, aproveitando para apertar meu joelho. Depois se sentou ao meu lado. "E então, essa coisa, como funciona?"

"Você pega com a mão e come com a boca."

Ele me lançou um olhar de falsa censura que me fez rir. Era bom poder sorrir. Era bom estar com ele. Pelo menos por um tempinho. Dei uma mordida no meu sanduíche, soltando um gemido quando senti todo o sabor. Era um cheesebúrguer tradicional, mas delicioso.

"Bom, né?"

"Muito bom. Na verdade, acho que não me incomodo de ficar com um cara capaz de oferecer sanduíches tão bons." Limpei a boca e as mãos. "Você faz questão de exclusividade?"

Quando ele pôs o lanche de volta no prato, ficou absolutamente imóvel. Não saberia nem por onde começar a adivinhar no que estava pensando. "Pensei que isso fosse parte do acordo. Mas vou deixar bem claro, pra que não reste dúvida: não existe mais nenhum homem na sua vida, Eva."

O caráter imperativo de seu tom de voz e a frieza de seu olhar me fizeram estremecer. Eu sabia que ele tinha um lado cruel; havia aprendido a identificar e evitar homens com esse aspecto sombrio no olhar. Mas os alarmes não soaram para Gideon como deveriam. "Mulheres tudo bem?", perguntei para amenizar a conversa.

Ele ergueu as sobrancelhas. "Eu já sabia que seu colega de apartamento era bissexual. Você também?"

"Seria um incômodo pra você?"

"Dividir você com qualquer um seria um incômodo. Está fora de cogitação. Seu corpo é meu, Eva."

"E o seu é meu? Exclusivamente?"

Seus olhos brilharam. "Sim, e espero que você faça proveito dele com frequência e em excesso."

Ora, então... "Mas você já me viu nua", provoquei, baixando o tom de voz. "Já sabe o que vai ter em troca. Eu não. Adorei o que vi de você até agora, mas não foi muita coisa."

"Podemos resolver isso já."

A ideia de vê-lo tirando a roupa pra mim fez com que eu me inquietasse no assento. Ele percebeu e abriu um sorriso perverso.

"Melhor não", eu disse, já lamentando. "Já cheguei atrasada do almoço na sexta."

"Hoje à noite, então."

Engoli em seco. "Com certeza."

"Vou terminar tudo até as cinco." Ele voltou a comer, completamente à vontade com o fato de ter acrescentado uma sessão de *sexo de virar a cabeça* aos nossos compromissos para o dia.

"Não precisa." Abri o pequeno vidro de ketchup que havia na bandeja. "Preciso ir à academia depois do trabalho."

"Podemos ir juntos."

"Sério?" Virei o vidro de cabeça para baixo e dei um tapinha no fundo.

Ele o tirou de mim e usou sua faca para tirar o ketchup e pôr no meu prato. "Acho até melhor gastar um pouco de energia antes de arrancar sua roupa. Assim você vai conseguir andar amanhã."

Olhei bem para ele, perplexa por ter dito aquilo sem a menor cerimônia e com uma expressão no rosto que demonstrava que não era apenas uma brincadeira. Senti meu sexo latejar de ansiedade. Não seria nada difícil ficar absolutamente viciada em Gideon Cross.

Comi algumas batatas fritas, imaginando se não havia ninguém mais viciada em Gideon. "Magdalene pode ser um problema."

Ele engoliu um pedaço do sanduíche e depois deu um gole em sua água mineral. "Ela me disse que falou com você e que a conversa não foi nada boa."

Admirei mentalmente a trama dela e sua tentativa de me jogar para escanteio. Eu teria que tomar muito cuidado com ela, e Gideon precisaria fazer alguma coisa a respeito — como tirá-la do caminho, e ponto final.

"Não, não foi nada boa", confirmei. "Não gostei nem um pouco de saber que você não respeita as mulheres com quem trepa e que, assim que você enfiou seu pau em mim, estava tudo acabado."

Gideon ficou paralisado. "Ela disse isso?"

"Exatamente isso. E também que está mantendo você em banho-maria até estar pronto pra sossegar."

"Ah, é mesmo?" Ele baixou o tom de voz até se tornar quase sinistro.

Senti um nó no estômago. Sabia que a partir dali as coisas poderiam dar muito certo ou muito errado. Tudo dependia do que Gideon diria a seguir. "Você não acredita em mim?"

"Claro que acredito."

"Ela pode ser um problema pra mim", repeti. Não queria deixar o assunto morrer.

"Ela não vai ser um problema. Vou falar com ela."

Detestei a ideia de que ele falasse com ela, porque me deixou morta de ciúmes. Achei melhor deixar isso bem claro logo de início. "Gideon..."

"Sim?" Ele já havia terminado o sanduíche e estava comendo as batatas.

"Sou muito ciumenta. Isso me tira do sério." Remexi minhas batatas. "Talvez você queira pensar a respeito. Está mesmo disposto a lidar com uma pessoa com problemas de autoestima como eu? Foi uma das coisas que me fez pensar duas vezes antes de ficar com você. Eu sabia que ficaria maluca vendo a mulherada babando por você, sem poder fazer nada a respeito."

"Agora você tem o direito de fazer algo a respeito."

"Você não está me levando a sério." Balancei a cabeça e dei outra mordida no sanduíche.

"Nunca falei tão sério na minha vida." Inclinando-se para a frente, Gideon passou a ponta do dedo no canto da minha boca, depois lambeu o restinho de molho que tirou de lá. "Você não é a única possessiva aqui. Eu também vigio bem de perto o que é meu."

Disso eu não duvidei nem por um segundo.

Dei outra mordida e comecei a pensar na noite que teria pela frente. Estava ansiosa. Absurdamente. Estava louca para ver Gideon sem roupa. Louca para passar minha boca pelo corpo inteiro dele. Louca para ter outra chance de fazê-lo perder a cabeça. Eu estava quase desesperada para senti-lo em cima de mim, avançando contra mim, entrando bem fundo dentro de mim...

"Continue pensando nisso", ele disse asperamente, "e vai se atrasar de novo."

Olhei para ele com uma expressão de surpresa. "Como você sabe o que estou pensando?"

"Você fica com essa cara quando está com tesão. Quero ver você assim sempre que possível." Gideon pôs a tampa sobre sua bandeja e se levantou, sacando do bolso um cartão de visitas e colocando na minha frente. Dava para ver que tinha o número do celular e da casa dele escritos à mão. "É uma coisa meio banal pra se dizer depois do que acabamos de conversar, mas preciso do número do seu celular."

"Ah." Meus pensamentos foram arrancados das imediações da cama. "Preciso comprar um primeiro. Está na minha lista."

"O que aconteceu com o que você estava usando na semana passada?"

Franzi o rosto. "Minha mãe estava usando para rastrear minha movimentação pela cidade. Ela é do tipo... superprotetora."

"Entendo." Ele acariciou meu rosto com as costas da mão. "Era disso que você estava falando quando disse que sua mãe vivia te espionando."

"Infelizmente."

"Muito bem, então. Cuidamos da questão do telefone antes de ir à academia. É importante para sua segurança. E eu quero poder ligar pra você sempre que quiser."

Deixei de lado a parte do sanduíche que não conseguiria comer e limpei as mãos e a boca. "Estava uma delícia. Obrigada."

"O prazer foi todo meu." Ele se inclinou e me deu um beijo de leve. "Vai precisar usar o banheiro?"

"Vou. Preciso da minha escova de dentes, que está na bolsa."

Poucos minutos depois, eu estava em um lavabo escondido atrás de uma porta que se incorporava perfeitamente ao revestimento de mogno que havia na parede atrás dos monitores de tela plana. Escovamos os dentes lado a lado diante da pia dupla, olhando nos olhos um do outro pelo espelho. Era uma coisa absolutamente corriqueira, *normal*, e ainda assim parecíamos felicíssimos.

"Desço com você até lá", ele disse ao cruzar o escritório até o cabide.

Eu o segui, mas parei ao passar por sua mesa. Fui até ela e apontei para o espaço vazio diante da cadeira. "É aqui que você passa a maior parte do dia?"

"É." Ele vestiu o paletó. Estava tão elegante que dava vontade de morder.

Em vez disso, pulei em cima da mesa. De acordo com o relógio, eu ainda tinha cinco minutos. Era o tempo de voltar à minha mesa, mas ainda assim... Não resisti à tentação de exercitar meus direitos recém-adquiridos. Apontei para a cadeira. "Sente-se aí."

Ele pareceu surpreso, mas obedeceu sem discutir e se instalou tranquilamente no assento.

Eu abri as pernas. "Mais perto."

Ele veio deslizando com a cadeira, preenchendo o espaço entre as minhas coxas, lançou os braços em torno dos meus quadris e olhou para mim. "Muito em breve, Eva, vou comer você bem aqui."

"Agora eu só quero um beijo", murmurei, inclinando-me para alcançar sua boca. Apoiando as mãos nos ombros dele para me equilibrar, passei a língua pelos seus lábios abertos; depois a pus para dentro e o provoquei bem de levinho.

Gemendo, ele me deu um beijo profundo, devorando minha boca de uma maneira que me deixou toda molhada.

"Muito em breve", repeti com a boca colada à dele, "vou

me agachar aqui e chupar você bem gostoso. Talvez até quando você estiver no telefone, brincando de ganhar dinheiro que nem no Banco Imobiliário. E você, senhor Cross, vai passar pelo início e ganhar duzentas pratas."

Ele sorriu, com a boca encostada na minha. "Já sei aonde está querendo chegar. Você vai me fazer perder a cabeça em tudo quanto é lugar com esse seu corpo todo durinho e sexy."

"Está reclamando?"

"Meu anjo, eu estou é com água na boca."

Eu ri daquele tratamento carinhoso, apesar de ter achado fofo. "Meu anjo?"

Ele concordou baixinho com um gemido e me beijou.

Mal podia acreditar na diferença que aquela hora a sós tinha feito. Deixei o escritório de Gideon em um estado muito diferente daquele em que tinha entrado. O toque de sua mão na parte inferior das minhas costas fez meu corpo tinir de excitação na saída, algo bem diferente do sofrimento da minha chegada até ali.

Acenei para Scott e sorri alegremente para a recepcionista de cara fechada.

"Acho que ela não gosta de mim", falei para Gideon enquanto esperávamos o elevador.

"Quem?"

"Sua recepcionista."

Ele se virou para lá, e a ruivinha abriu um sorriso radiante para ele.

"Olha só", murmurei. "De você ela gosta."

"Eu pago o salário dela."

Eu sorri. "Sim, tenho certeza de que é só isso. Não tem nada a ver com o fato de você ser o homem mais sexy do planeta."

"É isso que eu sou então?" Ele me prensou na parede e me fuzilou com um olhar de desejo.

Pus as mãos sobre seu abdome, lambendo seu lábio inferior para sentir seus músculos se enrijecerem ao meu toque. "Foi só uma observação."

"Eu gosto de *você*." Com as mãos espalmadas nas paredes de ambos os lados da minha cabeça, ele baixou a cabeça dele até a minha boca e me beijou com carinho.

"Eu também gosto de você. Aliás, você sabe que está no trabalho, não é?"

"Qual é a graça de ser o chefe se você não puder fazer o que quiser?"

"Humm."

Quando o elevador chegou, agachei-me para passar sob seu braço e entrei. Ele partiu no meu encalço e me cercou como um predador, posicionando-se atrás de mim para me puxar para junto dele. Suas mãos me pegaram na altura dos bolsos da frente e se espalharam pelos ossos dos meus quadris, agarrando-me bem firme. O calor do seu toque, tão próximo de onde eu gostaria que ele estivesse, era uma espécie de tortura. Em retaliação, esfreguei minha bunda nele, e sorri quando ele ficou sem fôlego e de pau duro.

"Comporte-se", ele advertiu. "Tenho uma reunião em quinze minutos."

"Você vai pensar em mim quando estiver na sua mesa?"

"Com certeza. E você tem que pensar em mim quando estiver na sua. É uma ordem, senhorita Tramell."

Deitei a cabeça no peito dele. Estava adorando aquele tom autoritário. "Não poderia ser de outro jeito, senhor Cross, já que penso em você aonde quer que eu vá."

Ele saiu junto comigo no vigésimo andar. "Obrigado pelo almoço."

"Acho que eu é que deveria agradecer." Eu me afastei. "Vejo você depois, Moreno Perigoso."

Suas sobrancelhas se ergueram quando ouviu o apelido que inventei para ele. "Às cinco horas. Não me faça esperar."

Um dos elevadores à esquerda chegou. Megumi saltou e Gideon subiu, com o olhar vidrado em mim até as portas se fecharem.

"Uau", ela comentou. "Você se deu bem. Estou verde de inveja."

Eu não tinha nada a dizer a respeito. Era muito recente, estava com medo de abrir a boca e azedar tudo. No fundo, eu sabia que essa alegria não poderia durar muito. Estava tudo indo bem demais.

"Eva." Mark estava parado na porta da sala dele. "Posso falar com você um minutinho?"

"Claro." Peguei meu tablet, apesar de saber pela gravidade de sua expressão e seu tom de voz que aquilo não seria necessário. Quando ele fechou a porta atrás de mim, minha apreensão só cresceu. "Está tudo bem?"

"Sim." Ele esperou até que eu me sentasse e puxou a cadeira ao meu lado, e não a dele, do outro lado da mesa. "Não sei como dizer isso..."

"Pode dizer de uma vez. Eu vou entender."

Ele me olhou com uma mistura de compaixão e vergonha. "Não é meu papel interferir. Sou seu chefe e tenho que respeitar certos limites, mas estou indo além deles porque gosto de você, Eva, e quero que continue trabalhando aqui por muito tempo."

Senti um frio na barriga. "Que ótimo. Adoro meu trabalho."

"Que bom, fico feliz." Ele abriu um breve sorriso. "Só... tome cuidado com Cross, certo?"

Pisquei, surpresa, aturdida com o rumo que a conversa tomava. "Certo."

"Ele é inteligente, rico, gostoso... Entendo muito bem a atração. Por mais que eu seja apaixonado por Steven, fico meio balançado quando chego perto de Cross. Ele tem uma coisa..." Mark estava falando depressa, claramente envergonhado. "E está na cara que ele está interessado em você. Você é bonita, esperta, sincera, atenciosa... Eu poderia dizer muito mais, porque você é mesmo ótima."

"Obrigada", eu disse baixinho, procurando não demonstrar o quanto estava chateada. Esse tipo de aviso de um amigo e o fato de saber que outros também me viam apenas como o brinquedinho da semana açoitavam implacavelmente minha insegurança.

"Não quero que você se magoe", ele murmurou, percebendo minha tristeza. "E até admito que posso estar sendo um pouco egoísta. Não quero perder uma ótima assistente só porque ela não quer mais trabalhar no mesmo prédio que o ex."

"Mark, fico feliz com sua preocupação e de saber que estou sendo valorizada aqui. Mas você não precisa se preocupar comigo. Eu já sou crescidinha. Além disso, não existe nada capaz de me fazer querer sair daqui."

Ele soltou um suspiro de alívio. "Muito bem. Vamos deixar esse assunto de lado e começar a trabalhar."

Foi o que fizemos, mas eu me preparei para mais sessões de tortura criando um alerta diário do Google para buscas com o nome de Gideon. Quando chegaram as cinco horas, minhas preocupações se projetavam sobre minha felicidade como uma sombra sinistra.

Gideon estava a postos, conforme tinha avisado, e não pareceu notar minha disposição mais introspectiva enquanto descíamos no elevador. Mais de uma mulher ali dentro lançou olhares furtivos na direção dele, mas esse tipo de coisa não me incomodava. Ele era lindo, seria estranho se ninguém olhasse.

Ele pegou minha mão quando passamos pelas catracas, entrelaçando seus dedos nos meus. Esse simples gesto de intimidade significou tanta coisa para mim que apertei ainda mais sua mão. Era o tipo de coisa com a qual eu teria de tomar cuidado. O momento em que eu me sentisse agradecida porque ele dedicava seu tempo a mim seria o princípio do fim. Até eu perderia o respeito por mim se isso acontecesse.

O Bentley estava parado no meio-fio, com o motorista a postos na porta traseira. Gideon olhou para mim. "Tenho umas roupas aqui comigo, caso você queira ir à sua academia. Equinox, certo? Ou podemos ir à minha."

"Onde fica a sua?"

"A minha preferida é a CrossTrainer, na rua 55."

Minha curiosidade sobre como ele tinha descoberto o nome da minha academia se foi quando ouvi a palavra "Cross" no nome da dele. "Por acaso você é o dono dessa academia?"

Ele abriu um sorriso. "Dessa *rede* de academias. Em geral eu treino MMA com um treinador particular, mas uso a academia de vez em quando."

"Da rede", repeti. "Claro."

"Você que sabe", ele falou, com a maior boa vontade. "Vou aonde você quiser."

"Vamos pra sua academia, literalmente."

Ele abriu a porta traseira e eu entrei. Pus a bolsa e a mochila da academia no colo e olhei pela janela enquanto o carro começava a andar. O sedã ao lado estava tão próximo que quase não era preciso que eu me curvasse para tocá-lo. O horário de pico em Manhattan era algo a que eu não havia me acostumado. No sul da Califórnia também tinha trânsito, mas os carros conseguiam andar devagar. Em Nova York, a velocidade e o congestionamento se alternavam com tanta frequência que eu me via obrigada a fechar os olhos e rezar para sobreviver.

Era outro mundo. Uma cidade nova, um apartamento novo, um emprego novo e um homem novo. Coisa demais para digerir de uma vez só. Não era à toa que eu estava me sentindo tão perdida.

Olhei para Gideon e o surpreendi me olhando com uma expressão indecifrável. Dentro de mim, tudo girava em uma confusão de luxúria e ansiedade. Não tinha a menor ideia do que estava fazendo com ele, só sabia que não era capaz de parar, nem mesmo se quisesse.

9

Fomos à loja de celulares primeiro. A vendedora que nos atendeu parecia especialmente suscetível aos atrativos de Gideon. Assim que ele demonstrou o mínimo interesse em um produto, ela já se abriu toda, alongando-se em explicações detalhadas e se aproximando o máximo possível na hora de fazer as demonstrações.

Tentei ficar longe dos dois e encontrar alguém disposto a *me* ajudar, mas a mão de Gideon, sempre colada à minha, impedia que eu me afastasse. Depois houve a discussão de quem ia pagar, apesar de o telefone e a conta serem meus.

"Você já escolheu a operadora", argumentei, empurrando seu cartão de crédito para o lado e estendendo o meu para a vendedora.

"Porque é mais prático. Se formos da mesma operadora, podemos nos ligar de graça." Ele trocou os cartões em um movimento habilidoso.

"Se você não guardar esse cartão, não vou nem querer ligar pra você!"

Isso pareceu convencê-lo, apesar de Gideon não ter ficado muito satisfeito. Ele que engolisse essa.

De volta ao Bentley, seu bom humor voltou.

"Pode ir para a academia agora, Angus", ele ordenou ao motorista, recostando-se no assento. Depois tirou o celular do bolso e adicionou meu número à sua agenda. Em seguida, adicionou seu celular no meu, acrescentando o número de casa e do escritório.

Ele mal havia terminado quando chegamos à CrossTrainer, uma academia de três andares que era o sonho de qualquer entusiasta da boa forma. Fiquei impressionada com cada canto de sua estrutura bonita, moderna e bem equipada. Até mesmo o armário do vestiário feminino parecia algo saído de um filme de ficção científica.

Mas meu encantamento foi eclipsado pelo próprio Gideon quando acabei de me trocar e o encontrei esperando por mim no corredor. Ele estava de bermuda e regata, o que me proporcionou a primeira oportunidade de ver suas pernas e seus braços.

Parei de repente, e a pessoa que vinha atrás esbarrou em mim. Só esbocei um pedido de desculpas — estava ocupada demais devorando o corpo de Gideon com os olhos. Suas pernas eram fortes e torneadas, impecavelmente proporcionais a seus quadris e sua cintura bem delineada. Já os braços me deram água na boca. Os bíceps eram muito bem pronunciados, e os antebraços ostentavam veias grossas, criando um apelo visual brutal e totalmente sexy. Ele tinha penteado o cabelo para trás, permitindo que eu visse o contorno de seu pescoço e os caminhos angulosos de seu rosto.

Minha nossa. Eu queria conhecer intimamente esse homem. Minha mente não conseguia se ocupar de outra coisa, pelo menos enquanto estivesse diante da prova irrefutável de sua beleza incomparável.

E ele estava olhando feio para mim.

Desencostando da parede à qual estava apoiado, ele se aproximou e me rodeou. Seus dedos percorreram meu abdome despido enquanto contornava a distância ao meu redor, deixando minha pele toda arrepiada. Quando ele parou diante de mim, lancei meus braços em torno de seu pescoço e dei um beijinho estalado na sua boca.

"O que é isso que você está usando?", ele perguntou, não muito feliz com minha recepção entusiasmada.

"Roupas."

"Parece que você está nua com esse top."

"Pensei que você quisesse me ver nua." Fiquei feliz com minha escolha de vestuário, que havia sido feita de manhã, antes de saber que ia malhar com ele. O top tinha tiras presas com velcro nos ombros e nas costelas, que podiam ser ajustadas de forma a proporcionar o melhor suporte para os seios. Era especialmente projetado para mulheres de curvas avantajadas, e era o primeiro que eu usava capaz de impedir que meus seios ficassem balançando o tempo todo durante a ginástica.

Gideon não tinha gostado, na verdade, era da cor, muito próxima do tom da minha pele, que combinava com as listras da minha calça preta de ioga.

"Quero ver você nua num local com privacidade", ele murmurou. "Agora vou ter que acompanhar você toda vez que for à academia."

"Não vou reclamar, já que estou gostando demais do que estou vendo agora." Além disso, eu preferia aquela possessividade à frieza do sábado à noite. Duas demonstrações diametralmente opostas — foi a primeira vez, mas eu tinha certeza de que não seria a última.

"Vamos deixar isso pra lá." Ele pegou minha mão e me levou dali, apanhando de uma pilha duas toalhas com a logomarca da academia. "Eu preciso te comer."

"Eu preciso ser comida."

"Meu Deus, Eva." Ele apertou tanto minha mão que até doeu. "O que vai ser? Pesos? Aparelhos? Esteira?"

"Esteira. Preciso correr um pouco."

Ele me levou até lá. Vi as mulheres do local o seguirem com os olhos, depois com os pés. Elas queriam estar onde ele estava, e eu era capaz de entender isso. Também estava ansiosa para vê-lo malhar.

Quando chegamos às fileiras intermináveis de esteiras e bicicletas, constatamos que não havia duas esteiras adjacentes que estivessem livres.

Gideon foi até um homem que tinha uma esteira livre de cada lado. "Você me faria um grande favor se usasse uma dessas outras."

O homem olhou para mim e sorriu. "Claro, sem problemas."

"Legal. Eu agradeço."

Gideon subiu na esteira em que estava o homem e me apontou a que havia ao lado. Antes que ele programasse seu exercício, eu me curvei em sua direção. "Vê se não gasta muita energia", sussurrei. "Quero fazer um papai-e-mamãe pra começar. Andei fantasiando com você em cima de mim, mandando ver com toda a força."

Seu olhar me fuzilou. "Eva, você não faz ideia."

Quase morrendo de ansiedade e sentindo uma agradável

onda de energia feminina, subi na minha esteira e comecei com uma caminhada leve. Enquanto me aquecia, pus meu iPod no modo aleatório e, quando começou a tocar "SexyBack", de Justin Timberlake, passei a correr a toda a velocidade. A corrida para mim era um exercício físico e mental. Bem que eu gostaria de ser capaz de resolver todos os meus problemas correndo.

Depois de vinte minutos diminuí o ritmo e parei, arriscando uma olhada para Gideon, que corria com a fluidez de uma máquina bem azeitada. Ele estava vendo a CNN nos monitores de TV acima de sua cabeça, mas abriu um sorriso para mim enquanto eu enxugava o suor do rosto. Quase esvaziei minha garrafa d'água a caminho dos aparelhos, e escolhi um de onde pudesse mantê-lo no meu campo de visão.

Ele fez meia hora de esteira, depois passou para os pesos, sempre com os olhos procurando por mim. Enquanto se exercitava, de maneira eficiente e incansável, eu não conseguia deixar de pensar no quanto aquele homem era viril. O fato de eu saber o que estava escondido sob aquela bermuda ajudava a criar essa impressão, mas, mesmo que não soubesse, ele tinha toda a aparência de uma pessoa que, apesar de trabalhar atrás de uma mesa, mantinha seu corpo pronto para a guerra.

Quando peguei uma bola para fazer uma sessão de agachamentos, um dos instrutores veio até mim. Como era de esperar em uma academia de primeiríssima classe, ele era bonito e tinha um corpo muito bem trabalhado.

"Olá", o instrutor disse, com um sorriso de astro de cinema que revelava dentes brancos e perfeitos. Seus cabelos eram castanhos e os olhos, quase da mesma cor. "É sua primeira vez, né? Nunca vi você aqui antes."

"Sim, é a primeira vez que venho."

"Meu nome é Daniel." Ele estendeu a mão, e eu disse meu nome. "Está encontrando tudo de que precisa, Eva?"

"Por enquanto está tudo bem, obrigada."

"De que sabor de vitamina você gosta?"

Franzi a testa. "Como é?"

"Sua vitamina grátis de boas-vindas." Ele cruzou os braços, e seus bíceps alargaram as mangas apertadas da camiseta polo do uniforme. "Você não ganhou uma na lanchonete lá embaixo quando fez a matrícula? Eles deveriam ter oferecido."

"Ah, tá." Encolhi os ombros, apesar de ter gostado da oferta. "Não cheguei até aqui pelas vias normais."

"Ninguém mostrou a academia pra você? Eu posso fazer isso." Ele pegou de leve no meu ombro e mostrou as escadas. "Você também ganha uma hora grátis com um personal trainer. Podemos fazer isso hoje mesmo, ou então marcar para um dia desta semana. E eu ficaria feliz em acompanhar você até a lanchonete, pra não ficar sem sua vitamina."

"Ah, eu não posso, na verdade." Franzi o rosto. "Não estou matriculada."

"Ah." Ele piscou para mim. "Você só veio conhecer? Tudo bem. Mas você só vai poder se decidir se puder aproveitar tudo o que temos a oferecer. Eu garanto para você, a CrossTrainer é a melhor academia de Manhattan."

Gideon apareceu por sobre os ombros de Daniel. "Você tem direito a tudo o que temos a oferecer", ele falou enquanto se dirigia para o meu lado e passava o braço pela minha cintura, "já que é a namorada do dono."

A palavra *namorada* reverberou pelo meu corpo, inundando meu organismo com uma onda de adrenalina. Eu ainda estava em dúvida se tínhamos mesmo esse nível de comprometimento, mas isso não me impediu de gostar da ideia.

"Senhor Cross." Daniel corrigiu a postura e deu um passo atrás antes de estender a mão. "É uma honra conhecer o senhor."

"Daniel ia me mostrar a academia", eu disse para Gideon enquanto os dois se cumprimentavam.

"Acho que a melhor pessoa para fazer isso sou *eu*." Seus cabelos estavam úmidos de suor, e o cheiro dele era delicioso. Nunca pensei que um homem suado pudesse cheirar tão bem.

Ele me pegou pelo braço e senti o toque de seus lábios no topo da minha cabeça. "Vamos lá. Até mais, Daniel."

Eu me despedi com um aceno enquanto nos afastávamos. "Obrigada, Daniel."

"Quando quiser."

"Sou capaz de apostar", murmurou Gideon, "que ele não tirou os olhos dos seus peitos."

"Eles são muito bonitos."

Ele soltou um grunhido grave. Precisei esconder minha satisfação.

Gideon bateu na minha bunda com força suficiente para me fazer descer um degrau e deixar uma marca vermelha e dolorida, apesar de eu estar de calça. "Esse maldito band-aid que você chama de top não deixa muito espaço para a imaginação. Não demore muito no chuveiro. Logo você vai ficar toda suada de novo."

"Espere." Segurei seu braço antes que ele passasse pelo vestiário feminino a caminho do masculino. "Você acharia ruim se eu pedisse para você não tomar banho? Se eu dissesse que quero encontrar um lugar aqui pertinho e pular em cima de você todo suado mesmo?"

Gideon cerrou os dentes e seus olhos se tornaram perigosamente sombrios. "Estou começando a temer pela sua segurança, Eva. Pegue suas coisas. Tem um hotel ali na esquina."

Abandonamos a ideia de trocar de roupa e em quinze minutos estávamos na rua. Gideon caminhava a passos largos, e tive que me apressar para acompanhá-lo. Quando ele parou de repente, virou-se e me envolveu em um beijo ardente na calçada lotada, fiquei atônita demais para fazer alguma coisa além de aguentar firme. Foi um encontro arrebatador de duas bocas, tão cheio de paixão e espontaneidade que me deu um aperto no peito. As pessoas ao redor nos aplaudiram.

Quando ele me pôs de pé de novo, eu estava atordoada e sem fôlego. "O que foi isso?", perguntei, ofegante.

"Um prelúdio." Ele retomou o caminho do hotel, cujo nome eu nem consegui ler ao ser puxada para dentro e levada diretamente para o elevador. O fato de aquele prédio ser propriedade de Gideon ficou claro para mim antes mesmo de o gerente cumprimentá-lo pelo nome pouco antes de a porta do elevador se fechar.

Gideon largou a mochila no chão do elevador e se ocupou da tarefa de tirar meu top. Eu estava batendo nas mãos dele quando a porta se abriu e ele apanhou de volta a sacola. Não havia ninguém esperando o elevador no nosso andar, e o corredor também estava vazio. Gideon sacou uma chave-mestra de algum lugar e, um instante depois, estávamos em um quarto.

Não perdi tempo: enfiei as mãos sob sua camiseta para sentir sua pele úmida e a rigidez dos músculos por baixo dela. "Tire a roupa. *Agora*."

Ele deu uma risada ao tirar os tênis com os pés e arrancar a camiseta.

Meu Deus... a visão do corpo dele daquela maneira — por inteiro, depois que sua bermuda foi ao chão — era de derreter os neurônios. Não havia o mínimo excesso em parte nenhuma, apenas massas compactas de músculos. Ele tinha barriga de tanquinho e aquele V sexy apontando para a pélvis que Cary chamava de Quadril de Apolo. Gideon não depilava o peito como Cary, mas cuidava do corpo com a mesma atenção. Ele era um espécime masculino em estado bruto, a encarnação de tudo o que eu cobiçava, fantasiava e desejava.

"Acho que morri e fui pro céu", falei, olhando embasbacada.

"Você ainda está vestida." Ele atacou minha roupa, arrancando meu top antes que eu pudesse respirar. Minha calça foi abaixada com força, e eu tirei os tênis com tanta pressa que perdi o equilíbrio e caí na cama. Mal havia recuperado o fôlego e ele já estava em cima de mim.

Rolamos engalfinhados na cama. Em todo lugar que ele me tocava, deixava um rastro de calor. O cheiro límpido da sua pele depois da malhação era um afrodisíaco intoxicante por si só, incitando meu desejo por ele até as raias da loucura.

"Você é tão linda, Eva." Ele apertou um dos meus seios antes de abocanhar o mamilo.

Soltei um gemido bem alto ao sentir a onda de calor e o toque de sua língua, derretendo a cada movimento leve de sucção. Minhas mãos percorriam avidamente sua pele úmida, apalpando e apertando, procurando pelas partes que o fariam urrar e gemer. Entrelacei minhas pernas na dele e tentei fazê-lo rolar para que eu ficasse por cima, mas ele era pesado e forte demais.

Ele levantou a cabeça e sorriu para mim. "Agora é a minha vez."

O que eu senti naquele momento, vendo seu sorriso e o afeto nos seus olhos, foi quase doloroso de tão intenso. Rápido demais, eu pensei. Estava me deixando envolver rápido demais. "Gideon..."

Ele me deu um beijo profundo, passando a língua pela minha boca bem à sua maneira. Imaginei que ele seria capaz de me fazer gozar apenas me beijando, caso aquilo continuasse por mais tempo. Tudo nele me deixava com tesão, desde sua aparência e o toque do seu corpo sob minhas mãos até o modo como ele me olhava e encostava em mim. Sua avidez e os sinais silenciosos que ele emitia em seu desejo de possuir meu corpo, a impetuosidade com que ele me dava prazer e extraía de mim seu prazer, tudo isso me deixava nas nuvens.

Percorri com as mãos seus cabeços sedosos. Os pelos encrespados do seu peito estimulavam meus mamilos endurecidos, e o toque do seu corpo rígido era mais que suficiente para me deixar molhada e louca para dar.

"Adoro seu corpo", ele sussurrou, passeando com sua boca do meu rosto para a minha garganta. Sua mão acariciava meu corpo, alternando-se entre os seios e os quadris. "Não me canso de admirá-lo."

"Você ainda não desfrutou dele o bastante", provoquei.

"Acho que nunca vou me fartar dele." Mordendo e lambendo meu ombro, ele foi um pouquinho mais para baixo e agarrou um dos meus mamilos com os dentes. Ele o apertou, e a leve pontada de dor me fez arquear as costas e gemer alto. Ele compensou a mordida com uma leve sucção, depois foi abrindo caminho aos beijos mais para baixo. "Nunca senti tanto desejo na minha vida."

"Então me fode."

"Ainda não", ele murmurou, indo mais para baixo, circundando meu umbigo com a ponta da língua. "Você não está pronta."

"Quê? Meu Deus... não dá pra ficar mais pronta que isso." Eu puxei seus cabelos, numa tentativa de trazê-lo de volta para cima.

Gideon agarrou meus pulsos e os apertou contra o colchão. "Você tem uma bocetinha apertadinha, Eva. Se não estiver totalmente molhada e relaxada, vou machucar você."

Um violento tremor de excitação atravessou meu corpo.

Gideon me deixava louca de tesão quando falava daquele jeito. Ele voltou a deslizar lá para baixo, e eu fiquei toda tensa. "Não, Gideon. Nem tomei banho."

Ele enfiou o rosto entre as minhas pernas, e eu me contorci contra seu toque, repentinamente vermelha de vergonha enquanto ele mordia de leve minhas coxas. "Não. Por favor. Você não precisa fazer isso."

Seu olhar paralisou meus movimentos frenéticos. "Você acha que meu desejo pelo seu corpo é diferente do seu pelo meu?", ele perguntou asperamente. "Eu quero você, Eva."

Passei a língua pelos meus lábios ressecados, tão excitada por sua volúpia animalesca que não consegui dizer uma única palavra. Ele soltou um gemido suave e mergulhou de cabeça na umidade do meio das minhas pernas. Sua língua abriu caminho para dentro de mim, lambendo e separando os tecidos sensíveis. Meus quadris se remexiam sem parar, meu corpo implorava silenciosamente por mais. A sensação era tão boa que tive vontade de chorar.

"Ah, Eva. Penso na minha boca na sua boceta desde a primeira vez que vi você."

O toque aveludado de sua língua chacoalhava meu clitóris excitado, e eu enterrei minha cabeça no travesseiro. "Isso. Assim mesmo. Me faz gozar."

Foi o que ele fez, alternando entre leves sucções e lambidas com a língua enrijecida. Tremi toda quando o orgasmo invadiu meu corpo, sentindo espasmos violentos, com os membros fora de controle. Sua língua entrava no meu sexo em meio às minhas convulsões, gemendo ao ritmo daquela penetração rasa, tentando entrar ainda mais fundo. Seus gemidos reverberavam na minha pele sensível, prolongando ainda mais o clímax. Lágrimas caíram dos meus olhos e escorreram pelas têmporas. O prazer físico destruiu todas as barreiras que mantinham meus sentimentos sob controle.

E Gideon não parava. Continuava a circundar com a língua a trêmula porta de entrada para meu corpo, lambendo meu clitóris superestimulado até que eu esquentasse novamente. Dois dedos seus entraram em mim, curvados e inquietos. Eu estava tão sensível que me contorci diante da nova investida. Quando ele avançou sobre meu clitóris com um movimento contínuo e ritmado, eu gozei de novo, soltando gritos e gemidos roucos. Depois disso ele enfiou três dedos em mim, remexendo-os e me abrindo inteirinha.

"Não." Sacudi a cabeça de um lado para o outro, sentindo cada canto do meu corpo queimar. "Já chega."

"Mais uma vez", ele insistiu, ofegante. "Mais uma vez e depois eu te como."

"Eu não aguento..."

"Aguenta, sim." Ele soprou um jato de ar frio sobre minha pele molhada, o que reacendeu minhas terminações nervosas. "Adoro ver você gozar, Eva. Adoro ouvir seus gemidos, sentir seu corpo se contorcer..."

Ele massageou um ponto sensível dentro de mim, e um orgasmo me invadiu na forma de uma lenta e morna onda de prazer, não menos devastadora por não ser tão violenta como nas duas vezes anteriores.

O peso e o calor de seu corpo se afastaram de mim. Em um ponto distante da minha mente entorpecida, registrei o ruído de uma gaveta se abrindo, seguido pelo som de uma embalagem sendo rasgada. O colchão afundou no seu retorno, com suas mãos fortes me puxando para o centro da cama. Ele se deitou sobre mim, prendendo-me, cercando-me com seus antebraços e os apertando contra mim, capturando-me.

Meus olhos estavam vidrados em seu rosto bonito e austero. Suas feições estavam tensas de luxúria, a pele bem esticada sobre a mandíbula e as maçãs do rosto. Seus olhos escuros estavam bem dilatados, e eu sabia que estava vendo o rosto de um homem que já havia perdido o controle sobre si mesmo. Gostei do fato de ele ter feito tudo aquilo por mim, de ter me dado tanto prazer e me preparado para o que parecia ser uma jornada inesquecível.

Minhas mãos agarraram os lençóis, e a ansiedade só crescia. Ele tinha me feito gozar, de novo e de novo. Agora seria a vez dele.

"Me fode", eu ordenei, incitando-o com os olhos.

"*Eva.*" Ele disse meu nome ao entrar em mim, enfiando até bater com as bolas em mim, em uma estocada furiosa.

Fiquei sem fôlego. Ele era grande, duro como pedra, e tinha entrado bem fundo. A ligação entre nós era absurdamente intensa. Emocional. Mental. Eu nunca tinha me sentido tão completamente... entregue. Possuída.

Eu jamais poderia imaginar que suportaria a ideia de ser imobilizada durante o sexo, não com meu histórico, mas o domínio total de Gideon sobre meu corpo fez meu desejo chegar a níveis inimagináveis. Nunca tinha sentido tanto tesão na minha vida, o que parecia impossível depois de tudo o que já havia experimentado com ele.

Eu o apertei todo, deliciando-me com a sensação dele dentro de mim, preenchendo-me.

Seus quadris investiram contra mim, como se dissessem: *Está sentindo? Estou dentro de você. Você é minha.*

Seu corpo inteiro enrijeceu. Seus músculos peitorais se distenderam por completo enquanto ele tirava quase tudo. A contração do seu abdome foi o único aviso que eu pude notar antes que ele voltasse a entrar com tudo. Todo duro.

Dei um grito, e o peito dele ressoou com um grunhido grave e primitivo. "Nossa... Você é muito gostosa."

Apertando-me mais forte, ele começou a me foder com força, fazendo meus quadris afundarem no colchão com estocadas violentas e ferozes. Uma onda de prazer percorreu meu corpo de novo, intensificando-se a cada investida do corpo dele contra o meu. *Assim*, eu pensei. *Era bem assim que eu queria você.*

Gideon enterrou a cabeça no meu pescoço e me prendeu com força onde eu estava, metendo mais forte e mais rápido, murmurando safadezas com uma voz ofegante, fazendo-me enlouquecer de desejo. "Meu pau nunca ficou tão duro. Entro tão fundo em você..."

Pensei que seria a vez dele, mas Gideon ainda estava pensando em mim, preocupado comigo, remexendo os quadris para levar prazer ao meu ventre em ebulição. Soltei um breve e inevitável som de desejo, e sua boca logo chegou até mim. Eu estava desesperada por ele, minhas unhas se encravaram em seus quadris em movimento, lutando contra a necessidade torturante de sentir as investidas furiosas do seu pau enorme.

Estávamos pingando de suor, com a pele fervendo e colados

um ao outro, ofegantes, lutando para controlar a respiração. Quando um orgasmo se formou como uma tempestade dentro de mim, todo o meu corpo se enrijeceu e se contorceu. Ele soltou um palavrão e posicionou uma das mãos sob o meu quadril, levantando minha bunda na direção das suas estocadas para fazer com que seu pau entrasse mais fundo e chegasse ao lugar que ansiava por ele.

"Goze, Eva", ele ordenou com um tom áspero. "Agora."

Cheguei ao clímax com uma intensidade que me fez sussurrar seu nome, uma sensação amplificada pela maneira como ele havia dominado meu corpo. Ele jogou a cabeça para trás, estremecendo.

"Ah!" Gideon me agarrou com tanta força que eu mal conseguia respirar, enquanto seus quadris continuavam seu movimento incessante, fazendo com que ele entrasse e saísse de mim em toda a sua extensão.

Não faço ideia de quanto tempo permanecemos assim, deitados, com nossas bocas passeando por ombros e pescoço até enfim nos acalmarmos. Meu corpo inteiro tremia e pulsava.

"Uau", consegui dizer finalmente.

"Você acaba comigo", ele murmurou com a boca encostada no meu queixo. "Vamos acabar morrendo de tanto trepar."

"Ei, eu não fiz nada dessa vez." Ele tinha assumido totalmente o controle, e não havia nada mais sexy que isso.

"Você estava aí deitada, respirando. Isso já basta."

Dei risada e o abracei.

Ele ergueu a cabeça e esfregou o rosto dele no meu. "Vamos comer alguma coisa, e depois começamos tudo de novo."

Ergui as sobrancelhas. "Você consegue fazer tudo isso de novo?"

"A noite inteira." Ele saiu de cima de mim, e pude sentir que ainda estava um pouco ereto.

"Você é uma máquina", eu disse. "Ou então algum deus."

"A culpa é sua." Com um beijo suave e carinhoso, Gideon se afastou de mim, tirou a camisinha, enrolou em um lenço de papel que encontrou no criado-mudo e jogou na lixeira ao lado da cama. "Vamos tomar banho e pedir alguma coisa do restaurante lá de baixo. A não ser que você queira descer."

"Acho que nem consigo andar."

O brilho do sorriso dele fez meu coração parar de bater por um instante. "Ainda bem que não sou o único."

"Você parece estar muito bem."

"Eu me sinto ótimo." Ele sentou na lateral da cama e afastou com a mão os cabelos grudados na minha testa. Seu rosto tinha uma expressão tranquila, e seu sorriso transmitia um afeto apaziguador.

Imaginei ter visto algo mais em seus olhos, e só de pensar nisso senti um nó na garganta. Fiquei com medo.

"Venha tomar banho comigo", ele pediu, acariciando meu braço.

"Me dê um minutinho para me recompor. Eu já vou."

"Certo." Ele foi para o banheiro, proporcionando-me uma visão em primeira mão de suas costas musculosas e seu traseiro impecável. Suspirei de admiração feminina diante daquele espécime perfeito de beleza masculina.

No chuveiro, a água começou a correr. Consegui sentar e deslizar as pernas para fora da cama, sentindo-me deliciosamente trêmula. Espichei os olhos para a gaveta um pouco aberta do criado-mudo e vi umas camisinhas lá dentro.

Senti meu estômago embrulhar. Aquele hotel era sofisticado demais para oferecer camisinhas junto com a habitual Bíblia no criado-mudo.

Com a mão ligeiramente vacilante, abri a gaveta por completo e encontrei uma quantidade razoável de apetrechos sexuais, incluindo um frasco de lubrificante e gel espermicida. Meu coração disparou mais uma vez. Na minha cabeça, retracei nossa jornada luxuriosa até o hotel. Gideon não havia nem perguntado qual quarto estava disponível. Fosse aquela uma chave-mestra ou não, ele não precisou se perguntar quais quartos estavam ocupados antes de escolher um... devia saber de antemão que não teria ninguém naquele quarto.

Obviamente, era o quarto *dele* — um abatedouro equipado com tudo de que Gideon precisava para se divertir com as mulheres que usava com esse propósito.

Enquanto eu caminhava até o armário, ouvi a porta de vidro do box se abrir e depois se fechar de novo. Peguei os puxadores das portas de correr do armário e as afastei. Havia uma pequena seleção de roupas masculinas penduradas nos cabides, camisas e calças sociais e também bermudas e calças jeans. Senti meu corpo gelar e o sentimento de exaltação do orgasmo dar lugar a um sofrimento enojado.

Nas gavetas do lado direito havia camisetas, cuecas e meias. Na primeira da esquerda, brinquedos eróticos ainda na embalagem. Nem abri as últimas gavetas. Já tinha visto o bastante.

Vesti depressa a calça e roubei uma das camisetas de Gideon. Enquanto me trocava, minha mente repassava a rotina que eu havia aprendido na terapia: *Ponha tudo para fora. Explique ao seu parceiro qual foi o gatilho do seu sentimento negativo. Enfrente esse gatilho e tente superá-lo.*

Se eu não estivesse tão abalada pela profundidade de meus sentimentos por Gideon, talvez eu conseguisse fazer tudo isso. Se não tivéssemos acabado de fazer um sexo inesquecível, talvez eu não me sentisse tão exposta e vulnerável. Isso eu jamais saberia. Estava me sentindo um pouco suja, um pouco usada, e estava muito, muito magoada. Ao me dar conta disso, com uma intensidade atordoante, senti uma necessidade infantil de magoá-lo também.

Passei as mãos nas camisinhas, no lubrificante e nos brinquedinhos eróticos e joguei tudo na cama. Quando ele me chamou com um tom de voz divertido e provocador, peguei minha mochila e fui embora.

10

Mantive a cabeça baixa ao passar pela recepção e saí do hotel por uma porta lateral. Fiquei vermelha de vergonha ao me lembrar do gerente que cumprimentou Gideon no elevador. Era capaz de imaginar o que ele pensava de mim. Ele devia saber para que servia aquele quarto. Eu não conseguia suportar a ideia de ser apenas mais uma de uma longa lista, mas foi exatamente isso o que me tornei quando pus os pés naquele hotel.

Teria dado muito trabalho parar na recepção e pedir um quarto que seria só nosso?

Saí andando sem direção e sem destino definido. Já havia escurecido, e a cidade ganhava uma nova vida e se reenergizava depois de mais um dia de trabalho. Barraquinhas fumegantes de comida dominavam as calçadas, junto com vendedores ambulantes oferecendo quadros, camisetas ou até roteiros de filmes e episódios de seriados de TV.

A cada passo que eu dava, a adrenalina da fuga baixava um pouco mais. A imaginação maliciosamente excitada pela visão de Gideon saindo do banheiro para encontrar o quarto vazio e a cama repleta de parafernálias sexuais foi perdendo o efeito. Comecei a me acalmar... e a refletir seriamente sobre o que tinha acontecido.

Teria sido uma coincidência Gideon me convidar para ir a uma academia tão convenientemente próxima de seu abatedouro sexual?

Lembrei da conversa que tivemos no escritório na hora do almoço, e a dificuldade que ele sentiu para expressar seu desejo de ficar comigo. Ele estava tão confuso e dividido quanto eu, e nessa situação o mais natural seria mesmo recorrer aos hábitos rotineiros. Afinal de contas, eu mesma não tinha acabado de fazer isso, apesar de ter investido tantos anos em terapia para aprender a não me fechar e fugir quando estivesse magoada?

Angustiada, parei em uma cantina e me sentei a uma mesa. Pedi um cálice de *syrah* e uma pizza margherita, esperando que o vinho e a comida acalmassem minha ansiedade para que eu pudesse voltar a pensar direito.

Quando o garçom voltou com meu vinho, virei metade da taça de uma vez sem nem sentir o gosto. Já estava com saudade de Gideon, do bom humor que ele demonstrou antes de eu ir embora. Seu cheiro estava impregnado em mim — junto com o do sexo inacreditável que fizemos. Senti meus olhos arderem, e deixei algumas lágrimas caírem, apesar de estar em público, em um restaurante cheio de gente. A pizza chegou e eu provei um pedaço. Tinha gosto de papelão, e isso não tinha nada a ver com a qualidade dos ingredientes, do cozinheiro ou do lugar.

Puxei a cadeira em que havia deixado minha bolsa e peguei o celular novo, com a intenção de ligar para o dr. Travis e deixar um recado. Ele tinha proposto que continuássemos com as sessões à distância até que eu encontrasse um terapeuta em Nova York, e decidi aceitar a oferta. Foi quando vi as vinte e uma ligações perdidas de Gideon e uma mensagem de texto: **Estraguei tudo de novo. Não me abandone. Fale comigo. Por favor.**

As lágrimas voltaram a rolar. Apertei o telefone contra o peito, sentindo-me perdida. Não conseguia afastar da cabeça a imagem de Gideon com outras mulheres. Não conseguia deixar de imaginá-lo trepando feito louco com outra mulher naquela mesma cama, usando aqueles brinquedinhos nela, levando-a à loucura, extraindo prazer do corpo dela...

Era um pensamento irracional e sem sentido, que fazia com que eu me sentisse mesquinha e patética, e se manifestava em uma dor física.

Levei um susto quando o telefone começou a vibrar, e quase o derrubei. Dominada pelo sofrimento, pensei em deixar tocar até cair na caixa postal, porque estava escrito na tela que era Gideon — a única pessoa que tinha aquele número —, mas não fui capaz de ignorar, porque ele estava claramente histérico. Por mais que eu quisesse magoá-lo antes, naquele momento essa ideia era insuportável.

"Alô." Estranhei minha própria voz, abafada pelas lágrimas e pela tristeza que sentia.

"Eva! Graças a Deus." Gideon parecia ansiosíssimo. "Onde você está?"

Olhei ao redor e não encontrei nada que me dissesse o nome do restaurante. "Não sei. Eu... sinto muito, Gideon."

"Não, Eva. A culpa foi minha. Preciso encontrar você. Pode descrever o lugar onde está? Você foi andando?"

"Sim, vim andando."

"Eu sei qual foi a saída que você usou. Pra que lado você foi?" Ele estava ofegante, e eu conseguia ouvir o barulho do trânsito e das buzinas ao redor.

"Pra esquerda."

"Você virou alguma esquina depois disso?"

"Acho que não. Não sei." Olhei em volta à procura de um garçom. "Estou em um restaurante. Italiano. Com lugares na calçada... e uma cerquinha de ferro. Portas vazadas... Pelo amor de Deus, Gideon, eu..."

Ele apareceu, a princípio como um vulto na porta de entrada segurando um telefone contra a orelha. Eu o reconheci imediatamente, observei sua reação de paralisia quando me viu sentada junto da parede dos fundos. Ele enfiou o telefone no bolso da calça jeans que mantinha no hotel e passou direto pela hostess que o abordou antes de chegar até mim. Mal tive tempo de me levantar e ele avançou contra mim e me abraçou bem forte.

"Pelo amor de Deus." Ele estremeceu de leve e enterrou a cabeça no meu pescoço. "Eva."

Retribuí o abraço. Ele cheirava como alguém recém-saído do chuveiro, o que me fez lembrar que estava precisando demais de um banho.

"Eu não poderia estar aqui", ele disse asperamente, recuando um pouco para envolver meu rosto com suas mãos. "Não posso aparecer em público assim. Podemos ir para minha casa?"

Alguma coisa no meu rosto deve ter denunciado minha preocupação, porque ele me deu um beijo na testa e sussurrou: "Não vai ser como no hotel, eu prometo. A única mulher que já esteve na minha casa foi minha mãe, além da governanta e das empregadas".

"Isso é idiotice", murmurei. "Estou sendo idiota."

"Não." Ele afastou os cabelos do meu rosto e se inclinou para cochichar na minha orelha. "Se você tivesse me levado a um lugar reservado para trepar com outros homens, eu teria perdido a cabeça."

O garçom apareceu, e nós nos afastamos. "O senhor quer um cardápio?"

"Não, obrigado." Gideon sacou a carteira do bolso e estendeu a mão com o cartão de crédito. "Já estamos de saída."

Pegamos um táxi até a casa de Gideon, que ficou segurando minha mão durante todo o trajeto. Fiquei mais nervosa do que deveria ao pegar o elevador privativo para a cobertura na Quinta Avenida. O pé-direito alto e a arquitetura no estilo anterior à Segunda Guerra Mundial não eram novidade para mim e, para ser sincera, era meio que o esperado quando se namora alguém que é dono de quase todos os lugares que frequenta. E quanto à vista para o Central Park... bom, era até óbvia.

Mas o nervosismo de Gideon era nítido, o que me fez perceber que aquela visita era muito importante para ele. Quando a porta do elevador se abriu diretamente no hall de entrada com revestimento de mármore, ele apertou ainda mais minha mão antes de me soltar. Destrancou a porta dupla da entrada e permitiu meu acesso à sua privacidade. Sua ansiedade era visível enquanto observava minha reação.

O apartamento era lindo como ele. No entanto, era bem diferente de seu escritório, que era ousado e moderno. Sua casa era aconchegante e suntuosa, repleta de antiguidades e obras de arte, com magníficos tapetes Aubusson revestindo pisos reluzentes de madeira nobre.

"É... incrível", eu disse baixinho, sentindo-me privilegiada por estar ali. Era um vislumbre de um lado de Gideon que eu ansiava por conhecer, e era belíssimo.

"Entre." Ele me puxou para dentro. "Quero que você durma aqui hoje."

"Não trouxe roupas nem nada..."

"Você só vai precisar da sua escova de dente e da bolsa. Podemos passar na sua casa amanhã de manhã e pegar o resto. Prometo que você não vai se atrasar para o trabalho." Ele me abraçou e apoiou o queixo no topo da minha cabeça. "Quero muito que você fique, Eva. Não culpo você por ter saído correndo daquele quarto, mas seu sumiço me deixou desesperado. Preciso de mais um tempinho na sua companhia."

"Preciso de um abraço." Enfiei as mãos sob a camiseta dele para sentir a maciez suave de suas costas musculosas. "E um banho também me faria bem."

Ele inspirou profundamente, com o nariz bem próximo dos meus cabelos. "Adoro sentir meu cheiro em você."

Mesmo assim, ele me conduziu por um corredor até seu quarto.

"Uau", suspirei quando ele acendeu a luz. Uma enorme cama de casal dominava o centro do quarto, feita de madeira escura — que parecia ser a de sua preferência — e coberta com uma roupa de cama creme. O restante da mobília combinava com a cama, e os detalhes eram adornados com tons de dourado. Era um cômodo acolhedor e masculino, sem nenhuma obra de arte nas paredes que concorresse com a vista serena do Central Park e dos imponentes prédios residenciais do outro lado do parque. Do meu lado de Manhattan.

"O banheiro é aqui."

Enquanto eu me dirigia ao gabinete de pia, que parecia construído a partir de alguma escrivaninha antiga com pés em forma de garra, ele retirou toalhas de um armário e as deixou ali para mim, movendo-se com a sensualidade e confiança que eu tanto admirava. Vê-lo em sua casa, vestido tão casualmente, foi comovente. E saber que eu era a primeira mulher a entrar ali me emocionou ainda mais. Foi como se, mais do que nunca, ele tivesse se despido para mim. "Obrigada."

Ele me olhou e pareceu entender que eu não estava falando só das toalhas. Seu olhar fez com que uma onda de calor se espalhasse pelo meu corpo. "É muito bom ter você aqui."

"Não faço ideia de como vim parar aqui com você." Mas estava gostando muito. Muito mesmo.

"E isso importa?" Gideon veio até mim, levantou meu

queixo e deu um beijo na ponta do meu nariz. "Vou deixar uma camiseta na cama. Caviar e vodca está bom pra você?"

"Ora... é um belo avanço em relação à pizza que comi."

Ele sorriu. "Caviar tipo ossetra da Petrossian."

Retribuí o sorriso. "Preciso me corrigir. É um tremendo avanço."

Tomei um banho e vesti a camiseta tamanho grande das Indústrias Cross que ele havia separado para mim; depois liguei para Cary para avisar que passaria a noite fora e contar meio por alto o que tinha acontecido no hotel.

Ele soltou um assovio. "Não sei nem o que dizer sobre isso."

Cary Taylor não saber o que dizer significava muita coisa.

Encontrei Gideon na sala, e sentamos no chão para comer o badalado caviar com torradinhas e *crème fraîche* enquanto assistíamos a uma reprise de um seriado policial de TV que tinha uma cena filmada em frente ao Crossfire.

"Acho que seria legal ver um prédio meu numa TV como essa", comentei.

"Até que não é ruim, mas eles fecharam a rua durante horas para as filmagens."

Atingi o ombro dele com o meu. "Quanta negatividade."

Fomos para a cama às dez e meia e assistimos ao restante do programa deitados juntinhos. A tensão sexual entre nós era palpável, mas ele não tomou nenhuma iniciativa, então fiquei na minha. Desconfiei que ele queria compensar o incidente ocorrido no hotel. Ele estava tentando provar que gostaria de passar um tempo comigo quando "poderíamos estar trepando".

Funcionou. Por mais que eu estivesse a fim, era muito bom ficar ali sem fazer nada.

Ele dormia sem roupa, o que tornava o contato ainda melhor. Joguei uma das pernas por cima dele, abracei sua cintura e apoiei meu rosto sobre seu coração. Nem me lembro do fim do programa, devo ter dormido antes.

Quando acordei o quarto ainda estava escuro, e rolei para o lado da cama. Sentei para consegui olhar para o relógio digital no criado-mudo e vi que ainda eram três da manhã. Eu costumava dormir a noite toda, o que me fez concluir que era o ambiente desconhecido que estava atrapalhando meu sono. Apenas quando Gideon gemeu e começou a se mexer, inquieto, que descobri o que me havia feito despertar. Seu gemido era de dor, seguido por um sussurro atormentado.

"Não encoste em mim", ele disparou asperamente. "Tire essas mãos de cima de mim!"

Fiquei paralisada, com o coração disparado. Suas palavras atravessavam a escuridão e o silêncio da noite, carregadas de fúria.

"Você não vale nada." Ele se sentou, chutando as cobertas. Suas pernas se encolheram e ele soltou um gemido que me pareceu perversamente erótico. "Não. Ai... Está doendo."

Ele se enrijeceu, contorcendo o corpo inteiro. Eu não aguentava mais ver aquilo.

"Gideon." Como Cary tinha pesadelos de tempos em tempos, eu sabia que não deveria tocar em um homem nessa situação. Em vez disso, ajoelhei-me na cama e disse seu nome em voz alta. "Gideon, acorde."

Despertando de repente, ele desabou para trás, tenso e defensivo. Seu peito oscilava com a respiração ofegante. Ele estava tendo uma ereção.

Falei num tom de voz firme, apesar de estar com o coração partido. "Gideon. Você está sonhando. Acorde e fique comigo."

Ele se soltou sobre o colchão. "Eva...?"

"Estou aqui." Saí do caminho da luz do luar que entrava pela janela, mas não vi nenhum sinal de que seus olhos estavam abertos. "Você está acordado?"

Sua respiração ficou mais lenta, mas ele não disse nada. Seus punhos estavam fechados sobre o lençol. Arranquei a camiseta que estava usando e a deixei em cima da cama. Cheguei mais perto e passei a mão pelo seu braço. Ele não teve reação, e eu o acariciei, passando as pontas dos dedos sobre seu bíceps.

"Gideon?"

Ele teve um sobressalto. "Quê? O que foi?"

Sentei sobre os calcanhares com as mãos nas coxas. Vi quando ele piscou para mim, e depois passou as mãos pelos cabelos. Pude sentir quando tomou consciência do pesadelo, pela rigidez que dominou seu corpo.

"O que foi?", ele perguntou bruscamente, apoiando-se em um dos cotovelos. "Está tudo bem?"

"Quero você." Eu me deitei ao lado de Gideon, estendendo meu corpo nu junto ao seu. Pressionando meu rosto contra seu pescoço úmido, lambi suavemente sua pele salgada. Pela minha experiência com pesadelos, eu sabia que abraços e um pouco de amor poderiam fazer os fantasmas voltarem para o armário por uns tempos.

Ele me envolveu em seus braços, percorrendo com a mão a curvatura da minha coluna. Senti quando ele se esqueceu do sonho soltando um suspiro longo e profundo.

Deitei-o de costas, montei sobre ele e beijei sua boca. Sua ereção encontrou meus lábios vaginais, o que me fez querer abrir caminho para ela. A sensação da mão dele nos meus cabelos, agarrando-me para assumir o controle do beijo, logo me deixou molhada e pronta para recebê-lo. Minha pele estava quase em chamas. Esfreguei meu clitóris contra seu membro duro e grosso, usando-o para me masturbar até que ele emitiu um som áspero de desejo e rolou para cima de mim, invertendo a posição.

"Não tenho camisinha aqui em casa", ele murmurou antes de envolver um dos meus mamilos com os lábios e sugá-lo suavemente.

Adorei o fato de ele estar desprevenido. Ali não era um simples abatedouro; era a casa dele, e eu era a primeira a estar ali. "Sei que você falou em apresentar exames quando falamos sobre a pílula e que isso é o mais certo a fazer, mas..."

"Eu confio em você." Ele ergueu a cabeça e me olhou sob a luz pálida da lua. Abriu minhas pernas com os joelhos e me penetrou sem proteção pela primeira vez. Pude sentir todo o seu calor e toda a sua maciez.

"Eva", ele suspirou, apertando-me contra si. "Eu nunca... Meu Deus, como você é gostosa. Estou muito feliz por você estar aqui."

Puxei seus lábios para perto de mim e o beijei. "Eu também."

Acordei da mesma forma que tinha dormido, com Gideon sobre mim, dentro de mim. Seu olhar estava carregado de prazer quando despertei com aquele momento delicioso. Com os cabelos caídos sobre os ombros e o rosto, ele parecia ainda mais sexy por estar despenteado. Mas, o melhor de tudo, não havia nada de obscuro em seus lindos olhos, nem uma sombra da ameaça que tinha pairado sobre seus sonhos.

"Espero que não se incomode", ele murmurou com um sorriso malicioso enquanto entrava e saía de mim. "Você estava quentinha e molhada. Não pude evitar."

Abracei sua cabeça e arqueei as costas, pressionando meus seios contra seu peito. Através das janelas encimadas por arcadas, vi a luz do amanhecer começar a preencher o céu. "Humm... Eu adoraria acordar todos os dias deste jeito."

"Foi isso o que eu pensei às três da manhã." Ele mexeu os quadris e entrou ainda mais profundamente em mim. "Pensei em retribuir o favor."

Meu corpo inteiro renasceu, minha pulsação acelerou. "Sim, por favor."

Cary não estava mais lá quando cheguei em casa; ele havia deixado um bilhete avisando que estava trabalhando, mas que voltaria a tempo para a pizza com Trey. Como minha experiência com pizza na noite anterior não tinha sido muito boa, eu estava disposta a tentar de novo, dessa vez em uma ocasião descontraída.

"Tenho um jantar de negócios hoje à noite", disse Gideon, lendo por cima do meu ombro. "Queria que você fosse, para tornar a coisa mais suportável."

"Não posso dar o cano em Cary", eu disse, já me desculpando antes de me virar para ele. "As amigas vêm em primeiro lugar, você sabe como é."

Ele sorriu e me cercou pondo com as mãos no balcão. Estava usando o terno que eu havia escolhido, um Prada grafite levemente brilhante. A gravata era de um tom de azul que combinava com seus olhos e, deitada na cama observando enquanto ele se vestia, tive que lutar contra a vontade de arrancar tudo aquilo. "Cary não é uma amiga sua. Mas entendi o que você quis dizer. Quero ficar com você hoje à noite. Posso vir depois do jantar e dormir aqui?"

Senti uma onda de calor percorrer meu corpo. Passei minhas mãos pelo colete dele, sentindo-me como uma portadora de um segredo especial por saber exatamente como ele era por baixo das roupas. "Eu adoraria que você viesse."

"Ótimo." Ele acenou com a cabeça, satisfeito. "Vou fazer um café enquanto você se troca."

"Os grãos estão no freezer, e o moedor, do lado da cafeteira. E eu gosto de bastante leite e só um pouquinho de adoçante."

Vinte minutos depois, quando saí do quarto, Gideon encheu duas canecas de café para viagem e descemos para o saguão. Paul nos escoltou da porta da frente do prédio à porta traseira do Bentley.

Enquanto o motorista arrancava com o carro, Gideon me olhou dos pés à cabeça e falou: "Você está mesmo querendo me matar. Está usando cinta-liga de novo?".

Puxei a barra da saia e mostrei as meias de seda preta presas à cinta-liga de renda preta.

Ele soltou um palavrão abafado que me fez rir. Eu havia escolhido uma blusa de seda de manga curta e gola rulê, combinada com uma saia vermelha razoavelmente curta, na medida do possível, e sapatos Mary Jane de salto alto. Como Cary não estava por lá para me fazer um penteado mais elaborado, prendi os cabelos em um rabo de cavalo. "Gostou?"

"Estou de pau duro." Sua voz estava rouca, e ele se ajustou dentro da calça. "Como é que vou conseguir trabalhar pensando em você vestida desse jeito?"

"Temos sempre a hora do almoço", sugeri, já fantasiando uma rapidinha no sofá do escritório dele.

"Tenho um almoço de negócios hoje. Eu poderia remarcar, se já não tivesse feito isso ontem."

"Você remarcou um compromisso por minha causa? Que honra."

Ele se inclinou e acariciou meu rosto com os dedos, um gesto de carinho que estava se tornando habitual e cada vez mais íntimo. Eu estava prestes a me tornar dependente desse tipo de toque.

Inclinei meu rosto sobre a palma da mão dele. "Você consegue reservar quinze minutos do seu dia pra mim?"

"Dou um jeito."

"Ligue pra avisar quando puder."

Respirando bem fundo, revirei minha bolsa e apanhei um presente que eu não sabia ao certo se ele ia gostar, mas o fato é que a lembrança daquele pesadelo não me saía da cabeça. Eu esperava que aquilo o fizesse lembrar do nosso sexo na madrugada, e o ajudasse a lidar com seu sonho traumático. "Eu trouxe uma coisa. Achei que..."

De repente, arrependi-me.

Ele franziu a testa. "O que foi?"

"Nada. É que..." Eu suspirei de tensão. "Então, eu trouxe uma coisa pra você, mas acabei de me dar conta que é o tipo de presente que... não é bem um presente. Agora estou pensando que talvez não tenha nada a ver e..."

Ele estendeu a mão. "Dê aqui."

"Você não precisa ficar com ele se não quiser..."

"Pare de falar, Eva." Ele fez um movimento com os dedos. "Dê aqui."

Tirei o objeto da minha bolsa e entreguei na mão dele.

Gideon olhou em silêncio para a fotografia emoldurada. Era um porta-retratos moderno com recortes de imagens relacionadas a formaturas, que incluía um relógio digital marcando três da manhã. A fotografia era minha, posando de biquíni em Coronado Beach com um chapelão de palha na cabeça — eu estava bronzeada, feliz, mandando um beijo para Cary, que estava se fingindo de fotógrafo de moda, passando-me instruções ridículas. *Arrasou, gata. Agora brilha. Mostra esse corpão. Agora quero ver a tigresa... rawr...*

Envergonhada, eu me contorci no assento. "Como eu disse antes, você não precisa ficar com ela se..."

"Eu..." Ele limpou a garganta. "Obrigado, Eva."

"Ah, tudo bem..." Fiquei feliz ao ver o Crossfire pela janela. Saltei assim que o motorista estacionou e passei as mãos pela saia, envergonhada. "Se quiser, posso ficar com ela e entregar para você outra hora."

Gideon fechou a porta do Bentley e sacudiu a cabeça. "Ela é minha. Você não vai pegar de volta."

Ele pegou minha mão, entrelaçando meus dedos com os dele, e me mostrou o caminho da porta giratória segurando o porta-retratos. Fiquei contente de ver que ele ia entrar no escritório com minha foto nas mãos.

Uma das coisas mais divertidas no mundo da publicidade é que um dia de trabalho nunca é igual ao anterior. Eu tive uma manhã corridíssima e, quando parei para pensar no que ia fazer na hora do almoço, o telefone tocou. "Escritório de Mark Garrity. Eva Tramell falando."

"Tenho uma novidade", Cary disparou em vez de dizer alô.

"Qual?" Senti pela voz dele que a notícia era boa.

"Estou na campanha da Grey Isles."

"Ai, meu Deus! Cary, isso é demais! Adoro os jeans deles."

"O que você vai fazer na hora do almoço?"

Abri um sorriso. "Comemorar com você. Consegue chegar aqui ao meio-dia?"

"Já estou a caminho."

Desliguei o telefone e me recostei na cadeira, tão empolgada por causa de Cary que senti vontade de sair dançando pelo prédio. Para matar o tempo durante os quinze minutos que faltavam para meu horário de almoço, abri o e-mail e vi o alerta do Google sobre novas entradas no mecanismo de busca com o nome de Gideon. Mais de trinta novas citações ao seu nome em apenas um dia.

Abri o e-mail e surtei diante das várias manchetes fazendo menção a uma tal "mulher misteriosa". Cliquei no primeiro link que apareceu e fui direcionada a um blog de fofoca.

Lá, em cores vivas, havia uma foto de Gideon me beijando enlouquecidamente na calçada diante da academia. O artigo que acompanhava a imagem era breve e ia direto ao ponto:

> *Gideon Cross, o solteirão mais cobiçado de Nova York desde John Kennedy Jr., foi visto ontem em uma manifestação pública de afeto. Uma fonte de dentro das Indústrias Cross identi-*

ficou a sortuda mulher misteriosa como sendo a socialite Eva Tramell, filha do multimilionário Richard Stanton e de sua esposa Monica. Quando questionada a respeito da natureza da relação entre Cross e Tramell, a fonte confirmou que ela é a "mulher mais importante" da vida do magnata no momento. Somos capazes até de ouvir os coraçõezinhos se partindo por todo o país nesta manhã.

"Droga", suspirei.

11

Cliquei nos outros links da mensagem e encontrei a mesma foto, acompanhada de legendas e artigos parecidos. Assustada, recostei-me no assento e refleti sobre o significado de tudo aquilo. Se um beijo já causava tanto rebuliço, que chance teríamos de tentar construir um relacionamento?

Minhas mãos estavam trêmulas quando fechei as abas do navegador. Eu não tinha levado em conta a repercussão na imprensa, mas deveria. "Droga."

O anonimato era meu aliado. Protegia-me do passado. Protegia minha família do constrangimento, assim como Gideon. Eu não tinha nem perfis em redes sociais para que pessoas que não tivessem acesso a mim no dia a dia não conseguissem me encontrar.

Essa parede invisível entre mim e a exposição pública havia sido demolida.

"Que inferno", suspirei ao me ver em uma situação indesejável que poderia ter sido evitada caso minha mente se preocupasse com alguma coisa além de Gideon.

E eu ainda tinha que levar em conta a reação *dele* a essa situação toda... Eu me remoí por dentro só de pensar nisso. E tinha também minha mãe. Não demoraria muito para ela me ligar e fazer o maior estardalhaço...

"Merda." Lembrei que ela ainda não tinha meu celular novo, e liguei para o serviço de mensagens de voz do número antigo para saber se ela tinha tentado falar comigo. Estremeci quando ouvi que minha caixa postal estava cheia.

Desliguei o telefone, peguei a bolsa e saí para o almoço, com a certeza de que Cary me ajudaria a pôr as coisas em seus devidos lugares. Eu estava tão perturbada quando cheguei ao saguão do edifício que saí do elevador com a cabeça concentrada unicamente em encontrar meu amigo. Quando o vi, parti diretamente em sua direção sem pensar em mais nada, pelo menos até Gideon parar bem na minha frente e bloquear o caminho.

"Eva." Ele me olhou franzindo a testa. Agarrou meu cotovelo e me puxou para o lado. Foi quando percebi as duas mulheres e o homem que estavam fora do meu campo de vista até então.

Precisei de certo esforço para conseguir sorrir para eles. "Olá."

Gideon me apresentou a seus companheiros de almoço de negócios, depois pediu licença e me puxou até um canto. "O que aconteceu? Você está chateada."

"Está em toda parte", sussurrei. "Uma foto de nós dois juntos."

Ele concordou com a cabeça. "Eu vi."

Olhei bem para ele, piscando várias vezes, perplexa com sua tranquilidade. "E você nem liga?"

"Por que deveria? Pela primeira vez, estão dizendo a verdade."

Uma desconfiança sorrateira despertou dentro de mim. "Você planejou tudo. Isso é coisa sua."

"Não exatamente", ele respondeu, sem se alterar. "O fotógrafo estava lá por acaso. Eu só proporcionei a ele uma imagem que valia a pena divulgar, e falei pra assessoria de imprensa deixar bem claro que você é minha."

"Por quê? Por que alguém faria isso?"

"Você tem sua maneira de lidar com o ciúme, e eu tenho a minha. Nós dois estamos comprometidos, e agora todo mundo sabe disso. Por que isso seria um problema?"

"Eu estava preocupada com sua reação, mas não é só isso... Existem coisas que você não sabe, e eu..." Respirei bem fundo, sentindo meu corpo tremer. "Nossa relação não pode ser assim, Gideon. Não pode vir a público. Eu não quero... droga. Vou virar motivo de constrangimento pra você."

"Não vai, não. Isso é impossível." Com uma das mãos, ele afastou uma mecha de cabelo que tinha caído sobre meu rosto. "Podemos conversar sobre isso mais tarde? A não ser que você precise de mim..."

"Não, tudo bem. Pode ir."

Cary veio até nós. Estava com uma calça cargo preta bem larga e uma camiseta branca de gola V, mas ainda assim parecia elegante e sofisticado. "Está tudo bem?"

"Oi, Cary. Está tudo bem." Gideon apertou minha mão. "Aproveite bem seu almoço e não se preocupe."

Ele falou isso porque não sabia de nada.

E, se soubesse, eu tinha sérias dúvidas se ainda ia querer alguma coisa comigo.

Cary olhou bem para mim quando Gideon se afastou. "Não se preocupe com o quê? Tem alguma coisa errada?"

"Tudo." Suspirei. "Vamos sair logo daqui, a gente conversa melhor durante o almoço."

"Ora", murmurou Cary, olhando para o link que eu encaminhei do meu celular para o dele. "Isso é que é beijo. Ele ter pegado você nos braços desse jeito foi uma grande sacada. Não tem como parecer mais apaixonado que isso."

"O problema é justamente esse." Dei mais um gole na minha água. "Foi tudo encenação."

Ele guardou o telefone no bolso. "Na semana passada você reclamava dele porque só queria sexo. Esta semana ele anuncia pro mundo todo que está comprometido, que vocês dois têm uma relação amorosa, e você continua insatisfeita. Estou começando a sentir pena do sujeito. Ele não consegue dar uma dentro."

Esse comentário doeu nos meus ouvidos. "Os jornalistas vão começar a pesquisar, Cary, e vão achar muita sujeira. E, como é uma sujeira apetitosa, vão espalhar por toda parte e mais um pouco, e isso vai expor Gideon a um constrangimento terrível."

"Gata." Ele pôs sua mão sobre a minha. "Stanton já deu um jeito de colocar uma pedra sobre tudo isso."

Stanton. Eu me ajeitei na cadeira. Não tinha nem me lembrado do meu padrasto. Ele previu que uma hora a coisa viria à tona e abafou tudo, pois sabia o que isso causaria à minha mãe. Ainda assim... "Vou precisar conversar com Gideon sobre isso. Ele tem o direito de saber."

Só a ideia de ter uma conversa como essa já me deixou em frangalhos.

Cary sabia como minha cabeça funcionava. "Se você acha que ele vai se assustar e fugir, está muito enganada. Gideon olha pra você como se não existisse mais ninguém no mundo."

Revirei minha salada de atum com folhas verdes. "Ele também tem seus fantasmas. Pesadelos. Acho que ele se fechou para o mundo porque alguma coisa o corrói por dentro."

"Mas ele se abriu pra você."

"E já deu mostras do quanto pode ser possessivo. Não censurei porque é um defeito que eu também tenho, mas ainda assim..."

"Você está errando feio na análise, Eva", interrompeu Cary. "Está achando que o sentimento dele por você deve ser uma espécie de acaso ou engano. Qual é o problema, alguém como ele não se apaixonaria por alguém como você, é isso?"

"Minha autoestima não é *tão* ruim assim", protestei.

Ele deu um gole em seu champanhe. "Ah, não? Então me diga alguma coisa de que ele gosta em você que não tenha a ver com sexo."

Pensei a respeito e não consegui encontrar nada para dizer, o que me deixou irritada.

"Então", ele continuou. "Se Cross for tão paranoico quanto você, está pensando a mesma coisa, só que ao contrário, imaginando o que uma gata como você viu num cara como ele. Você tem grana, então o que ele pode ter de atraente além de ser um garanhão que vive fazendo merda?"

Eu me recostei na cadeira e tentei absorver tudo o que ele disse. "Cary, eu te amo de paixão."

Ele sorriu. "Eu também, linda. Quer um conselho? Terapia de casal. Quero fazer isso quando encontrar alguém e quiser sossegar. E tente se divertir com ele. Vocês precisam aprender a equilibrar os altos e baixos, caso contrário a relação fica sofrida e trabalhosa demais."

Eu me inclinei para a frente e apertei sua mão. "Obrigada."

"Por quê?" Ele desdenhou da minha gratidão com um aceno de mão. "Não existe coisa mais fácil que resolver o problema dos outros. O duro é enfrentar nossos próprios traumas, e isso eu jamais conseguiria sem você."

"Mas agora você já superou tudo", assinalei, mudando o foco da conversa. "Você está prestes a estrelar um anúncio gigante na Times Square. Não vou mais ser a única a poder admirar sua beleza. Vamos deixar a pizza de lado e fazer um jantar comemorativo? Que tal abrir aquela caixa de Cristal que Stanton deu?"

"Aí, sim."

"E o filme? Quer ver algum em particular?"

"O que você quiser. Não quero interferir no seu gosto por filmes bobos de ação."

Sorri, sentindo-me melhor como sabia que me sentiria depois de passar uma hora com Cary. "Só me avise se eu não perceber quando você e Trey quiserem ficar sozinhos."

"Rá! Pode deixar. Sua vida amorosa agitada está fazendo com que eu me sinta acomodado e tedioso. O que eu mais quero é uma trepada quente e suada com meu próprio garanhão."

"Você transou dentro de um armário poucos dias atrás!"

Ele suspirou. "Tinha até esquecido. Que coisa mais triste..."

"Não é bem isso que seus olhos estão dizendo."

Eu tinha acabado de voltar para minha mesa quando vi no celular uma mensagem de Gideon dizendo que teria um tempinho livre para conversar às quinze para as três. Tentei esconder minha ansiedade durante os noventa minutos seguintes, já que havia me decidido a seguir o conselho do Cary e me divertir um pouco. Não demoraria muito para que eu e Gideon tivéssemos que encarar meu passado tenebroso, mas, enquanto isso não acontecia, era melhor curtir enquanto ainda era tempo.

Respondi para ele pouco antes de subir, avisando que já estava a caminho. Como o tempo era curto, não poderíamos perder nem um minuto. Gideon devia achar o mesmo, pois encontrei Scott me esperando assim que cheguei ao hall de entrada das Indústrias Cross. Ele me acompanhou até a recepção e liberou minha entrada.

"Está tendo um bom dia?", perguntei.

Ele sorriu. "Um ótimo dia. E você?"

Retribuí o sorriso. "Já tive piores."

Gideon estava ao telefone quando entrei no escritório. Seu tom de voz era de pressa e impaciência, e ele dizia à pessoa no outro lado da linha que ela deveria ser capaz de fazer seu trabalho sem que fosse preciso supervisioná-la o tempo todo.

Ele ergueu um dedo para mim, dizendo que ainda levaria um minuto. Respondi estourando uma bola bem grande do chiclete que estava mascando.

Gideon ergueu as sobrancelhas de imediato, e acionou os respectivos botões para trancar a porta e tornar as paredes de vidro opacas.

Sorrindo, saltitei até sua mesa e pulei em cima dela, passando os dedos pelos lábios e balançando as pernas. Com um golpe ágil, ele estourou a outra bola de chiclete que fiz. Fiz um biquinho charmoso.

"Dê um jeito nisso", ele disse com autoridade para a pessoa do outro lado da linha. "Só vou poder ir até aí na semana que vem, e ficar me esperando sem fazer nada só vai atrapalhar. Agora pare de falar. Tenho um assunto urgente na minha mesa pra resolver e você está me atrapalhando. Pode ter certeza que estender essa conversa só vai servir pra me irritar. Faça o que precisa ser feito e amanhã conversamos de novo."

Ele pôs o telefone de volta no gancho em um gesto de violência reprimida. "Eva..."

Ergui uma das mãos para mantê-lo à distância e embrulhei meu chiclete em uma folha do bloquinho de papel que havia em cima da mesa. "Antes que brigue comigo, senhor Cross, gostaria de dizer que, quando chegamos a um impasse nas discussões sobre a fusão ontem no hotel, eu não deveria ter ido embora. Isso não ajudou em nada. E eu não reagi muito bem à divulgação da foto pela assessoria de imprensa. Mas ainda assim... Mesmo não tendo sido uma boa secretária, acho que mereço outra chance de me destacar."

Ele estreitou os olhos e me observou com cuidado, avaliando e reavaliando a situação conforme se desenrolava. "Eu pedi sua opinião sobre que atitude tomar a esse respeito, senhorita Tramell?"

Sacudi a cabeça e o olhei de baixo para cima. Dava para perceber que a irritação causada pelo telefonema já se dissipava, substituída por uma excitação e um interesse cada vez maior no que estávamos fazendo.

Desci da mesa, fui até perto dele e alisei sua gravata impecável com as duas mãos. "O que posso fazer para corrigir isso? Tenho outras habilidades muito convenientes."

Ele me agarrou pelos quadris. "Essa foi uma das razões por que você foi a única mulher que levei em consideração para o cargo."

Essas palavras fizeram uma onda de calor invadir meu corpo. Agarrando seu pau com uma das mãos, comecei a acariciá-lo por cima da calça. "Que tal eu retomar meus afazeres? Posso fazer uma demonstração de que sou a pessoa mais qualificada para ser sua assistente."

Gideon teve uma ereção com uma velocidade que me deixou deliciada. "Bela iniciativa, senhorita Tramell. Mas minha próxima reunião é daqui dez minutos. Além disso, não estou acostumado a expandir os horizontes profissionais dos meus funcionários no meu escritório."

Abri o botão da calça dele e baixei o zíper. Com a boca colada em seu queixo, sussurrei: "Se está pensando que existe algum lugar em que eu não vou fazer você gozar, é melhor refazer seu planejamento".

"Eva", ele suspirou, cheio de tesão e carinho nos olhos, depois agarrou minha garganta, roçando meu queixo com os polegares. "Você está me deixando perturbado. Sabia disso? Está fazendo de propósito?"

Enfiei a mão dentro da cueca dele e o agarrei por inteiro, oferecendo os lábios para serem beijados. Foi o que ele fez, atacando minha boca com uma ferocidade que me deixou sem fôlego.

"Quero você agora", ele gemeu.

Ajoelhei no piso acarpetado, abaixando sua calça para obter a margem de manobra da qual precisava.

Ele expirou com força. "Eva, o que você está..."

Meus lábios o envolveram em todo o diâmetro. Ele agarrou a beirada da mesa, fazendo suas juntas ficarem pálidas com o esforço. Eu o segurei com as duas mãos e abocanhei a cabeça do pau dele, chupando bem de leve. A maciez de sua pele e seu cheiro irresistível me fizeram gemer. Senti uma onda de excitação percorrer seu corpo e ouvi um som áspero ressoar em seu peito.

Gideon pôs a mão no meu queixo. "Lambe."

Excitada por aquela voz de comando, percorri com a língua toda a extensão, e estremeci de tesão quando ele emitiu um jorro quente de líquido pré-ejaculatório. Agarrei a base do seu membro com uma das mãos, abri bem a boca e comecei a fazer movimentos ritmados, à espera do que viria.

Queria ter mais tempo, para fazer aquele momento durar mais. Deixá-lo louco...

Ele soltou um gemido temperado pela mais doce agonia. "Essa sua boca. Continua chupando. Assim... Com força, até bem lá no fundo."

Fiquei com tanto tesão por dar prazer a ele que me contorci inteira. Suas mãos se enterraram nos meus cabelos presos, puxando-os pela raiz. Eu adorava o modo como ele começava as coisas suavemente e depois ia ficando mais bruto à medida que o desejo que sentia por mim o fazia perder a cabeça.

Essa leve pontada de dor me deixou ainda mais ávida e sedenta. Minha cabeça subia e descia sobre ele, masturbando-o com uma das mãos enquanto chupava e lambia a parte de cima do seu pau. Percorri com a língua as veias grossas daquele pau, virando a cabeça para encontrar e contemplar cada uma delas.

Ele foi ficando cada vez mais duro e mais grosso. Meus joelhos estavam doendo, mas isso não importava; meus olhos estavam grudados em Gideon, que jogava a cabeça para trás e tentava não perder o fôlego.

"Eva, você chupa tão gostoso." Ele segurou minha cabeça, levantou-se e assumiu o controle. Começou a mexer os quadris. A foder minha boca. Estava em tamanho estado de excitação que a única coisa que importava era chegar ao orgasmo.

Essa ideia me deixou enlouquecida, imaginei na minha cabeça como deveríamos estar quando vistos por outra pessoa: Gideon, com toda a sua sofisticação cosmopolita, diante da mesa da qual comandava seu império, enfiando seu pau enorme na minha boca faminta.

Apertei ainda mais seus quadris, mexendo os lábios e a

língua freneticamente, desesperada para fazê-lo chegar ao clímax. Suas bolas eram grandes e pesadas, uma demonstração audaciosa de sua virilidade. Eu as peguei na mão, acariciando-as suavemente, sentindo seu saco encolher e enrijecer.

"Ah, Eva." Seu tom de voz era rouco e gutural. Ele puxou com mais força meus cabelos. "Você vai me fazer gozar."

O primeiro jato de sêmen foi tão grosso que tive de fazer força para engolir. Perdido em seu prazer, Gideon continuava atacando com força minha garganta, e seu pau preenchia todos os espaços da minha boca. Meus olhos se encheram de lágrimas e senti meus pulmões em chamas, mas ainda assim cerrei os punhos e extraí dele tudo o que podia. Seu corpo estremeceu quando arranquei a última gota. Seus gemidos e murmúrios foram o som mais gratificante que já ouvi na vida.

Eu o lambi até que estivesse limpo, maravilhada com o fato de não ter murchado imediatamente após um orgasmo tão explosivo. Ele ainda era capaz de me comer intensamente, e estava mais do que disposto a isso, eu tinha certeza. Mas não tínhamos mais tempo, e eu não me incomodaria de parar por ali. Era o que eu queria fazer para ele. Para nós. Para mim, na verdade, porque precisava saber se era capaz de desfrutar de um ato sexual de caráter altruísta, em que eu não fosse o centro das atenções.

"Preciso ir", murmurei, levantando-me e beijando sua boca. "Espero que o restante do seu dia seja sensacional, e seu jantar de negócios também."

Afastei-me para sair, mas ele me agarrou pelo pulso, de olho no relógio do mostrador do seu telefone. Foi quando percebi que minha fotografia estava lá, ao alcance de seus olhos o dia todo.

"Eva... Droga. Espere um pouco."

Franzi a testa ao ouvir seu tom de voz, que parecia carregado de ansiedade. Frustração.

Ele logo se recompôs, vestindo a cueca e ajustando a camisa para poder fechar a calça. Era uma cena bonita de ver, Gideon se arrumando, restaurando a fachada que exibia ao mundo, enquanto eu sabia que era a única que tinha acesso ao homem por trás dela.

Gideon me puxou para perto e beijou minha testa. Suas mãos passaram pelos meus cabelos e ele soltou minha fivela. “Eu não fiz nada pra você.”

“Não precisa.” Eu adorava sentir suas mãos na minha cabeça. “Foi maravilhoso assim mesmo.”

Ele estava concentrado demais arrumando meu cabelo, com as bochechas vermelhas depois do orgasmo. “Sei que você precisa empatar o placar”, ele argumentou de uma forma um tanto grosseira. “Não posso deixar você ir embora se sentindo usada por mim.”

Fiquei emocionada com essa demonstração de consideração, apesar de um tanto bruta. Ele me ouvia. Importava-se comigo.

Envolvi seu rosto com minhas mãos. “Você me usou, sim, mas com minha permissão, e foi uma delícia. Eu queria fazer isso pra você, Gideon. Lembra? Eu avisei. Queria que você tivesse algo para se lembrar de mim.”

Ele arregalou os olhos, alarmado. “Por que preciso de lembranças se tenho você? Eva, se você está falando sobre a foto...”

“Fique quietinho aí e aproveite o momento.” Não tínhamos tempo suficiente para conversar sobre aquilo, e eu também não estava a fim. “Mesmo se tivéssemos uma hora, eu não ia querer que você me fizesse gozar. Não estou disputando quem faz o outro gozar mais vezes, campeão. E, sendo bem sincera, você é o primeiro cara para quem eu posso dizer isso tranquilamente. Agora preciso ir. E você também tem um compromisso.”

Eu me afastei de novo para sair, mas ele me agarrou mais uma vez.

A voz de Scott ressoou pelo alto-falante. “Com licença, senhor Cross. O pessoal da reunião das três horas já chegou.”

“Está tudo bem, Gideon”, garanti. “Você vai passar lá em casa hoje à noite, certo?”

“Isso eu posso garantir.”

Fiquei na ponta dos pés e beijei sua bochecha. “Mais tarde conversamos.”

Depois do trabalho, desci até o térreo de escada para me sentir menos culpada por faltar à academia, mas me arrependi amargamente ao chegar ao saguão. A falta de sono da noite anterior estava cobrando seu preço. Considerei pegar o metrô em vez de ir andando para casa quando vi o Bentley de Gideon parado na calçada. Quando o motorista desceu do carro e me cumprimentou pelo nome, levei um susto e parei de repente no meio da calçada, surpresa.

"O senhor Cross me pediu para levá-la para casa", ele informou, muito bem educado com seu terno preto e quepe de chofer. Era um senhor de certa idade, com cabelos ruivos já um tanto grisalhos, olhos azuis de um tom claro e o jeito de falar de uma pessoa bem instruída.

Pelo tanto que minhas pernas doíam, aquela oferta era mais que bem-vinda. "Obrigada... Desculpe, esqueci seu nome."

"Angus, senhorita Tramell."

Como pude esquecer? Era um nome superlegal, que me fez abrir um sorriso. "Obrigada, Angus."

Ele bateu no quepe com os dedos. "O prazer é todo meu."

Quando me acomodei no banco traseiro depois de ele abrir a porta para mim, pude ver de relance a pistola que carregava em um coldre de ombro sob o paletó. Pelo jeito Angus, assim como Clancy, era guarda-costas além de motorista.

O carro se pôs em movimento, e eu logo perguntei: "Faz muito tempo que você trabalha para o senhor Cross, Angus?".

"Já faz oito anos."

"É um bom tempo."

"Eu o conheço desde muito antes", ele se dispôs a falar, olhando-me pelo retrovisor. "Eu o levava para a escola quando era menino. Quando ficou mais velho, ele me tirou do senhor Vidal."

Mais uma vez, tentei imaginar Gideon quando criança. Ele já devia ser bonito e carismático naquela época.

Será que ele havia tido experiências sexuais "normais" na adolescência? Não é possível que a mulherada não se jogasse em cima dele desde então. Considerando a criatura inatamente sexual que ele era, eu só conseguia imaginá-lo como um adolescente dos mais tarados.

Revirei minha bolsa, encontrei as chaves e me inclinei para deixá-las no assento do passageiro. "Você pode entregar isso a

Gideon? Ele vai passar lá em casa depois do compromisso que tem à noite e, dependendo da hora, posso não ouvir se ele bater."

"Claro."

Paul abriu a porta para mim quando chegamos e cumprimentou Angus pelo nome, o que me lembrou que Gideon era dono do prédio. Acenei para os dois, avisei a portaria que ele iria ao meu apartamento mais tarde e subi. O susto que Cary tomou ao abrir a porta para mim me fez rir.

"Gideon vai vir aqui mais tarde", expliquei, "mas estou tão cansada que acho que vou dormir cedo. Deixei minhas chaves pra ele. Você já pediu a comida?"

"Já. E pus algumas garrafas de Cristal na adega."

"Você é o máximo." Deixei minha bolsa para ele guardar.

Tomei um banho e liguei para minha mãe no telefone do quarto, encolhendo-me toda ao ouvir seu tom de voz estridente. "Faz *dias* que estou tentando falar com você!"

"Mãe, se for sobre Gideon Cross..."

"Ora, é claro que também é por causa dele! Minha nossa, Eva. Estão dizendo que você é a mulher mais importante da vida dele no momento. Como você pode achar que eu não vou querer falar sobre isso?"

"Mãe..."

"E tem também a consulta que você me pediu pra marcar com o doutor Petersen." O tom de divertimento complacente com que ela falou isso me fez rir. "Vamos vê-lo na quinta-feira às seis horas. Espero que você possa ir. Ele não gosta de marcar consultas depois do horário."

Eu me joguei para trás na cama com um suspiro. O trabalho e Gideon estavam exigindo tanto de mim que tinha até me esquecido da consulta. "Quinta às seis está ótimo. Obrigada."

"Muito bem. Agora me fale sobre Cross..."

Quando saí do quarto vestida com uma calça de brim e um moletom da San Diego State University, dei de cara com Trey sentado na sala com Cary. Os dois se levantaram, e Trey me abriu um sorriso largo e amigável.

"Desculpe meus trajes", eu disse envergonhada, passando os dedos pelos meus cabelos molhados. "Quase me acabei pegando as escadas hoje no trabalho."

"O elevador estava parado?", ele perguntou.

"Não. Meu cérebro estava. No que eu estava pensando?" Passar a noite com Gideon era malhação suficiente.

A campainha tocou, e Cary foi atender enquanto eu ia até a cozinha pegar o champanhe. Eu me juntei a ele no balcão enquanto assinava o recibo do cartão de crédito, e a expressão no seu rosto quando olhou para Trey me fez sorrir.

Houve muitas outras trocas de olhares como essas entre os dois no decorrer da noite. Fui obrigada a concordar com Cary que Trey era uma graça. Com seu jeans rasgado, colete combinando e uma camiseta de manga comprida, o aspirante a veterinário tinha um visual ao mesmo tempo casual e sofisticado. Em termos de personalidade, era muito diferente dos caras que Cary costumava namorar. Trey parecia mais centrado; não que fosse sério demais, mas claramente não era um cabeça-oca. Se a relação decolasse e durasse mais tempo, ele seria uma ótima influência para Cary.

Juntos, matamos duas garrafas de Cristal e duas pizzas, e resistimos a uma sessão na íntegra de *O demolidor* antes que eu enfim desse a noite por encerrada. Insisti para que Trey ficasse e assistisse a *Alta velocidade* para encerrar a minimaratona de Sylvester Stallone. Depois fui para meu quarto e vesti um baby-doll sexy que tinha ganhado certa vez quando fui dama de honra — mas sem a calcinha que fazia parte do kit.

Deixei uma vela acesa para Gideon se guiar na escuridão e caí no sono.

Acordei no escuro, com o cheiro da pele dele e as luzes e os ruídos da cidade abafados pelas janelas acústicas e as persianas grossas.

Gideon deslizou para perto de mim, uma sombra em movimento, com sua pele nua ainda fria. Sua boca cobriu a minha em um beijo lento e profundo, com um toque de menta misturado ao seu sabor todo particular. Minhas mãos percorreram suas costas musculosas, e eu abri as pernas para abrigá-lo confortavelmente junto ao meu corpo. Seu peso contra mim fez meu coração palpitar e meu sangue ferver de desejo.

"Ora, olá pra você também", eu disse baixinho quando ele me deixou respirar.

"Da próxima vez você vai comigo", ele murmurou com sua voz sexy e grave, mordiscando meu pescoço.

"Ah, vou?", provoquei.

Ele agarrou minha bunda com uma das mãos, erguendo-me até que eu me encaixasse em seus quadris. "Vai. Eu senti sua falta, Eva."

Fiz um sinal de negativo com os dedos, na esperança de que ele pudesse ver. "Você não se acostumou comigo a ponto de sentir minha falta."

"Para você ver como não sabe de nada", desdenhou Gideon, descendo por meu corpo e se posicionando entre meus seios.

Respirei fundo quando ele abocanhou e chupou um mamilo, sucções poderosas que reverberaram por todo o meu corpo contorcido. Ele passou para o outro seio, puxando com a mão a barra do meu baby-doll. Eu me inclinei em sua direção, entregue à magia de sua boca, que percorria todo o meu corpo. Sua língua entrou no meu umbigo, e depois começou a descer ainda mais.

"E você sentiu minha falta", ele gemeu de satisfação masculina, enfiando a pontinha do dedo do meio em mim. "Está toda aberta e molhada pra mim."

Gideon apoiou minhas pernas sobre seus ombros e me lambeu no meio das pernas com toques provocativos e aveludados contra minha pele sensível. Minhas mãos agarraram os lençóis, e meu peito subia e descia enquanto ele circundava meu clitóris com a ponta da língua e depois começava a brincar com aquela terminação nervosa hipersensível. Gemi bem alto, remexendo incansavelmente os quadris na direção daquele tormento delicioso, sentindo meus músculos enrijecerem diante da necessidade incontornável de gozar.

O estímulo de sua língua estava me deixando maluca, fazendo minha excitação chegar às alturas, mas não era suficiente para me fazer gozar. "Gideon, por favor."

"Ainda não."

Ele me torturou, levando meu corpo até a beira do orgasmo e depois deixando a excitação baixar. De novo e de novo. Até que o suor brotasse da minha pele e meu coração parecesse que ia explodir. Sua língua era incansável e diabólica, concentrando-se habilmente no meu clitóris até perceber que eu estava prestes a gozar, e então abrindo caminho para dentro de mim. Aquelas estocadas rasas e macias eram de enlouquecer. Seu estímulo contra meus tecidos aflorados me deixou desesperada a ponto de implorar sem a menor vergonha.

"Por favor, Gideon... me deixe gozar... eu preciso gozar, por favor."

"Quietinha, meu anjo... Deixe que eu cuido de você."

Ele me fez chegar ao clímax com uma suavidade que fez com que o orgasmo me invadisse como o arrebentar de uma onda, elevando-se e ganhando corpo antes de se espalhar por mim como uma inundação morna de prazer.

Gideon envolveu meus dedos com os dele quando me fez gozar mais uma vez, segurando meus braços. A cabeça do pau dele se aninhou na entrada úmida do meu corpo e ele me invadiu de forma implacável. Gemi, ajeitando a posição para acomodar seu membro enorme.

A respiração de Gideon se tornava mais áspera e úmida contra meu pescoço, e seu corpo tremia à medida que ele entrava e saía de dentro de mim. "Você é tão quentinha e macia. E minha, Eva. Você é minha."

Envolvi seus quadris com as pernas, convidando-o a entrar mais fundo, sentindo seus glúteos se flexionarem e relaxarem contra minhas panturrilhas enquanto ele demonstrava para meu corpo que ia me penetrar até o fim.

Com nossas mãos entrelaçadas, ele beijou minha boca e começou a se mover, entrando e saindo com uma habilidade de enlouquecer, num ritmo preciso e incansável, apesar de tranquilo e sem pressa. Eu sentia cada centímetro do seu membro duro, sentia que ele tomaria posse de cada pedacinho do meu corpo. Ele reiterou a mensagem sem parar até eu ficar sem fôlego beijando sua boca, movendo-me sem parar ao seu encontro, com as mãos pálidas sob a pegada forte das mãos dele.

Gideon soltava palavras elogiosas e excitantes, dizendo-me o quanto eu era linda... o quanto era perfeita para ele... que ele não ia parar... não conseguia parar. Gozei com um grito agudo de alívio, sentindo meu corpo vibrar de êxtase, e ele também estava quase lá. Acelerou o ritmo em várias estocadas arrebatadoras, e depois chegou ao clímax sussurrando meu nome, gozando dentro de mim.

Afundei no colchão me sentindo sem forças, suada e totalmente preenchida.

"Ainda não terminei", ele murmurou de forma quase ameaçadora, ajeitando os joelhos para aumentar a força de suas investidas. Ele continuou num ritmo cuidadosamente controlado. Cada estocada parecia dizer *Seu corpo existe para me servir*.

Mordendo os lábios, lutei para reprimir os ruídos de prazer inenarrável que teriam perturbado o silêncio da noite... e esconder a extensão dos sentimentos temerários que eu estava começando a sentir por Gideon Cross.

12

Gideon me pegou no chuveiro na manhã seguinte. Ele entrou na banheira gloriosamente nu, com a elegância confiante que admirei desde o início. Observando seus músculos se flexionarem enquanto se movia, nem disfarcei ao olhar o magnífico pacote que havia entre suas pernas.

Apesar da água quente, meus mamilos ficaram duros e eu senti arrepios pelo corpo todo.

O sorriso que ele abriu quando se juntou a mim mostrava que sabia exatamente o efeito que provocava. Eu me vinguei passando as mãos ensaboadas por todo o seu corpo divino, depois me sentei no banquinho e o chupei com tanto entusiasmo que ele precisou se equilibrar se apoiando com as duas mãos na parede.

As instruções que ele ditou para mim com a voz rouca e grave ecoaram na minha mente enquanto eu me vestia para o trabalho — o que fiz sem perder tempo, antes que ele tivesse a chance de me foder todinha, como havia ameaçado fazer pouco antes de gozar com força na minha garganta.

Naquela noite não houve pesadelos. O sexo parecia ser um sedativo eficiente, para a minha satisfação.

"Espero que você não esteja pensando que escapou", Gideon disse quando veio atrás de mim na cozinha. Imaculadamente vestido com seu terno preto de risca de giz, ele aceitou a xícara de café que ofereci enquanto me lançava um olhar que era uma promessa de todos os tipos de perversões. Vendo-o em seus trajes impecavelmente civilizados, pensei no homem insaciável que se enfiou na minha cama na noite anterior. Meu coração acelerou. Eu estava dolorida, meus músculos ainda se contraíam diante da recordação do prazer, e mesmo assim queria mais.

"Continue olhando assim pra mim", ele ameaçou, inclinando-se casualmente sobre o balcão e bebendo café. "Veja o que acontece."

"Vou perder meu emprego por sua causa."

"Eu arrumo outro para você."

Soltei uma risadinha. "De quê? Escrava sexual?"

"Boa sugestão. Podemos conversar a respeito."

"Muito cruel, você", murmurei enquanto enxaguava minha caneca na pia e punha na lava-louças. "Está pronto? Pro *trabalho*?"

Ele terminou o café, e eu estendi a mão para pegar a caneca, mas ele passou por mim e a enxaguou ele mesmo. Outra demonstração de mortalidade que demonstrava como ele era acessível e não um ser divino, uma fantasia à qual não tive muito tempo para me apegar.

Gideon me encarou. "Quero levar você pra jantar hoje à noite, e depois pra minha casa, pra minha cama."

"Não quero que você enjoe logo de mim, Gideon." Ele era um homem acostumado a ficar sozinho, alguém que não entrava num relacionamento de verdade fazia muito tempo, se é que algum dia tivera um. Quanto tempo demoraria até seus instintos falarem mais alto? Além disso, precisávamos evitar aparecer em público juntos...

"Não arrume desculpas." Ele fechou a cara. "Não é você quem vai dizer se sou ou não capaz de manter esta relação."

Fiquei chateada por tê-lo ofendido. Ele estava se esforçando, e eu precisava incentivar seu comportamento, não criticar. "Não foi isso que eu quis dizer. Eu só não quero sufocar você. Além disso, precisamos..."

"Eva." Ele suspirou. Aquela tensão toda o estava deixando exasperado. "Você precisa confiar em mim. Eu confiei em você. Se não tivesse feito isso, não estaríamos aqui agora."

Concordei com a cabeça, engolindo em seco. "Então está combinado, jantar fora e depois vamos pra sua casa. Sinceramente, mal posso esperar."

O discurso de Gideon sobre confiança ficou na minha cabeça a manhã toda, o que se mostrou uma coisa boa quando mais um alerta do Google apareceu na minha caixa de entrada.

Havia mais de uma foto dessa vez. Todos os artigos e posts

de blogs continham diversas imagens de mim e de Cary trocando abraços de despedida ao sair do restaurante onde almoçamos no dia anterior. As legendas eram especulações sobre a natureza da nossa relação, e algumas incluíam a informação de que vivíamos juntos. Outras sugeriam que eu estava enrolando o "playboy bilionário Cross" enquanto mantinha um relacionamento paralelo com meu namorado modelo.

A razão para tudo aquilo ficou clara quando vi uma fotografia de Gideon entre as minhas com Cary. Havia sido tirada na noite anterior, enquanto eu estava em casa com Cary e Trey — quando ele deveria estar num jantar de negócios, conforme havia me dito. Na imagem, Gideon e Magdalene Perez sorriam intimamente um para o outro, de braços dados na frente de um restaurante. As legendas variavam de exaltações à "coleção de belas socialites" de Gideon a especulações de que ele estava afogando as mágoas causadas pela minha infidelidade.

Você precisa confiar em mim.

Fechei o e-mail com a respiração e a pulsação fora de controle. A confusão e o ciúme provocavam um turbilhão dentro de mim. Sabia que ele não seria capaz de manter uma relação íntima com outra mulher, sabia que gostava de mim. Mas eu odiava Magdalene com tamanho ardor — algo que ela mesma havia provocado com aquela nossa conversinha no banheiro — que não conseguia suportar a ideia de vê-la com Gideon. Não suportava vê-lo sorrir para ela com tanto carinho, especialmente depois da maneira como ela me tratou.

Mas no fim deixei tudo de lado. Abandonei temporariamente esses pensamentos e me concentrei no trabalho. Mark teria uma reunião com Gideon no dia seguinte sobre a solicitação de proposta da campanha da Kingsman, e eu estava coordenando o fluxo de informações entre ele e os demais departamentos envolvidos.

"Ei, Eva." Mark esticou a cabeça para fora da sala dele. "Steve e eu vamos almoçar no Bryant Park Grill, e ele me pediu pra convidar você."

"Eu adoraria." Meus horizontes para aquela tarde se abriram com a possibilidade de almoçar em um dos meus restaurantes favoritos com dois caras sensacionais. Seria bom para desviar meu pensamento da conversa que em breve eu teria com Gideon sobre meu passado.

Minha privacidade claramente havia ido para o espaço. Eu teria que tomar coragem e conversar com ele antes de sairmos para jantar. Antes que Gideon voltasse a ser visto comigo em público. Ele precisava saber do risco que corria ao associar sua imagem à minha.

Quando recebi uma correspondência interna pouco tempo depois, imaginei que fosse um modelo de anúncio para a Kingsman, mas na verdade era um bilhete dele.

HORA DO ALMOÇO. MEU ESCRITÓRIO.

"Sério mesmo?", murmurei, irritada pela secura da mensagem. Sem falar no tom imperativo. E como esquecer o fato de ele não ter mencionado que tinha se encontrado com Magdalene no jantar?

Será que Gideon a tinha convidado para acompanhá-lo no meu lugar? Era para isso que ela servia, afinal de contas. Era a mulher que com quem ele comparecia aos eventos que iam além de seu quarto de hotel.

No verso do cartão em que Gideon mandou o bilhete, escrevi uma mensagem igualmente curta e sem assinatura.

Desculpe. Outros planos.

Uma resposta antipática, mas ele mereceu. Faltando quinze para o meio-dia, Mark e eu descemos. Quando o segurança me barrou e ligou para Gideon avisando que eu estava no saguão, minha irritação virou revolta.

"Vamos embora", eu disse para Mark, atravessando a porta giratória, ignorando os apelos do segurança para que eu esperasse. Eu me senti mal por envolver meu chefe naquela situação.

Vi Angus e o Bentley estacionados no meio-fio, e nesse exato momento a voz de Gideon proferiu meu nome como uma chicotada nas minhas costas. Eu me virei para ele e vi sua expressão gelada e impassível.

"Vou almoçar com meu chefe", eu disse, segurando o choro.

"Aonde vocês vão, Garrity?", Gideon perguntou sem tirar os olhos de mim.

"Ao Bryant Park Grill."

"Eu levo Eva até lá." Dito isso, ele me pegou pelo braço e me conduziu com firmeza até a porta traseira do Bentley, que Angus já tinha aberto para mim. Gideon entrou logo depois, forçando-me a deslizar pelo assento. A porta se fechou e o carro arrancou.

Ajeitei meu vestido preto de volta para o lugar. "O que você está fazendo? Além de me envergonhar na frente do meu chefe!"

Ele jogou o braço por cima do assento e se inclinou até mim. "Cary está apaixonado por você?"

"Quê? Não!"

"Você já trepou com ele?"

"Você enlouqueceu?" Abismada, arrisquei olhar para Angus e notei que ele estava tentando não ouvir. "Olha só quem fala, o playboy bilionário com uma coleção de belas socialites."

"Então você viu as fotos."

Eu estava bufando de raiva. Como ele tinha coragem de dizer aquilo? Virei a cabeça para o outro lado, tentando me livrar dele e de suas acusações idiotas. "Cary é como um irmão pra mim. Você sabe disso."

"Sim, mas você pra ele é o quê? Aquelas fotos são bem claras, Eva. Sei reconhecer o amor quando o vejo."

Angus diminuiu a marcha para que os pedestres atravessassem a rua. Abri a porta e olhei para Gideon por cima do ombro, permitindo que ele me encarasse. "Isso você claramente não sabe."

Bati a porta com força e saí andando sem pensar duas vezes, sabendo que tinha todo o direito de estar revoltada. Eu havia feito um esforço hercúleo para dominar meu ciúme e o que ganhava em troca? Um Gideon furioso e totalmente irracional.

"Eva. Pare agora."

Fiz um gesto ofensivo para ele por cima do ombro e subi correndo os degraus do Bryant Park, um oásis luxuosamente verde e tranquilo bem no meio da cidade. Cruzar aquela entrada era como ser transportada para outro mundo. Escondido entre os arranha-céus ao redor, o parque ficava no jardim dos fundos de uma belíssima biblioteca antiga. Um lugar onde o tempo corria mais devagar, onde as crianças sorriam com o prazer inocente de andar no carrossel, e os livros eram valorizados como bons companheiros.

Infelizmente para mim, um ogro maravilhoso do mundo real havia me seguido até lá. Gideon me agarrou pelo punho.

"Não corra", ele sussurrou na minha orelha.

"Você está dando uma de maluco."

"Deve ser porque você está me deixando louco." Seus braços se contraíram como garras de aço. "Você é minha. Diga que Cary sabe disso."

"Sabe. Da mesma forma como Magdalene sabe que você é meu." Queria que ele estivesse ao alcance da minha boca, para poder mordê-lo. "Você está dando vexame."

"Poderíamos ter feito isso no escritório se você não fosse tão teimosa."

"Eu já tinha compromisso. Que você está arruinando, aliás." Minha voz sucumbiu ao choro, e as lágrimas rolaram só de pensar na quantidade de pessoas que deveriam estar vendo aquela cena. Eu seria demitida por não saber me comportar em público. "Você estragou tudo."

Gideon me soltou por um instante, forçando-me a olhar para ele. Suas mãos nos meus ombros eram um sinal de que eu ainda não estava livre.

"Minha nossa." Ele me puxou para perto dele, e meus lábios roçaram seus cabelos. "Não chore. Desculpe."

Dei um soco no peito dele, um golpe tão eficiente como tentar derrubar uma parede de concreto a tapa. "Qual é o seu problema? Você pode sair com uma piranha arrogante que me chama de vagabunda e acha que ainda vai ser sua mulher, mas não posso almoçar com um amigo que sempre fez tudo por mim?"

"Eva." Ele agarrou minha nuca com uma das mãos e apertou seu rosto contra o meu. "Por acaso Maggie estava no mesmo restaurante em que estava ocorrendo o tal jantar de negócios."

"Não me interessa. E você ainda vem falar sobre o olhar no

rosto dos outros. O jeito como você olha pra ela... Como você pode fazer isso depois de tudo o que ela disse pra mim?"

"Meu anjo..." Os lábios dele beijavam ardentemente todo o meu rosto. "Aquele olhar era pra você. Maggie foi conversar comigo lá fora e eu disse que estava indo pra sua casa. Não consigo evitar esse olhar no meu rosto quando penso em nós dois."

"E você quer que eu acredite que ela abriu um sorrisão ao ouvir isso?"

"Ela me pediu para mandar um oi, mas eu achei que isso não pegaria muito bem, e não queria de jeito nenhum estragar nossa noite por causa dela."

Abracei a cintura dele por baixo do paletó. "Precisamos conversar. Hoje à noite, Gideon. Preciso contar algumas coisas pra você. Se um repórter souber onde procurar e der um pouco de sorte... Nossa relação tem que ficar restrita a nós dois, ou então terminar. Seja como for, vai ser melhor pra você."

Gideon envolveu meu rosto com as mãos e apertou sua testa contra a minha. "Não vai ser uma coisa nem outra. Vamos dar um jeito de contornar isso, seja o que for."

Fiquei na ponta dos pés e encontrei sua boca. Nossas línguas se encontraram e se acariciaram em um beijo apaixonado. Eu estava consciente, até certo ponto, da multidão ao nosso redor, do rumor das diversas conversas, do ruído constante do trânsito ininterrupto, mas, nos braços de Gideon, sob sua proteção, nada disso importava. Ele era ao mesmo tempo um tormento e um prazer, um homem cujas mudanças de humor só rivalizavam com as minhas.

"Pronto", ele sussurrou, acariciando meu rosto com os dedos. "Vamos deixar *esta* imagem se espalhar pela internet."

"Você não está levando a sério o que eu digo, seu teimoso. Preciso ir."

"Vamos pra casa juntos depois do trabalho." Ele se afastou, segurando a minha mão até a distância enfim separar nossos dedos.

Quando me virei para o restaurante com paredes cobertas por trepadeiras, vi Mark e Steven esperando por mim logo na entrada. Eles formavam um casal curioso — Mark de terno e gravata, Steven de jeans surrado e botas de operário.

Steven estava com as mãos nos bolsos e um enorme sorriso em seu lindo rosto. "Acho que eu deveria aplaudir. Foi mais legal que ver uma comédia romântica."

Fiquei vermelha de vergonha e me encolhi toda.

Mark abriu a porta e fez sinal para que eu entrasse. "Acho que você pode esquecer o que falei sobre Cross ser um cafajeste."

"Obrigada por não me demitir", eu disse em tom de brincadeira antes que a hostess aparecesse para confirmar nossa reserva. "Ou pelo menos por não me demitir de barriga vazia."

Steven deu tapinha no meu ombro. "Mark não pode se dar ao luxo de perder você."

Meu chefe puxou uma cadeira para mim e sorriu. "De que outra forma eu e Steve receberíamos notícias sobre sua vida amorosa? Ele é viciado em novelas. Fanático por histórias de amor."

Dei risada. "Você está brincando!"

Steven passou a mão pelo queixo e sorriu. "Nunca vou admitir nem uma coisa nem outra. Um homem tem direito a seus segredos."

Apesar de ter achado graça naquilo, eu sabia que também tinha minhas verdades ocultas. E que estava chegando a hora de elas virem à tona.

Quando chegaram as cinco horas, ainda não me sentia pronta para revelar meus segredos. Estava tensa e séria quando Gideon e eu entramos no Bentley, e minha inquietação só aumentou quando percebi que ele estava observando atentamente a expressão do meu rosto. Ele pegou minha mão e a beijou, e eu senti vontade de chorar. Ainda estava me recuperando da nossa discussão, e aquela na verdade era a menor das nossas preocupações.

Não conversamos até chegar ao apartamento.

Quando entramos em sua casa, ele me guiou pela linda e luxuosa sala até o corredor que levava a seu quarto. Sobre a cama, havia um lindo vestido da cor dos olhos de Gideon e um robe de seda longo.

"Tirei um tempinho pra fazer umas compras antes do jantar de ontem", ele explicou.

Minha apreensão deu uma leve trégua, amenizada por aquela demonstração de gentileza. "Obrigada."

Ele deixou minha bolsa em uma cadeira perto da cômoda. "Queria que você ficasse à vontade. Pode usar o robe ou alguma roupa minha. Vou abrir uma garrafa de vinho e já volto. Quando quiser, podemos conversar."

"Eu queria tomar um banho rápido antes." Desejei que fosse possível separar o que aconteceu no parque do que eu tinha para contar, de modo que uma coisa não se misturasse com a outra, mas não havia escolha. Cada dia que passasse seria uma nova oportunidade de Gideon descobrir através de outra pessoa algo que precisava ser dito por mim.

"Como quiser, meu anjo. Sinta-se em casa."

Quando desci dos saltos e fui para o banheiro, senti o peso de sua preocupação, mas minhas revelações teriam que esperar até eu conseguir me recompor. Em uma tentativa de retomar o controle, passei um bom tempo no chuveiro. Infelizmente, aquilo só me fez lembrar do banho que tomamos juntos naquela manhã. Teria sido o primeiro e último da nossa vida de casal?

Quando senti que estava pronta, encontrei Gideon sentado no sofá da sala. Estava com uma calça de pijama de seda preta, bem folgada e baixa nos quadris. E nada mais. Uma pequena chama crepitava na lareira e havia uma garrafa de vinho branco mergulhada num balde de gelo em cima da mesa de centro. A luz dourada das velas ao redor era a única fonte de iluminação além da lareira.

"Com licença", eu disse, parada na entrada do cômodo. "Estou procurando por Gideon Cross, o homem que não tem o romance no seu repertório."

Ele sorriu, um tanto envergonhado, um sorriso de menino que contrastava com a sexualidade madura do seu corpo seminu. "Não vejo isso como romance. Estou só tentando agradar. Simplesmente penso em uma coisa e torço para dar certo."

"O que me agrada é *você*." Fui até ele com o robe de seda flutuando em torno das minhas pernas. Adorei ver que ele tinha vestido uma roupa que combinava com aquela que havia comprado para mim.

"É o que eu quero", ele disse num tom bem sério. "Estou tentando."

Parei na frente dele e admirei a beleza do seu rosto e a maneira sexy como as pontas dos seus cabelos acariciavam a parte superior dos seus ombros. Percorri seus bíceps com as palmas das mãos, apertando suavemente sua musculatura rígida antes de colocar meu rosto contra seu peito.

"Ei", ele murmurou, envolvendo-me em seus braços. "Isso é porque fui um babaca na hora do almoço? Ou por causa daquilo que você quer me contar? Fale comigo, Eva, pra que eu possa dizer que vai ficar tudo bem."

Esfreguei o nariz no peitoral dele, sentindo seus pelos roçarem no meu rosto, sua respiração e o cheiro familiar e reconfortante de sua pele. "Acho melhor você sentar. Tenho umas coisas sobre mim pra contar. Coisas pesadas."

Um tanto relutante, Gideon me soltou quando me afastei dele. Aninhei-me no sofá, sentando sobre os calcanhares, e ele serviu duas taças de vinho antes de sentar. Inclinado na minha direção, ele apoiou um dos braços sobre o encosto do sofá e segurou a taça com a outra mão, concedendo a mim toda a sua atenção.

"Muito bem. Lá vai." Respirei fundo antes de começar, sentindo-me tonta pelo batimento acelerado do meu coração. Não conseguia me lembrar da última vez que havia ficado tão nervosa e com o estômago tão embrulhado.

"Minha mãe e meu pai não eram casados. Não sei muito bem como eles se conheceram, porque nenhum dos dois gosta de falar a respeito. Sei que a família da minha mãe tinha dinheiro. Não tanto quanto os maridos dela, mas com certeza mais que a maioria das pessoas. Ela era uma debutante. Passou por todo o ritual do vestido branco e da apresentação à sociedade. Ficar grávida era uma grande complicação para a vida dela, mas mesmo assim minha mãe não interrompeu a gravidez."

Olhei para a minha taça de vinho. "Eu a admiro muito por isso. Houve muita pressão para que tirasse o bebê — no caso, *eu* —, mas ela foi até o fim. Obviamente."

Seus dedos passeavam pelos meus cabelos ainda molhados do banho. "Sorte minha."

Peguei sua mão e beijei seus dedos, depois a segurei junto ao meu colo. "Mesmo sendo novinha, ela conseguiu fisgar um milionário. Era um viúvo com um filho só dois anos mais velho que eu, então acho que todos pensaram que o casamento seria muito conveniente para ambas as partes. Ele viajava muito e quase não parava em casa. Minha mãe poderia gastar o dinheiro dele à vontade e em troca assumiria a criação do garoto."

"Eu entendo essa necessidade de ter dinheiro, Eva", ele murmurou. "É uma coisa que eu também tenho. O poder que ele traz. A segurança."

Nossos olhares se encontraram. Alguma coisa se fortaleceu entre nós naquele momento de sinceridade. Isso tornou mais fácil para mim continuar a história.

"Eu tinha dez anos quando o filho do meu padrasto me estuprou pela primeira vez..."

A haste da taça dele se partiu em sua mão. Ele ainda teve o reflexo de apanhar o bojo caído sobre sua perna antes que o conteúdo se derramasse.

Eu me levantei às pressas quando vi que ele fez o mesmo. "Você se cortou? Está tudo bem?"

"Estou bem", ele disse entre os dentes. Depois foi até a cozinha e jogou a taça quebrada no lixo, acabando de estilhaçá-la. Coloquei minha taça sobre a mesa com cuidado, com as mãos trêmulas. Ouvi os armários da cozinha abrindo e fechando. Minutos depois, Gideon voltou, trazendo um copo com uma bebida mais escura nas mãos.

"Sente-se, Eva."

Olhei para ele. Estava tenso, com os olhos gelados. Ele acariciou meu rosto e falou num tom mais suave: "Sente-se... por favor".

Minhas pernas bambas cederam, e eu me sentei na beirada do sofá, apertando bem o robe contra o corpo.

Gideon permaneceu de pé, dando um grande gole em sua bebida. "Você disse que essa foi a primeira vez. Houve mais quantas?"

Respirei bem fundo, lutando para me acalmar. “Não sei. Perdi a conta.”

“Você contou para alguém? Contou para sua mãe?”

“Não. Pelo amor de Deus, se ela soubesse, teria me tirado de lá. Mas Nathan fez de tudo para me deixar apavorada, de modo que não tocasse no assunto.” Tentei engolir, mas minha garganta estava rígida, fechada, e a queimação que sentia fez com que eu me encolhesse toda. Quando voltei a falar, minha voz não passava de um sussurro. “Teve uma época em que a coisa ficou tão feia que eu quase contei mesmo assim, mas ele percebeu. Notou que eu estava prestes a abrir a boca. Foi quando quebrou o pescoço da minha gata e deixou o cadáver na minha cama.”

“Minha nossa.” Gideon estava ofegante. “Ele não era só um tarado, era totalmente maluco. E estava molestando você... Eva.”

“Os empregados da casa deviam saber”, continuei, de cabeça baixa, olhando para minhas mãos contorcidas. Eu só queria acabar logo com aquilo e fazer as lembranças voltarem para um compartimento da minha mente no qual elas não atrapalhassem minha vida no dia a dia. “Como não disseram nada, acho que também tinham motivos pra ter medo. Eles eram adultos e não abriram a boca. Eu era uma criança. O que eu poderia fazer se os adultos não faziam nada?”

“Como você saiu dessa?”, ele perguntou com a voz rouca. “Quando isso terminou?”

“Quando eu tinha catorze anos. Pensei que estava menstruando, mas era sangue demais. Minha mãe entrou em pânico e me levou ao pronto-socorro. Tinha sido um aborto espontâneo. Durante o exame encontraram sinais de... outros traumas. Cicatrizes vaginais e anais...”

Gideon pôs seu copo na mesa, batendo-o com força contra a madeira.

“Sinto muito”, sussurrei, sentindo um nó no estômago. “Eu não queria entrar em detalhes, mas você precisa saber o que as pessoas podem descobrir se pesquisarem. O hospital fez uma denúncia ao conselho tutelar. Os arquivos do processo são confidenciais, mas muita gente conhece a história. Quando minha mãe se casou com o Stanton, ele fez questão de reforçar essa confidencialidade, ofereceu dinheiro em troca de acordos de sigilo... coisas do tipo. Mas você tem o direito de saber que essa coisa toda pode vir à tona e fazer você passar vergonha."

"*Vergonha?*", ele explodiu, remoendo-se de raiva. "O que estou sentindo agora não tem nada a ver com vergonha."

"Gideon..."

"Eu destruiria a carreira do repórter que escrevesse sobre isso, depois fecharia o veículo que publicasse." Ele estava furioso, mas demonstrava uma frieza glacial. "Vou encontrar o monstro que fez isso com você, Eva, quem quer que seja ele, e fazer com que se arrependa de ter nascido."

Estremeci inteira, porque acreditava nele. Estava estampado em seu rosto. Marcado no seu tom de voz. Na energia que ele exalava e na sua determinação absoluta. Ele não era um moreno perigoso só por causa do visual. Gideon era um homem que conseguia o que queria. A qualquer preço.

Eu me levantei. "Não vale a pena gastar tempo e esforço com ele."

"Por *você*, vale. E muito. O que for preciso."

Cheguei mais perto da lareira e senti o calor do fogo. "E tem também o rastro deixado pelo dinheiro. Os policiais e os jornalistas sempre vão atrás do dinheiro. Alguém pode se perguntar por que minha mãe saiu do primeiro casamento com dois milhões de dólares e sua filha de outro relacionamento saiu com cinco."

Não precisei nem olhar para ele para saber que estava paralisado. "Obviamente", continuei, "essa quantia deve ser muito maior hoje em dia. Não sei nem quero saber o total, mas quem administra esse dinheiro é Stanton, e todo mundo sabe que ele tem o toque de Midas. Portando, se alguma vez você desconfiou que eu poderia estar atrás do seu dinheiro..."

"Pode parar por aí."

Eu me virei para encará-lo. Vi seu rosto, seus olhos. Vi que estava horrorizado, e que sentia pena de mim. Mas foi o que *não vi* que mais me magoou.

Meu maior pesadelo tinha se materializado. O que eu mais temia é que meu passado tivesse um impacto negativo na atração que ele sentia por mim. Eu havia dito para Cary que Gideon poderia querer ficar comigo pelos motivos errados. Que ele poderia ficar ao meu lado, mas mesmo assim — para todos os efeitos — seria como se eu o tivesse perdido.

Era exatamente o que parecia ter acontecido.

13

Apertei ainda mais o laço do meu robe. "Vou me trocar e já estou indo."

"Quê?" Gideon pareceu despertar. "Indo aonde?"

"Pra casa", eu disse, sentindo-me exausta. "Acho que você precisa de tempo pra digerir tudo isso."

Ele cruzou os braços. "Podemos fazer isso juntos."

"Acho que não." Eu estava quase chorando. A tristeza era maior que a vergonha e a decepção. "Não enquanto você continuar me olhando como se tivesse pena de mim."

"Não tenho sangue de barata, Eva. Só não sendo humano para não se comover com essa história."

Os sentimentos que vinham se acumulando desde a hora do almoço extravasaram na forma de uma dor aguda no meu peito e uma onda de raiva e sinceridade. "Não quero que você sinta pena de mim."

Ele passou as duas mãos pelos cabelos. "Você quer o que então, porra?"

"Você! Eu quero você."

"Isso você já tem. Quantas vezes preciso dizer?"

"As palavras não significam merda nenhuma sem uma atitude pra comprovar o que elas dizem. Desde que nos conhecemos, você sente tesão por mim. Não conseguia nem me olhar sem mostrar claramente que queria acabar na cama comigo. E eu não estou vendo isso agora, Gideon." Meus olhos faiscavam. "Esse olhar... morreu."

"Você não pode estar falando sério." Ele me encarou como se eu tivesse dito o maior dos absurdos.

"Acho que você não entende o que seu desejo faz comigo." Cruzei os braços, cobrindo meus seios. Estava me sentindo nua, e não no bom sentido. "Faz com que eu me sinta linda, poderosa e cheia de energia. Eu... não consigo nem pensar em continuar com você se esse desejo não existir mais."

"Eva, eu..." Sua voz foi desaparecendo até silenciar. Sua expressão era carrancuda, distante. Ele estava com as mãos fechadas pendendo dos dois lados do corpo.

Afrouxei o laço do meu robe e fiquei totalmente nua. "Olhe pra mim, Gideon. Pro meu corpo. É o mesmo corpo que você não queria largar ontem à noite. O mesmo corpo que você estava tão desesperado para possuir que me levou para aquele maldito quarto de hotel. Se não o quiser mais... se não conseguir mais se excitar olhando pra ele..."

"Isto é excitação suficiente pra você?" Ele desamarrou o cordão da calça e exibiu sua intensa e pulsante ereção.

Avançamos um para o outro ao mesmo tempo. Nossas bocas se encontraram quando ele me levantou para que eu envolvesse seus quadris com minhas pernas. Ele cambaleou até o sofá e se jogou sobre ele, usando uma das mãos para absorver o peso combinado dos nossos corpos.

Abri bem minhas pernas, soluçando e quase sem fôlego, quando ele se ajoelhou no chão e começou a me lamber. Foi um gesto um tanto bruto e impaciente, sem a finesse habitual, e eu estava adorando. Gostei ainda mais quando ele se ergueu e meteu em mim sem cerimônia. Eu já estava toda molhada, e aquela sensação me fez expirar com força, então senti seu polegar no meu clitóris, em movimentos circulares que faziam meus quadris se remexerem sem parar.

"Isso", gemi, arranhando com força suas costas. Aquela frieza toda havia sumido. Ele tinha voltado a ser fogo puro. "Me fode, Gideon. Me fode com força."

"*Eva.*" Ele cobriu minha boca com a sua e agarrou meu cabelo, mantendo-me imóvel enquanto investia contra mim de novo e de novo, entrando cada vez mais fundo. Ele afastou o encosto de braço com o pé e veio sobre mim com toda a vontade, perseguindo seu orgasmo de maneira obstinada e feroz. "Minha... minha... minha..."

As pancadas ritmadas das suas bolas contra a curvatura da minha bunda e a veemência do seu mantra possessivo me deixaram cheia de tesão. Sentia um novo estímulo no meu corpo a cada pontada de dor. Sentia meu sexo ficar cada vez mais apertado conforme a excitação crescia.

Com um grunhido longo e gutural, ele começou a gozar, estremecendo dos pés à cabeça à medida que se esvaziava dentro de mim.

Eu o agarrei quando ele chegou ao clímax, acariciando suas costas, beijando seus ombros.

"Espere aí", ele disse asperamente, posicionando suas mãos por baixo de mim e me apertando contra ele.

Gideon me levantou e depois me pôs em cima dele. Eu estava lubrificada pelo orgasmo dele, o que facilitou a tarefa de trazê-lo de volta para dentro de mim.

Ele afastou os cabelos que cobriam meu rosto com a mão, depois limpou minhas lágrimas de alívio. "Estou sempre pronto para você, sempre com tesão. Estou sempre morrendo de vontade. Se alguma coisa pudesse mudar isso, já teria sido feita antes de chegarmos a este ponto. Entendeu?"

Agarrei seus pulsos com as mãos. "Sim."

"Agora mostre que *você* ainda me quer." Seu rosto estava vermelho e suado, e os olhos, inebriados e turbulentos. "Preciso saber que perder o controle não significa perder você também."

Tirei suas mãos do meu rosto e as levei aos meus seios. Quando ele os agarrou, lancei os braços nos seus ombros e comecei a remexer os quadris. Ele estava semiereto, mas logo endureceu quando comecei a rebolar. Seus dedos nos meus mamilos, apertando e fazendo movimentos circulares, provocaram ondas de prazer pelo meu corpo, um estímulo suave que chegava até as profundezas do meu ser. Quando ele me puxou mais para perto e abocanhou um dos meus peitos, gritei bem alto, ficando toda acesa e querendo mais.

Flexionei as coxas e me ergui no sofá. Fechei os olhos para me concentrar na sensação que ele produziu ao sair de dentro de mim; depois mordi o lábio ao senti-lo entrar novamente.

"Isso mesmo", ele murmurou, lambendo meus seios até chegar ao outro mamilo, passando suavemente a língua pela pontinha dura e hipersensível. "Goza pra mim. Quero que você goze cavalgando meu pau."

Mexendo os quadris, desfrutei da sensação maravilhosa de tê-lo dentro de mim por inteiro. Sem pudor e sem remorso, entrei em uma espécie de frenesi me movimentando sobre seu pênis, ajustando a angulação do movimento para que sua ponta grossa se esfregasse exatamente onde eu precisava.

"Gideon", sussurrei. "Ai, assim... que delícia..."

"Você é tão linda." Ele agarrou minha nuca com uma das mãos e minha cintura com a outra, arqueando os quadris para entrar ainda mais fundo. "Tão sexy. Vou gozar pra você de novo. É isso que você faz comigo, Eva. Eu nunca me canso."

Estremeci ao sentir que meu corpo todo se enrijecia, assim como a gostosa tensão que surgiu a partir dos movimentos ritmados. Estava ofegante e quase fora de mim, remexendo os quadris sem parar. Levei a mão até o meio das pernas e massageei o clitóris com os dedos, ansiosa pelo momento de chegar ao clímax.

Ele respirou fundo e jogou a cabeça para trás no encosto do sofá. Era possível ver suas veias saltando no pescoço esticado. "Você está prontinha pra gozar. Sua boceta está toda quentinha e apertadinha, toda gulosa."

Suas palavras e sua voz eram o que faltava. Gritei bem alto quando fui atingida pela primeira onda de tremor, depois senti o orgasmo se espalhar pelo meu corpo, sentindo meu sexo pulsar em torno da sólida ereção de Gideon.

Com os dentes rangendo audivelmente, ele se manteve firme até as contrações diminuírem; depois ergueu meus quadris e me penetrou com força. Na terceira estocada profunda, ele urrou meu nome e soltou seu jorro quente, exterminando meus últimos medos e questionamentos.

Não sei quanto tempo ficamos no sofá daquele jeito, grudados um no outro, com minha cabeça apoiada no seu ombro e suas mãos acariciando a curvatura das minhas costas.

Gideon beijou minha cabeça e pediu: "Fique aqui".

"Vou ficar."

Ele me abraçou. "Você é tão corajosa, Eva. Tão forte e sincera. Você é um milagre. Meu milagre."

"Um milagre da terapia moderna, talvez", ironizei, passeando com os dedos por seus luxuriosos cabelos. "E, mesmo assim, fiquei perturbada demais durante um bom tempo, e ainda existem alguns gatilhos que não sei se consigo encarar."

"Minha nossa. A maneira como cheguei até você no começo... poderia ter arruinado tudo antes mesmo de começar. E aquilo lá no evento..." Ele se encolheu todo e enterrou a cabeça no meu pescoço. "Eva, não deixe que eu estrague tudo. Não permita que eu afaste você de mim."

Levantei a cabeça em busca de seu rosto. Estava insuportavelmente lindo. Às vezes era difícil olhar para ele. "Você não pode ficar repensando tudo o que já fez ou falou pra mim por causa de Nathan. Isso só vai nos afastar. Vai acabar com a gente."

"Não me diga uma coisa dessas. Nem pense nisso."

Com os polegares, atenuei a expressão fechada de sua testa franzida. "Eu não devia ter contado. Seria melhor se você não soubesse."

Ele pegou minha mão e beijou meus dedos. "Preciso saber de tudo, conhecer você nos mínimos detalhes, por dentro e por fora."

"Uma mulher precisa ter seus segredos", provoquei.

"Comigo você não vai ter nenhum." Ele me agarrou pelos cabelos e passou um dos braços pelos meus quadris, apertando-me, lembrando-me — como se fosse possível esquecer — de que ele ainda estava dentro de mim. "E eu vou possuir você, Eva. E vai ser justo, porque você já me possuiu."

"E o que vamos fazer a respeito de seus segredos, Gideon?"

Seu rosto se transformou em uma máscara inexpressiva, com uma naturalidade tão grande que dava para perceber que aquilo era parte da natureza dele. "Recomecei do zero quando conheci você. Tudo o que eu pensava que era, tudo o que eu achava que precisava..." Ele balançou a cabeça. "Estamos descobrindo juntos quem eu sou. Você é a única pessoa que me conhece."

Mas eu não o conhecia. Não de verdade. Estava descobrindo as coisas aos poucos, passo a passo, mas em muitos aspectos ele era um mistério para mim.

"Eva... Se você me disser exatamente o que quer..." Ele engoliu em seco. "Posso melhorar se você me der uma chance. Só não... não desista de mim."

Jesus. Como era fácil para ele me deixar com o coração na mão. Algumas palavras, um olhar de desespero e eu já estava entregue.

Acariciei seu rosto, seus cabelos, seus ombros. Ele era traumatizado como eu, mas o motivo ainda era desconhecido para mim. "Preciso que você faça uma coisa por mim, Gideon."

"Qualquer coisa. É só pedir."

"Preciso que você me conte alguma coisa sobre você todos os dias. Alguma coisa pessoal, por mais insignificante que pareça. Preciso que você me prometa isso."

Gideon me olhou desconfiado. "Pode ser o que eu quiser?"

Concordei com a cabeça. Eu não me sentia muito segura fazendo aquilo, e não sabia ao certo o que queria extrair dele.

Ele bufou. "Certo."

Eu o beijei bem de levinho em sinal de agradecimento.

Roçando o nariz contra o meu, Gideon perguntou: "Vamos sair pra jantar ou quer pedir alguma coisa?"

"Tem certeza de que é uma boa sairmos juntos?"

"Quero mostrar pra todo mundo que você é minha namorada."

Não havia como recusar um convite daquele — não sabendo o avanço que aquilo representava para ele. Para nós dois, na verdade, já que nossa última saída como um casal havia sido um desastre. "Parece uma ideia bem romântica. E irresistível."

Seu sorriso de alegria foi minha recompensa, além do banho que tomamos juntos. Eu adorava aquele momento íntimo de lavar seu corpo, assim como adorava sentir suas mãos deslizando sobre o meu. Quando peguei sua mão e a pus entre as minhas pernas, incentivando-o a enfiar os dedos em mim, vi o tão familiar e bem-vindo tesão no seu olhar quando ele sentiu o que havia deixado lá dentro.

Ele me beijou e murmurou: "Minha".

Isso me incentivou a pegar seu pau com as duas mãos e sussurrar eu mesma um pronome possessivo.

Já no quarto, posicionei meu novo vestido azul na frente do corpo. "Foi você que escolheu, Gideon?"

"Fui eu, sim. Gostou?"

"É lindo." Abri um sorriso. "Minha mãe falou que você tem muito bom gosto... a não ser pela preferência por morenas."

Ele olhou para mim e logo depois desapareceu em seu closet gigantesco. "Que morenas?"

"Ah, é assim que se fala."

"Abra a gaveta da direita, a de cima", ele gritou lá de dentro.

Ele estava só querendo desviar a atenção de todas as morenas com quem tinha sido fotografado — inclusive Magdalene?

Deixei o vestido na cama e abri a gaveta. Lá dentro havia dezenas de conjuntos de lingerie Carine Gilson, todos do meu tamanho, em uma enorme variedade de cores, além de cintas-ligas e meias de seda, tudo ainda na embalagem.

Olhei para Gideon quando ele reapareceu segurando as roupas que ia vestir. "Então eu tenho um gaveta?"

"Três na cômoda e duas no banheiro."

"Gideon." Eu sorri. "Abrir espaço na gaveta da cômoda é uma coisa que só se faz depois de alguns meses."

"Como é que eu ia saber?" Ele estendeu suas roupas sobre a cama. "Você já morou com outro homem além de Cary?"

Eu o fuzilei com o olhar. "Ter uma gaveta não é a mesma coisa que morar com alguém."

"Isso não responde à minha pergunta." Ele andou na minha direção, tirou-me gentilmente do caminho e pegou uma cueca.

Pressentindo mais uma de suas mudanças de humor, respondi antes que ele emburrasse. "Não, nunca morei com nenhum outro homem."

Abaixando um pouco, Gideon deu um beijo repentino na minha testa antes de voltar a se vestir. Ele parou no pé da cama, de costas para mim. "Quero que nosso relacionamento seja o mais marcante da sua vida."

"Já é. De longe." Apertei a toalha contra o peito. "Chega a ser estranho, até. Nosso relacionamento virou uma coisa importante muito rápido. Talvez rápido demais. Fico o tempo todo me perguntando se não é bom demais pra ser verdade."

Ele se virou e me encarou. "Talvez seja. E, se for, nós merecemos."

Fui até ele e me joguei em seus braços. Era ali que eu desejava poder ficar para sempre.

Ele deu um beijo na minha cabeça. "Não consigo suportar

a ideia de que você queira que isto acabe. É o que você está fazendo, não? Pelo menos é o que parece."

"Desculpe."

"Precisamos fazer com que você deixe de se sentir insegura." Ele passou os dedos pelos meus cabelos. "Como podemos fazer isso?"

Hesitei por um momento, mas acabei dizendo o que queria. "Você faria terapia comigo?"

Seus dedos pararam de se mover. Ele ficou em silêncio por um instante, respirando profundamente.

"Pelo menos pense a respeito", sugeri. "Ou procure se informar melhor, saber como funciona."

"Estou me saindo tão mal assim? Na nossa relação? Só estou dando bola fora mesmo?"

Eu me afastei um pouco, para poder olhar para ele. "Não, Gideon. Você é perfeito. Pelo menos pra mim. Sou louca por você. Acho que você é..."

Ele me beijou. "Tudo bem. Eu vou."

Naquele momento, senti que o amava. Loucamente. E no momento seguinte. E durante toda a programação naquela noite, um jantar íntimo e maravilhoso no Masa. Só havia três mesas ocupadas no restaurante, e Gideon foi cumprimentado pelo nome ao chegar. A comida estava divina, e o vinho era tão caro que, se eu parasse para pensar a respeito, teria até vergonha de beber. Gideon era perigosamente carismático; seu charme era natural e sedutor.

Eu estava de ótimo humor, sentindo-me linda no vestido que ele havia escolhido para mim. Gideon já sabia o que eu tinha de pior a revelar, e ainda estava comigo.

Seus dedos acariciavam meus ombros... desenhavam círculos na minha nuca... desciam pelas minhas costas. Ele beijou minha têmpora e roçou a minha orelha com o nariz, tocando levemente minha pele sensível com a língua. Meu corpo inteiro vibrou em reação à sua presença. Meu desejo por ele era tão forte que até doía.

"Como você conheceu Cary?", ele perguntou enquanto dava um gole no seu vinho.

"Terapia de grupo", segurei a mão dele para conter sua escalada pela minha perna, sorrindo diante da malícia que vi em seus olhos. "Meu pai é policial e ouviu falar de um terapeuta que fazia milagres com adolescentes rebeldes, e eu era uma. Cary se tratava com o doutor Travis também."

"Fazia milagres, é?" Gideon sorriu.

"O doutor Travis é um terapeuta bem diferente de qualquer outro que conheci. Seu consultório fica num ginásio de esportes que ele adaptou para sua prática. Ele tem uma política de portas abertas com 'sua garotada', e circular por ali era muito mais eficaz que deitar num divã. Além disso, com ele não tinha conversa fiada. E ele exigia que a sinceridade fosse uma via de duas mãos, caso contrário ficava furioso. Isso eu sempre gostei nele, o fato de se importar com os pacientes a ponto de se alterar."

"Você decidiu estudar na SDSU porque seu pai mora no sul da Califórnia?"

Abri um sorriso irônico ao ouvir outra revelação de que ele tinha mais informações do que eu havia revelado. "Você pesquisou muita coisa sobre mim?"

"Tudo o que fui capaz de descobrir."

"E eu vou gostar de saber até que ponto você chegou?"

Ele levou minha mão até sua boca e a beijou. "Provavelmente não."

Balancei a cabeça, aflita. "Sim, foi por isso que fui estudar na SDSU. Eu não tive a chance de conviver com meu pai quando era menina. Além disso, minha mãe estava me sufocando."

"E você nunca conversou com seu pai sobre o que aconteceu?"

"Não." Girei a haste da taça de vinho entre os dedos. "Ele sabia que eu era uma menina revoltada e insegura, com problemas de autoestima, mas nunca soube sobre Nathan."

"Por que não?"

"Por que nada vai mudar o que aconteceu. Nathan foi punido nos termos da lei. O pai dele pagou uma indenização altíssima pra reparar os danos que ele causou. A justiça foi feita."

"Discordo", Gideon falou num tom de voz gelado.

"O que mais você queria?"

Ele deu um grande gole antes de responder. "Algo inapropriado para falar durante o jantar."

"Ah." Aquele comentário sinistro, combinado com seu olhar implacável, fez com que minha atenção se voltasse para a comida no prato. Não havia cardápio no Masa, apenas *omakase*, o que significava que cada porção era uma deliciosa surpresa, e a falta de movimento naquela noite fez com que sentíssemos que o lugar era só nosso.

Depois de um instante de silêncio, ele disse: "Adoro ver você comer".

Olhei para ele. "O que você quer dizer com isso?"

"Você come com gosto. E seus gemidinhos me deixam com tesão."

Acertei o ombro dele com o meu. "Pelo que você me falou antes, está sempre com tesão."

"Culpa sua", ele sorriu, o que me fez sorrir também.

Gideon comeu com ainda mais disposição que eu e nem se preocupou em examinar a conta astronômica.

Antes de sairmos, ele pôs seu paletó sobre meus ombros e disse: "Vamos à sua academia amanhã".

Eu o encarei. "A sua é melhor."

"Claro que é. Mas posso ir aonde você quiser."

"De preferência um lugar que não tenha instrutores prestativos chamados Daniel?", perguntei num tom inocente.

Ele me olhou com uma expressão de surpresa e um leve sorriso sarcástico. "Cuidado, meu anjo. Se continuar tirando sarro da minha possessividade, vai ter retaliação."

Dessa vez, ele não ameaçou me bater. Gideon teria percebido que misturar dor com sexo era uma questão delicadíssima para mim? Algo que me transportava para um estado mental do qual eu queria distância?

No caminho de volta, aninhei-me junto a ele no banco traseiro do Bentley, com as pernas apoiadas sobre suas coxas e a cabeça sobre seu ombro. Fiquei pensando na maneira como a violência de Nathan havia afetado minha vida — minha vida sexual em particular.

Quantos desses fantasmas Gideon e eu conseguiríamos exorcizar? Pelo arsenal de apetrechos que havia na gaveta de seu quarto de hotel, estava claro que ele era muito mais experiente e ousado que eu em termos sexuais. E o prazer que extraí de sua ferocidade na nossa transa no sofá era uma prova de que ele podia fazer coisas comigo que ninguém mais seria capaz.

"Confio em você", sussurrei.

Ele me envolveu com força em seu abraço. E, com os lábios encostados nos meus cabelos, murmurou: "Nós fazemos bem um pro outro, Eva".

Foi com essas palavras na minha mente que adormeci em seus braços mais tarde naquela noite.

"Não faça isso... Não. Não faça isso... Por favor."

Os gritos de Gideon me fizeram pular da cama, com o coração disparado. Tive que me esforçar para recobrar o fôlego, observando com os olhos arregalados o homem que se contorcia ao meu lado.

Ele rosnava com um animal feroz, com as mãos fechadas, chutando sem parar. Eu me afastei, com medo de que ele me acertasse acidentalmente enquanto dormia.

"Saia de perto de mim!", ele disse, ofegante.

"Gideon! Acorde."

"Saia... saia..." Ele arqueou os quadris e soltou um gemido de dor. Ficou nessa posição, com os dentes cerrados e as costas arqueadas como se a cama abaixo de si estivesse em chamas. Então desabou, fazendo o colchão ceder sob seu peso.

"Gideon." Tateei em busca do abajur do criado-mudo, com a garganta queimando. Não conseguia chegar até ele. Tive que me livrar das cobertas emaranhadas para chegar mais perto. Ele gemia agoniado, contorcia-se com tanta violência que a cama inteira tremia.

Alcancei o abajur e o quarto se iluminou. Eu me virei para ele...

E o encontrei se masturbando com uma violência atordoante.

A mão que segurava seu membro estava pálida de tanto fazer força, e se movia para cima e para baixo de maneira brutal. Seu lindo rosto estava deformado pela dor e pelo martírio.

Temendo pela sua segurança, sacudi seus ombros com as duas mãos. "Gideon, pelo amor de Deus. *Acorde!*".

Meu grito interrompeu o pesadelo. Seus olhos se abriram e ele se sentou, olhando freneticamente ao redor.

"Quê?", ele perguntou sem fôlego, com o peito ofegante. Seu rosto estava todo vermelho, principalmente as bochechas e os lábios. "O que foi?"

"Minha nossa." Passei as mãos pelos cabelos e levantei, vestindo o robe preto que havia deixado no pé da cama.

O que se passava na cabeça dele? Que espécie de impulso sexual era capaz de produzir sonhos tão violentos?

"Você estava tendo um pesadelo", disse com a voz trêmula. "Quase me matou de susto."

"Eva." Ele olhou para baixo e, ao notar sua ereção, ficou ainda mais vermelho, dessa vez de vergonha.

Eu o observava à distância, de perto da janela, fechando o robe com um puxão. "Você estava sonhando com o quê?"

Ele sacudiu a cabeça e abaixou-a, humilhado. Eu nunca o havia visto em uma posição tão vulnerável. Era como se outra pessoa estivesse ocupando seu corpo. "Não sei."

"Mentira. Tem alguma coisa aí, corroendo você por dentro. O que é?"

Ele se recompôs visivelmente quando sua mente conseguiu espantar de vez o sono. "Foi só um sonho, Eva. Todo mundo sonha."

Olhei bem para ele, magoada por estar sendo tratada daquela maneira, como se fosse uma imbecil. "Não me venha com essa."

Ele corrigiu a postura e cobriu as pernas com o lençol. "Por que você está brava?"

"Porque você está mentindo."

Ele inspirou profundamente; depois soltou o ar numa bufada. "Desculpe por ter acordado você."

Apertei o espaço entre meus olhos, sentindo uma forte pontada de dor de cabeça se espalhar. Meus olhos ardiam de vontade de chorar por ele, de chorar por causa do martírio que ele estava enfrentando. De chorar por nós, porque, caso ele não se abrisse, nossa relação não teria futuro.

"Vou perguntar de novo, Gideon: com o que você estava sonhando?"

"Não lembro." Ele passou as mãos pelos cabelos e pôs as pernas para fora da cama. "Estou com um negócio na cabeça que está atrapalhando meu sono. Vou trabalhar um pouco no escritório. Volte pra cama e durma mais um pouco."

"Essa pergunta tinha mais de uma resposta certa, Gideon. 'Vamos conversar sobre isso amanhã' seria uma delas. 'Vamos deixar pra falar disso no fim de semana' seria outra. Até um 'Não estou pronto para conversar sobre isso' seria aceitável. Mas você tem a cara de pau de fingir que não sabe do que estou falando e de me tratar como uma imbecil."

"Meu anjo..."

"Nem comece." Pus as mãos na cintura. "Você acha que foi fácil contar a você sobre meu passado? Acha que foi tranquilo me abrir daquele jeito e pôr tanta sujeira pra fora? Teria sido mais fácil abrir mão de *você* e namorar alguém menos famoso. Corri esse risco porque quero ficar com você. Um dia, quem sabe, você queira fazer o mesmo."

Saí do quarto.

"Eva! Que droga, Eva, volte aqui. Qual é a sua?"

Comecei a andar mais depressa. Sabia o que ele estava sentindo: o nó no estômago que se espalhava como um câncer, a raiva incontrolável e a necessidade de ficar a sós para tentar arrumar forças para empurrar as lembranças ruins de volta para o canto escuro de onde saíram.

Isso não era desculpa para mentir ou fingir que não estava acontecendo nada.

Peguei a bolsa na cadeira em que havia deixado antes de sair para jantar, fui embora às pressas pela porta da frente e logo entrei no elevador. A porta ainda estava se fechando quando o vi chegar à sala. Sua nudez o impediria de ir atrás de mim, e o olhar em seu rosto me impedia de ficar ali. Ele estava usando sua máscara de novo, a expressão impassível que mantinha o resto do mundo à distância.

Tremendo, segurei-me no apoio de bronze para não cair. Estava dividida entre minha preocupação com ele, que me induzia a ficar, e meu conhecimento adquirido a duras penas de que não seria capaz de conviver com o modo como ele lidava com seus traumas. O caminho da superação para mim foi o das verdades dolorosas, e não o das negações e mentiras.

Limpei as lágrimas e, ao passar pelo terceiro andar, respirei fundo e tentei me recompor antes de a porta se abrir e eu chegar ao saguão do edifício.

O porteiro chamou um táxi para mim demonstrando um profissionalismo exemplar, como se eu estivesse vestida para ir ao trabalho, e não descalça e usando apenas um robe de seda. Eu o agradeci com toda a sinceridade.

Senti tamanha gratidão pelo taxista por ter me levado bem depressa para casa que lhe dei uma bela gorjeta e nem me importei com os olhares furtivos do porteiro e do rapaz da recepção. Não me importei nem com o olhar da loira escultural que saiu do elevador quando eu entrei — pelo menos não até sentir o cheiro do perfume de Cary e me dar conta de que a camiseta que ela estava usando era dele.

Ela lançou um olhar irônico para a minha quase nudez. "Bonito robe."

"Bonita camiseta."

Ela foi embora com um sorrisinho no rosto.

Quando cheguei ao meu andar, encontrei Cary parado na porta de entrada, vestindo apenas um robe também.

Ele endireitou a postura e abriu os braços para mim. "Vem cá, gata."

Fui bem depressa até ele e ganhei um abraço apertado com cheiro de perfume de mulher e sexo selvagem. "Quem é aquela menina que acabou de sair daqui?"

"Outra modelo. Não esquente a cabeça com ela." Ele me levou para dentro e trancou a porta. "Cross ligou. Disse que você estava vindo pra casa e que suas chaves estavam com ele. Queria que eu estivesse acordado pra receber você. Não sei se faz diferença, mas ele parecia estar muito chateado e ansioso. Quer conversar a respeito?"

Deixei minha bolsa no balcão e entrei na cozinha. "Ele teve outro pesadelo. Um ainda pior. Quando perguntei sobre o que tinha sido, ele mentiu, depois começou a agir como se a maluca fosse eu."

"Ah, o comportamento clássico."

O telefone começou a tocar. Tirei o fone da base e desliguei a campainha, e Cary fez o mesmo com o do balcão. Depois tirei o celular da bolsa, ignorei os alertas de ligações perdidas e mandei uma mensagem para Gideon: *Estou em casa. Espero que consiga voltar a dormir.*

Desliguei o telefone e joguei de volta na bolsa; depois fui até a geladeira e peguei uma garrafa de água. "O problema mesmo é que contei todos os meus podres pra ele esta noite."

Cary fez uma expressão de surpresa. "Então você conseguiu. Como ele reagiu?"

"Melhor do que eu esperava. É melhor Nathan torcer pra eles nunca se cruzarem." Terminei de beber a água. "E Gideon concordou em fazer terapia de casal, como sugeriu. Pensei que estivéssemos progredindo. Talvez até estivéssemos, mas aí voltamos lá pra trás."

"Mas você parece estar bem." Ele se inclinou sobre o balcão. "Não está chorando. Parece tranquila. Preciso me preocupar com alguma coisa?"

Esfreguei a barriga em uma tentativa de espantar o friozinho instalado ali. "Não, vou ficar bem. É que... eu queria que as coisas dessem certo entre nós dois. Quero muito ficar com ele, mas mentir sobre coisas assim tão sérias é uma coisa que não consigo aceitar."

Minha nossa. Eu não conseguia nem imaginar a possibilidade de que não pudéssemos superar essa dificuldade. Já estava toda ansiosa. A necessidade de ficar com Gideon fazia meu sangue ferver.

"Você é osso duro de roer, gata. Estou orgulhoso." Ele veio até mim, pegou-me pelo braço e apagou a luz da cozinha. "Agora vamos dormir e começar um novo dia quando amanhecer."

"Pensei que as coisas estivessem indo bem com Trey."

Ele abriu um sorriso lindo. "Querida, acho que estou apaixonado."

"Por quem?" Encostei o rosto em seu ombro. "Por Trey ou pela loira?"

"Por Trey, bobinha. A loira foi só pelo exercício."

Eu tinha muita coisa a dizer a respeito, mas não era hora de examinar a tendência de Cary a sabotar a própria felicidade.

E manter o foco na sua boa relação com Trey talvez fosse a melhor abordagem nesse caso. "Então você finalmente se apaixonou por um cara legal. A gente deveria sair pra comemorar."

"Ei, essa fala é minha."

14

A manhã seguinte foi permeada por acontecimentos surreais. Cheguei ao trabalho e passei o tempo todo com frio. Não conseguia me aquecer de jeito nenhum, apesar de estar vestindo um cardigã por cima da blusa e um cachecol que não combinava com nenhuma das duas peças. Estava demorando mais do que deveria para entender as coisas, e não conseguia espantar um sentimento irracional de medo.

Gideon não tentou entrar em contato de forma nenhuma.

Não recebi nada no celular depois da minha mensagem na noite anterior. No e-mail também não. Nem um bilhete.

Esse silêncio era desesperador. Principalmente depois do novo alerta diário do Google, com fotos e vídeos de nós dois no Bryant Park feitos por celular. A visão de nós como um casal — a paixão e o desejo, a intensidade estampada em nosso rosto, a felicidade da reconciliação — era ao mesmo tempo doce e amarga.

Uma dor cresceu no meu peito. *Gideon.*

Se nossa relação não desse certo, eu conseguiria parar de pensar nele?

Tive que me esforçar para me recompor. Mark teria uma reunião com Gideon naquele dia. Talvez por isso ele não tivesse entrado em contato. Ou talvez estivesse realmente muito ocupado. É claro que devia estar, considerando seu cronograma de negócios. Até onde eu sabia, ele pretendia ir à academia comigo depois do trabalho. Soltei um suspiro e disse a mim mesma que de alguma forma as coisas se resolveriam. Por bem ou por mal.

Faltavam quinze para o meio-dia quando o telefone da minha mesa tocou. Pelo mostrador, vi que a chamada vinha da recepção. Não consegui esconder minha decepção ao atender.

"Oi, Eva", Megumi me cumprimentou toda simpática. "Uma moça chamada Magdalene Perez está aqui pra falar com você."

"Comigo?" Olhei para o monitor do computador, confusa e irritada. As fotos do Bryant Park teriam sido motivo suficiente para fazer Magdalene sair do seu covil?

Qualquer que fosse a razão, eu não tinha o menor interesse em falar com ela. "Você pode pedir pra ela esperar? Preciso resolver uma coisinha primeiro."

"Claro. Vou pedir pra ela se sentar um pouquinho."

Desliguei o telefone, peguei o celular e encontrei o número do escritório de Gideon na agenda. Para meu alívio, foi Scott quem atendeu.

"Oi, Scott. É Eva Tramell."

"Oi, Eva. Quer falar com o senhor Cross? Ele está numa reunião, mas posso passar a ligação."

"Não, não precisa incomodar."

"Tenho ordens para isso. Ele não vai se incomodar."

Fiquei muito contente ao ouvir isso. "Acho meio chato jogar esse tipo de coisa no seu colo, mas tenho um pedido a fazer."

"O que for preciso. Tenho ordens pra isso também." A solicitude de sua voz me deixou ainda mais tranquila.

"Magdalene Perez está aqui no vigésimo. Pra ser sincera, a única coisa sobre a qual poderíamos conversar seria Gideon, e essa ideia não me agrada nem um pouco. Se ela tem alguma coisa para falar, deveria se dirigir diretamente ao seu chefe. Você pode mandar alguém pra levá-la aí pra cima?"

"Claro. Vou cuidar disso agora mesmo."

"Obrigada, Scott. Agradeço."

"É um prazer poder ajudar, Eva."

Desliguei o telefone e me recostei na cadeira, sentindo-me um pouco melhor e orgulhosa de mim mesma por não ter me deixado levar pelo ciúme. Apesar de detestar a ideia de que ela ainda tivesse contato com Gideon, eu não havia mentido quando disse que confiava nele. Acreditava de verdade que tinha sentimentos profundos por mim. Só não sabia se isso seria suficiente para que ele contrariasse seu instinto natural.

Megumi me ligou de novo.

"Ai, meu Deus", ela disse, aos risos. "Você precisava ver a cara dela quando apareceram aqui pra buscá-la."

"Ótimo." Abri um sorriso. "Bem-intencionada ela não devia estar. Ela já foi, então?"

"Já."

"Obrigada." Atravessei o corredorzinho estreito até o escritório de Mark e estiquei a cabeça lá para dentro para perguntar se ele queria que eu comprasse alguma coisa para o almoço.

Ele franziu a testa e pensou um pouco a respeito. "Não, obrigado. Só vou conseguir comer depois da apresentação para Cross. Até lá, o que você comprar já vai estar frio e passado."

"Que tal uma vitamina, então? Só pra tapear o estômago até você conseguir comer."

"Seria ótimo." Seus olhos escuros se acenderam e ele abriu um sorriso. "De algum sabor que combine com vodca, para me deixar no clima."

"Tem alguma coisa de que você não goste? Alguma alergia?"

"Nada."

"Certo. Volto daqui a uma hora." Eu sabia exatamente aonde ir. A delicatéssen que tinha em mente ficava a uns dois quarteirões dali, e tinha vitaminas, saladas e uma enorme variedade de paninis feitos na hora.

Desci até o térreo e procurei esquecer o silêncio de Gideon. Eu esperava algum tipo de manifestação depois do incidente com Magdalene. O silêncio me deixou novamente preocupada. Saí para a rua pela porta giratória e só prestei atenção no homem que desceu do banco de trás de um carro com chofer quando ele me chamou pelo nome.

Eu me virei e me vi diante de Christopher Vidal.

"Ah... oi", cumprimentei. "Tudo bem?"

"Melhor agora. Você está linda."

"Obrigada. E eu digo o mesmo."

Apesar de muito diferente de Gideon, ele também era maravilhoso, com seus cabelos castanhos ondulados, seus olhos esverdeados e seu sorriso charmoso. Estava vestido com um jeans folgado e um suéter creme com gola V que o deixavam muito sexy.

"Você veio ver seu irmão?", perguntei.

"Sim, ele e você."

"Eu?"

"Está indo almoçar? Posso ir com você e explicar tudo."

Até me lembrei do aviso de Gideon para que eu ficasse longe de Christopher, mas a essa altura achava que ele já tinha mais confiança em mim. Principalmente em relação a seu irmão.

"Estou indo a uma delicatéssen aqui na rua", eu disse. "Se você estiver a fim..."

"Com certeza."

Começamos a caminhada.

"Por que você queria me ver?", perguntei, curiosa demais para esperar.

Ele tirou do bolso um convite em estilo formal num envelope de veludo. "Vim convidar você para uma festa ao ar livre na propriedade dos meus pais no domingo. Uma mistura de negócios e diversão. Vários artistas contratados pela Vidal Records estarão lá. Acho que seria uma ótima ocasião para seu colega de apartamento fazer bons contatos — ele tem o visual certo pra aparecer em videoclipes."

Fiquei toda animada. "Seria maravilhoso!"

Christopher sorriu e me entregou o convite. "Vocês dois vão se divertir bastante. As festas da minha mãe são imbatíveis."

Olhei de relance para o envelope na minha mão. Por que Gideon não tinha falado nada sobre o evento?

"Se você está se perguntando por que Gideon não disse nada a respeito", ele começou, como se estivesse lendo minha mente, "é porque ele não vai. Ele nunca aparece. Apesar de ser sócio majoritário da empresa, Gideon acha que a indústria fonográfica e os músicos são imprevisíveis demais. A esta altura, você já deve saber como ele é."

Moreno e intenso. Absurdamente atraente e sensual. Sim, eu sabia como ele era. Gideon sempre fazia questão de saber no que estava se metendo.

Apontei para a delicatéssen quando chegamos, nós entramos e pegamos a fila.

"O cheiro aqui está ótimo", disse Christopher, olhando para o celular enquanto digitava uma mensagem.

"E o sabor é tão bom quanto o cheiro, pode acreditar."

Ele abriu um agradável sorriso de menino, que com certeza deixava a maior parte das mulheres de joelhos. "Meus pais estão ansiosos para conhecer você, Eva."

"Ah, é?"

"Foi uma surpresa ver fotos suas com Gideon durante toda a semana. Uma surpresa boa", ele fez questão de ressaltar diante da minha expressão. "É a primeira vez que o vemos realmente interessado em alguém com quem ele sai."

Suspirei ao lembrar que, naquele momento, o interesse já não parecia ser tão grande. Teria sido um grande erro deixá-lo falando sozinho na noite anterior?

Quando chegamos ao balcão, pedi um panini grelhado de queijo com vegetais e duas vitaminas de romã, e expliquei que a segunda era para viagem e eu só pegaria depois de comer. Christopher pediu a mesma coisa, e tivemos a sorte de encontrar uma mesa naquele lugar lotado.

Conversamos sobre trabalho, rimos ao falar a respeito de um vídeo engraçado que era a febre da internet no momento e de algumas piadas de bastidores sobre os artistas com que Christopher havia trabalhado. O tempo passou bem rápido, e quando nos separamos na entrada do Crossfire eu me despedi dele com um sentimento de afeto genuíno.

Subi para o vigésimo andar e encontrei Mark ainda na mesa. Apesar de parecer muito concentrado, ele sorriu ao me ver.

"Caso você não precise de mim", eu disse, "acho que seria melhor eu não dar as caras nessa apresentação."

Apesar de ele tentar esconder, vi o alívio estampado em seu rosto. Não fiquei ofendida com isso. A situação era estressante por si só, e minha relação volátil com Gideon era a última coisa com que Mark deveria se preocupar quando trabalhava em uma conta tão importante.

"Você vale ouro, Eva. Sabia disso?"

Sorri e pus na mesa dele a bebida que havia trazido. "Beba sua vitamina. Está uma delícia, e vai deixar você saciado por um tempo. Se precisar de mim, estou na minha mesa."

Antes de guardar a bolsa na gaveta, mandei uma mensagem para Cary perguntando se tinha planos para o domingo e se gostaria de ir a uma festa da Vidal Records. Depois voltei ao trabalho. Comecei organizando os arquivos de Mark nos servidores, renomeando-os e criando diretórios para facilitar a pesquisa e a montagem de portfólios.

Quando Mark subiu para a reunião com Gideon, meu coração acelerou e a ansiedade apertou meu estômago. Não conseguia acreditar que estava toda empolgada só porque sabia o que Gideon estava fazendo naquele exato momento, e que ele necessariamente pensaria em mim quando visse Mark. Esperava receber notícias suas depois disso. Fiquei de bom humor só de pensar.

Durante a hora seguinte, eu mal podia esperar para saber como as coisas tinham ido. Quando Mark apareceu com um sorriso no rosto e um andar confiante, eu me levantei na minha baia e o aplaudi.

Ele fez uma mesura galante e teatral. "Obrigado, senhorita Tramell."

"Estou muito feliz por você."

"Cross me pediu para entregar isto." Ele me deu um envelope pardo lacrado. "Venha até a minha sala e eu conto os detalhes."

O envelope era pesado e tilintante. Eu sabia o que era antes mesmo de abrir, mas ainda assim a visão das chaves caindo na minha mão foi uma bela porrada. Com a dor no peito mais intensa que já havia sentido na vida, li o cartão que as acompanhava:

OBRIGADO, EVA. POR TUDO.
G

Uma sutil e educada dispensa. Só podia ser. Caso contrário, ele me devolveria as chaves depois do trabalho, quando fôssemos à academia.

Um zumbido invadiu meus ouvidos. Fiquei tonta. Desorientada. Estava com medo. Sofrendo. Furiosa.

Mas também estava trabalhando.

Fechando os olhos e cerrando os pulsos, tentei me recompor e lutar contra a vontade de subir e dizer para Gideon que ele era um covarde. Ele provavelmente me via como uma ameaça, uma invasora de seu mundinho em perfeita ordem.

Alguém que queria mais do que seu corpo sensual e sua conta bancária recheada.

Escondi meus sentimentos no fundo da mente, de forma a ainda ter consciência deles, mas sem deixar que me atrapalhassem mais durante o expediente. Quando saí do escritório e desci, ainda não tinha recebido sinal de vida dele. Estava emocionalmente em frangalhos, e senti uma enorme pontada de desespero quando saí do Crossfire.

Consegui ir até a academia. Desliguei meu cérebro e corri para valer na esteira, adiando a angústia que mais cedo ou mais tarde me atingiria. Corri até sentir o suor escorrer em bicas pelo rosto e pelo corpo, e até minhas pernas não aguentarem mais.

Sentindo-me arrebentada e exausta, fui para o chuveiro. Depois liguei para minha mãe e pedi que ela mandasse Clancy me pegar na academia e me levar para nossa consulta com o dr. Petersen. Quando me vesti, precisei me esforçar para reunir energia para cumprir minha última tarefa antes de ir para casa e me afogar em lágrimas na cama.

Esperei pelo carro no meio-fio, sentindo-me alheia e distante da cidade que zunia ao meu redor. Quando Clancy estacionou e desceu para abrir a porta para mim, tomei um susto ao ver que minha mãe já estava lá. Ainda era cedo. Eu achava que seria levada ao apartamento em que ela morava com Stanton e precisaria esperar uns bons vinte minutos. Era assim que as coisas funcionavam com ela.

"Oi, mãe", eu disse, cansada, acomodando-me no assento ao lado dela.

"Como você pôde, Eva?" Ela estava chorando atrás de um lenço bordado com suas iniciais, o que não perturbava a beleza de seu rosto. "*Por quê?*"

Retirada subitamente de meu sofrimento solitário, franzi a testa e perguntei: "O que foi que eu fiz agora?".

O fato de eu ter um celular novo, independentemente de como ela pudesse ter descoberto, não seria um gatilho para tamanho drama. E ainda era cedo demais para ela saber que eu tinha brigado com Gideon.

"Você contou para Cross sobre... sobre o que aconteceu." Seu lábio inferior começou a tremer.

Aquilo foi um tremendo choque para mim. Como é que ela sabia? Meu Deus... Será que ela tinha grampeado minha casa? Minha bolsa...? "*Quê*?"

"Não se faça de boba!"

"Como é que você sabe?" Minha voz saiu em um sussurro. "Conversamos sobre isso ontem à noite."

"Ele foi falar a respeito com Richard."

Tentei imaginar a cara de Stanton durante uma conversa como *essa*. Era impossível acreditar que meu padrasto tenha digerido bem a informação. "Por que ele faria isso?"

"Ele queria saber o que foi feito para evitar que a história vazasse. E queria saber por onde anda Nathan..." Ela soluçou. "Queria saber de tudo."

Bufei por entre os dentes. Não estava certa de quais eram as motivações de Gideon, mas a possibilidade de ele ter terminado comigo por causa de Nathan e agora estar fazendo de tudo para se poupar de um escândalo me magoava mais do que qualquer outra coisa. Contorci-me de dor, dobrando a coluna para longe do encosto do assento. Pensei que o passado *dele* tinha criado um atrito entre nós, mas fazia mais sentido imaginar que tudo aquilo havia sido causado pelo *meu*.

Pela primeira vez na vida agradeci o fato de minha mãe ser tão egocêntrica. Foi isso que a impediu de ver que eu estava arrasada.

"Ele tinha o direito de saber", consegui dizer com uma voz tão rouca que nem parecia a minha. "E ele tem o direito de tentar se proteger de eventuais respingos em sua imagem."

"Você nunca contou nada para nenhum outro namorado."

"Eu nunca tinha namorado ninguém que por qualquer motivo banal já aparece em todas as manchetes de jornal." Olhei pela janela do carro, para o engarrafamento em que estávamos presas. "Gideon e as Indústrias Cross são conhecidos mundialmente, mãe. Ele está a anos-luz dos caras que namorei na faculdade."

Ela ainda disse mais algumas coisas, mas não escutei. Fechei-me em mim mesma para me proteger, para me desligar de uma realidade que de uma hora para outra se tornara difícil demais de suportar.

*

O consultório do dr. Petersen era exatamente como eu me lembrava. Decorado com cores neutras, era ao mesmo tempo profissional e aconchegante. Ele era assim também — um homem bonito com cabelos grisalhos e olhos azuis inteligentes e compreensivos.

O dr. Petersen nos deu as boas-vindas com um sorriso no rosto, comentando sobre a beleza de minha mãe e sobre como éramos parecidas. Disse que estava feliz em me ver de novo e que eu parecia estar muito bem, mas deu para perceber que só falou isso para agradar a minha mãe. Ele era um observador experiente demais para deixar de notar os sentimentos que eu estava reprimindo.

"Então", o dr. Petersen começou, acomodando-se na poltrona diante do sofá em que eu e minha mãe tínhamos nos sentado. "O que traz vocês aqui hoje?"

Eu contei a ele que minha mãe vinha rastreando meus movimentos através do sinal do celular, e que isso fez com que eu me sentisse violada. Minha mãe falou do meu interesse por krav maga, e expressou que isso era um sinal de que eu não estava me sentindo segura. Contei que ela e Stanton haviam praticamente comprado a academia de Parker, o que fazia com que eu me sentisse sufocada e claustrofóbica. Ela falou que eu tinha traído sua confiança ao confiar assuntos personalíssimos a estranhos, o que a fez se sentir sem defesas e dolorosamente exposta.

Durante esse tempo todo, Petersen ouviu com atenção, tomou notas e falou bem pouco até que tivéssemos desabafado.

Quando ficamos em silêncio, ele perguntou: "Monica, por que não me falou nada sobre ter rastreado o telefone de Eva?".

O ângulo de seu queixo se alterou, uma postura de defesa que eu conhecia muito bem. "Não vejo nada de errado nisso. Muitos outros pais rastreiam os filhos através do celular."

"Filhos menores de idade", rebati. "Sou adulta. A minha vida pessoal só diz respeito a mim."

"Caso você se pusesse no lugar dela, Monica", questionou o dr. Petersen, "é possível que se sentisse da mesma forma? E se você descobrisse que alguém anda monitorando seus passos sem seu conhecimento e sua permissão?"

"Se esse alguém fosse minha mãe e isso garantisse sua paz de espírito, eu não me importaria", ela argumentou.

"E você já parou para pensar nos efeitos de suas atitudes sobre a paz de espírito da Eva?", ele perguntou educadamente. "Sua vontade de proteger sua filha é compreensível, mas você deveria discutir abertamente com ela as medidas que vai tomar para isso. É importante ouvir o ponto de vista de Eva — e esperar cooperação apenas quando for vontade dela. É preciso respeitar sua prerrogativa de estabelecer limites que não são tão amplos como você gostaria."

Minha mãe bufou, indignada.

"Eva precisa ter o espaço dela, Monica", ele continuou, "e sentir que é ela quem controla sua própria vida. Tudo isso foi tirado dela por um bom tempo, e precisamos respeitar seu direito de se restabelecer da maneira como achar melhor."

"Ah." Minha mãe torceu o lenço entre os dedos. "Não tinha pensado nisso sob esse ponto de vista."

Segurei a mão dela quando seu lábio inferior começou a tremer violentamente. "Nada seria capaz de me convencer a não falar com Gideon sobre meu passado. Mas eu poderia ter avisado você antes. Desculpe por não ter pensado nisso."

"Você é muito mais forte do que eu", ela disse, "mas não consigo deixar de me preocupar."

"Minha sugestão", aconselhou o dr. Petersen, "é que você reflita sobre quais tipos de eventos e situações mais lhe causam ansiedade, Monica. Depois disso, registre tudo por escrito."

Minha mãe concordou com a cabeça.

"Quando tiver uma lista mais ou menos definida, não precisa ser nada muito detalhado, vocês podem sentar para conversar e encontrar soluções para essas preocupações — atitudes com as quais ambas concordem. Por exemplo, se ficar sem notícias da Eva por mais de um dia incomoda você, talvez uma mensagem de texto no celular ou um e-mail seja uma forma menos invasiva de lidar com isso."

"Certo."

"Se vocês quiserem, podemos discutir a lista juntos."

Essa interação entre os dois quase me fez surtar. Era praticamente um insulto. Eu não esperava que o dr. Petersen pusesse juízo à força na cabeça da minha mãe, mas esperava que ele fosse um pouquinho mais duro — alguém precisava fazer isso, alguém cuja autoridade ela respeitasse.

Quando a sessão terminou e estávamos de saída, pedi para minha mãe esperar um pouco para que eu pudesse fazer uma última pergunta ao dr. Petersen em particular.

"Sim, Eva?" Ele estava de pé na minha frente, aparentando sabedoria e paciência infinitas.

"Eu andei pensando sobre uma coisa..." Fiz uma pausa, engolindo em seco. "É possível que duas vítimas de abuso tenham uma relação romântica saudável?"

"Perfeitamente." Sua resposta imediata e convicta permitiu que eu voltasse a respirar.

Apertei sua mão. "Obrigada."

Quando cheguei em casa, abri a porta com as chaves que Gideon tinha devolvido e fui direto para o quarto, cumprimentando Cary, que estava praticando ioga seguindo as instruções de um DVD, apenas com um breve aceno.

Tirei a roupa enquanto caminhava para a cama e entrei debaixo das cobertas frias só de lingerie. Abracei um travesseiro e fechei os olhos, tão exaurida que não conseguia pensar em mais nada.

A porta se abriu e um instante depois Cary estava sentado ao meu lado.

Ele afastou os cabelos do meu rosto lavado de lágrimas. "O que aconteceu, gata?"

"Levei um pé na bunda hoje. E por uma porra de um bilhetinho."

Ele suspirou. "Você sabe como as coisas funcionam, Eva. Ele vai querer manter você à distância, porque acha que vai ser mais uma decepção na vida dele."

"E estou fazendo de tudo pra mostrar que ele está certo." Consegui me enxergar perfeitamente na descrição de Cary. "Corri quando as coisas ficaram feias, porque tinha certeza de que tudo ia terminar mal. E a única atitude que tomei a respeito foi ir embora em vez de ser deixada pra trás."

"Porque você precisa lutar pra manter sua própria reabilitação." Ele deitou junto às minhas costas, passando um dos braços bem definidos sobre mim e me apertando contra ele.

Eu me aninhei naquele abraço de que nem sabia que precisava. "Ele deve ter me chutado por causa do *meu* passado, não do dele."

"Se isso for verdade, ainda bem que terminou. Mas acho que no fim vocês vão acabar se entendendo. Pelo menos é o que eu queria que acontecesse." Sua respiração roçava de leve meu pescoço. "Quero finais felizes pra todo mundo que já sofreu o diabo na vida. Mostre que é possível, Eva, querida. Me faça acreditar."

15

A sexta-feira começou com Trey tomando café da manhã comigo e com Cary depois de dormir lá em casa. Enquanto bebia a primeira xícara de café do dia, observei o modo como eles interagiam e fiquei contentíssima ao ver seus sorrisos de cumplicidade e a maneira discreta como trocavam carícias furtivas.

Eu já havia tido relacionamentos tranquilos como esse, e não soube valorizá-los devidamente na época. Eram namoros gostosos e descomplicados, mas também um tanto superficiais em certo sentido.

Como ter uma relação mais profunda se você não conhece os recantos mais obscuros da pessoa amada? Era esse meu dilema com Gideon.

O Segundo Dia Pós-Gideon havia começado. Minha vontade era ir até ele e pedir desculpas por tê-lo deixado. Queria dizer que ele podia contar comigo, que eu seria toda ouvidos, ou então ofereceria um consolo silencioso caso fosse preferível. Mas eu estava envolvida demais emocionalmente. Fragilizada demais. Morrendo de medo de ser rejeitada. E saber que ele não se abriria para mim só fazia esse medo crescer. Mesmo que nos acertássemos, eu sabia que só ia me magoar não o tendo por inteiro, tentando conviver apenas com o que ele decidisse compartilhar comigo.

Pelo menos no trabalho estava tudo bem. O almoço comemorativo que os executivos nos ofereceram por termos conseguido a conta da Kingsman me deixou feliz de verdade. Senti que era muita sorte minha trabalhar em um ambiente tão positivo. No entanto, quando ouvi que Gideon também tinha sido convidado — apesar de ninguém esperar que ele aparecesse —, voltei para minha mesa em silêncio e me concentrei só nos meus afazeres pelo resto da tarde.

Passei na academia a caminho de casa, depois comprei ingredientes para fazer *fettuccini alfredo* para o jantar e *crème brûlée* para a sobremesa — uma comida bem pesada para me deixar num coma induzido por carboidratos. Esperava que o sono me oferecesse uma trégua dos questionamentos que percorriam ciclicamente meu cérebro, na esperança de que a manhã de sábado chegasse bem depressa.

Cary e eu jantamos na sala, com palitinhos, uma ideia dele para me agradar. Ele falou que o jantar estava ótimo, mas nem ouvi. Saí do transe quando ele ficou em silêncio também, e percebi que não estava sendo uma companhia muito boa.

"Quando vão sair os anúncios da campanha da Grey Isles?", perguntei.

"Não sei, mas escute só isso..." Ele sorriu. "Você sabe como os modelos costumam ser tratados — somos descartados como camisinhas usadas numa orgia. É difícil se destacar, a não ser que você namore alguém famoso. O que do nada virou meu caso, desde que aquelas fotos minhas com você começaram a pipocar por toda parte. Entrei por tabela no seu relacionamento com o Gideon. Você fez com que eu virasse um objeto cobiçado."

Dei risada. "Nisso eu não ajudei, não."

"Bom, mas com certeza mal não fez. Enfim, eles me ligaram para fazer mais algumas fotos. Acho que estão a fim de me usar por mais de cinco minutos."

"Precisamos sair pra comemorar", provoquei.

"Com certeza. Quando você estiver pronta para isso."

Acabamos ficando em casa vendo *Tron* — o original, não o remake. O celular dele tocou vinte minutos depois do começo do filme, e eu o ouvi falando com um agente. "Claro. Estarei aí em quinze minutos no máximo. Ligo pra você quando chegar."

"Conseguiu um trabalho?", perguntei quando ele desligou.

"Pois é. Um modelo apareceu chapado para uma sessão noturna de fotos e precisam de um substituto." Ele olhou bem para mim. "Quer ir junto?"

Estiquei as pernas no sofá. "Não. Melhor ficar por aqui."

"Tem certeza de que está tudo bem?"

"Só preciso de alguma coisa pra distrair a cabeça. Só de pensar em me trocar já fico cansada." Eu não me incomodaria de usar minha calça de pijama de flanela e minha camiseta velha de dormir o fim de semana todo. Como estava machucada por dentro, o conforto exterior era uma necessidade para mim. "Não se preocupe comigo. Sei que ando confusa ultimamente, mas eu me arranjo. Pode ir, e divirta-se."

Depois que Cary saiu, todo apressado, pausei o filme e fui até a cozinha pegar um vinho. Parei no balcão, passando os dedos nas flores que Gideon tinha me mandado no fim de semana anterior. As pétalas caíam como lágrimas. Pensei em cortar os caules e usar o aditivo que veio junto com o buquê para aumentar sua vida útil, mas não fazia sentido me apegar a elas. No dia seguinte, iria tudo para o lixo, a última lembrança de meu relacionamento igualmente condenado.

As coisas com Gideon haviam ido mais longe do que em relacionamentos anteriores que duraram mais de um ano. Eu sempre o amaria por isso. Eu sempre o amaria, e ponto final.

Mas, algum dia, talvez isso não me causasse tanta dor.

"Vamos levantar, dorminhoca", Cary falou em um tom meio cantado enquanto arrancava minhas cobertas.

"Argh. Vai embora."

"Você tem cinco minutos para entrar no chuveiro, ou então ele vai vir até você."

Abri só um olho para conseguir enxergá-lo. Estava sem camisa e usava uma calça larga que por muito pouco não escapava dos seus quadris. Em termos de persistência na hora de acordar alguém, ele era imbatível. "Por que preciso levantar?"

"Porque quando você está deitada não está com os pés no chão."

"Uau. Isso foi profundo, Cary Taylor."

Ele cruzou os braços e me lançou um olhar enfezado. "Precisamos sair pra comprar roupas."

Afundei a cabeça no travesseiro. "Não."

"Sim. Se bem me lembro, foi você quem juntou as expressões 'festa ao ar livre no domingo' e 'reunião de astros do rock' no convite que me fez. Acha que eu tenho roupa pra uma ocasião como essa?"

"Ah, é. Bem pensado."

"O que você vai usar?"

"Eu... não sei. Estava pensando no 'visual clássico de chá da tarde com chapéu', mas agora não estou tão certa."

Ele concordou com a cabeça, animado. "Certo. Vamos percorrer as lojas e encontrar alguma coisa sexy, classuda e descolada."

Com um rosnado de protesto, saí da cama e me arrastei até o banheiro. Era impossível tomar banho sem pensar em Gideon, sem imaginar seu corpo perfeito e lembrar os ruídos que ele fez ao gozar na minha boca. Para onde quer que eu olhasse, Gideon estava lá. Estava tendo até alucinações, vendo Bentleys por toda a cidade. Parecia sempre haver um por perto.

Cary e eu almoçamos e depois saímos pela cidade, entrando nos melhores brechós do Upper East Side e nas butiques da Madison Avenue antes de pegar um táxi para o SoHo. No caminho, duas adolescentes pediram o autógrafo do Cary, algo que pareceu ter sido mais motivo de alegria para mim do que para ele.

"Eu disse."

"O quê?", perguntei.

"Elas me conheciam de um blog de celebridades. Por causa dos posts sobre você e Cross."

Eu suspirei. "Pelo menos para alguém minha vida amorosa está sendo boa."

Ele tinha outro compromisso de trabalho às três, e eu fui também, para gastar algumas horas em um estúdio com um fotógrafo antipático e histérico. Foi quando me lembrei de que era sábado e saí de fininho para fazer minha ligação semanal para meu pai.

"Ainda está feliz em Nova York?", ele perguntou sobre o ruído de fundo do rádio da viatura.

"Por enquanto tudo certo." Era mentira, mas a verdade não teria serventia para ninguém.

O parceiro dele disse alguma coisa que eu não ouvi. Meu pai bufou e me falou: "Ei, Chris está aqui jurando que viu você outro dia na tevê. Em algum canal a cabo, coisa de fofoca de celebridades. O pessoal está me enchendo o saco por causa disso".

Suspirei. "Diga para o pessoal que assistir a esses programas prejudica os neurônios."

"Então você não está namorando um dos homens mais ricos do país?"

"Não. E sua vida amorosa, como vai?", perguntei, logo mudando de assunto. "Está saindo com alguém?"

"Nada muito sério. Espere aí." Ele respondeu a um chamado do rádio, depois disse: "Desculpa, querida. Preciso ir. Amo você. Estou morrendo de saudade".

"Eu também, pai. Cuide-se."

"Pode deixar. Tchau."

Deixei o telefone de lado e voltei para meu lugar enquanto esperava Cary terminar a sessão. No fundo de minha mente, eu continuava torturando a mim mesma. Onde estaria Gideon naquele momento? O que estaria fazendo?

Na segunda-feira eu abriria o e-mail e veria um monte de fotos dele com outra mulher?

No domingo à tarde pedi emprestado um dos carros de Stanton e seu motorista e guarda-costas Clancy para ir até a propriedade dos Vidal no condado de Dutchess. Recostada no assento, olhei pela janela e admirei a vista serena dos campos e dos bosques que se estendiam pelo horizonte. Foi quando me dei conta de que já estava no Quarto Dia Pós-Gideon. A dor que eu tinha sentido nos primeiros dias havia se transformado em um mal-estar constante, parecido com uma gripe. Todas as partes do meu corpo estavam doloridas, como se eu estivesse numa crise de abstinência, e minha garganta doía por causa das lágrimas contidas.

"Está muito ansiosa?", perguntou Cary.

Olhei para ele. "Não muito. Gideon não vai estar lá."

"Tem certeza?"

"Sim, ou eu nem viria. Também tenho meu orgulho, você sabe." Vi que ele batucava com os dedos sobre o apoio para os braços do assento, que estava entre nós. Apesar de todas as lojas que percorremos no dia anterior, ele fez apenas uma aquisição: uma gravata preta de couro. Zombei dele sem a menor piedade por isso: uma pessoa com um senso de estilo tão apurado usando uma coisa como aquela.

Ele me pegou olhando para ela. "Que foi? Ainda não se conforma com minha gravata? Acho que combina com meu jeans emo e meu paletó estampado."

"Cary", abri um sorriso, "você pode usar qualquer coisa."

Era verdade. Ele ficaria bem de qualquer jeito, graças a seu corpo esguio e bem definido e a seu rosto lindo de morrer.

Cobri seus dedos inquietos com minha mão. "E *você*, está ansioso?"

"Trey não ligou ontem à noite", murmurou. "Ele tinha prometido."

Apertei sua mão em sinal de apoio. "É só um pequeno descuido, Cary. Tenho certeza de que não significa nada de mais."

"Ele poderia ter ligado hoje de manhã. Trey não é largado que nem os outros caras que namorei. Ele não esqueceria uma coisa dessas, então quer dizer que não ligou porque não quis."

"Babaca. Vou fazer questão de tirar um monte de fotos de você se divertindo pra valer com esse visual sexy, classudo e descolado, pra acabar com a segunda-feira dele."

Ele riu. "Ah, a crueldade da mente feminina. Pena que Cross não vai ver você hoje. Acho que ele ficaria de pau duro só de ver você sair do quarto com esse vestido."

"Pare!" Bati no ombro dele e fingi que estava brava quando ele riu.

Vimos que o vestido era perfeito assim que pusemos os olhos nele. Ideal para uma festa ao ar livre — a parte de cima bem justa e uma saia folgada até o joelho. Era branco com flores bordadas. Mas o estilo chá-com-biscoitos acabava por aí.

O toque de ousadia vinha da saia, com camadas alternadas de preto e vermelho e forros de cetim para dar mais volume. As flores pretas de couro bordadas pareciam cata-ventos com pontas afiadas. Cary havia escolhido sapatos vermelhos de salto alto e brincos com pingentes de rubi para dar o toque final. Decidimos deixar meus cabelos soltos, para o caso de ser necessário usar chapéu. Resumindo, eu estava me sentindo bonita e confiante.

Cruzamos os portões imponentes com iniciais em ferro

fundido e seguimos por uma alameda circular até onde estavam os manobristas. Cary e eu entramos por ali, e ele me amparou pelo braço quando meus saltos insistiram em se enterrar no caminho de cascalho até a porta da casa.

Ao entrar na luxuosa mansão em estilo Tudor dos Vidal, fomos recebidos efusivamente pelos membros da família de Gideon, todos alinhados à espera dos convidados — sua mãe, seu padrasto, Christopher e sua irmã.

Apreciei a cena, imaginando que a perfeição da família Vidal seria ainda maior se Gideon estivesse presente. Sua mãe e sua irmã eram simpáticas, ambas com cabelos castanhos brilhantes e olhos azuis com cílios bem compridos. As duas eram lindas e elegantérrimas.

"Eva!" A mãe de Gideon me puxou para junto dela e beijou minhas duas bochechas sem tocá-las. "Estou tão feliz por finalmente conhecer você. Que moça mais linda você é! E adorei seu vestido."

"Obrigada."

Ela passou as mãos por meus cabelos, meu rosto, e depois meus braços. Era algo difícil de suportar, já que ser tocada por estranhos às vezes desencadeava uma reação de ansiedade em mim. "E seu cabelo, essa é a cor natural dele?"

"Sim", respondi, surpresa e confusa com o questionamento. Quem perguntaria isso logo de cara a alguém que nem conhece?

"Que interessante. Seja bem-vinda. Espero que se divirta bastante. Estamos muito felizes com sua presença."

Sentindo-me estranhamente desconfortável, dei graças a Deus quando o foco de sua atenção se voltou para Cary.

"E você deve ser Cary", ela começou. "E eu aqui achando que meus filhos eram os rapazes mais bonitos do mundo. Vejo que estava enganada. Meu jovem, você é simplesmente divino."

Cary abriu seu sorriso matador. "Ah, acho que estou apaixonado, senhora Vidal."

Ela riu de peito aberto. "Por favor. Pode me chamar de Elizabeth. Ou Lizzie, se quiser ser mais ousado."

Olhando para o outro lado, senti minha mão ser agarrada por Christopher Vidal, o pai. Em muitos aspectos, ele lembrava muito o filho, com seus olhos esverdeados e sorriso de menino. Vestido de bermuda cáqui e um cardigã de caxemira e calçando mocassins, parecia mais um professor universitário que um executivo da indústria fonográfica.

"Eva. Posso chamar você de Eva?"

"Por favor."

"Pode me chamar de Chris. Assim fica mais fácil me discernir de Christopher." Ele inclinou a cabeça para o lado enquanto me observava através dos óculos de armação de bronze. "Entendi por que Gideon está tão fascinado por você. Seus olhos são intensos e tempestuosos, mas também límpidos e diretos. São os mais lindos que já vi, excluindo os da minha mulher."

Fiquei vermelha. "Obrigada."

"Gideon também vem?"

"Não que eu saiba." Por que os pais deles estavam perguntando aquilo para mim? Eles é que deveriam saber.

"Nunca perdemos a esperança." Ele apontou um empregado que estava à nossa espera. "Por favor, podem ir para o jardim, e fiquem à vontade."

Christopher me cumprimentou com um abraço e um beijo na bochecha, enquanto a irmã de Gideon, Ireland, mediu-me com os olhos e com a expressão entediada de que só uma adolescente é capaz. "Você é loira", ela disse.

Minha nossa. A preferência de Gideon por morenas era alguma espécie de lei, por acaso? "E você é uma linda morena."

Cary me ofereceu seu braço e eu aceitei com toda a gratidão.

Enquanto nos afastávamos, ele perguntou em voz baixa: "Eles são como você esperava que fossem?".

"A mãe, talvez. O padrasto, não." Olhei para trás por cima dos ombros, dando uma boa olhada no vestido creme de contornos bem delineados que envolvia a figura esbelta de Elizabeth Vidal. Pensei em quão pouco sabia sobre a família de Gideon. "Que tipo de criação recebeu um menino que conseguiu se tornar um homem de negócios tão implacável a ponto de comprar a empresa da própria família?"

"Cross tem participação na Vidal Records?"

"É o sócio majoritário."

"Humm. Quem sabe não foi uma ajuda?", ele especulou. "Uma mão amiga durante um período de transição da indústria fonográfica?"

"Por que não dar o dinheiro de uma vez, então?", rebati.

"Por que ele é um homem de negócios que sabe o que faz?"

Com um suspiro profundo, deixei a pergunta para lá e tentei pôr as coisas no devido lugar. Eu estava naquela festa por causa de Cary, não de Gideon, e ele deveria ser o foco das minhas atenções.

Quando chegamos lá fora, encontramos uma tenda enorme e ricamente decorada no fundo do jardim. Apesar de o dia estar agradável o bastante para ficar ao sol, preferi me sentar a uma mesa circular coberta com uma toalha de renda branca do lado de dentro.

Cary bateu no meu ombro. "Fique aqui relaxando. Vou fazer contatos."

"Vai fundo."

Ele se afastou, imbuído de seus objetivos.

Fiquei bebendo champanhe e batendo papo com quem aparecesse e puxasse conversa. Havia muitos músicos famosos na festa, pessoas cujas canções eu conhecia, e fiquei olhando para eles de longe, um tanto intimidada. Apesar da elegância do ambiente e do número incontável de empregados, a atmosfera da festa era casual e relaxada.

Estava começando a me divertir quando alguém que eu esperava nunca mais ver saiu de dentro da casa: Magdalene Perez, linda de morrer com um vestido rosado de chiffon que parecia flutuar ao redor dos joelhos dela.

Senti uma mão pousar sobre meu ombro e apertá-lo, o que fez meu coração disparar, porque me lembrou da noite em que Cary e eu fomos à casa noturna de Gideon. Mas dessa vez quem apareceu para falar comigo foi Christopher.

"Oi, Eva." Ele sentou na cadeira ao lado e apoiou os cotovelos sobre os joelhos, inclinando-se para mim. "Está se divertindo? Você não está circulando muito por aí."

"Estou adorando a festa." Pelo menos até aquele momento. "Obrigada por me convidar."

"Obrigado por ter vindo. Meus pais ficaram muito contentes. E eu também, é claro." Seu sorriso me fez rir, assim como sua gravata, estampada com desenhos de discos de vinil. "Está com fome? Os bolinhos de caranguejo estão uma delícia. Pegue um quando o garçom passar por aqui."

"Vou pegar."

"Se precisar de alguma coisa, avise. E reserve uma dança pra mim." Ele deu uma piscadinha antes de se levantar e se afastar.

Ireland se sentou por ali, ajeitando as roupas com a elegância calculada de uma garota perto da universidade. Seus cabelos chegavam até a cintura, e seus lindos olhos eram sinceros o bastante para me fazer gostar deles. Ela parecia muito mais experiente dos que os dezessete anos que calculei que tinha com base nas notícias de jornal que Cary tinha juntado para mim. "Oi."

"Olá."

"Onde está Gideon?"

Encolhi os ombros diante da pergunta tão abrupta. "Na verdade, eu não sei."

Ela concordou com a cabeça. "Ele sabe como manter as pessoas à distância."

"Ele sempre foi assim?"

"Acho que sim. Eu era pequena quando ele saiu de casa. Você está apaixonada por ele?"

Prendi a respiração por um instante. Mas depois relaxei e respondi simplesmente: "Estou".

"Foi o que pensei quando vi o vídeo de vocês dois no Bryant Park." Ela mordeu o lábio inferior. "Ele é divertido? Sabe como é... pra sair e coisa e tal?"

"Ah, bom..." Minha nossa. *Alguém* ali conhecia Gideon? "Eu não diria que é divertido, mas entediante ele não é."

A banda começou a tocar "Come Fly with Me", e Cary apareceu do nada ao meu lado. "É hora de fazer bonito, Ginger."

"Prometo que vou tentar, Fred." Sorri para Ireland. "Com licença um minutinho."

"Três minutos e dezenove segundos", ela corrigiu, exibindo parte do conhecimento musical da família.

Cary me conduziu para a pista de dança vazia e puxou um passo bem ágil de foxtrote. Demorei um pouco para conseguir acompanhá-lo, porque estava dura e tensa fazia dias. Em pouco tempo a sinergia da velha parceria voltou e percorremos toda a pista com a maior naturalidade.

Quando a música terminou, estávamos sem fôlego. Fomos surpreendidos positivamente com uma salva de palmas. Cary fez uma mesura elegante e eu segurei sua mão para me equilibrar enquanto flexionava os joelhos.

Quando levantei a cabeça e me endireitei, dei de cara com Gideon. Assustada, dei um passo trôpego para trás. Ele estava com uma roupa bem informal — jeans e camisa branca para fora da calça, com o colarinho aberto e as mangas dobradas —, mas estava tão lindo que humilhava qualquer outro homem presente ali.

O desejo que se acendeu dentro de mim quando o vi foi arrebatador. Notei que Cary estava se afastando de mim, mas não conseguia deixar de me fixar em Gideon, cujos olhos azuis brilhantes fuzilavam os meus.

"O que você está fazendo aqui?", ele soltou, irritado.

Eu me encolhi diante de tamanha grosseria. "Como é?"

"Você não deveria estar aqui." Ele me agarrou pelo cotovelo e começou a me arrastar para dentro da casa. "Eu não quero você aqui."

Se ele cuspisse na minha cara, não teria me magoado tanto. Livrei meu braço de sua mão com um puxão e caminhei a passos largos na direção da casa com a cabeça erguida, torcendo para conseguir chegar até o carro e o olhar vigilante do Clancy antes que as lágrimas começassem a rolar.

Atrás de mim, ouvi uma voz feminina melosa chamar o nome dele, e torci para que essa mulher atraísse sua atenção, para que aquela cena não precisasse se prolongar.

Pensei que ia conseguir atingir meu objetivo ao atravessar o interior climatizado da casa.

"Eva, espere."

Meus ombros se curvaram ao som da voz de Gideon, e eu me recusei a olhar para ele. "Suma daqui. Já conheço o caminho da porta."

"Ainda não terminei..."

"Eu já!" E me virei para encará-lo. "Nunca mais fale comigo desse jeito. Quem você pensa que é? Acha que estou aqui por *sua* causa? Que pretendia encontrar você e me jogar aos seus pés como uma cachorrinha... em busca de qualquer migalha de atenção que você quisesse me dar? Que eu estivesse atrás de uma rapidinha num canto escuro pra tentar ganhar você de volta?"

"Fique quieta, Eva." Seus olhos faiscavam e seus dentes estavam cerrados. "Escute o que tenho a dizer..."

"Só estou aqui porque me disseram que você não viria. Vim por causa de Cary, pra ajudar a carreira dele. Então você pode voltar pra festa e esquecer de novo que eu existo. Fique tranquilo, quando eu sair por aquela porta, vou estar fora da sua vida de uma vez por todas."

"Cale essa maldita boca." Ele me agarrou pelos cotovelos e me sacudiu com tanta força que meus dentes bateram uns nos outros. "Cale essa boca e me deixe falar."

Dei um tapa no rosto dele com força suficiente para balançar sua cabeça. "Não encoste em mim."

Gideon rosnou, chegou mais perto e me deu um beijo de fazer doer os lábios. Suas mãos agarraram meus cabelos, impedindo que eu virasse a cabeça. Mordi a língua que ele agressivamente enfiou na minha boca, depois seu lábio inferior, já com gosto de sangue, mas ele não parou. Empurrei seus ombros com o máximo de força de que era capaz, mas não consegui afastá-lo.

Maldito Stanton! Se não fosse por ele e pela louca da minha mãe, eu já saberia dar uns golpes de krav maga a essa altura...

Gideon me beijava como se estivesse desesperado para sentir meu gosto, e minha resistência começou a ceder. O cheiro dele era tão bom, tão familiar. Seu corpo se encaixava tão bem no meu. Meus mamilos me traíram, ficaram duros e pontudos, e uma onda lenta e morna de excitação começou a se espalhar pelo meu ventre. Meu coração reverberava dentro do peito.

Meu Deus, o desejo que eu sentia por ele. Nada havia mudado, eu ainda o queria junto a mim o tempo todo.

Ele me pegou no colo. Aprisionada por sua pegada firme,

não conseguia respirar direito, e minha cabeça começou a rodar. Quando ele me levou para trás de uma porta e a fechou com o pé, tudo o que consegui fazer foi soltar um ruído quase inaudível de protesto.

De repente me vi prensada contra uma pesada porta de vidro do outro lado da biblioteca, subjugada pelo corpo forte e maciço de Gideon. Sua mão começou a descer pela minha cintura, apalpando por baixo da saia até encontrar a parte da minha bunda que ficava exposta pela calcinha de renda. Ele encaixou meus quadris contra o dele, fazendo-me sentir a proporção de sua ereção. Meu sexo estremeceu de desejo, sentindo uma espécie de desamparo, uma necessidade de ter aquele vazio preenchido.

Desisti de lutar. Meus braços caíram para o lado, com as palmas viradas para o vidro. Senti a tensão se esvair do corpo dele quando me rendi. A pressão de sua boca diminuiu, e o beijo se transformou em uma carícia apaixonada.

"Eva", ele estava ofegante. "Não tente resistir. Eu não aguento."

Fechei os olhos. "Me deixe ir embora, Gideon."

Ele esfregou seu rosto contra o meu, com a respiração cada vez mais rápida e profunda perto da minha orelha. "Não consigo. Sei que você deve estar horrorizada com o que viu naquela noite... com o que eu estava fazendo com meu corpo..."

"Gideon, não!" *Minha nossa.* Ele achava que eu tinha ido embora por causa daquilo? "Não foi por isso que..."

"Estou enlouquecendo sem você." Sua boca passeava por meu pescoço, sua língua acariciava minhas veias pulsantes. Ele chupou minha pele, e uma onda de prazer me invadiu. "Não consigo pensar. Não consigo trabalhar nem dormir. Meu corpo quer você. Posso fazer você me querer de novo. Só me deixe tentar."

As lágrimas corriam por meu rosto. À medida que caíam no meu colo, ele ia lambendo e fazendo-as sumir.

Como eu ia me recuperar se fizéssemos amor mais uma vez? Como eu sobreviveria se não fizéssemos?

"Nunca deixei de te querer", sussurrei. "Não consigo. Mas você me magoou, Gideon. Você tem esse poder, mais do que qualquer outra pessoa."

Seus olhos estavam vidrados em mim, e ele parecia confuso. "Eu magoei você? Por quê?"

"Você mentiu. Se fechou pra mim." Peguei seu rosto nas mãos, tentando fazê-lo me entender de uma vez por todas. "Seu passado não tem o poder de me afastar. Mas você tem, e foi isso que fez."

"Eu não sabia o que fazer", ele rebateu. "Não queria que você me visse daquele jeito..."

"É exatamente esse o problema, Gideon. Quero conhecer você por inteiro, o lado bom e o lado ruim, e você se esconde de mim. Se não aprender a se abrir, vamos acabar nos afastando e nunca mais vamos nos aproximar. Você não sabe como estou me sentindo. Passei os últimos quatro dias me arrastando. Mais uma semana, mais um mês... abrir mão de você acabaria comigo."

"Não consigo me abrir pra você, Eva. Estou tentando. Mas sua primeira reação quando piso na bola é fugir. Você faz isso o tempo todo, e eu não aguento mais sentir que estou pisando em ovos, com medo de fazer ou dizer alguma coisa que afaste você de mim."

Quando ele me beijou com seus lábios feridos de novo, sua boca não estava mais tensa. Decidi não discutir. Como poderia? Ele estava certo.

"Queria que você voltasse por iniciativa própria", ele murmurou, "mas não aguento mais essa distância entre nós. Vou tirar você daqui carregada se for preciso. Vou fazer o que for necessário para ficar sozinho com você e tirar tudo a limpo."

Meu coração disparou. "Você estava esperando que eu voltasse? Pensei... Você devolveu as minhas chaves. Pensei que tivesse desistido de mim."

Ele se afastou, com uma expressão dura no rosto. "*Nunca* vou desistir de você, Eva."

Olhei para ele, sentindo meu coração sangrar diante de sua beleza e de seu sofrimento — que em grande medida havia sido causado por mim.

Fiquei na ponta dos pés e beijei a marca vermelha que o tapa deixou no rosto dele, agarrando seus cabelos sedosos com ambas as mãos.

Gideon dobrou os joelhos para ficarmos da mesma altura. Sua respiração estava acelerada e fora de controle. "Faço o que você quiser, o que for preciso. Qualquer coisa. Só me aceite de volta."

Talvez esse desespero todo devesse me causar medo, mas eu me sentia igualmente louca por ele.

Acariciando seu peito com as mãos para tentar acalmá-lo, decidi jogar limpo: "Ao que parece, não conseguimos deixar de fazer mal um ao outro. Não consigo evitar que você sofra, e não posso mais continuar vivendo entre tantos altos e baixos. Precisamos de ajuda, Gideon. Somos extremamente disfuncionais".

"Fui ver o doutor Petersen na sexta. Ele vai ser meu terapeuta e, se você concordar, pode nos atender como um casal. Imaginei que, se você confia nele, talvez possa dar certo."

"O doutor Petersen?" Eu me lembrei do sobressalto que tive ao ver um Bentley quando estava de saída do consultório, já no carro de Stanton. Na ocasião, eu disse a mim mesma que era coisa da minha cabeça, uma esperança de que ele viesse atrás de mim. Afinal, havia centenas de carros pretos assim em Nova York. "Você me seguiu."

Ele respirou profundamente. E não negou.

Engoli minha raiva. Não tinha ideia de como deveria ser difícil para ele ser tão dependente de algo — de *alguém* — que não era capaz de controlar. O que interessava naquele momento era sua disposição de tentar, e o fato de eu saber que não era só papo furado. Ele já havia começado a agir. "Vai dar um bocado de trabalho, Gideon", avisei.

"Trabalho é algo que não me assusta." Suas mãos me tocavam sem parar, movendo-se entre minhas coxas e minha bunda, como se acariciar minha pele fosse tão essencial para ele como respirar. "Meu único medo é perder você."

Dei um beijo no rosto de Gideon. Nós nos completávamos. Mesmo naquele momento, com suas mãos percorrendo meu corpo de maneira obsessiva e possessiva, senti minha alma se derreter em alívio por estar finalmente nos braços do homem que entendia e satisfazia meus desejos mais íntimos e intensos.

"Preciso de você." A boca dele deslizava por meu rosto e meu pescoço. "Preciso ter a sensação de estar dentro de você..."

"*Não*. Pelo amor de Deus. Aqui, não." Meu protesto, no entanto, não pareceu muito convincente nem para mim mesma. Eu o queria a qualquer momento, em qualquer lugar, de qualquer forma...

"Precisa ser aqui", ele murmurou, ficando de joelhos. "Precisa ser agora."

Gideon arranhou minha pele ao abaixar a calcinha de renda; depois levantou minha saia até a cintura e me lambeu no meio das pernas, afastando meus lábios vaginais para chegar a meu clitóris trêmulo.

Prendi a respiração e tentei me afastar, mas não havia para onde ir. Não com aquela porta às minhas costas e um Gideon irredutível à minha frente, prendendo-me com uma das mãos enquanto com a outra segurava minha perna esquerda sobre seu ombro, invadindo-me com sua língua ardente.

Bati com a cabeça no vidro, sentindo meu sangue ferver a partir do ponto onde ele me tocava com a língua. Minha perna se contraiu contra suas costas, trazendo-o mais para perto. Agarrei sua cabeça com as mãos para que ele permanecesse imóvel enquanto eu mesma me esfregava nele. Senti o toque de seus cabelos contra a pele sensível da parte interna das minhas coxas, tentando não me esquecer de todo o resto ao redor...

Estávamos na casa dos pais de Gideon, no meio de uma festa com dezenas de convidados famosos, e ele tinha se ajoelhado e urrava de desejo enquanto me lambia e me chupava. Ele sabia como mexer comigo, sabia do que eu gostava e precisava. Tinha uma compreensão da minha natureza que ia além de suas inacreditáveis habilidades no sexo oral. A combinação disso tudo era devastadora e viciante.

Meu corpo tremia, e meus olhos se fechavam de prazer, um prazer ilícito. "Gideon... Você me faz gozar tão gostoso."

Sua língua se esfregava sem parar na abertura úmida e sedenta do meu corpo, provocando-me, obrigando-me a me esfregar desavergonhadamente em sua boca inquieta. Suas mãos agarravam minha bunda, apertando-me, puxando-me para sua língua enquanto ele abria caminho dentro de mim. Havia certa reverência nessa avidez que ele sentia por mim, uma impressão inequívoca de que ele idolatrava meu corpo, de que me dar prazer e extrair prazer de mim era um elemento tão vital de sua vida como o sangue que corria em suas veias.

"Assim", sussurrei, sentindo o orgasmo se aproximando. Meus seios queriam expandir os limites do cada vez mais apertado sutiã sem alças, e meu corpo tremia diante da necessidade desesperadora de gozar. "Estou quase lá."

Um movimento do outro lado da sala atraiu minha atenção, e eu gelei ao ver os olhos de Magdalene grudados nos meus. Ela tinha acabado de entrar e parou, observando embasbacada o que Gideon estava fazendo comigo.

Mas ele estava distraído ou empenhado demais para se importar com isso. Abocanhou meu clitóris e sugou até suas bochechas ficarem côncavas. Repetindo o gesto de maneira ritmada, ele massageava aquele pontinho hipersensível com a ponta da língua.

Senti meu corpo se contrair violentamente, e depois se liberar em uma torrente furiosa de prazer.

O orgasmo me atingiu como uma onda ardente de prazer. Gemi bem alto, empurrando cegamente os quadris contra sua boca, totalmente entregue à conexão primitiva que havia entre nós. Gideon me segurou quando meus joelhos ficaram bambos, enfiando a língua em mim até que o último tremor cessasse.

Quando abri de novo os olhos, nossa plateia solitária não estava mais lá.

Levantando-se depressa, Gideon me pegou no colo e me deitou no sofá com o quadril sobre o descanso de braço, deixando-me deitada no estofamento com as costas arqueadas.

Eu o olhei de baixo para cima. Por que ele simplesmente não me debruçou sobre o sofá para me comer por trás?

Quando ele abriu a calça e tirou seu pênis enorme lá de dentro, isso deixou de fazer diferença. Ele podia me ter do jeito que quisesse. Gemi quando o senti dentro mim. Meu corpo precisava se esforçar para acomodar aquele membro que eu tanto desejava. Puxando meus quadris na direção de suas estocadas vigorosas, Gideon atacava meu sexo frágil com sua ereção brutal, grossa e rígida como uma coluna de mármore, soltando rugidos primitivos a cada vez que me penetrava até o fundo.

Deixei escapar um ganido trêmulo, estimulada por suas

investidas a me entregar ao desejo nunca saciado de ser fodida até perder os sentidos. Por ele. Só por ele.

Algumas estocadas mais e ele jogou a cabeça para trás e sussurrou meu nome, remexendo os quadris e me deixando em um estado de frenesi. "Me aperte, Eva. Aperte meu pau."

Quando eu obedeci, o ruído que ele soltou foi tão sensual que meu ventre inteiro tremeu. "Isso, meu anjo... assim."

Aumentei ainda mais o aperto e ele soltou um palavrão. Seu olhar encontrou o meu, e o azul deslumbrante de seus olhos brilhou de euforia. Um tremor convulsionado sacudiu seu corpo inteiro, seguido de um ruído agoniado de êxtase. Ele entrou com ainda mais força em mim, uma vez, duas, e então seu pau grande e duro jorrou, soltando longos jatos de porra quente bem fundo em mim.

Não tive tempo para gozar de novo, mas isso não importava. Eu o olhei com um misto de admiração e orgulho feminino. *Eu* era capaz de fazer isso com *ele*.

No momento do orgasmo, eu o dominava da mesma maneira como ele virava meu dono quando eu gozava.

16

Gideon se debruçou sobre mim, ofegante, com seus cabelos fazendo cócegas no meu peito. "Meu Deus, não posso passar mais de um dia sem isso. Até as horas no trabalho pareceram uma eternidade."

Percorri com os dedos as raízes úmidas de suor dos seus cabelos. "Também senti a sua falta."

Ele passou o rosto entre meus seios. "Quando estou longe de você, fico... Não fuja mais de mim, Eva. Não consigo ficar sem você."

Ele me puxou para que eu ficasse de pé na frente dele, mantendo o pau dentro de mim até que meus saltos tocassem o piso de madeira. "Vamos lá pra casa agora."

"Não posso ir embora sem Cary."

"Então vamos levá-lo junto. Shh... Antes que você diga qualquer coisa, seja o que for que ele pretende conseguir nesta festa, eu posso providenciar. Ficar aqui não ajuda ninguém."

"Ele pode estar se divertindo."

"Não quero você aqui." De repente ele pareceu distante, com um tom de voz controlado demais.

"Você tem ideia do quanto me deixa chateada falando uma coisa dessas?" Chorei baixinho, com o peito queimando de dor. "O que tem de errado comigo? Por que não posso chegar perto da sua família?"

"Meu anjo, não." Ele me abraçou, acariciando minhas costas para que eu me acalmasse. "Não tem nada de errado com você. É esta casa. Eu não... *eu* é que não posso ficar aqui. Você quer saber com que eu sonho? É com esta casa."

"Ah." Senti um nó no estômago de preocupação e de surpresa. "Desculpe. Eu não sabia."

Alguma coisa na minha voz fez com que ele desse um beijo na minha testa. "Fui grosseiro demais com você hoje.

Desculpe. Fico agressivo e irritado quando estou aqui, mas isso não é motivo."

Agarrei seu rosto com as duas mãos e olhei bem para os olhos dele, conseguindo um vislumbre dos sentimentos turbulentos que Gideon estava tão acostumado a esconder. "Nunca se desculpe por ser você mesmo quando está comigo. É isso que eu quero. Quero ser seu porto seguro, Gideon."

"Isso você já é. Você nem imagina quanto, mas vou arrumar um jeito de explicar." Ele grudou sua testa contra a minha. "Vamos pra casa. Comprei umas coisinhas pra você."

"Ah, é? Adoro presentes." Principalmente quando vinham do meu namorado assumidamente nada romântico.

Com cuidado, ele começou a sair de dentro de mim. Fiquei até assustada ao perceber como estava molhada, dando-me conta do quanto ele havia gozado. Os últimos centímetros escorregaram com força para fora, respingando sêmen na parte interna das minhas coxas. Logo depois, duas audaciosas gotinhas caíram sobre o piso de madeira por entre minhas pernas abertas.

"Merda", ele rosnou. "Isso é bom demais. Já estou ficando duro de novo."

Olhei para sua demonstração desavergonhada de virilidade e senti um calor subir pelo corpo. "Você não vai aguentar depois de tudo *aquilo*."

"Claro que vou." Pegando meu sexo com a mão em concha, ele me deixou toda meladinha, apertando os grandes lábios e massageando a parte interna com os dedos. Senti uma euforia se espalhar dentro de mim como o calor de um gole de uma bebida fina, um senso de contentamento que provinha simplesmente do fato de Gideon gostar de desfrutar de mim e do meu corpo.

"Viro um animal quando estou com você", ele murmurou. "Quero te deixar marcada. Quero possuir você de tal forma que não exista mais nenhuma distância entre nós."

Meus quadris começaram a se mover em pequenos círculos. Suas palavras e seu toque reacenderam o desejo que ele havia tornado ainda mais intenso com a força de seu pau. Eu queria gozar de novo, não queria ter que esperar até chegarmos à cama dele. Eu também virava uma criatura sexual ao lado de Gideon, tão fisicamente em sintonia com ele e com tanta certeza de que ele jamais ia ferir meu corpo que me senti... livre.

Tomei seu pulso entre os dedos e guiei lentamente sua mão pelo meu quadril até chegar à minha bunda. Mordendo seu queixo, reuni a coragem que ele me inspirava e murmurei: "Me toque aqui. Me marque bem aqui".

Ele ficou paralisado, com o peito arfando em movimentos acelerados. "Eu não...". Ele pôs mais força na voz. "Eu não faço anal, Eva."

Olhando em seus olhos, vi a presença de algo obscuro e volátil. Algo muito doloroso.

De todas as coisas que poderíamos ter em comum...

A paixão bruta da luxúria se acalmou até chegar à familiaridade amena do amor. Com o coração sangrando, confessei: "Eu também não. Pelo menos voluntariamente".

"Então... por quê?" A perplexidade de seu tom de voz me comoveu.

Eu o abracei, pressionando o rosto contra o dele e ouvindo a batida quase desesperada de seu coração. "Porque acredito que seu toque pode me fazer esquecer o de Nathan."

"Ah, Eva." Ele deitou o rosto sobre a parte de cima da minha cabeça.

Eu o apertei ainda mais forte. "Com você eu me sinto segura."

Ficamos abraçados por um bom tempo. Ouvi sua pulsação se acalmar e sua respiração ficar mais lenta. Inspirei profundamente, deliciando-me com a mistura do cheiro dele com o da nossa luxúria furiosa e do sexo ainda mais intenso.

Quando a ponta do dedo médio dele deslizou suavemente até as pregas do meu ânus, eu me afastei e olhei para ele. "Gideon?"

"Por que eu?", ele perguntou baixinho, com seus lindos olhos parecendo confusos e tempestuosos. "Você sabe que tenho traumas, Eva. Você viu o que... naquela noite em que me acordou. Você viu, porra. Como pode entregar seu corpo pra mim desse jeito?"

"Confio no meu coração e no que ele está me dizendo."

Desfiz com os dedos a ruga entre suas sobrancelhas. "E você é capaz de devolver meu corpo pra mim, Gideon. Acho que ninguém mais além de você pode fazer isso."

Ele fechou os olhos e encostou sua testa suada na minha. "Você tem uma palavra de segurança, Eva?"

Surpresa, mais uma vez eu me afastei para examinar seu rosto. Alguns membros da minha terapia de grupo já tinham falado sobre relações de dominação/submissão. Certas pessoas precisam estar totalmente no controle durante o sexo. Já outras preferiam o oposto, e só a submissão e a humilhação eram capazes de saciar sua necessidade de sentir dor para poder ter prazer. Para os praticantes dessa modalidade de sexo, a palavra de segurança era um jeito bem claro de dizer *chega*. Mas eu não entendi por que isso poderia ter alguma relevância para mim e Gideon. "Você tem?"

"Não preciso disso." O movimento suave do seu dedo foi perdendo intensidade. Ele repetiu a pergunta. "Você tem uma palavra de segurança?"

"Não, nunca precisei. Fazer papai-e-mamãe, ficar de quatro, brincar com o vibrador... meu repertório se resume a isso, basicamente."

Seu rosto perdeu um pouco da seriedade que ostentava até então. "Graças a Deus. Caso contrário eu poderia ficar maluco."

E a ponta do seu dedo ainda estava me massageando ali atrás, despertando um desejo perverso. Gideon provocava aquilo em mim, fazendo-me esquecer de tudo o que havia acontecido antes. Eu não tinha gatilhos negativos com ele, nem medos e hesitações. E queria retribuir tudo isso com o corpo que ele havia libertado dos eventos do passado.

O relógio perto da porta começou a badalar a hora.

"Gideon, sumimos faz um tempão. Daqui a pouco vão vir atrás de nós."

Ele tirou um pouco da pressão do dedo, tocando-me bem de leve. "E você está preocupada com isso?"

Meus quadris se arquearam ao toque. Já estava ficando com tesão de novo, só de pensar no que estava por vir. "Não me preocupo com mais nada quando você está me tocando."

Sua mão livre subiu até meus cabelos e os agarrou pela

raiz, mantendo minha cabeça imóvel. "Você já gostou de fazer anal? Mesmo sem querer?"

"Nunca."

"E ainda assim confia em mim a ponto de me pedir isso." Ele beijou minha testa enquanto lambuzava meu traseiro com seu sêmen.

Eu me agarrei em sua cintura. "Se não quiser, não precisa..."

"Quero, sim." Sua voz ganhou um tom perversamente agressivo. "Se você está a fim de alguma coisa, sou eu quem tem que fazer. Sou eu o responsável por satisfazer todas as suas necessidades, Eva. Custe o que custar."

"Obrigada, Gideon." Meus quadris se mexiam sem parar enquanto ele continuava a me lubrificar. "Eu também quero ser o que você precisa."

"Eu já disse do que preciso, Eva... controle." Ele roçou seus lábios contra os meus. "Você está me pedindo para fazê-la revisitar lugares dolorosos, e eu vou, se é isso que você quer. Mas precisamos tomar muito cuidado."

"Eu sei."

"A confiança é uma coisa difícil de conquistar, tanto pra você como pra mim. Se acabar, corremos o risco de perder tudo. Pense em uma palavra que você associe ao poder. *Sua* palavra de segurança, meu anjo. Escolha uma."

A pressão da ponta do dedo dele foi se tornando mais insistente. Eu gemi: "Crossfire".

"Humm... Gostei. Bem apropriado." A ponta de sua língua percorreu minha boca, tocando-me apenas de leve antes de se retrair. Seu dedo circulava meu ânus de novo e de novo, empurrando o sêmen para aquele orifício apertado, que se abria pedindo mais, enquanto ele soltava um gemido.

Quando ele o pressionou de novo, fiz força para fora e seu dedo escorregou para dentro de mim. A sensação da penetração foi surpreendentemente intensa.

Assim como antes, minhas pernas cederam ao peso do corpo, deixando-me toda mole.

"Está tudo bem?" Gideon perguntou assustado quando eu quase caí sobre ele. "Quer que eu pare?"

"Não... Não pare."

Ele entrou mais um pouquinho, e eu me apertei um pouco, uma relação inevitável ao sentir algo deslizando em contato com tecidos sensíveis. "Você é toda lisinha e quentinha", ele sussurrou. "E tão macia. Está doendo?"

"Não. Por favor. Quero mais."

Gideon tirou a ponta do dedo; depois entrou de novo até a junta, devagarinho e com calma. Estremeci, deliciada, surpresa ao perceber como aquilo era bom, aquele preenchimento gostoso do meu traseiro.

"Está gostando?", ele perguntou com a voz rouca.

"Estou. Com você tudo fica gostoso."

Ele tirou o dedo de novo, e voltou ainda mais fundo. Curvando-me para a frente, empurrei o quadril para trás a fim de facilitar seu acesso, pressionando meus seios contra seu peito. Ele agarrou com mais força meus cabelos, puxando minha cabeça para trás para me dar um beijo molhado e cheio de tesão. Nossas bocas abertas se esfregavam uma na outra, em um movimento cada vez mais frenético à medida que minha excitação crescia. A sensação do dedo de Gideon naquele lugarzinho perversamente sensual, entrando e saindo com tanta suavidade, fez com que eu me movesse para trás a fim de deixá-lo entrar ainda mais fundo.

"Você é tão linda", ele murmurou, num tom de voz infinitamente gentil. "Adoro te dar prazer. Adoro ver o orgasmo tomar conta do seu corpo."

"Gideon." Eu estava entregue, rendida ao contentamento arrebatador de estar em seus braços, sendo amada por ele. Aqueles quatro dias sozinha tinham me mostrado como eu seria infeliz se não conseguíssemos nos entender, como meu mundo sem ele ficaria tedioso e sem vida. "Preciso de você."

"Eu sei." Ele lambeu meus lábios, fazendo minha cabeça entrar em parafuso. "Estou bem aqui. Sua boceta está toda excitada e apertadinha. Você vai gozar pra mim de novo."

Com as mãos trêmulas, tateei para pegar no pau dele, que estava duro. Levantei o forro da saia para conseguir enfiá-lo na minha abertura encharcada. Ele entrou só um pouquinho, a posição em que estávamos impedia uma penetração mais profunda, mas aquilo já era suficiente. Joguei os braços em seus ombros e enterrei a cabeça em seu pescoço quando senti minhas pernas enfraquecerem. Ele largou meus cabelos, apoiando a mão espalmada sobre minhas costas para me manter bem perto.

"Eva." Seu dedo começou a entrar e sair mais rapidamente. "Sabe o que você está fazendo comigo?"

Seus mamilos roçavam os meus, e a cabeça do membro grosso massageava um pontinho deliciosamente sensível dentro de mim. "Você está ordenhando a cabeça do meu pau com essa boceta apertadinha. Vai me fazer esporrar em você. Quando você gozar, vou gozar também."

Eu mal me dava conta dos gemidos emitidos por minha garganta. Meus sentidos estavam sobrecarregados pelo cheiro de Gideon, pelo calor de seu corpo firme e rígido, pela sensação do membro dentro de mim e do dedo no meu traseiro. Eu estava cercada por ele, sendo preenchida por ele, sendo deliciosamente possuída de todas as maneiras possíveis. Um orgasmo ganhava força dentro de mim, abrindo caminho, expandindo-se no meu ventre. E não apenas pelo prazer físico, mas também por saber que ele estava disposto a correr riscos. Mais uma vez. Por mim.

Quando seu dedo parou, soltei um ruído de protesto.

"Psiu", ele sussurrou. "Está vindo alguém."

"Ai, Deus! Magdalene apareceu aqui antes e viu a gente. E se ela contou..."

"Não se mexa." Gideon não me largou. Ficou parado do jeito que estava, preenchendo-me pela frente e por trás, com a mão acariciando minha coluna e esticando meu vestido. "Isso aqui esconde tudo."

De costas para a entrada da sala, escondi o meu rosto queimando de vermelho na camisa dele.

A porta abriu. Houve uma pausa, e depois ouvimos alguém dizer: "Está tudo bem?".

Christopher. Fiquei sem graça por não poder me virar.

"Claro que está", disse Gideon, tranquilo, absolutamente controlado. "O que você quer?"

Para meu tormento, ele retomou o movimento de enfiar e tirar o dedo. Não entrando fundo como antes, apenas um movimento leve que não apareceria por baixo da saia. Excitada até os ossos e à beira do orgasmo, cravei minhas unhas nas costas dele. A tensão que sentia por saber que Christopher estava ali só fazia aumentar meu tesão.

"Eva?", perguntou Christopher.

Engoli em seco. "Oi?"

"Você está bem?"

Gideon corrigiu sua postura, o que fez com que seu pau me penetrasse e sua pélvis encontrasse meu clitóris pulsante.

"S-sim. Estamos só... conversando. Sobre. Jantar." Meus olhos se fecharam quando Gideon acariciou a fina camada que separava seu pênis de seu dedo dentro de mim. Se ele encostasse no meu clitóris de novo, eu ia gozar. Estava excitada demais para conseguir parar.

O peito de Gideon fez meu rosto vibrar junto quando ele falou. "Se você sair daqui podemos terminar logo a conversa, então diga logo o que quer."

"Mamãe está procurando você."

"Por quê?" Gideon se mexeu de novo, comprimindo meu clitóris ao mesmo tempo que me enfiou bem fundo o dedo por trás.

Eu gozei. Com medo de que a onda de prazer saísse por minha garganta, enterrei os dentes na musculatura rígida do peitoral dele. Gideon gemeu de leve e começou a gozar, lançando grandes jatos de sêmen quente e espesso dentro de mim.

O restante da conversa se perdeu em meio ao ruído da minha própria pulsação na minha orelha. Christopher falou alguma coisa, Gideon respondeu e a porta se fechou de novo. Ele me sentou de pernas abertas no braço do sofá e começou a meter em mim com força, usando meu corpo para extrair o restante de seu orgasmo, gemendo com a boca colada à minha ao final da trepada mais descontrolada e exibicionista da minha vida.

Quando terminamos, Gideon me levou pela mão até o banheiro, onde ensaboou uma toalha de mão e me limpou no meio das pernas antes de pensar em sua própria higiene. A maneira como ele cuidava de mim era deliciosamente íntima, demonstrando mais uma vez que, por mais primitivo que fosse seu desejo, ele considerava minha companhia algo precioso.

"Não quero mais que a gente brigue", eu disse baixinho, empoleirada sobre a pia.

Ele escondeu a toalha usada em um cesto de roupa suja e fechou a braguilha. Depois veio até mim e acariciou meu rosto com seus dedos frios. "Nós não brigamos, meu anjo. Só precisamos aprender a parar de matar um ao outro de susto."

"Do jeito como você fala parece tão fácil", resmunguei. Definir qualquer um de nós como virgens seria ridículo, ainda que em termos emocionais fôssemos exatamente isso, tateando no escuro e ansiosos demais, completamente descontrolados e morrendo de vergonha, tentando impressionar e deixando de prestar atenção às nuances mais sutis.

"Não importa se vai ser fácil ou não. Vamos superar tudo. Precisamos disso." Ele passou os dedos por meus cabelos despenteados, fazendo tudo voltar ao lugar. "Vamos conversar sobre isso quando estivermos em casa. Acho que descobri o ponto central do nosso problema."

Sua convicção e determinação amenizavam a inquietação que senti nos quatro dias que passei sem ele. Fechando os olhos, relaxei e curti a sensação de ter meus cabelos arrumados por ele. "Sua mãe ficou muito surpresa por eu ser loira."

"Ah, é?"

"A minha mãe também. Não por eu ser loira", logo esclareci. "Por você ter se interessado por uma loira."

"É mesmo?"

"Gideon!"

"Quê?" Ele beijou a ponta do meu nariz e acariciou meus braços com as mãos.

"Eu não sou do tipo com que você sai normalmente, não é?"

Ele ergueu as sobrancelhas. "Eu só tenho um tipo: Eva Lauren Tramell. E ponto final."

Revirei os olhos. "Tudo bem. Que seja."

"Que diferença isso faz? Agora estou com você."

"Nenhuma. Só estou curiosa. As pessoas não costumam abrir mão de seu tipo preferido."

Posicionando-se entre minhas pernas, ele me abraçou pelos quadris. “Sorte minha que sou seu tipo.”

“Gideon, não existe um tipo no seu caso.” Eu tentei deixar bem claro. “Você pertence a uma categoria única e exclusiva.”

Os olhos deles brilharam. “Então você gosta do que vê?”

“Você sabe que sim, e é por isso que precisamos sair daqui agora, para não começar a trepar de novo como animais no cio.”

Apertando seu rosto junto ao meu, ele murmurou: “Só você para me deixar louco de tesão em um lugar que me dá calafrios. Obrigado por ser exatamente o que eu quero e preciso”.

“Ah, Gideon.” Eu o abracei com os braços e as pernas, mantendo entre nós a maior proximidade possível. “Você veio aqui por minha causa, não foi? Pra me tirar deste lugar que você detesta.”

“Eu iria até o inferno por você, Eva, e isto aqui é quase isso.” Ele suspirou profundamente. “Eu estava quase indo até seu apartamento quando fiquei sabendo que você estava aqui. Você precisa manter distância de Christopher.”

“Por que você fica falando isso o tempo todo? Ele parece ser tão legal.”

Gideon se afastou, ajeitando o cabeço com os dedos. Seus olhos grudaram nos meus. “Ele leva a rivalidade entre irmãos ao extremo, e é instável a ponto de se tornar perigoso. Está sendo bonzinho porque sabe que pode usar você para me magoar. Precisa confiar em mim a esse respeito.”

Por que Gideon estava tão desconfiado das intenções de seu meio-irmão? Ele devia ter uma boa razão, mas essa era outra coisa que ainda não tinha compartilhado comigo. “Confio em você. Claro que sim. Vou manter distância dele.”

“Obrigado.” Ele me pegou pela cintura e me pôs no chão. “Vamos buscar Cary e dar o fora daqui.”

Voltamos lá para fora de mãos dadas. Eu estava meio sem graça, sabia que tínhamos sumido por um bom tempo. O sol já estava se pondo. E eu estava sem calcinha. Meu shortinho de renda rasgado se encontrava no bolso da frente do jeans de Gideon.

Ele me olhou quando entramos na tenda. “Eu deveria ter

dito antes. Você está lindíssima, Eva. Esse vestido ficou maravilhoso em você, e esses saltos vermelhos vão me matar de tesão."

"Bom, que eles funcionam ficou bem claro." Atingi o ombro dele com o meu. "Obrigada."

"Pelo elogio? Ou pela foda?"

"Psiu", eu o repreendi, vermelha.

Sua gargalhada gostosa atraiu os olhares de todas as mulheres que havia por perto, e até de alguns homens. Posicionando nossas mãos dadas na parte inferior das minhas costas, ele me puxou para perto e beijou minha boca.

"Gideon!" Sua mãe veio até nós com os olhos brilhando e um enorme sorriso no belo rosto. "Estou tão feliz por você estar aqui."

Ela fez menção de abraçá-lo, mas a postura dele mudou sutilmente, criando em torno de si uma espécie de campo de força invisível no qual eu também estava incluída.

Elizabeth interrompeu bruscamente sua aproximação.

"Mãe." Ele a cumprimentou com a frieza de uma tempestade polar. "Agradeça a Eva por eu estar aqui. Vim para levá-la embora."

"Mas ela está se divertindo, não é mesmo, Eva? Você deveria ficar, por ela." Elizabeth me lançou um olhar de súplica.

Apertei a mão de Gideon com os dedos. Ele vinha em primeiro lugar para mim, é claro, mas eu queria muito saber o porquê de tanta frieza em relação a uma mãe que parecia ser bastante amorosa. Seu olhar de admiração percorria o rosto do filho, que guardava algumas semelhanças com o dela, devorando cada detalhe. Quando teria sido a última vez que tinham se visto pessoalmente?

Foi quando me perguntei se ela não o amava *demais*...

A repulsa que senti me deu um frio na espinha.

"Não queira deixar Eva constrangida", disse Gideon, massageando com as juntas dos dedos minhas costas tensas. "Você já teve o que queria — conseguiu conhecê-la."

"Vocês poderiam aparecer para jantar algum dia da semana."

Sua única resposta foi erguer as sobrancelhas. Depois olhou para outro lado, o que me levou a fazer o mesmo. Vi

Cary sair do que parecia ser um labirinto de plantas abraçado com uma conhecidíssima estrela da música pop. Gideon fez um gesto para ele.

"Ah, não, Cary também!", protestou Elizabeth. "Ele é a sensação da festa."

"Imaginei que você fosse gostar dele." Gideon arreganhou os dentes com tanto sarcasmo que mal parecia um sorriso. "Só não esqueça que ele é amigo de Eva, mãe. Ele também é meu."

Fiquei aliviadíssima quando Cary se juntou a nós, dissipando a tensão com seu jeito tranquilo de ser.

"Estava procurando você", ele me disse. "Espero que esteja pronta para ir embora. Recebi aquela ligação que estava esperando."

Ao ver o brilho em seus olhos, tive certeza de que Trey o havia procurado. "Sim, estamos prontos."

Cary e eu circulamos um pouco pela festa para nos despedir e agradecer o convite. Gideon permaneceu ao meu lado como uma sombra possessiva, aparentando tranquilidade, mas fazendo questão de não ser nem um pouco amigável.

Estávamos quase chegando à casa quando vi Ireland parada em um canto olhando para Gideon. Parei e me virei para ele. "Vá chamar sua irmã pra gente se despedir."

"Quê?"

"Ela está à sua esquerda." Olhei para o outro lado, para que a garota que parecia idolatrar o irmão mais velho não percebesse que estávamos falando dela.

Ele fez um aceno brusco para que Ireland se aproximasse. Ela veio andando lentamente, com uma expressão muito bem treinada de tédio constante em seu belo rosto. Olhei para Cary e balancei a cabeça. Nós nos lembrávamos muito bem dessa época.

"Escute." Segurei a mão de Gideon. "Diga que sente muito porque vocês não conseguiram conversar, mas que ela pode ligar pra você quando quiser."

Gideon fez uma expressão de surpresa. "E que conversa nós temos pra pôr em dia?"

Acariciando seu braço, eu disse: "Ela vai ter muito o que falar se tiver uma chance".

Ele desdenhou. “Ela é uma adolescente. Por que eu perderia tempo com seu papo furado?”

Fiquei na ponta dos pés e sussurrei em sua orelha: “Porque eu vou ficar te devendo uma”.

“Você está tramando alguma.” Ele me olhou desconfiado por um momento; depois deu um beijo bem apertado na minha boca. “Então vamos deixar a coisa em aberto e dizer que você fica me devendo mais do que uma. A quantidade nós vemos depois.”

Concordei com a cabeça. Cary se afastou e esfregou um indicador no outro como quem diz “Vocês estão cheios de intimidade”.

Nada mais justo, pensei, já que estávamos apaixonados.

Fiquei surpresa quando Gideon pegou pessoalmente as chaves do Bentley das mãos do manobrista. “*Você* veio dirigindo? E Angus?”

“Está de folga.” Ele esfregou o nariz na minha têmpora. “Eu estava com saudade de você, Eva.”

Acomodei-me no assento de passageiro e fechei a porta. Enquanto punha o cinto, vi que ele parou ao lado do carro e olhou para dois homens de preto que esperavam ao lado de um sedã Mercedes Benz estacionado não muito longe dali. Eles fizeram sinal de positivo e entraram no carro. Quando Gideon deixou a propriedade dos Vidal, eles seguiram atrás.

“Seguranças?”, perguntei.

“Sim. Saí correndo quando fiquei sabendo que você estava aqui, e eles ficaram meio perdidos por um tempo.”

Cary tinha ido embora com Clancy, então Gideon e eu fomos diretamente para a cobertura dele. O jeito como Gideon dirigia era muito sensual. Ele manejava o carro da mesma maneira como conduzia todos os assuntos — com confiança, agressividade e controle absoluto. Estava indo depressa, mas não era descuidado, superando com tranquilidade as curvas da estrada sinuosa e cinematográfica que nos levava de volta à cidade. O movimento era tranquilo, só pegamos trânsito ao entrar em Manhattan.

Quando chegamos ao apartamento, fomos diretamente para a suíte tomar banho. Como não conseguia tirar as mãos de mim, Gideon me lavou dos pés à cabeça; depois me secou com uma toalha e me vestiu com um robe novo de seda estampada no estilo quimono. Para completar, pegou uma calça de seda estampada de uma gaveta para ele.

"E eu vou ficar sem calcinha?", perguntei, pensando na minha gaveta de lingeries sensuais.

"Vai. Tem um telefone na parede da cozinha. Aperte o primeiro número da discagem rápida e diga para quem atender que eu mandei buscar uma porção para dois do prato de sempre no Peter Luger."

"Certo." Fui até lá e fiz a ligação. Depois tive que sair à procura de Gideon. Eu o encontrei no escritório, um cômodo em que nunca havia entrado antes.

Não consegui observar muito bem aquele espaço porque as únicas fontes de luz eram uma lâmpada angulada posicionada sobre um quadro e um abajur em cima da mesa de madeira. Além disso, meus olhos estavam mais interessados em se concentrar nele. Estava absurdamente sexy e sedutor recostado em uma enorme cadeira de couro preto. Entre suas mãos ele aquecia um cálice com alguma bebida, e a beleza de seus bíceps flexionados provocou arrepios pelo meu corpo, assim como os músculos bem definidos de seu abdome.

Seu olhar estava fixado no quadro iluminado pela lâmpada, o que atraiu também minha atenção. Tomei um susto ao ver do que se tratava — uma enorme colagem de fotos minhas com ele: a imagem do beijo na frente da academia... um retrato feito pela assessoria de imprensa do evento beneficente a que fomos juntos... uma fotografia furtiva da reconciliação depois da briga no Bryant Park...

O centro do quadro era dominado por uma foto minha dormindo em minha cama, iluminada apenas pela vela que havia deixado acesa para ele. Era uma imagem íntima e voyeurística, que revelava mais sobre o fotógrafo do que sobre seu objeto.

Fiquei profundamente tocada com aquela prova de que ele também estava apaixonado.

Gideon apontou para a bebida que havia servido para mim na mesa antes de eu entrar. "Sente-se."

Obedeci, curiosa. Havia algo diferente nele, como se tivesse algum objetivo em mente e o perseguisse com calma e determinação, com seu foco preciso como um laser.

Qual era o motivo daquilo? E o que significaria para o restante da noite?

Foi quando vi uma reprodução menor da colagem em um porta-retratos perto da minha bebida, e minha preocupação se desfez. Era um porta-retratos parecido com o que eu tinha na minha mesa, mas nesse havia três fotos minhas com ele.

"Quero que você leve isso pro trabalho", Gideon disse baixinho.

"Obrigada." Pela primeira vez em muitos dias, eu estava feliz. Coloquei o porta-retratos junto ao peito com uma das mãos e apanhei o meu cálice com a outra.

Seus olhos brilharam ao me ver sentar. "Vejo você me mandando beijos o dia todo na minha mesa. Acho justo que tenha algo para se lembrar de mim. De nós."

Suspirei com força, com a pulsação acelerada. "Eu nunca me esqueço de você, nem de nós dois."

"E eu não deixaria, mesmo que você quisesse." Gideon deu um grande gole em sua bebida, produzindo um movimento potente em sua garganta. "Acho que entendi qual foi nosso primeiro erro, o que causou toda a turbulência que estamos enfrentando desde então."

"Ah, é?"

"Beba seu Armagnac, meu anjo. Acho que você vai precisar dele."

Dei um gole cauteloso, sentindo o ardor instantâneo, seguido da constatação de que o sabor era bom. Só então dei um gole maior.

Rolando o cálice entre as palmas das mãos, Gideon bebeu mais um pouco e me lançou um olhar cauteloso. "Diga o que foi mais gostoso, Eva: sexo na limusine, quando você estava no comando, ou no hotel, quando quem comandou fui eu?"

Eu me remexi na cadeira, inquieta, sem saber aonde ele queria chegar. "Acho que você gostou do que aconteceu na limusine. Enquanto estava acontecendo. Depois não, obviamente."

"Eu adorei", ele disse com convicção. "Sua imagem naquele vestido vermelho, gemendo e me dizendo que adorava meu pau dentro de você não vai sair da minha cabeça enquanto eu viver. Se quiser voltar a ficar por cima alguma vez no futuro, sou totalmente a favor."

Senti a tensão se espalhar por meu corpo. Os músculos do meu ombro começaram a enrijecer. "Gideon, estou começando a ficar assustada. Todo esse papo de palavra de segurança e ficar por cima... acho que não estou gostando do rumo desta conversa."

"Você está pensando em violência e dor. Eu estou falando de cessão consensual de controle." Gideon me observou atentamente. "Quer mais um conhaque? Você está pálida."

"Você acha?" Deixei o cálice vazio em cima da mesa. "Pois parece que você está me dizendo que é um dominador."

"Meu anjo, isso você já sabia." Ele abriu um sorriso suave e sensual. "O que estou dizendo é que você é submissa."

17

Eu me levantei em um pulo.

"Nada disso", ele me avisou com um tom de voz sombrio. "Nada de fugir. Ainda não terminamos."

"Você não sabe do que está falando." Estar sob o domínio de alguém — *perder o direito de dizer não!* —, eu jamais permitiria que isso voltasse a acontecer. "Você sabe pelo que eu passei. Preciso estar no controle, tanto quanto você."

"Sente-se, Eva."

Fiquei de pé só para provar o que estava dizendo.

Ele abriu um sorriso bem largo, e eu derreti por dentro. "Você tem alguma ideia de como sou maluco por você?", ele murmurou.

"Você realmente é maluco se está achando que vou aceitar obedecer ordens o tempo todo, principalmente na hora do sexo."

"Ora, Eva. Você sabe que não tenho interesse em bater, punir, machucar, humilhar nem tratar você como um cachorrinho. Nenhum de nós dois precisa disso." Ajeitando-se na cadeira, Gideon se curvou para a frente e apoiou os cotovelos na mesa. "Você é a coisa mais importante da minha vida, é o meu tesouro. Quero proteger você e fazer com que se sinta segura. É por isso que estamos conversando sobre isso."

Minha nossa. Como é que ele conseguia ser tão maravilhoso e tão insano ao mesmo tempo? "Eu não preciso ser dominada!"

"Você precisa é de alguém em quem confiar... Não. Quieta, Eva. Espere até eu terminar."

Meu protesto virou silêncio.

"Você me pediu para reavivar seu corpo fazendo coisas que antes eram dolorosas e assustadoras. Não sei nem dizer o que significa essa confiança pra mim, e como eu me sentiria caso fizesse algo e acabasse perdendo isso. Não posso arriscar, Eva. Precisamos fazer do jeito certo."

Cruzei os braços. "Acho que sou muito burra mesmo. Pensei que nossa vida sexual fosse o máximo."

Pondo o cálice sobre a mesa, Gideon continuou falando como se eu não tivesse dito nada. "Você me pediu pra satisfazer uma necessidade sua, e eu concordei. Agora precisamos..."

"Se não sou o que você quer, pode dizer de uma vez!" Pus meu cálice e o porta-retratos sobre a mesa antes que fizesse alguma coisa com eles de que depois me arrependesse. "Não precisa ficar dando voltas..."

Ele contornou a mesa e chegou até mim antes que eu pudesse dar um ou dois passos atrás, cobrindo minha boca com a dele e me aprisionando em seus braços. Como já havia feito antes, ele me levou até uma parede e me segurou contra ela, agarrando meus punhos e erguendo-os sobre minha cabeça.

Não pude fazer nada quando ele dobrou os joelhos e começou a esfregar o pênis ereto no meio das minhas pernas. Uma vez, depois outra. A seda criava atrito com meu clitóris. Seus dentes se fechando sobre meu mamilo coberto me fizeram estremecer, enquanto o cheiro de sua pele recém-lavada me intoxicava. Prendendo a respiração, soltei-me em seus braços.

"Viu como você se submete em um instante quando assumo o controle?" Ele beijou minhas sobrancelhas, e eu as levantei de surpresa. "E é gostoso, não é? É a coisa mais certa a fazer."

"Isso não é justo." Olhei bem para ele. O que esperava que eu respondesse? Perturbada e confusa como estava, eu só poderia concordar.

"Claro que é. E é verdade."

Meus olhos se alternavam entre seus cabelos negros e sedosos e as feições bem desenhadas de seu rosto incomparável. O desejo que me abateu era tão agudo que chegava a doer. O trauma que ele escondia me fazia amá-lo ainda mais. Havia momentos em que parecia que eu encontraria outra parte de mim dentro dele.

"Não consigo evitar, quando você me deixa com tesão", murmurei. "Meu corpo é programado fisiologicamente pra amolecer e relaxar, pra você poder enfiar seu pau enorme em mim."

"Eva. Vamos ser sinceros. Você *quer* que eu esteja no controle. É importante pra você poder confiar em mim, saber que vou cuidar de você. Não tem nada de errado nisso. E o mesmo vale pra mim — preciso que você confie em mim a ponto de abrir mão do controle."

Não conseguia pensar com ele ali grudado em mim, atormentando meu corpo com o contato tão próximo. "Eu *não sou* submissa."

"Comigo você é. Se pensar bem, você vai ver que está tentando me dizer isso desde o começo."

"Você é bom de cama! E tem mais experiência. Claro que eu deixo você fazer o que quiser comigo." Mordi o lábio inferior para fazer com que parasse de tremer. "Desculpe se não sou tão interessante como você."

"Não é nada disso, Eva. Você sabe que adoro transar com você. Se pudesse, não faria mais nada da vida. Não estamos falando de brincadeirinhas que me excitam."

"Então estamos falando do que *me* excita? É isso?"

"É. Foi o que eu pensei." Ele franziu a testa. "Você está chateada. Eu não queria... droga. Pensei que falar a respeito fosse ajudar."

"Gideon." Meus olhos arderam, depois se encheram de lágrimas. Ele parecia tão magoado e confuso quanto eu. "Você está cortando meu coração."

Ele soltou meus pulsos, deu um passo atrás e me pegou no colo, carregando-me do seu escritório até o corredor, diante de uma porta fechada. "Vire a maçaneta", ele disse baixinho.

Entramos em um quarto iluminado a luz de velas, ainda cheirando a tinta fresca. Durante alguns segundo fiquei desorientada, sem entender como saímos do apartamento de Gideon diretamente para meu quarto.

"Não estou entendendo." Dizer aquilo era um eufemismo, mas minha mente não conseguia vencer a perplexidade de ser transportada de uma casa para outra. "Você... mudou meu quarto pra cá?"

"Não exatamente." Ele me pôs no chão, mas continuou me prendendo com um dos braços. "Eu recriei seu quarto com base na foto que tirei de você dormindo."

"*Por quê?*"

O que era aquilo? Quem em sã consciência faria uma coisa daquelas? O objetivo era me impedir de vê-lo tendo pesadelos?

Esse pensamento aumentou o aperto em meu coração. Era como se Gideon e eu nos afastássemos ainda mais a cada momento.

Suas mãos acariciavam meu cabelo molhado, o que só fazia crescer minha agitação. Minha vontade era de rejeitar seu toque e impor uma distância de no mínimo um cômodo entre nós. Talvez dois.

"Quando você sentir vontade de fugir", ele falou com um tom de voz suave, "pode vir até aqui e fechar a porta. Prometo que não vou incomodar até você sair. Assim você pode ter um porto seguro, e eu posso saber que não me deixou."

Um milhão de perguntas e especulações surgiram na minha mente, mas a primeira coisa que saiu da minha boca foi: "A gente vai continuar dormindo na mesma cama?".

"Todas as noites." Ele beijou minha testa. "De onde você tirou essa ideia? Fale comigo, Eva. O que está passando por essa sua cabecinha linda?"

"O que está passando pela *minha* cabeça?", eu explodi. "Que porra está acontecendo com a sua? O que você andou fazendo durante os quatro dias que ficamos separados?"

Ele cerrou os dentes. "Nós nunca nos separamos, Eva."

O telefone tocou na outra sala. Soltei um palavrão inaudível. Queria conversar e queria que ele sumisse da minha frente, tudo ao mesmo tempo.

Gideon me pegou pelos ombros, depois me soltou. "O jantar chegou."

Não o segui imediatamente depois que ele saiu. Estava abalada demais para comer. Em vez disso, deitei naquela cama exatamente igual à minha, agarrei-me num travesseiro e fechei os olhos. Não ouvi quando Gideon voltou, mas notei sua presença quando ele ficou parado ao lado da cama.

"Por favor, não me faça comer sozinho", ele disse para minhas costas imóveis.

"Por que não ordena que eu coma com você logo de uma vez?"

Ele suspirou, depois subiu na cama e se deitou junto a mim.

O calor de seu corpo era bem-vindo, espantando a frieza que havia feito minha pele se arrepiar. Ele ficou um tempão ao meu lado sem dizer nada, simplesmente oferecendo o conforto de sua companhia. Ou talvez se confortando com a minha.

"Eva." Seus dedos acariciaram meu braço por cima do robe de seda. "Não aguento ver você triste. Fale comigo."

"Não sei o que dizer. Pensei que estávamos finalmente começando a nos entender." Agarrei o travesseiro com mais força.

"Não precisa ficar tensa, Eva. Dói muito quando você se afasta de mim."

Eu me sentia como se ele estivesse me *empurrando* para longe.

Rolei na cama e deitei-o de costas, depois montei sobre ele, e meu robe se abriu quando me ajeitei sobre seus quadris. Acariciei com as mãos seu peito largo e feri sua pele bronzeada com as unhas. Meus quadris começaram a se mexer, esfregando meu sexo desnudo sobre seu pau. Através da seda fina de sua calça de pijama, eu conseguia sentir sua ereção por inteiro. Pela maneira como seus olhos se perderam e sua boca se abriu quando ele começou a ofegar, eu sabia que ele também estava me sentindo da maneira como deveria.

"Isto é tão ruim assim pra você?", perguntei, sem interromper o movimento. "Ou você está deitado aí pensando que não está me satisfazendo só porque eu estou no comando?"

Gideon pôs as mãos em minhas coxas. Até mesmo esse movimento inofensivo passava a impressão de que era ele quem estava no controle.

Aquela determinação que eu havia detectado pouco tempo antes, a impressão de que ele tinha um objetivo em mente, de um momento para o outro fez todo o sentido para mim — ele não estava mais impondo limites a seu desejo.

Naquele momento sua enorme força interior estava apontada para mim como uma explosão de calor.

"Já falei." A voz dele estava rouca. "Quero você do jeito que for."

"Que seja. Não pense que não sei que você está comandando tudo mesmo por baixo."

Ele abriu um sorriso convencido.

Deslizando para baixo, provoquei seu mamilo com a ponta da língua. Cobri seu corpo com o meu, assim como ele havia feito comigo antes, esticando-me sobre seus quadris e suas pernas, agarrando sua bunda durinha para mantê-lo bem apertado contra mim. Seu pau estava duro como pedra junto à minha barriga, o que só me deixou ainda mais sedenta por ele.

"Você vai me castigar me dando prazer?", ele perguntou baixinho. "Porque você é capaz de fazer isso. Você tem o poder de me deixar de joelhos, Eva."

Afundei a cabeça em seu peito e soltei o ar dos pulmões em uma bufada. "Quem me dera."

"Por favor, não fique tão preocupada. Vamos superar isso, assim como todo o resto."

"Você diz as coisas com tanta certeza." Estreitei os olhos ao encará-lo. "Só está querendo provar seu ponto de vista."

"E você, o seu." Gideon passou a língua pelos lábios, e eu senti um pedido silencioso de atenção bem no meio das minhas pernas.

Seus olhos irradiavam um brilho radiante de emoção. O que quer que fosse que estivesse acontecendo com nosso relacionamento, não havia dúvidas de que estávamos apaixonadíssimos um pelo outro.

E eu estava prestes a oferecer uma demonstração carnal desse fato.

O pescoço dele se curvou quando minha boca começou a se mover por seu tronco. "Oh, Eva."

"Prepare-se pra perder a cabeça, senhor Cross."

E foi isso que aconteceu. Fiz de tudo para que assim fosse.

Sentindo-me toda orgulhosa do meu desempenho na cama e da minha energia feminina, sentei-me à mesa com Gideon e o lembrei de como estava pouco tempo antes — ofegante e encharcado de suor, dizendo palavrões enquanto eu saboreava sem pressa seu corpo lascivo.

Ele comeu um pedaço do filé, que ainda estava quente por ter sido mantido em uma gaveta aquecida, e disse calmamente: "Você é insaciável".

"Dã. Você é lindo, gostoso e muito bem dotado."

"Fico feliz com sua aprovação. Também sou podre de rico."

Fiz um gesto desdenhoso com a mão, que englobava seu apartamento, que sozinho devia valer uns cinquenta milhões de dólares. "Quem se importa com isso?"

"Ora, eu, por exemplo." Ele sorriu.

Espetei com o garfo minha batata frita. A comida do Peter Luger era quase tão boa quanto sexo. Quase. "Seu dinheiro só me interessa se você puder parar de trabalhar e virar meu escravo sexual."

"Em termos financeiros, isso é possível, sim. Mas você se cansaria de mim e me daria um pé na bunda. E depois disso eu faria o quê?" Ele parecia estar se divertindo com a conversa. "Acho que você provou seu ponto de vista, não é?"

Terminei de mastigar e depois falei: "Quer que eu prove de novo?".

"O fato de você ainda estar com tesão só comprova o *meu* ponto de vista."

"Humm." Dei um gole no vinho. "Resolveu fazer suposições agora?"

Ele me fuzilou com o olhar e comeu mais um pedaço da carne mais macia que eu já tinha experimentado.

Incomodada e inquieta, respirei profundamente e perguntei: "Se não estivesse satisfeito com a nossa vida sexual, você me diria?".

"Não seja ridícula, Eva."

Quem mais traria esse assunto à tona depois de quatro dias de separação? "Tenho certeza de que não ajuda muito eu não ser do tipo com que você costuma sair. E nunca usamos nenhum daqueles brinquedinhos que você tem no hotel..."

"Pode parar por aí mesmo."

"Como é?"

Gideon largou os talheres. "Não vou ficar aqui parado ouvindo você destruir sua autoestima."

"Ah, é? Então só você tem o direito de falar?"

"Pode me provocar o quanto quiser, Eva, não vou te comer agora."

"Quem disse que..." Fiquei quieta quando vi que ele estava rindo. E era verdade. Eu ainda estava fim. Queria tê-lo em cima de mim, morrendo de tesão, assumindo a responsabilidade pelo meu prazer e pelo dele.

Ao sair da mesa, ele disse apenas: "Espere aqui".

Gideon voltou pouco depois, deixando uma caixinha de anel ao lado do meu prato e retomando seu lugar no assento. Aquilo me atingiu como uma pancada. A primeira reação foi de medo, e me fez gelar. A segunda foi de desejo, e fez um calor se espalhar por meu corpo.

Minhas mãos tremiam. Agarrei os dedos e percebi que meu corpo todo estava tremendo. Sem saber o que pensar, olhei bem para Gideon.

Sentir seus dedos acariciando meu rosto ajudava a aliviar um pouco a ansiedade que tomou conta de mim, abrindo espaço para um terrível desejo.

"Não é *esse tipo* de anel", ele sussurrou gentilmente. "Ainda não. Você ainda não está pronta."

Alguma coisa se despedaçou dentro de mim. Mas depois senti um grande alívio. Era *mesmo* cedo demais. Nenhum de nós estava pronto ainda. Mas, se havia alguma dúvida sobre a intensidade do meu amor por Gideon, ela foi definitivamente dissipada naquele momento.

Concordei com a cabeça.

"Abra", ele falou.

Com toda a cautela, puxei a caixinha mais para perto e abri a tampa. "Oh."

Aninhado no forro de veludo preto, havia um anel como nenhum outro. Camadas de ouro entrelaçadas como em uma corda e unidas por pequenas cruzes cobertas de diamantes.

"Amarras", murmurei, "sustentadas pelas cruzes." A associação das cruzes ao nome *Cross* foi inevitável.

"Não exatamente. Vejo a corda como uma representação de suas múltiplas camadas, não como uma amarra. E, sim, as cruzes são as intersecções entre mim e você. Nossos dedos entrelaçados." Ele terminou seu vinho e reabasteceu nossas taças.

Eu permanecia inquieta, aturdida, tentando absorver aquilo. Tudo o que ele havia feito durante o período em que não nos falamos — as fotos, o anel, a visita ao dr. Petersen, a réplica do quarto, e a pessoa que andou me seguindo — me dizia que seus pensamentos estavam voltados para mim na maior parte do tempo, se não o tempo todo.

"Você devolveu minhas chaves", sussurrei, lembrando o quanto aquilo havia me magoado.

Ele estendeu a mão e a pôs sobre a minha. "Fiz isso por várias razões. Você saiu daqui vestindo apenas um robe, Eva, e sem as chaves de casa. Não gosto nem de imaginar o que teria acontecido se Cary não estivesse em casa pra abrir a porta pra você assim que chegou lá."

Levei sua mão até a boca e a beijei, depois a larguei e fechei a caixinha com o anel. "É lindo, Gideon. Obrigada. Significa muito pra mim."

"Mas você não vai usar." Aquilo não foi uma pergunta.

"Depois do que falamos hoje, fica parecendo uma coleira."

Ele acabou concordando: "Você não deixa de ter razão".

Eu estava com o coração na mão. Quatro noites sem conseguir dormir direito não tinham ajudado em nada. Era impossível para mim entender por que ele me queria tanto, apesar de sentir a mesma coisa a seu respeito. Havia milhares de mulheres em Nova York que poderiam tomar o lugar que eu ocupava em sua vida, mas só existia um Gideon Cross.

"Sinto que estou decepcionando você, Gideon. Depois de tudo o que conversamos hoje... Acho que é o início do fim."

Arrastando sua cadeira para trás, ele se inclinou para mim e acariciou meu rosto. "Não é."

"Quando vamos falar com o doutor Petersen?"

"Eu vou sozinho às terças. Quando você conversar com ele e topar fazer a terapia de casal, podemos ir juntos às quintas."

"Duas horas por semana, toda semana. Sem contar o trajeto de ida e volta. É um compromisso e tanto." Também me inclinei e tirei o cabelo de seu rosto. "Obrigada."

Gideon beijou a palma da minha mão. "Não é sacrifício nenhum, Eva."

Ele voltou ao escritório para trabalhar um pouco antes de dormir, e eu levei a caixinha com o anel comigo para a suíte principal. Olhei para ele mais um pouco enquanto escovava os dentes e os cabelos.

Havia ainda um resquício de desejo sob minha pele, um nível permanente de excitação que não fazia muito sentido levando em consideração o número de orgasmos que tive ao longo do dia. Era mais uma necessidade emocional de estabelecer uma relação com Gideon, de garantir para mim mesma que estava tudo bem entre nós.

Com a caixinha nas mãos, fui até meu lado na cama de Gideon e a deixei no criado-mudo. Queria que ela fosse a primeira coisa que eu visse na manhã seguinte, depois de uma boa noite de sono.

Com um suspiro, deixei meu belíssimo robe novo no pé da cama e deitei. Depois de me virar inquietamente de um lado para o outro por um bom tempo, enfim adormeci.

Acordei no meio da noite com o coração disparado e a respiração acelerada. Desorientada, fiquei imóvel por alguns instantes, tentando despertar e lembrar onde estava. Fiquei toda tensa quando me dei conta, tentando captar algum sinal de que Gideon estava tendo outro pesadelo. Quando percebi que ele estava deitado tranquilamente ao meu lado, com a respiração profunda e serena, soltei um suspiro de alívio.

A que horas ele teria ido para a cama? Depois dos dias que passamos separados, fiquei com medo de que ele quisesse ficar um tempo sozinho.

Então tudo fez sentido. Eu estava *excitada*. Dolorosamente, até.

Meus seios estavam duros e pesados, os mamilos, rígidos e pontudos. Meu ventre doía, e eu estava toda molhadinha. Deitada na escuridão noturna, descobri que meu corpo tinha me acordado para atender às suas necessidades. Eu teria sonhado com alguma coisa de conteúdo erótico? Ou bastava a presença de Gideon ali ao meu lado?

Apoiei-me sobre os cotovelos e olhei para ele. Estava coberto só até a cintura, com o peito e os braços para fora. O braço direito estava sobre a cabeça, emoldurando a cascata de cabelos negros em torno de seu rosto. O braço esquerdo estava entre nós, sobre os cobertores, com a mão fechada mas relaxada, dando um descanso à rede de veias grossas que cruzavam seu antebraço. Mesmo em repouso ele parecia poderoso e feroz.

A tensão dentro de mim foi crescendo, assim como a noção de que eu estava sendo atraída pela pressão silenciosa de sua vontade admirável. Era impossível que ele exigisse minha rendição enquanto dormia, mas ainda assim era o que parecia. Era como se uma corda invisível esticada entre nós me puxasse em sua direção.

O latejar no meio das minhas pernas ficou insuportável, e eu pressionei com uma das mãos aquela pulsação violenta, na esperança de aliviar o incômodo. Aquilo só tornou as coisas piores.

Eu não conseguia ficar parada. Joguei as cobertas para longe, pus as pernas para fora da cama e pensei em tomar um copo de leite quente com a bebida que Gideon tinha me dado mais cedo. Detive esse impulso abruptamente, voltando-me para o brilho do couro da caixinha com o anel à luz do luar. Pensei na joia que havia lá dentro e meu desejo se fortaleceu ainda mais. Naquele momento, a ideia de ser posta em uma coleira por Gideon me levou às raias da loucura.

É só tesão, repreendi a mim mesma.

Uma das garotas do meu grupo certa vez contou que seu "dono" podia usar seu corpo a qualquer hora e da maneira que quisesse, exclusivamente para o prazer dele. Uma ideia que não me pareceu nem um pouco sexy... até Gideon entrar na jogada. Eu adorava dar prazer a ele. Fazê-lo gozar. Por gosto, sem pedir nada em troca.

Acariciei com os dedos a tampa da caixinha. Com um suspiro trêmulo, eu a abri. Um instante depois estava sentindo o metal frio do anel escorregando em um dedo da mão direita.

"Você gostou, Eva?"

Senti um tremor por todo o corpo ao ouvir a voz de Gideon, mais profunda e áspera do que nunca. Ele estava acordado, olhando para mim.

Fazia quanto tempo que tinha acordado? Ele teria captado meu desejo durante o sono, da mesma forma que eu?

"Eu amei." *Assim como amo você.*

Deixando a caixinha de lado, virei a cabeça e o vi ali sentado. Seus olhos brilhavam de tal modo que me excitaram ainda mais, o que parecia impossível, mas também me encheram de medo. Era um olhar sem nenhum tipo de freio ou filtro, como aquele que me fez literalmente cair de costas quando nos conhecemos — penetrante e possessivo, carregado de ameaças de prazer. Seu lindo rosto parecia cruel em meio às sombras. Seu maxilar se manteve cerrado enquanto ele levantava minha mão e beijava o anel que havia me dado.

Eu me ajoelhei na cama e joguei os braços sobre seus ombros. "Me use como quiser. Carta branca."

Ele agarrou e apertou bem forte minha bunda. "Como você se sente dizendo isso?"

"É quase tão bom quanto a sensação que vou sentir quando você me fizer gozar."

"Ah, um desafio." Ele começou a roçar de leve a língua nos meus lábios, tentando-me com um beijo que estava sendo deliberadamente negado a mim.

"Gideon!"

"Deite-se de costas, meu anjo, e agarre o travesseiro com as duas mãos." Ele abriu um sorriso perverso. "Não solte por motivo nenhum. Entendeu?"

Eu obedeci engolindo em seco, com tanto tesão que achei que ia gozar só de sentir os espasmos incessantes do meu sexo faminto.

Ele chutou as cobertas para o pé da cama. "Abra as pernas e segure os joelhos."

Perdi o fôlego, e meus mamilos endureceram ainda mais, fazendo meus seios doerem. Como Gideon ficava sexy daquele jeito. Eu arfava de excitação, com a cabeça a mil diante das possibilidades que se abriam. No meio das pernas, eu tremia de vontade.

"Oh, Eva", ele disse, escorregando um dedo para dentro de mim. "Olhe só como você está faminta por mim. Manter essa bocetinha linda satisfeita é um trabalho de tempo integral."

Aquele único dedo firme abriu caminho dentro de mim, afastando os tecidos inchados. Eu me apertei toda em torno dele, chegando tão perto do orgasmo que fiquei com água na boca. Ele tirou o dedo e o levou à boca, saboreando o gosto que tinha ficado em sua pele. Meus quadris se remexiam independentemente da minha vontade, meu corpo inteiro se inclinava para ele.

"É culpa sua se estou com tanto tesão", eu disse, quase sem fôlego. "Você deixou de cumprir sua obrigação durante vários dias."

"Então é melhor compensar o tempo perdido." Deitando de bruços, ele posicionou os ombros sob minhas coxas e contornou com a ponta da língua a entrada sedenta do meu corpo. E de novo e de novo. Ignorando meu clitóris e se recusando a me comer até que eu implorasse.

"Gideon, por favor."

"Shh. Preciso deixar você pronta primeiro."

"Estou pronta. Desde antes de você acordar."

"Então deveria ter me acordado mais cedo. Vou estar sempre à disposição pra você, Eva. Eu vivo pra agradar você."

Gemendo de desespero, remexi meus quadris naquela língua enlouquecedora. Só quando percebeu que eu havia perdido as estribeiras, ansiando pelo toque de qualquer parte sua que pudesse entrar em mim, Gideon se posicionou entre minhas pernas abertas, apoiando os antebraços sobre a cama.

Ele olhou bem pra mim. Seu membro, febril e duro como pedra, estava prestes a entrar na minha abertura úmida. Eu sentia que precisava mais dele dentro de mim do que do ar que respirava. "Agora", eu disse quase sem fôlego. "Agora."

Com um movimento preciso dos quadris, ele investiu profundamente contra mim, fazendo-me afundar na cama.

"Ai, nossa", soltei, convulsionando-me em êxtase em torno daquela massa carnal que havia tomado posse do meu corpo. Era assim que eu o queria desde nossa conversa no escritório, o que desejava quando explorei sua ereção impecável antes do jantar, o que eu precisava mesmo depois de gozar com ele dentro de mim.

"Não goze agora", ele sussurrou na minha orelha, agarrando meus seios e torcendo de leve meus mamilos com os polegares e os indicadores.

"*Quê?*" Eu tinha quase certeza de que, se ele respirasse mais fundo, já seria suficiente para me fazer gozar.

"E não largue o travesseiro."

Gideon começou a se mover em um ritmo lento e preguiçoso. "Você vai gostar", ele murmurou, acariciando com o rosto um ponto sensível atrás da minha orelha. "Você adora agarrar meu cabelo e cravar as unhas nas minhas costas. E, quando está prestes a gozar, gosta de apertar minha bunda e me puxar ainda mais pra dentro. Fico com muito tesão quando te vejo enlouquecer desse jeito, mostrando como gosta de me ter dentro de você."

"Não é justo", resmunguei, ciente de que aquilo era uma provocação deliberada. A cadência de sua voz rouca estava em perfeita sintonia com o movimento incansável de seus quadris. "Isso é tortura."

"Ninguém nunca perde por esperar." Sua língua contornou a parte de fora da minha orelha, depois mergulhou lá para dentro ao mesmo tempo que ele beliscava meus mamilos.

Afundei na cama quando ele veio para dentro de mim de novo, e por pouco não gozei. Gideon conhecia bem demais meu corpo, seus segredos e suas zonas erógenas. Ele estava enfiando o pau em mim com maestria, estimulando sempre o mesmo pontinho, cujas terminações nervosas estremeciam de prazer.

Rebolando os quadris, Gideon começou a abrir espaço dentro de mim, explorando outras partes. Soltei um gemido doloroso, ardendo de desejo por ele, desesperadamente entregue. Meus dedos doíam, tamanha a força com que eu apertava o travesseiro. Minha cabeça se contorcia para deter a necessidade imperativa do orgasmo. Ele poderia me fazer gozar simplesmente se esfregando dentro de mim — era o único homem que eu conhecia capaz de me provocar um intenso orgasmo vaginal.

"Não goze", ele repetiu, sussurrando. "Faça este momento durar."

"Eu n-não consigo. É bom demais. Minha nossa, Gideon..." As lágrimas escorriam do canto dos meus olhos. "Estou... atordoada por você."

Chorei baixinho, com medo de usar a palavra que eu de fato gostaria de dizer — e que rimava com aquela, e começava com a mesma letra — cedo demais e perturbar o delicado equilíbrio que havia entre nós.

"Oh, Eva." Ele acariciou meu rosto com o dele. "Devo ter desejado você com tanta força e com tanta frequência que tudo acabou virando realidade."

"Por favor", eu implorei, falando baixinho. "Mais devagar."

Gideon abaixou a cabeça e olhou para mim, escolhendo esse momento para beliscar meus mamilos com mais força, provocando uma pontadinha de dor. Os músculos delicados do meu ventre se contraíram de tal maneira que a próxima estocada certamente o faria gemer.

"Por favor", pedi mais uma vez, tremendo por causa do esforço que fazia para adiar o clímax que se acumulava dentro de mim. "Se você não for mais devagar vou gozar."

Seus olhos estavam grudados nos meus, e seus quadris moviam-se num ritmo constante que aos poucos ia destruindo minha sanidade mental. "Você não quer gozar, Eva?", ele provocou com uma voz que me arrastaria até o inferno com um sorriso no rosto. "Não é por isso que você está esperando a noite toda?"

Joguei o pescoço para trás ao sentir seus lábios percorrendo minha garganta. "Só quando você deixar", respondi, sem fôlego. "Só... quando você mandar."

"Meu anjo." Uma de suas mãos se levantou até meu rosto, removendo os fios de cabelos que a transpiração fez grudar na minha pele. Ele me beijou profundamente, com reverência, explorando minha boca com a língua.

Humm...

"Goze pra mim", ele murmurou, acelerando o ritmo. "Goze, Eva."

Ao seu comando, o orgasmo me atingiu como uma explosão, deixando meu organismo em choque com uma overdose de sensações. Ondas e mais ondas de calor percorriam meu corpo, contraindo meu sexo e enrijecendo todo o meu ventre. Gritei bem alto, a princípio um som inarticulado de agonia e prazer, depois o nome dele, que eu repetia de novo e de novo à medida que ele enfiava seu pau maravilhoso em mim, prolongando meu clímax, que depois levaria a outro.

"Me pegue", ele ordenou enquanto eu me desmanchava sob ele. "Me aperte."

Liberada da ordem de segurar o travesseiro, agarrei-me ao seu corpo molhado de suor com os braços e as pernas. Ele começou a meter com força, bem fundo, perseguindo seu próprio clímax até a exaustão.

Gideon soltou um rugido ao gozar, jogando a cabeça para trás enquanto jorrava dentro de mim por um bom tempo. Eu o mantive dentro de mim até que nossos corpos esfriassem e nossa respiração voltasse ao normal.

Quando saiu de cima de mim, ele não foi muito longe. Aninhou-se junto às minhas costas e sussurrou: "Agora durma".

Não me lembro nem de ter respondido antes de cair no sono.

18

As manhãs de segunda-feira podiam ser formidáveis quando começavam ao lado de Gideon Cross. Fomos para o trabalho com minhas costas junto a seu corpo e seus braços sobre meus ombros, para que pudéssemos atar nossas mãos.

Enquanto ele brincava com o anel que tinha me dado, estiquei as pernas e admirei os sapatos de salto alto que ele havia comprado, junto com algumas roupas, para eu usar quando dormisse em sua casa. Para começar a nova semana, eu tinha escolhido um vestido justo preto com risca de giz e um cinto azul que me lembrava de seus olhos. Ele tinha um ótimo gosto, isso eu era obrigada a admitir.

A não ser que Gideon estivesse mandando uma de suas "conhecidas" de cabelos pretos fazer essas comprinhas...

Logo afastei esse pensamento desagradável.

Quando abri as gavetas que ele separou para mim no banheiro, encontrei todos os cosméticos e produtos de higiene que costumava usar. Nem me dei ao trabalho de perguntar como ele sabia, já que provavelmente não ia gostar da resposta. Em vez disso, decidi encarar a coisa como mais uma prova de sua dedicação. Ele sempre pensava em tudo.

O ponto alto da minha manhã foi ajudar Gideon a vestir um dos seus sensualíssimos ternos. Abotoei a camisa; ele a ajeitou dentro da calça. Abotoei a braguilha; ele deu o nó na gravata. Ele vestiu o colete; fiz os últimos ajustes na peça bem cortada sobre sua camisa igualmente elegantíssima, impressionada com o fato de que *vesti-lo* podia ser uma experiência tão sexy quanto *despi-lo*. Era como embrulhar um presente para mim mesma.

O mundo todo veria a beleza da embalagem, mas só eu conhecia o homem por baixo dela e sabia como ele era precioso. Seus sorrisos mais íntimos e suas gargalhadas gostosas, a gentileza de seu toque e a ferocidade de sua paixão estavam reservados só para mim.

O Bentley sacudiu levemente ao passar por um buraco e Gideon me apertou um pouco mais em seu abraço. "Quais são seus planos para depois do trabalho?"

"Hoje começam minhas aulas de krav maga." Meu tom de voz mostrava como eu estava animada com isso.

"Ah, é verdade." Ele roçou os lábios na minha cabeça. "Você sabe que vou querer ver você aprendendo os golpes. Só de pensar já fico com tesão."

"Já não ficou bem claro que *qualquer coisa* deixa você com tesão?", provoquei, cutucando-o com o cotovelo.

"Qualquer coisa relacionada a *você*, o que é bom pra nós dois, já que você é insaciável. Me mande uma mensagem quando terminar a aula e eu passo na sua casa."

Revirando a bolsa, peguei o celular para ver se ainda estava carregado e vi uma mensagem de Cary. Era um vídeo, acompanhado de um breve texto: **Cross sabe que o irmão dele é um fdp? Fique longe de cv, gata, bjs.**

Comecei a assistir à filmagem, mas demorei um tempo para descobrir do que se tratava. Quando enfim entendi o que havia ali, senti meu sangue gelar.

"O que é isso?", Gideon perguntou com os lábios colados em meus cabelos. Depois senti seu corpo todo enrijecer atrás de mim, o que comprovava que ele estava vendo tudo.

O vídeo havia sido feito na festa dos Vidal. Pelas paredes de plantas ao redor, dava para ver que ele estava no labirinto, e pelas folhas emoldurando a imagem, dava para ver que ele estava escondido. Os protagonistas da filmagem eram um homem e uma mulher em um abraço apaixonado. A bela mulher estava aos prantos, ao passo que o homem a beijava em meio a suas palavras frenéticas e a consolava com carícias.

Estavam falando sobre mim e Gideon, dizendo que eu estava usando meu corpo para faturar alguns de seus milhões.

"Não se preocupe", Christopher disse num tom suave a uma Magdalene perturbada. "Você sabe que o interesse de Gideon nunca dura muito."

"Com ela é diferente. Acho... acho que ele está apaixonado."

Ele deu um beijo na testa dela. "Ela não faz o tipo dele."

Apertei os dedos de Gideon entre os meus.

À medida que o tempo passava, o comportamento de Magdalene aos poucos foi mudando. Ela começou a ceder ao toque de Christopher, sua voz se tornou mais suave, sua boca, mais acessível. Para um observador externo, logo ficava claro que ele conhecia bem seu corpo — sabia onde acariciar e onde apertar. Quando ela enfim reagiu à sua bem ensaiada sedução, ele levantou seu vestido e transou com ela ali mesmo. O fato de que estava se aproveitando da situação saltava aos olhos. Era visível em seu olhar triunfante de desprezo enquanto enfiava o pau em uma mulher cujos pensamentos pareciam estar muito distantes dali.

Eu mal reconheci o Christopher que vi na tela. Seu rosto, sua postura, sua voz... era como se fosse um outro homem.

Dei graças a Deus quando a bateria do meu celular acabou e a tela se apagou de repente. Gideon me abraçou.

"Credo", sussurrei, aninhando-me junto a ele com cuidado, para não manchar sua roupa de maquiagem. "Que horror. Sinto até pena dela."

Ele bufou. "Esse é o Christopher."

"Que filho da puta. Aquele olhar pretensioso na cara dele... eca." Estremeci.

Beijando meus cabelos, ele murmurou: "Pensei que com Maggie ele não faria nada. Nossas mães são amigas há anos. Acho que esqueci como ele me odeia".

"Por quê?"

Por um instante me perguntei se os pesadelos de Gideon tinham alguma coisa a ver com Christopher, mas logo afastei esse pensamento. Sem chance. Gideon era vários anos mais velho, e muito mais homem em todos os sentidos. Ele acabaria com a raça de Christopher.

"Ele acha que não recebeu atenção suficiente quando éramos crianças", Gideon respondeu com um toque de irritação, "porque estava todo mundo preocupado em saber como eu me sentia depois do suicídio de meu pai. Então ele quer tirar o que tenho. Tudo o que puder."

Eu me virei para ele, enfiando os braços sob seu paletó para me sentir ainda mais próxima. Havia algo em seu tom de voz que me fez sofrer por ele. A casa em que foi criado lhe causava pesadelos, e ele se mantinha totalmente distante de sua família.

Ele nunca havia sido amado. Era simples — e complicado — assim.

"Gideon?"

"Hã?"

Eu me afastei para olhar para ele. Depois estendi a mão e percorri com o dedo suas sobrancelhas robustas. "Eu te amo."

Um tremor tomou conta de seu corpo, e com força suficiente para que eu o sentisse também.

"Eu não queria assustar você", disse logo, olhando para o outro lado a fim de lhe proporcionar um pouco de privacidade. "Você não precisa fazer nada a respeito. Só não aguentava mais esconder como me sinto. Agora você já sabe."

Ele agarrou minha nuca com uma das mãos; a outra desceu até minha cintura e me pegou com força. Gideon me manteve assim, imobilizada, pressionada junto a ele como se fosse fugir. Sua respiração e seu pulso estavam acelerados. Ele não disse mais nada no restante do trajeto, mas também não tirou as mãos de mim.

Eu planejava dizer isso de novo algum dia no futuro, mas, para uma primeira vez, acho que até nos saímos bem.

Às dez em ponto, mandei duas dúzias de rosas vermelhas com caule longo para o escritório de Gideon, junto com um bilhete:

Uma celebração aos vestidos vermelhos e aos passeios de limusine.

Dez minutos depois, recebi um comunicado interno do edifício com um envelope e um cartão que dizia:

VAMOS FAZER ISSO DE NOVO. EM BREVE.

Às onze, mandei um arranjo preto e branco de lírios e copos-de-leite para seu escritório, também com um bilhete:

Em homenagem aos vestidos em preto e branco e
às fugidinhas pra biblioteca...

Dez minutos depois, veio a resposta:

QUERIA DAR UMA FUGIDINHA COM VOCÊ AGORA MESMO...

Ao meio-dia, sai para fazer compras. Para comprar um anel. Passei em seis lojas diferentes antes de achar o modelo perfeito. Feito de platina e cravejado de diamantes negros, com um visual industrial que me fazia pensar em poder e submissão. Era um anel dominante, ousado e masculino. Tive que abrir uma linha de crédito na loja para poder comprá-lo, mas achei que a mercadoria valia os meses de prestações que eu teria pela frente.

Liguei para o escritório de Gideon e falei com Scott, que me conseguiu uns quinze minutinhos na agenda lotada dele para uma visita.

"Muito obrigada pela ajuda, Scott."

"Você merece. Adorei ver a reação dele quando recebeu as flores. Acho que nunca o tinha visto sorrir daquele jeito."

O amor tomava conta de mim. Queria ver Gideon feliz de qualquer jeito. Como ele havia dito no dia anterior, eu vivia para agradá-lo.

Voltei a trabalhar com um sorriso no rosto. Às duas horas, mandei entregar um arranjo de lírios no escritório de Gideon com um envelope lacrado e a seguinte mensagem dentro:

Em agradecimento ao sexo selvagem.

A resposta:

ESQUEÇA O KRAV MAGA. FAÇA SUA MALHAÇÃO COMIGO.

Quando eram três horas — cinco minutos antes de meu encontro com Gideon — eu fiquei nervosa. Levantei-me da cadeira com as pernas trêmulas e assim me dirigi ao elevador para subir até seu andar. Era o momento de entregar o presente, e fiquei com medo de que ele não gostasse de anéis... afinal de contas, ele não usava nenhum.

Seria presunçoso e possessivo demais da minha parte querer que ele usasse um anel só porque eu estava usando um?

A recepcionista ruiva liberou meu acesso imediatamente e, quando Scott me viu aparecer no corredor, ficou de pé e me cumprimentou com um sorriso largo. Dirigi-me diretamente ao escritório de Gideon, e Scott fechou a porta atrás de mim.

Fui imediatamente envolvida pela adorável fragrância das flores, e fiquei surpresa ao ver a maneira como elas tornavam aquele ambiente tão tecnológico mais vivo.

Gideon desviou os olhos do monitor e ergueu as sobrancelhas ao me ver. Ele se levantou no mesmo momento. "Eva. Aconteceu alguma coisa?"

Vi quando ele saiu do papel do profissional para abrir espaço para a vida pessoal, amenizando a expressão do rosto ao olhar para mim.

"Não. É que..." Respirei fundo e caminhei na direção dele. "Trouxe uma coisa pra você."

"Mais coisas? É alguma data especial e eu não estou sabendo?"

Pus a caixinha com o anel no centro da mesa. Depois olhei para o outro lado, desconfortável. Comecei a duvidar da pertinência daquele presente comprado por impulso. Naquele momento, parecia uma ideia idiota.

O que eu poderia dizer para ele não se sentir culpado por não querer o presente? Como se já não tivesse sido constrangedor o bastante ter me declarado naquele dia, logo em seguida eu aparecia com um maldito anel. Ele provavelmente já estava se sentindo aprisionado, louco para sair correndo. E a armadilha se estreitava ainda mais...

Ouvi o barulho da caixinha sendo aberta e um suspiro. "*Eva.*"

Seu tom de voz era obscuro e perigoso. Virei-me com cautela, sentindo-me pequena diante da austeridade de seu rosto e da impassibilidade de seu olhar. Suas mãos agarravam a caixinha com firmeza.

"Exagerei?", perguntei com a voz rouca.

"Sim." Ele devolveu a caixinha à mesa redonda. "Exagerou. Não consigo ficar sossegado, não consigo me concentrar. Não consigo tirar você da minha cabeça. Estou com a cabeça longe daqui, e nunca fico assim durante o trabalho. Estou ocupado demais. E você me cerca de todos os lados."

Eu sabia muito bem que seu trabalho não era nada fácil, mas nem levei isso em conta quando senti vontade de fazer uma surpresa para ele — e depois outra e mais outra. "Desculpe, Gideon. Nem parei para pensar no que estava fazendo."

Ele se aproximou com sua passada sexy, que por si só já dava pistas do volume que havia no meio das suas pernas. "Não precisa se desculpar. Hoje está sendo o melhor dia da minha vida."

"Sério?" Ele pôs o anel no anelar direito. "Eu queria fazer um agrado pra você. Serviu? Tive que chutar o tamanho..."

"Ficou perfeito. Você é perfeita." Gideon pegou minha mão e beijou meu anel, depois ficou olhando enquanto eu fazia o mesmo. "O que sinto por você, Eva... chega até a doer."

Meu coração disparou. "E isso é ruim?"

"É maravilhoso." Ele envolveu meu rosto com as mãos, e senti a frieza metálica do anel contra a bochecha. Gideon me beijou apaixonadamente, com os lábios famintos pelos meus e a língua explorando habilmente os recantos da minha boca.

Eu queria mais, porém precisei me segurar, por saber que já tinha feito coisa demais para um dia só. Além disso, ele se distraiu com a minha visita inesperada e se esqueceu de acionar o botão que tornava opaca a parede de vidro.

"Diga de novo o que disse lá no carro", ele sussurrou.

"Humm... Não sei." Passei minha mão livre por seu colete. Estava com medo de dizer novamente que o amava. Ele foi pego de surpresa na primeira vez e não reagiu muito bem. Além disso, eu não tinha certeza de que ele entendia de fato o que aquilo significava para nós. Para ele. "Você é lindo demais, sabia? Eu sempre me surpreendo com isso, toda vez que nos encontramos. Enfim... Não quero correr o risco de assustar você."

Inclinando-se até mim, ele encostou sua testa contra a minha. "Você se arrependeu do que disse, não foi? As flores, o anel..."

"Você gostou mesmo?", perguntei ansiosamente, afastando-me para observar seu rosto, para ver se ele não estava tentando esconder a verdade. "Não quero que você use só por minha causa se não tiver gostado."

Ele acariciou o contorno da minha orelha com o dedo. "É perfeito. É como você me vê. Vou usar com o maior orgulho."

Adorei o fato de ele ter entendido o recado. Significava que ele me entendia.

"Se você está tentando me agradar só pra depois poder retirar o que disse antes...", ele começou, denunciando no olhar uma surpreendente ansiedade.

Não resisti ao apelo de seus olhos. "Eu estava sendo absolutamente sincera, Gideon."

"Você ainda vai me dizer isso de novo", ele ameaçou com um tom de voz sedutor. "Vai gritar pro mundo inteiro ouvir quando eu fizer o que estou pensando agora."

Sorri e dei um passo atrás. "Volte ao trabalho, seu tarado."

"Às cinco eu levo você pra casa." Ele ficou me olhando enquanto eu caminhava até a porta. "Quero sua bocetinha peladinha e molhadinha quando entrar no carro. Pode se tocar um pouco pra ficar no ponto, mas sem gozar, ou haverá consequências."

Consequências. Um pequeno tremor atravessou meu corpo, mas aquele era um medo com o qual eu conseguia lidar. Gideon sabia exatamente até que ponto podia ir comigo. "E você vai estar pronto pra mim?"

Ele abriu um sorriso sarcástico. "E quando é que eu *não* estou pronto pra você? Obrigado pelo dia de hoje, Eva. Adorei cada minuto."

Mandei um beijo para ele e vi a reação que causei em seus olhos. Aquele olhar permaneceu comigo durante o restante do dia.

Já eram seis horas quando consegui chegar em casa, descabelada, mas bem comida. Soube exatamente o que me esperava quando vi a limusine de Gideon me esperando no meio-fio em vez do Bentley. Ele quase me atacou quando embarquei pela porta traseira, e ainda demonstrou mais uma vez suas fenomenais habilidades orais antes de acabar comigo com todo o vigor a que tinha direito.

Dei graças a Deus por estar em forma. Caso contrário, o apetite sexual de Gideon, combinado com sua disposição aparentemente inesgotável, já teria me levado à exaustão. Não que eu pudesse reclamar.

Clancy já estava esperando por mim no saguão do prédio quando apareci esbaforida. Se ele notou meu vestido todo amassado, minhas bochechas vermelhas e meus cabelos despenteados, não disse nada. Eu me troquei correndo no apartamento e fomos direto para a academia de Parker. Estava torcendo para que ele pegasse leve, porque minhas pernas ainda estavam meio moles depois de dois orgasmos de contorcer os dedos do pé.

Quando chegamos ao antigo galpão no Brooklyn, eu estava animada e bem disposta a aprender. Mais de dez alunos estavam entretidos em exercícios diversos, com Parker supervisionando tudo e gritando palavras de incentivo à beira do tatame. Quando me viu, ele veio até mim e me conduziu até um canto mais afastado da área de combate, onde poderíamos treinar juntos.

"Então... como estão as coisas?", perguntei, numa tentativa de aliviar minha própria tensão.

Ele sorriu, exibindo um rosto interessante e atraente. "Está nervosa?"

"Um pouco."

"Vamos começar trabalhando sua força e resistência física, e também sua atenção. Vou treinar você para não travar nem hesitar diante de confrontos inesperados."

Antes de começar, eu achava que tinha uma boa dose de força e resistência física, mas descobri que tinha muito a melhorar. Começamos com uma breve introdução aos equipamentos e à estrutura do espaço, e depois passamos para uma explicação sobre posturas de luta neutras ou passivas. Nós nos aquecemos fazendo exercícios físicos básicos, e logo passamos para uma sessão de "tapas", na qual tentamos acertar os ombros e os joelhos um do outro e bloquear contra-ataques.

Parker era absurdamente bom nisso, claro, mas logo comecei a pegar o jeito. A maior parte do tempo, no entanto, foi gasto treinando luta de chão, e a isso eu me entreguei de corpo e alma. Sabia muito bem como era ficar por baixo e em desvantagem física.

Se Parker notou essa minha habilidade especial, não comentou nada.

Quando Gideon apareceu no meu apartamento mais tarde naquela noite, encontrou-me largada na banheira, toda dolorida. Apesar de já ter tomado banho depois de encontrar seu personal trainer, ele tirou a roupa e entrou na banheira atrás de mim, abraçando-me com os braços e as pernas. Gemi quando ele me apertou.

"Está tão bom assim?", ele provocou, mordendo minha orelha.

"Quem poderia imaginar que ficar rolando no chão uma hora com um cara bonito poderia ser tão cansativo?" Cary estava certo quanto ao fato de krav maga provocar hematomas. Eu já estava vendo algumas manchas escuras aparecendo sob minha pele, e nós ainda nem tínhamos começado a pegar pesado para valer.

"Eu poderia até ficar com ciúmes", disse Gideon, apertando meus seios, "se não soubesse que Smith é casado e tem filhos."

Soltei um riso de deboche ao tomar conhecimento de mais uma informação que ele não deveria ter. "E o número que ele calça, você sabe?"

"Ainda não." Ele riu do meu grunhido exasperado, e eu não conseguia deixar de sorrir ao ouvir aquele ruído tão raro.

Um dia ainda discutiríamos essa obsessão por informações, mas aquele não era o momento para isso. Nós havíamos nos desentendido demais nos últimos dias, e o aviso de Cary para que nos divertíssemos o máximo possível não saía da minha cabeça.

Brincando com o anel no dedo de Gideon, contei sobre a conversa que havia tido com meu pai no sábado. Seus colegas policiais estavam pegando no pé dele por eu estar namorando o famoso Gideon Cross.

Ele suspirou. “Sinto muito.”

Eu me virei para olhá-lo. “Não é culpa sua ser notícia. É assim mesmo quando se é tão lindo.”

“Um dia desses”, ele disse, seco, “vou descobrir se meu rosto é uma vantagem ou uma desgraça.”

“Bom, caso a minha opinião valha alguma coisa, adoro seu rosto.”

Ele sorriu e acariciou minha bochecha. “Sua opinião é a única que importa. E a do seu pai. Quero que ele goste de mim, Eva, e não que fique pensando que estou expondo a filha dele a invasões de privacidade.”

“Você vai conseguir conquistar meu pai. Tudo o que ele quer é me ver segura e feliz.”

Ele relaxou visivelmente e me puxou mais para perto. “Eu faço você feliz?”

“Sim.” Apoiei o queixo em seu peito. “Adoro ficar com você. Quando não estamos juntos, sinto muito a sua falta.”

“Você disse que não queria mais brigar”, ele murmurou com a boca colada no meu cabelo. “Isso me incomodou. Você está ficando cansada de me ver estragar tudo o tempo todo?”

“Você não estraga tudo o tempo todo. Eu também fiz um monte de cagadas. Relacionamentos são coisas complicadas, Gideon. E na maior parte das vezes não incluem um sexo maravilhoso como o nosso. Temos muita sorte, na verdade.”

Ele pegou um pouco de água com a mão e despejou nas minhas costas, de novo e de novo, acalmando-me com seu calor constante. “Nem me lembro direito do meu pai.”

“Ah, é?” Tentei não ficar toda tensa nem revelar minha surpresa. Ou minha empolgação completa e minha vontade desesperadora de conhecê-lo melhor. Ele nunca havia falado sobre sua família antes. Eu estava me segurando para não enchê-lo de perguntas, porque não queria forçar a barra...

Gideon soltou um suspiro profundo. Alguma coisa nesse gesto fez com que eu erguesse a cabeça e deixasse a prudência de lado.

Passei a mão pelos músculos poderosos de seu peitoral. “Quer falar sobre o que consegue lembrar?”

“São só... impressões vagas. Ele não ficava muito em casa. Trabalhava muito. Acho que minha determinação vem daí.”

"Você pode ter herdado dele o gosto pelo trabalho, mas para por aí."

"Como é que você sabe?", ele rebateu, desafiador.

Olhando para cima, afastei os cabelos de seu rosto. "Desculpe, Gideon, mas seu pai era um picareta que escolheu o caminho mais fácil. Você não é assim, não é como ele."

"Não nesse sentido." Ele fez uma pausa. "Mas acho que ele nunca aprendeu a desenvolver uma relação de verdade com outras pessoas, a se preocupar com outras coisas além de suas necessidades imediatas."

Olhei bem para ele. "É assim que você se vê?"

"Não sei", ele respondeu em voz baixa.

"Bom, eu sei, e não é nada disso." Dei um beijo na ponta de seu nariz. "Você sabe cuidar muito bem das pessoas."

"Espero que sim." Ele me apertou entre seus braços. "Não consigo nem imaginar você com outra pessoa, Eva. Só a ideia de que outro homem possa ver você assim... possa encostar em você... Não gosto de me sentir desse jeito."

"Isso não vai acontecer, Gideon." Eu sabia como ele se sentia. Não seria capaz de aguentar o tranco se ele tivesse a mesma intimidade com outra mulher.

"Você mudou tudo na minha vida. Não suportaria te perder."

Eu o abracei. "E eu digo o mesmo."

Puxando minha cabeça para trás, Gideon beijou minha boca apaixonadamente.

Em poucos momentos ficaria clara nossa intenção de espalhar água pelo banheiro inteiro. Recuei. "Preciso comer se for fazer isso de novo, seu tarado."

"Falou a mulher que está esfregando o corpo nu no meu." Ele se recostou na banheira com um sorriso perverso.

"Vamos pedir comida chinesa barata e direto da caixa."

"Vamos pedir comida chinesa de verdade e fazer isso."

19

Cary se juntou a nós para jantar — comida chinesa de ótima qualidade, uma boa taça de vinho e a programação de segunda à noite na TV. Enquanto trocávamos de canal e ríamos dos nomes hilariantes de certos reality shows, vi dois homens importantíssimos na minha vida relaxando e se divertindo juntos. Eles se deram bem, ficavam se desafiando e se xingando daquela maneira brincalhona tão habitual entre os homens. Nunca tinha visto esse lado de Gideon antes, e adorei.

Enquanto eu ocupava uma lateral inteira do sofá modulado, os dois estavam sentados no chão de pernas cruzadas, usando a mesinha de centro como mesa de jantar. Eles usavam calça larga de agasalho e camiseta justa, e eu só apreciava a vista. Eu era ou não era uma garota de sorte?

Estalando os dedos, Cary fez um preâmbulo dramático antes de abrir seu biscoito da sorte. "Vamos ver. Vou ser rico? Famoso? Estou prestes a conhecer o homem ou a mulher dos meus sonhos? Vou visitar terras distantes? O que saiu no de vocês?"

"O meu era uma porcaria", eu disse. "*No fim tudo será revelado*. Dã. Eu não precisava de previsão nenhuma pra descobrir isso."

Gideon abriu o seu e leu em voz alta: "*A prosperidade baterá à sua porta em breve*".

Dei risada.

Cary olhou para mim. "Você roubou o biscoito de alguém, Cross."

"É melhor manter Cary à distância do seu biscoito", eu disse, brincando.

Gideon se inclinou na minha direção e roubou metade do meu. "Não se preocupe, meu anjo. Seu biscoito é o único que me interessa." Ele o jogou na boca e piscou para mim.

"Ei", protestou Cary. "Já para o quarto, vocês dois." Ele quebrou seu biscoito da sorte com um gesto floreado, e logo depois ficou furioso: "Que porra é essa?".

Eu me inclinei para a frente. "O que está escrito aí?"

"Confúcio diz", Gideon impostou a voz, "o homem de uma perna só tem sempre um pé no passado."

Cary atirou metade de seu biscoito em Gideon, que o apanhou com habilidade e sorriu.

"Dê isso aqui." Tomei o papelzinho da mão de Cary e li. Imediatamente caí na risada.

"Vá se foder, Eva."

"E então?", Gideon quis saber.

"*Pegue outro biscoito.*"

Gideon abriu um sorriso. "Até os biscoitos estão zoando com a sua cara."

Cary atirou a outra metade do biscoito.

Era uma noite como tantas outras que passei com Cary na época da SDSU, o que despertou meu interesse sobre como Gideon devia ser na época da faculdade. Pelo que tinha lido na imprensa, sabia que ele tinha se formado na Columbia, mas saiu antes da pós-graduação para expandir os negócios.

Ele tinha amigos por lá? Fazia parte de alguma fraternidade, ia a festas, ficava bêbado, transava por aí? Ele era um homem tão controlado que eu não conseguia imaginá-lo num momento de descontração, ainda que fosse exatamente isso o que estávamos fazendo ali.

Ele olhou para mim, ainda sorrindo, e meu coração disparou dentro do peito. Pela primeira vez eu o via como alguém de sua idade, jovem e simpático, apesar de sério — enfim, uma pessoa normal. Nesse momento, éramos só um casal de vinte e poucos anos se divertindo em casa com um colega de apartamento e um controle remoto. Ele era simplesmente meu namorado, nada mais. Tudo parecia gostoso e descomplicado, o tipo de ilusão que tinha um enorme apelo para mim.

O interfone tocou e Cary levantou em um pulo para atender. Ele me olhou e sorriu. "Pode ser Trey."

Cruzei os dedos.

Minutos depois, porém, quando Cary abriu a porta, quem

entrou foi a loira alta com quem eu tinha cruzado na outra noite.

"Oi", ela disse, atacando o que restou do jantar sobre a mesa. A loira espichou os olhos para Gideon quando ele educadamente se levantou com toda a beleza de movimentos a que estava acostumado. Ela deu um sorrisinho falso para mim, e logo em seguida fez sua melhor pose de supermodelo para meu namorado enquanto estendia a mão para ele. "Tatiana Cherlin."

Ele apertou sua mão. "Sou o namorado de Eva."

Fiquei surpresa com a maneira como ele se apresentou. Estaria protegendo sua identidade? Queria estabelecer certa distância entre eles logo de cara? Fosse como fosse, gostei da resposta.

Cary reapareceu com uma garrafa de vinho e duas taças. "Vamos lá", ele disse, apontando para o quarto.

Tatiana se despediu com um rápido aceno e foi atrás de Cary. Quando ela estava de costas, chamei a atenção de Cary para que ele lesse meus lábios: "O que você está fazendo?".

Ele piscou e respondeu baixinho: "Estou pegando outro biscoito".

Gideon e eu decidimos que já estava na hora de dormir, e fomos para o quarto. Enquanto nos trocávamos, quis esclarecer com ele a dúvida que surgiu durante o jantar: "Você tinha um matadouro na época da faculdade também?".

Ele tirou a camiseta antes de responder. "Como é?"

"Você sabe, um lugar como aquele seu quarto de hotel. Você é um cara ativo. Só queria saber se você já tinha um esquema bem organizado desde aquela época."

Ele balançava a cabeça, mas naquele momento eu só tinha olhos para seu peitoral perfeito e seus quadris estreitos. "Já transei mais com você do que nos últimos dois anos da minha vida somados."

"Até parece."

"Trabalho muito, e malho que nem um condenado, exatamente para ficar exausto na maior parte do meu tempo livre. De vez em quando recebia ofertas que decidia não recusar, mas fora isso o sexo sempre foi uma coisa secundária na minha vida até conhecer você."

"Que mentira." Eu não conseguia acreditar no que estava ouvindo.

Ele me fuzilou com o olhar enquanto se dirigia ao banheiro com sua *nécessaire* preta de couro. "Continue duvidando de mim, Eva. Pague pra ver."

"O quê?" Eu o segui, aproveitando para admirar sua bunda enquanto andava. "Você vai provar que o sexo é uma coisa secundária pra você transando comigo de novo?"

"Quando um não quer..." Ele abriu a *nécessaire* e pegou uma escova de dente nova, que tirou da embalagem e deixou no meu banheiro. "Você toma a iniciativa tanto quanto eu. Precisa sentir essa ligação que temos tanto quanto eu."

"É verdade. Eu só queria..."

"Só queria o quê?" Ele abriu uma gaveta, fez cara feia ao ver que estava cheia e partiu à procura de outra.

"Pia errada", eu disse, sorrindo ao notar sua presunção de que teria gavetas reservadas para ele na minha casa, e sua irritação ao perceber que não era bem assim. "A outra é toda sua."

Gideon se dirigiu à outra pia e começou a guardar suas coisas. "Só queria o quê?", ele repetiu, guardando o xampu e o sabonete líquido no box.

Apoiei-me na pia e cruzei os braços enquanto o via se apossar de meu banheiro. Era bem isso que ele estava fazendo: deixava claro para qualquer um que entrasse ali que havia um homem na minha vida.

Foi quando me dei conta de que o mesmo estava acontecendo comigo em relação a ele. Os empregados de sua casa agora sabiam que ele tinha um relacionamento estável. Só de pensar nisso fiquei toda animada.

"Durante o jantar, estava tentando imaginar como você era na época da faculdade", continuei, "como seria cruzar com você por acaso no campus. Eu teria ficado obcecada por você. Faria de tudo para entrar no seu caminho, só pra ficar admirando. Ia tentar cursar as mesmas matérias que você, só pra ficar fantasiando sobre como seria te levar pra cama."

"Sua safada." Ele me deu um beijo na ponta do nariz quando passou por mim para escovar os dentes. "Nós dois sabemos muito bem o que aconteceria assim que eu pusesse os olhos em você."

Penteei o cabelo, escovei os dentes e comecei a lavar o rosto. "E então... você tinha um lugar especial pra quando alguma vaca sortuda conseguia te arrastar pra cama?"

Ele olhou para o reflexo ensaboado do meu rosto no espelho. "Sempre usei aquele hotel."

"Foi o único lugar onde você fez sexo? Antes de mim?"

"Foi o único lugar onde fiz sexo consensual", ele respondeu baixinho, "antes de você."

"Ah." Aquilo cortou meu coração.

Andei até ele e o abracei por trás, acariciando suas costas com meu rosto.

Fomos para a cama e deitamos bem juntinhos. Enterrei meu rosto em seu pescoço e respirei bem fundo. Seu corpo era todo duro, mas ainda assim maravilhosamente confortável ao toque. Ele era quente e forte, poderosamente masculino. Bastava eu pensar nele para querê-lo.

Passei minhas pernas por seus quadris e me elevei acima dele, com as mãos espalmadas sobre seu abdome. Estava escuro, mas eu não precisava vê-lo. Por mais que gostasse de seu rosto — rosto do qual ele se ressentia às vezes —, era a maneira como ele me tocava e falava comigo que me deixava maluca. Como se não houvesse nada neste mundo que ele desejasse mais.

"Gideon." Não precisei dizer mais nada.

Ele se sentou, envolveu-me nos braços e me deu um beijo profundo. Depois rolou para cima de mim e fez amor comigo de uma maneira tão carinhosa e possessiva que abalou minha alma.

Acordei com um sobressalto. Um peso enorme me esmagava, e uma voz áspera vomitava palavras desagradáveis, detestáveis, na minha orelha. O pânico tomou conta de mim, deixando-me sem ar.

De novo, não. Não... Por favor, não...

Nathan tapou minha boca com a mão e abriu minhas pernas. Senti seu membro duro tateando por ali, tentando abrir caminho para dentro do meu corpo. Meu grito saiu abafado pela palma de sua mão, que cobria meus lábios, e eu me encolhi toda, com o coração prestes a explodir. Nathan era pesado demais. Pesado e forte demais. Eu não conseguia afastá-lo. Não conseguia tirá-lo dali.

Pare com isso! Me largue. Não encoste em mim. Pelo amor de Deus... por favor, não faça isso comigo... de novo não...

Onde é que estava minha mãe? *Mamãe!*

A mão de Nathan abafava meus gritos, esmagava-me contra o travesseiro. Quanto mais eu resistia, mais excitado ele ficava. Arfando como um cão, ele investia contra mim de novo e de novo... tentando se enfiar dentro de mim...

"Agora você vai ver o que é bom."

Gelei. Aquela voz eu conhecia. E sabia que não era de Nathan.

Não era um sonho, era um pesadelo.

Meu Deus, não. Piscando enlouquecidamente em meio à escuridão, eu fazia força para tentar enxergar. O sangue pulsava em meus ouvidos. Não consegui ouvir mais nada.

Mas eu conhecia o cheiro da sua pele. Conhecia seu toque, mesmo quando ele era cruel. Conhecia a sensação de seu corpo junto ao meu, mesmo quando sua intenção era me violar.

O pênis ereto de Gideon batia nas minhas coxas. Em pânico, empurrei-me para cima com toda a força. Consegui me libertar da mão que cobria minha boca.

Enchi os pulmões de ar e berrei.

Seu peito se inflou quando ele grunhiu: "Não é tão bom quando é você que está sendo comido, é?".

"Crossfire", eu disse, perdendo o fôlego.

Um facho de luz vindo do corredor me cegou, e logo depois o peso esmagador de Gideon foi retirado de cima de mim. Rolando para o lado, comecei a soluçar, com os olhos cheios de lágrimas, o que borrou minha visão de Cary arrastando Gideon pelo quarto e o prensando contra a parede, provocando uma rachadura no revestimento de gesso.

"Eva, você está bem?" Cary acendeu o abajur do lado da cama e soltou um palavrão quando me viu deitada em posição fetal, tremendo violentamente.

Quando Gideon endireitou o corpo, Cary foi até ele. "Se

sair mais um centímetro daí antes da polícia chegar, acabo com sua raça!"

Tentando engolir com minha garganta em chamas, eu me sentei. Olhei diretamente nos olhos de Gideon e dentro deles vi a névoa do sono ser substituída pelo terror.

"É um sonho", eu consegui dizer, resfolegada, agarrando o braço de Cary, que se dirigia ao telefone. "E-ele está sonhando."

Cary então viu Gideon encolhido sem roupa no chão como um animal selvagem. Ele ficou sem reação. "Minha nossa. E eu achando que o pirado era eu."

Desci da cama com as pernas trêmulas, com o estômago revirado de medo. Meus joelhos cederam e Cary teve que me amparar, baixando meu corpo até o chão e me abraçando para acalmar o choro.

"Vou deitar no sofá." Cary passou as mãos pelos cabelos amassados de sono e se apoiou na parede do corredor. A porta do quarto estava aberta atrás de mim, revelando a imagem de Gideon lá dentro, pálido e assustado. "Vou separar uns cobertores e uns travesseiros pra ele também. Não é uma boa ele ir sozinho pra casa. Está abalado demais."

"Obrigada, Cary." Seus braços estavam tensos junto a mim. "Tatiana ainda está aqui?"

"Claro que não. Nada a ver. Nós trepamos e ela caiu fora."

"E Trey?", perguntei baixinho, já voltando a pensar em Gideon.

"Eu amo Trey. Acho que ele é a melhor pessoa que conheço, tirando você." Ele se inclinou para a frente e beijou minha testa. "O que os olhos não veem o coração não sente. Pare de se preocupar comigo e cuide de você."

Olhei para ele com os olhos banhados de lágrimas. "Não sei o que fazer."

Cary suspirou, e seus olhos verdes ganharam um tom de seriedade. "Acho que você precisa refletir se não está dando um passo maior que a perna, gata. Algumas pessoas não têm solução. Veja meu exemplo. Arrumei um cara ótimo e estou transando com uma menina que detesto."

"Cary..." Eu apertei seu ombro.

Ele segurou e apertou minha mão. "Estou aqui se precisar de mim."

Gideon já estava fechando sua mala quando voltei para o quarto. Quando ele me olhou, senti um frio na barriga de medo. Não por mim, por ele. Nunca tinha visto alguém tão desolado, tão inapelavelmente arrasado. A melancolia em seus lindos olhos me deixou apavorada. Eles estavam sem vida. Gideon estava pálido como a morte, imerso nas sombras sob todos os ângulos de seu rosto de tirar o fôlego.

"O que você está fazendo?", sussurrei.

Ele se afastou, como se quisesse manter a maior distância possível de mim. "Não posso ficar."

Fiquei preocupada quando senti uma pontada de alívio ao ouvir isso. "Nós combinamos... chega de fugir."

"Isso foi antes de eu atacar você!", ele gritou, mostrando o primeiro sinal de vida depois de uma hora.

"Você estava inconsciente."

"Você não pode virar vítima de novo, Eva. Minha nossa... o que eu ia fazer com você..." Ele deu as costas para mim, e seus ombros se curvaram de uma maneira que me assustou muito mais que qualquer outra coisa.

"Se você for embora, quer dizer que nosso passado levou a melhor sobre nosso futuro." Minhas palavras o atingiram como um soco no estômago. Todas as luzes do quarto estavam acesas, como se a eletricidade fosse capaz de extinguir as sombras de nossa alma. "Se sair daqui agora, acho melhor você manter distância e eu esquecer de você. Vai ser o fim, Gideon."

"Como posso ficar? Por que você ia me querer aqui?" Ele se virou e me olhou com tamanho sentimento que meus olhos se encheram de lágrimas. "Prefiro me matar a machucar você."

Esse era um de meus medos. O Gideon que eu conhecia — o homem dominador, uma força da natureza — jamais se mataria, mas aquele Gideon que estava diante de mim era outra pessoa. E era filho de um suicida.

Meus dedos se enroscavam na bainha da minha camiseta. "Você jamais me machucaria."

"Você está com medo de mim", ele disse, quase sem voz.

"Dá pra ver no seu rosto. Até *eu* estou com medo de mim. Com medo de cair no sono e fazer uma coisa que destruiria minha vida e a sua."

Ele tinha razão. Eu estava com medo. Com um frio na barriga que não passava.

Agora eu conhecia seu lado violento. Toda a sua fúria. E nossa relação era passional demais. Dei um tapa na cara dele no dia da festa, coisa que eu nunca tinha feito antes.

Fazia parte da natureza de nossa relação andar no fio da navalha, com os nervos à flor da pele. A confiança que havia entre nós fez com que existisse uma abertura para que nos tornássemos vulneráveis e perigosos um para o outro. E isso só ia piorar antes de melhorar.

Ele passou as mãos pelos cabelos. "Eva, eu..."

"Eu te amo, Gideon."

"Meu Deus." Ele me olhou como se estivesse enojado. Se era comigo ou com ele mesmo, eu não sabia. "Como você pode dizer uma coisa dessas?"

"É a verdade."

"Você só está vendo isto aqui", ele apontou para seu corpo. "Não está vendo tudo o que existe de perturbado e traumatizado aqui dentro."

Respirei fundo. "Como você tem coragem de me dizer uma coisa dessas? Sabendo que eu também sou perturbada e traumatizada..."

"Talvez você esteja mesmo atrás de alguém que te faça mal", ele respondeu, amargo.

"Pode parar com isso. Sei que você está chateado, mas descarregar tudo em cima de mim só vai piorar as coisas." Olhei para o relógio e vi que eram quatro da manhã. Caminhei até ele, motivada pela necessidade de superar meu medo de tocá-lo e ser tocada por ele.

Ele ergueu uma das mãos para me manter longe. "Estou indo pra casa, Eva."

"Durma aqui, no sofá. Faça o que estou dizendo desta vez, Gideon. Por favor. Vou morrer de preocupação se você for embora."

"E vai ficar mais preocupada ainda se eu ficar." Ele olhou

para mim, parecendo perdido, furioso e ao mesmo tempo cheio de desejo. Seus olhos me pediam perdão, mas ele não o aceitava quando eu o oferecia.

Fui até ele e peguei sua mão, lutando contra a apreensão que tomou conta de mim quando nos tocamos. Meus nervos ainda estavam tensos, minha garganta e minha boca, doloridas. A lembrança de suas tentativas de penetração — tão parecidas com as de Nathan — ainda estava viva demais. "N-nós vamos superar isso", prometi, com raiva de mim mesma por ter gaguejado. "Você vai conversar com o doutor Petersen e depois vemos o que podemos fazer."

Ele levantou uma das mãos, como se fosse tocar meu rosto. "Se Cary não estivesse em casa..."

"Ele estava, e eu vou ficar bem. Eu te amo. Vamos superar isso." Caminhei até ele e o abracei, enfiando minhas mãos sob sua camisa para sentir sua pele. "Não vamos deixar o passado destruir o que temos."

Eu não sabia quem estava tentando convencer ao dizer isso.

"Eva." Ele retribuiu o abraço, apertando-me com tanta força que perdi o fôlego. "Desculpe. Isso está me matando. Por favor. Me perdoe... Não posso te perder."

"E não vai." Fechei os olhos, concentrando-me em seu toque. Em seu cheiro. Lembrando que costumava não ter medo de nada quando estava com ele.

"Sinto muito." Suas mãos trêmulas acariciavam a curvatura das minhas costas. "Faço qualquer coisa..."

"Shh. Eu te amo. Vai ficar tudo bem."

Ele virou a cabeça e me beijou de leve. "Desculpe, Eva. Eu preciso de você. Tenho medo do que pode acontecer se eu te perder..."

"Não vou deixar isso acontecer." Minha pele se arrepiou sob o movimento constante de suas mãos nas minhas costas. "Estou bem aqui. Não vou mais fugir."

Ele fez uma pausa, respirando bem perto da minha boca. Depois baixou a cabeça e me deu um beijo na boca. Meu corpo reagiu àquele estímulo suave. Curvei-me em sua direção sem perceber, trazendo-o mais para perto.

Ele agarrou meus seios, acariciando-os, estimulando meus

mamilos com os polegares até eles ficarem pontudos e sensíveis. Gemi de medo e de desejo, e ele estremeceu ao ouvir esse som.

"Eva...?"

"Eu... não consigo." A lembrança de como havia sido acordada ainda era recente demais. Foi doloroso para mim rejeitá-lo, principalmente por saber que ele precisava receber de mim a mesma coisa que havia me oferecido quando contei a ele sobre Nathan — uma prova de que o desejo não tinha morrido, uma prova de que, por mais feias que fossem nossas cicatrizes do passado, elas não afetavam o que sentíamos um pelo outro naquele momento.

No entanto, não fui capaz de fazer isso. Não naquela hora. Estava me sentindo ferida e vulnerável. "Me abrace, Gideon. Por favor."

Ele concordou com a cabeça e me envolveu em seus braços.

Eu o fiz deitar no chão comigo, na esperança de fazê-lo voltar a dormir. Aninhei-me a seu lado, jogando minha perna sobre a dele e apoiando meu braço sobre sua barriga. Ele me apertou de levinho, dando um beijo na minha testa e sussurrando várias vezes que sentia muito.

"Não vá embora", murmurei. "Fique."

Gideon não respondeu nem fez nenhuma promessa, mas também não me soltou.

Acordei algum tempo mais tarde, ouvindo o coração dele bater tranquilamente sob minha orelha. Todas as luzes ainda estavam acesas, e o chão acarpetado parecia duro e desconfortável.

Gideon estava deitado de costas, seu lindo rosto estava adormecido como o de um menino, com a camiseta levantada só o suficiente para mostrar seu umbigo e os músculos bem definidos de seu abdome.

Aquele era o homem que eu amava. Aquele era o homem cujo corpo me dava tanto prazer, cuja consideração por mim sempre me emocionava. Ele ainda estava lá. E as rugas que se viam entre suas sobrancelhas mostravam que ainda estava chateado.

Enfiei minha mão em sua calça. Pela primeira vez desde que estávamos juntos, ele não estava duro como pedra ao toque da minha mão, mas logo começou a inchar e engrossar quando passei a masturbá-lo. Um temor ainda se fazia presente na minha excitação, mas o medo de perdê-lo era maior que o dos demônios que viviam dentro dele.

Ele se mexeu e me apertou forte, com os braços nas minhas costas. "Eva..."

Dessa vez respondi como deveria ter feito anteriormente, mas não consegui. "Vamos esquecer", eu disse com a boca colada à sua. "Nos faça esquecer."

"Eva."

Ele rolou para cima de mim, tirando minha camiseta com movimentos cuidadosos. Eu também tateava com cautela ao despi-lo. Encostamos um no outro como se fôssemos feitos de açúcar. O laço que nos unia estava frágil. Estávamos ambos preocupados com o futuro e com as feridas que poderíamos acabar reabrindo.

Seus lábios abocanharam meu mamilo e suas bochechas desinflaram lentamente, em um gesto de sedução menos violento que o de costume. Aquela sucção suave era tão gostosa que perdi o fôlego e me dobrei em sua direção. Ele acariciou meu corpo do seio até o quadril, descendo e subindo até meu coração disparar.

Ele passou a boca por meu peito até chegar ao outro seio, murmurando palavras de desculpas e carência com a voz carregada de arrependimento e tristeza. Sua língua chegou ao mamilo enrijecido, provocando-o um pouco antes de envolvê-lo em uma chupada quente e molhada.

"Gideon." Suas carícias delicadas foram perfeitas para encher de desejo minha mente inquieta. Meu corpo já estava entregue a ele, ávido por sentir prazer e desfrutar de sua beleza.

"Não tenha medo de mim", ele sussurrou. "Pode ficar tranquila."

Gideon beijou meu pescoço e depois foi descendo, acariciando minha barriga com os cabelos enquanto se acomodava no meio de minhas pernas. Manteve-me aberta para ele com as mãos trêmulas, e acariciou meu clitóris com a boca. Suas lambidas leves e provocadoras por toda a minha abertura, combinadas com as entradas furtivas de sua língua no meu sexo fremente, levaram-me às raias da loucura.

Minhas costas se arquearam. Súplicas roucas saíam do meu lábio. A tensão se espalhou pelo meu corpo, fazendo com que eu me contraísse inteira até quase explodir sob tanta pressão. Ele conseguiu me levar ao orgasmo apenas com o toque delicado da ponta de sua língua.

Gemi bem alto ao sentir aquela onda morna de alívio se apoderar de meu corpo estremecido.

"Não posso perder você, Eva." Gideon se deitou sobre mim enquanto meu corpo se contorcia de prazer. "Não posso."

Limpando as marcas de lágrimas em seu rosto, eu me vi diante de seus olhos vermelhos. Seu sofrimento era um tormento para mim, de cortar o coração. "Você não me perderia nem se quisesse."

Ele penetrou em mim lentamente, com todo o cuidado. Pressionei a cabeça contra o chão duro à medida que ele chegava mais fundo, tomando conta de meu corpo centímetro a centímetro.

Quando entrou por inteiro, ele começou a se mover em investidas calculadas e cautelosas. Fechei os olhos e pensei apenas no sentimento que havia entre nós. Foi quando ele parou e deitou sobre mim, com a barriga encostada na minha, e meu coração disparou em pânico. Assustada, eu não sabia o que fazer.

"Olhe para mim, Eva." Sua voz estava tão rouca que eu não consegui reconhecê-la.

Obedeci, e pude ver toda a sua angústia.

"Faça amor comigo", ele implorou em um sussurro quase sem fôlego. "Faça *amor* comigo. Toque em mim, meu anjo. Ponha suas mãos sobre mim."

"Sim." Pus as mãos espalmadas em suas costas, depois explorei os músculos contraídos de seu traseiro. Apertando bem forte sua carne rígida, eu o fiz se mover mais rápido, chegando mais fundo.

As estocadas ritmadas de seu pau grosso contra as profundezas convulsionadas de meu sexo fizeram o prazer se espalhar por mim em ondas de calor. Ele era tão gostoso. Minhas pernas envolveram seus quadris em movimento, minha respiração acelerou e o caroço congelado que havia se instalado em minha barriga começou a derreter. Nossos olhares grudaram um no outro.

As lágrimas escorriam por minhas têmporas. "Eu te amo, Gideon."

"Por favor..." Ele fechou os olhos.

"Eu te amo."

Ele me conduziu ao orgasmo mexendo os quadris com habilidade, movimentando seu pau dentro de mim. Meu sexo ficou inchado e apertado, fazendo de tudo para mantê-lo dentro de mim.

"Goze, Eva", ele disse com a boca colada na minha garganta.

Eu me esforcei para isso, esforcei-me para deixar para trás a apreensão que sentia com ele ali em cima de mim. A ansiedade se misturou ao desejo, mantendo-me em um estado de excitação suspensa.

Ele soltou um gemido carregado de dor e arrependimento. "Preciso fazer você gozar, Eva... preciso dessa sensação... Por favor..."

Agarrando minha bunda, ele ajeitou a posição de meus quadris e atacou de novo e de novo o mesmo lugarzinho sensível dentro de mim. Ele era incansável, implacável, e continuou metendo com força até eu perder o controle sobre meu corpo e gozar violentamente. Mordi seu ombro para abafar meus gritos enquanto me contorcia embaixo dele, sentindo os pequenos músculos de meu ventre se contraírem em espasmos de êxtase. Ele soltou um grunhido profundo, que reverberou em seu peito, um ruído áspero de prazer misturado com sofrimento.

"Mais", ele ordenou, entrando mais fundo para me fazer sentir dor. O fato de ele se sentir confiante o bastante para me infligir uma pequena dose de sofrimento derrubou a última de minhas preocupações. Enquanto confiássemos um no outro, poderíamos confiar nos nossos instintos também.

Gozei mais uma vez, ferozmente, dobrando os dedos do pé até sentir câimbras. Senti que a tensão habitual tomava conta de Gideon e apertei ainda mais seus quadris, puxando-o para perto à força, desesperada para senti-lo jorrar dentro de mim.

"Não!" Gideon se afastou, caindo de costas e cobrindo os olhos com um dos braços. Ele estava punindo a si mesmo, negando a seu corpo o conforto e o prazer que costumava extrair do meu.

Seu peito oscilava violentamente, encharcado de suor. Seu pau caiu pesadamente sobre sua barriga, exibindo toda a sua impetuosidade na cabeça larga e arroxeada e no corpo atravessado por veias grossas.

Mergulhei sobre ele com as mãos e a boca, ignorando seus palavrões furiosos. Prendendo seu tronco ao chão com o antebraço, eu o masturbei com força com a outra mão e chupei sedentamente sua região mais sensível.

"Porra, Eva. Caralho." Ele enrijeceu e expirou com força, puxando meu cabelo e movimentando os quadris. "Caralho. Chupa com força... Minha nossa..."

Ele explodiu em um jorro poderoso que quase me fez engasgar, inundando minha boca. Eu bebi tudinho, ordenhando com a mão cada pulsação que fazia seu pau tremer, engolindo sem parar até que ele estremeceu de satisfação e me implorou para parar.

Eu me endireitei e Gideon se sentou para me abraçar. Ele me puxou de volta para o chão, onde enterrou o rosto no meu pescoço e chorou até o dia amanhecer.

Na terça-feira, fui trabalhar usando calça e uma blusa de seda de mangas compridas, sentindo a necessidade de estabelecer uma barreira entre mim e o restante do mundo. Na cozinha, Gideon pegou meu rosto entre as mãos e me beijou com um carinho apaixonante. Seu olhar permanecia perturbado.

"Almoço hoje?", sugeri, sentindo que ainda precisávamos restabelecer a intimidade e a confiança entre nós.

"Tenho um almoço de negócios." Ele passou os dedos por meus cabelos soltos. "Você quer ir? Angus pode levar você de volta a tempo."

"Eu adoraria." Lembrei-me da agenda de eventos noturnos, reuniões e consultas que ele havia mandado para meu celular. "E amanhã à noite temos um jantar beneficente no Waldorf-Astoria?"

Sua expressão se amenizou. Vestido para trabalhar, ele parecia um tanto deprimido, apesar de absolutamente controlado. Mas eu sabia muito bem como ele se sentia.

"Você não vai desistir mesmo de mim, não é?", ele perguntou com a voz baixa.

Levantei a mão direita e mostrei meu anel. "Você está amarrado a mim, Cross. Pode ir se acostumando."

No caminho do trabalho, ele me sentou no seu colo, assim como na hora do almoço, enquanto nos deslocávamos até o Jean Georges. Não falei mais de dez palavras durante a refeição, que Gideon escolheu para mim e estava maravilhosa.

Fiquei sentada em silêncio a seu lado, com a mão esquerda sobre sua perna firme sob a toalha da mesa, uma afirmação não verbal de meu comprometimento com ele. Conosco. Uma de suas mãos segurava a minha, quente e forte, enquanto ele conversava sobre um novo empreendimento em Saint Croix. Mantivemos esse contato durante todo o tempo, preferindo comer com uma mão só a ter de abrir mão daquele toque.

A cada hora que se passava, eu sentia o terror da noite anterior ficar mais distante de nós. Seria apenas uma cicatriz a mais em sua coleção, outra lembrança amarga que ele sempre teria, uma recordação e um medo que também seriam meus, mas que não mudariam nada entre nós. Nós não íamos permitir que isso acontecesse.

Angus estava a postos para me levar para casa quando o expediente terminou. Gideon ficaria no trabalho até mais tarde, e iria direto do Crossfire para o consultório do dr. Petersen. Aproveitei o trajeto para me preparar mentalmente para mais uma semana de treinamento com Parker. Até pensei em faltar, mas no fim cheguei à conclusão de que era importante manter uma rotina. Já havia descontrole demais na minha vida naquele momento. Cumprir meus compromissos era uma das poucas coisas que ainda dependiam somente de mim.

Depois de uma hora e meia de golpes de mão aberta e trabalho de solo com Parker, eu me senti aliviada quando Clancy me deixou em casa — e orgulhosa de mim mesma por ter ido treinar apesar de ser a última coisa que eu queria naquele dia.

Quando entrei no saguão, dei de cara com Trey na recepção.

"Oi", eu cumprimentei. "Está subindo?"

Ele se virou para mim, com seus olhos brilhantes e seu sorriso aberto. Trey tinha uma suavidade nos modos, uma espécie de ingenuidade sincera, que o tornava diferente de todas as pessoas com quem Cary já havia se relacionado. Ou talvez eu devesse dizer apenas que Trey era "normal", algo raro tanto na minha vida como na de Cary.

"Cary não está", ele disse. "Ninguém atendeu ao interfone."

"Você pode subir comigo e esperar lá. Não vou sair mais hoje."

"Se você não se incomodar." Ele foi junto comigo quando acenei para a menina da recepção e tomei o caminho do elevador. "Eu trouxe uma coisinha pra ele."

"Claro que não me incomodo", garanti, retribuindo seu sorriso gentil.

Ele olhou para minha calça de ioga e meu top de ginástica. "Está vindo da academia?"

"Pois é. Apesar de ser a última coisa que eu gostaria de ter feito hoje."

Trey deu risada ao entrar no elevador. "Sei bem como é."

Enquanto subíamos, o silêncio se estabeleceu. E começou a pesar.

"Está tudo bem?", perguntei.

"Bom..." Trey ajeitou a alça da mochila. "Cary anda meio distante ultimamente."

"Ah, é?" Mordi os lábios. "Em que sentido?"

"Não sei. Não consigo explicar. Acho que tem alguma coisa acontecendo com ele e não sei o que é."

Pensei na modelo loira e gelei por dentro. "Vai ver ele está estressado por causa do trabalho para a Grey Isles e não quer incomodar você com isso. Ele sabe que você já tem muito com que se preocupar, com o trabalho e a faculdade."

A tensão em seus ombros se aliviou um pouco. "Talvez seja isso mesmo. Faz sentido. Pode ser. Obrigado."

Abri a porta do apartamento e disse a ele que se sentisse à vontade. Trey foi deixar suas coisas no quarto de Cary e eu fui até o telefone para ver se havia alguma mensagem.

Um grito vindo do corredor me fez pegar o telefone por outro motivo, com o coração na mão de medo de algum invasor ou outro perigo iminente. Mais gritos se seguiram, e em um deles reconheci claramente a voz de Cary.

Soltei um suspiro de alívio. Com o telefone na mão, arrisquei-me a ir ver o que estava acontecendo. Quase fui atropelada por Tatiana, que saiu do corredor ainda abotoando a blusa.

"Ops", ela disse, abrindo um sorrisinho sem nenhuma culpa. "Até mais."

Os gritos de Trey impediram que eu ouvisse quando ela fechou a porta do apartamento atrás de si.

"Porra, Cary. A gente conversou sobre isso! Você prometeu!"

"Você está exagerando", rebateu Cary, também aos berros. "Não é o que você está pensando."

Trey saiu pisando duro do quarto, e com tamanha pressa que eu tive que me espremer junto à parede para sair do caminho. Cary foi atrás, enrolado num lençol até a cintura. Quando passou por mim, eu o olhei de um jeito que não deve ter sido muito agradável, porque em resposta ele me mostrou o dedo do meio.

Deixei que os dois se virassem e fui tomar banho, furiosa com Cary por ele ter mais uma vez arruinado uma das poucas coisas boas em sua vida. Era um padrão que eu nunca deixaria de esperar que fosse quebrado, apesar de ele parecer incapaz de fazer isso.

Quando fui até a cozinha, meia hora depois, o silêncio dentro do apartamento era absoluto. Concentrei-me em cozinhar, decidindo fazer lombo assado com batatas e aspargos, um dos pratos preferidos de Cary, para o caso de ele querer jantar em casa e precisar de algo para se animar.

Fiquei surpresa ao ver Trey saindo do corredor enquanto eu punha a comida no forno, um pouco triste. Não gostei nada de vê-lo todo vermelho, descabelado e chorando. Minha piedade se transformou em decepção furiosa quando Cary apareceu na cozinha cheirando a suor e sexo. Ele me olhou feio ao passar por mim para pegar um vinho na adega.

Eu o encarei com os braços cruzados. "Trepar com um namorado traído na mesma cama em que ele pegou você com outra não ajuda muito."

"Cale a boca, Eva."

"Ele deve estar se odiando por ter cedido."

"Eu mandei calar a boca, porra."

"Tudo bem." Dei as costas para ele e comecei a temperar as batatas para levar ao forno junto com o lombo.

Cary pegou duas taças no armário. "Pelo jeito você também está me julgando. Se ele tivesse me pegado com outro homem, provavelmente não faria essa cena toda."

"Então é tudo culpa dele?"

"Só pra lembrar: sua vida amorosa também não é nada perfeita."

"Golpe baixo, Cary. Eu é que não vou me sujeitar a ser seu saco de pancadas. Foi você que estragou tudo, e depois ainda conseguiu piorar as coisas. O problema é todo seu."

"Não vem querer dar uma de superior, não. Você está dormindo com um homem que vai acabar te estuprando, mais cedo ou mais tarde."

"Não é nada disso!"

Ele soltou um riso de deboche e se encostou no balcão, olhando-me com seus olhos verdes inundados de mágoa e raiva. "Se você vai arrumar justificativas para ele porque estava dormindo quando te atacou, vai ter que fazer o mesmo para os bêbados e drogados. Eles também não sabem o que fazem."

A verdade que havia naquelas palavras me atingiu duramente, assim como o fato de ele tê-las dito só para me magoar. "Parar de beber as pessoas conseguem, mas deixar de dormir, não."

Cary se endireitou, abriu a garrafa que havia escolhido e serviu duas taças, empurrando uma para o outro lado do balcão, para mim. "Se existe alguém que sabe o que é se envolver com pessoas que só trazem mágoas, esse alguém sou eu. Você o ama. Você quer salvá-lo. Mas quem vai salvar você, Eva? Eu não vou estar sempre por perto quando estiver com ele, e o cara é uma bomba-relógio."

"Você quer falar sobre relacionamentos que só trazem mágoas, Cary?", rebati, tirando o foco da conversa das verdades incômodas a meu respeito. "Você, que traiu Trey só pra se proteger? Você percebeu que fez de tudo para afastar o cara antes que surgisse alguma chance de ele te decepcionar?"

Cary abriu um sorriso amargo. Ele bateu sua taça na minha, que ainda estava sobre o balcão. "Um brinde a nós, os seriamente perturbados. Pelo menos temos um ao outro."

Ele saiu da sala e eu desabei. Sabia que isso estava por vir — parecia tudo bom demais para ser verdade. O bem-estar e a felicidade nunca duravam muito na minha vida, e nunca passavam de mera ilusão.

Sempre havia algo escondido nas entrelinhas, a postos para vir à tona e arruinar tudo.

20

Gideon chegou bem na hora em que o jantar estava saindo do forno. Estava com um terno embalado numa das mãos e um laptop numa maleta na outra. Estava preocupada que ele fosse para casa depois da sessão com o dr. Petersen, e fiquei aliviada quando recebi sua ligação avisando que estava a caminho. Ainda assim, quando abri a porta e pus os olhos nele, senti um calafrio.

"Oi", ele disse baixinho enquanto me seguia até a cozinha. "O cheiro aqui está uma delícia."

"Espero que você esteja com fome. Fiz um monte de comida, e acho que Cary não vai aparecer para ajudar a comer."

Gideon deixou suas coisas perto do balcão e foi até mim com passos cautelosos, procurando meus olhos enquanto se aproximava. "Trouxe algumas coisas para passar a noite aqui, mas posso ir embora se você quiser. A qualquer hora. É só dizer."

Expirei em uma bufada, determinada a não deixar o medo comandar minhas ações. "Quero que você fique."

"E eu quero ficar." Ele parou ao meu lado. "Posso te abraçar?"

Eu me virei para ele e o apertei bem forte. "Por favor."

Gideon apertou o rosto contra o meu e me abraçou. Não era um abraço gostoso e natural como de costume. Havia um desgaste entre nós, algo que nunca tínhamos experimentado juntos.

"Como você está?", ele murmurou.

"Melhor agora que você chegou."

"Mas ainda está nervosa." Ele beijou minha testa. "Eu também. Não sei como vamos conseguir dormir juntos de novo."

Recuando um pouco, olhei bem para ele. Era o que eu temia também, e minha conversa com Cary não tinha ajudado muito. *O cara é uma bomba-relógio...*

"Nós damos um jeito", respondi.

Ele ficou em silêncio por um bom tempo. "Nathan já tentou entrar em contato com você?"

"Não." Ainda assim, eu morria de medo de encontrá-lo de novo algum dia, fosse por acidente ou deliberadamente. Ele estava em algum lugar do mundo, respirando o mesmo ar que eu... "Por quê?"

"Fiquei pensando sobre isso hoje."

Dei um passo atrás para olhar seu rosto, e senti um nó na garganta ao perceber como estava chateado. "Por quê?"

"Porque existe um bocado de coisa entre nós."

"Você está achando que é coisa demais?"

Ele sacudiu a cabeça. "Não consigo pensar assim."

Eu não soube o que fazer, nem o que dizer. Que garantia poderia dar a ele se não sabia que meu amor e a necessidade que ele sentia de ficar comigo seriam suficientes para fazer nossa relação dar certo?

"E você, está pensando em quê?", ele perguntou.

"Na comida no forno. Estou morrendo de fome. Você pode perguntar a Cary se ele quer comer? Depois podemos jantar."

Cary estava dormindo, então Gideon e eu jantamos na mesa à luz de velas depois que ele tomou banho, uma refeição um tanto formal para quem estava de camiseta velha e calça de pijama. Eu estava preocupada com Cary, mas precisava muito de um tempinho tranquilo a sós com Gideon.

"Almocei com Magdalene no escritório ontem", ele disse depois de começarmos a comer.

"Ah, é?" Então quer dizer que, enquanto eu saía atrás de um anel, Magdalene Perez estava a sós com meu namorado?

"Não precisa ficar assim", ele me censurou. "Ela almoçou em um escritório dominado por suas flores, com você me mandando beijinhos da minha mesa. Você estava tão presente ali quanto ela."

"Desculpe. O primeiro impulso é esse mesmo."

Ele pegou minha mão e a beijou com força. "Fico aliviado por você ainda sentir ciúmes de mim."

Suspirei. Meus sentimentos ficaram à flor da pele durante o dia todo; não conseguia me decidir sobre como me sentia a respeito de nada. "Você falou com ela sobre Christopher?"

"Foi por isso que a chamei para almoçar. Mostrei o vídeo pra ela."

"Quê?" Eu franzi a testa ao lembrar que meu telefone tinha ficado sem bateria no carro. "Como você fez isso?"

"Levei seu celular pro escritório e passei o vídeo pro computador. Você não reparou que eu o trouxe de volta pra cá ontem à noite, com a bateria carregada?"

"Não." Larguei os talheres. Dominante ou não, Gideon precisava que alguns limites bem claros para o espaço pessoal de cada um fossem estabelecidos. "Você não pode simplesmente hackear meu celular, Gideon."

"Não precisei hackear nada. Não tem senha."

"Não importa! Isso é invasão de privacidade, porra. Minha nossa..." Por que ninguém conseguia entender que eu tinha direito a meu espaço? "Você gostaria que eu ficasse fuçando nas suas coisas?"

"Não tenho nada a esconder." Ele tirou seu celular do bolso da calça de moletom e entregou para mim. "E você também não deve ter."

Eu não queria brigar num momento como aquele, em que as coisas estavam tão abaladas entre nós, mas não dava mais para relevar o assunto. "Não interessa se tenho ou não alguma coisa a esconder. Tenho direito ao meu espaço e à minha privacidade, e você precisa pedir antes de ir atrás de informações a meu respeito e antes de mexer nas minhas coisas. Você precisa parar com essa mania de fazer de tudo sem minha permissão."

"E o que aquele vídeo tinha a ver com privacidade?", ele perguntou franzindo a testa. "Foi você mesma que me mostrou."

"Você está parecendo minha mãe, Gideon!", eu gritei. "Uma maluca pra mim já basta."

Ele recuou diante de minha agressividade, claramente surpreso ao ver que eu estava chateada de verdade. "Está certo. Desculpe."

Dei um gole no vinho, lutando para recuperar a tranquilidade. "Está se desculpando por ter me irritado? Ou por ter feito o que fez?"

Gideon demorou alguns instantes para responder. "Por ter irritado você."

Ele não tinha entendido nada. "Você não consegue ver como isso é bizarro?"

"Eva." Ele suspirou e gesticulou. "Passo um tempão do meu dia *dentro* de você. Quando você estabelece esses limites, só consigo ver como uma coisa arbitrária."

"Pois não tem nada de arbitrário. É importante pra mim. Se você quiser saber alguma coisa a meu respeito, precisa me perguntar."

"Certo."

"Não faça mais isso", avisei. "Não estou brincando, Gideon."

Ele cerrou os dentes. "Está bem. Já entendi."

Como eu realmente não estava a fim de brigar, retomei a conversa anterior. "O que ela falou quando viu o vídeo?"

Ele relaxou visivelmente. "Foi difícil, é claro. Principalmente por saber que eu já tinha visto."

"Ela viu a gente na biblioteca."

"Não tocamos nesse assunto diretamente, mas o que eu poderia dizer? Não vou me desculpar por transar com minha namorada entre quatro paredes." Ele se recostou na cadeira e bufou. "Ver a cara de Christopher no vídeo... Ver exatamente o que ele pensa dela... Foi isso que a magoou. É difícil descobrir que está sendo usado dessa forma. Principalmente por alguém que você acha que conhece, que diz gostar de você."

Para esconder minha reação, tratei de reabastecer as duas taças de vinho. Ele falou como se já tivesse sentido aquilo na pele. O que exatamente teria acontecido com Gideon?

Depois de um rápido gole de vinho, perguntei: "E como *você* está lidando com isso?".

"O que posso fazer? Durante anos, tentei conversar com Christopher de todas as maneiras. Já tentei dar dinheiro pra ele. Já tentei ameaçar meu irmão. Ele nunca mostrou o menor sinal de mudança. Percebi há muito tempo que o máximo que posso fazer é amenizar as consequências dos atos dele. E manter você à maior distância possível."

"Agora que sei disso, vou fazer de tudo pra ficar longe."

"Ótimo." Ele deu um gole no vinho, olhando-me por cima da taça. "Você não me perguntou como foi a consulta com o doutor Petersen."

"Não é da minha conta. A não ser que você queira contar." Olhei bem pra ele, na esperança de que fizesse isso. "Estou aqui pra ouvir o que você quiser falar, mas não vou ficar insistindo. Quando estiver pronto pra se abrir comigo, fique à vontade. Mas adoraria saber se você gostou dele."

"Por enquanto." Gideon sorriu. "Ele me faz falar várias vezes a mesma coisa. Poucas pessoas são capazes de me convencer disso."

"Verdade. Ele faz a gente repensar e ver as coisas por outro ângulo, faz a gente refletir sobre por que não pensou naquilo antes.'"

Os dedos de Gideon subiam e desciam pela haste da taça. "Ele me receitou um remédio para tomar antes de ir pra cama. Comprei no caminho pra cá."

"Como você se sente a respeito de tomar remédios?"

Ele me olhou com os olhos sombrios. "Acho que é algo necessário. Preciso de você e quero mantê-la segura, custe o que custar. O doutor Petersen disse que esse medicamento, combinado a terapia, tem ótimo resultado no tratamento de casos de *parassonia sexual atípica*. Não tenho por que duvidar disso."

Eu me inclinei para a frente e apertei sua mão. Tomar remédios era um grande passo, principalmente para alguém que tinha evitado encarar o problema por tanto tempo. "Obrigada."

Gideon retribuiu o aperto com força. "Ao que parece existe um monte de gente com esse problema em grupos de estudos do sono. Ele me contou sobre um caso documentado de um homem que atacou a esposa durante o sono por doze anos antes de procurar ajuda."

"Doze anos? Minha nossa."

"Eles demoraram tanto assim porque pelo jeito o cara transava melhor dormindo que acordado", Gideon complementou, sarcástico. "Se isso não é motivo para destruir o ego de alguém, não sei o que é."

Olhei bem nos olhos dele. "Que merda."

"Pois é." O sorriso irônico desapareceu de seu rosto. "Mas não quero forçar você a dormir comigo, Eva. Não existe remédio milagroso. Posso dormir no sofá ou ir pra casa, apesar de preferir o sofá. Meu dia fica melhor quando vamos juntos pro trabalho."

"O meu também."

Gideon pegou minha mão e a levou aos lábios. "Nunca imaginei que teria isso na minha vida... Alguém que sabe tanto sobre mim como você. Alguém que consegue conversar sobre meus traumas durante o jantar porque me aceita como sou... Muito obrigado por você existir, Eva."

Meu coração quase parou, e uma dor gostosa se espalhou por meu peito. Ele sabia mesmo como dizer coisas bonitas, perfeitas.

"Sinto a mesma coisa por você, figurão." E talvez mais, porque eu o amava. Mas não disse isso em voz alta. Algum dia ele chegaria lá. Eu não desistiria enquanto ele não fosse absoluta e irrevogavelmente meu.

Com os pés descalços sobre a mesa de centro e o computador no colo, Gideon parecia tão à vontade e relaxado que eu não conseguia prestar atenção na tevê.

Como chegamos até aqui?, perguntei-me mentalmente. Esse homem absurdamente sexy e eu?

"O que você está olhando?", ele murmurou sem tirar os olhos da tela do laptop.

Mostrei a língua para ele.

"Está se insinuando sexualmente pra mim, senhorita Tramell?"

"Como você consegue me ver enquanto está vidrado aí no computador?"

Ele desviou sua atenção da tela. Seus olhos azuis irradiavam poder e tesão. "Vejo você o tempo todo, meu anjo. Desde que nos encontramos pela primeira vez. Não tenho olhos pra mais nada além de você."

A quarta-feira começou com o pau de Gideon me penetrando por trás, meu novo jeito favorito de acordar.

"Ora, ora", eu disse com a voz rouca, esfregando os olhos para espantar o sono enquanto seu braço envolvia minha cintura e me puxava para mais perto de seu peito quente e forte. "Você está animadinho esta manhã."

"E você está linda e gostosa todas as manhãs", ele murmurou, mordendo meu ombro. "Adoro acordar ao seu lado."

Comemoramos a noite ininterrupta com uma bela sessão de orgasmos.

Bem mais tarde naquele dia, fui almoçar com Mark e seu companheiro Steven em um restaurante mexicano delicioso escondido sob o nível da rua. Ao descer apenas alguns degraus de cimento, encontramos um restaurante surpreendentemente espaçoso e iluminado, com garçons e garçonetes muito bem vestidos.

"Você precisa vir aqui qualquer dia com seu namorado", comentou Steven, "e pedir para ele te pagar uma margarita de romã."

"É boa?", perguntei.

"Ô, se é."

Quando a garçonete veio tirar nosso pedido, começou a paquerar descaradamente Mark, usando e abusando de seus olhos com cílios longos de fazer inveja. Mark entrou na dela. À medida que o tempo passava, a ruiva exuberante — cujo crachá informava que se chamava Shawna — foi ficando mais ousada, acariciando os ombros e a nuca dele toda vez que passava pela mesa. Ao mesmo tempo, as respostas de Mark foram ficando mais sugestivas, a ponto de olhar para Steven e ver seu rosto ficar vermelho e sua expressão mudar. Remexendo-me o tempo todo na cadeira, eu estava contando os minutos para que aquela refeição carregada de tensão terminasse logo.

"Vamos sair juntos hoje à noite", Shawna disse para Mark ao trazer a conta. "Uma noite comigo e você está curado."

Prendi a respiração. Não podia acreditar no que estava ouvindo.

"Às sete horas está bom pra você?", perguntou Mark em um tom de voz sedutor. "Vou acabar com você, Shawna. Você nem imagina quanto tempo faz que..."

Engasguei com a água e comecei a tossir.

Steven levantou correndo e foi até o outro lado da mesa bater nas minhas costas. "Que coisa, Eva", ele falou, aos risos.

"Estamos só brincando com você. Não precisa se matar por nossa causa."

"Quê?", perguntei quase sem fôlego, com os olhos cheios de lágrimas.

Sorrindo, ele passou por trás de mim e abraçou a garçonete. "Eva, essa é minha irmã Shawna. Shawna, Eva é aquela que eu falei que está facilitando a vida de Mark."

"Que ótimo", disse Shawna, "já que você não facilita a vida dele em nada."

Steven piscou para mim. "É por isso que ele não me larga."

Vendo os irmãos lado a lado, enfim captei a semelhança, que até então havia passado despercebida. Recostei-me na cadeira e estreitei os olhos para Mark. "Isso foi golpe baixo. Pensei que Steven fosse ter um ataque."

Mark levantou as mãos em sinal de rendição. "Foi ideia dele. Steven adora um drama, você sabe."

Ele sorriu e rebateu: "Ora, Eva, você sabe que Mark é o mentor intelectual do nosso relacionamento...".

Shawna tirou um cartão de visitas do bolso e entregou para mim. "Meu número está no verso. Dê uma ligadinha pra mim quando puder. Conheço os podres desses dois. Você pode dar o troco em grande estilo."

"Traidora", acusou Steven.

"Ei", Shawna encolheu os ombros. "As mulheres precisam se unir."

Depois do trabalho, Gideon e eu fomos à academia dele. Angus nos deixou bem na frente e, quando entramos, o lugar estava bombando; até o vestiário estava lotado. Eu me troquei, guardei minhas coisas e encontrei Gideon no corredor.

Acenei para Daniel, o instrutor com quem havia conversado na primeira visita à CrossTrainer, e levei um tapa na bunda por isso.

"Ei", protestei, devolvendo o tapa na mão repressora de Gideon. "Pare com isso."

Ele puxou meu rabo de cavalo, forçando minha cabeça para trás, e marcou seu território me dando um beijo profundo e lascivo.

O jeito como ele puxou meu cabelo me deixou toda arrepiada. "Se essa é sua ideia de reprimenda", sussurrei com os lábios bem próximos dos dele, "fique sabendo que parece mais um incentivo."

"Estou disposto a pegar mais pesado, se necessário." Ele mordeu meu lábio inferior. "Mas sugiro que você não teste meus limites dessa maneira, Eva."

"Não se preocupe. Tenho outras maneiras de fazer isso."

Gideon foi correr na esteira primeiro, proporcionando-me o prazer de ver seu corpo brilhando de suor... em público. Por mais que eu o visse assim o tempo todo em particular, era sempre uma visão e tanto.

E, minha nossa, como ele ficava lindo com o cabelo todo para trás... Seus músculos flexionados sob a pele levemente bronzeada... A graciosidade poderosa de seus movimentos... Ver aquele homem elegantérrimo tirar o terno e mostrar seu lado animal me deixava cheia de tesão.

Eu não conseguia parar de olhar, e ainda bem que não precisava. Ele era meu, afinal de contas, uma constatação que fez um calor subir por meu corpo. Além disso, as outras mulheres da academia estavam fazendo o mesmo. Quando ele trocava de aparelho, dezenas de olhos admirados o seguiam.

Quando ele me surpreendia nesses momentos, eu lançava um olhar sugestivo e passava a língua pelos lábios. Sua sobrancelha erguida e seu meio-sorriso perverso me provocaram um frio na barriga. Não me lembro de algum dia ter tido tanta disposição para malhar. Uma hora e meia passavam voando.

Quando voltamos para o Bentley a caminho da cobertura, eu não conseguia parar quieta no assento. Lançava olhares e mais olhares insinuantes para Gideon.

Ele segurou minha mão. "Você vai ter que esperar."

Tomei um susto ao ouvir aquilo. "*Quê?*"

"Você ouviu muito bem." Ele beijou meus dedos e teve a cara de pau de abrir um sorriso pervertido. "Vamos prolongar o estado de excitação, meu anjo."

"E por que faríamos isso?"

"Imagine o quanto vamos estar malucos um pelo outro depois do jantar."

Cheguei mais perto para que Angus não me ouvisse, apesar de saber que ele era profissional o bastante para ignorar nossas conversas. "A gente nem precisa prolongar a espera pra ficar maluco..."

Mas ele não cedeu. Em vez disso, deu início a um processo de tortura. Despimos um ao outro e entramos no chuveiro, acariciando as curvas e as reentrâncias de nossos corpos. Depois nos vestimos para o jantar. Ele estava todo formal, mas dispensou a gravata. Sua camisa imaculadamente branca estava aberta no colarinho, revelando um pouco de pele. O vestido que ele reservou para mim era um Vera Wang champanhe com bustiê sem alça, costas abertas e uma saia pregada que ia até um pouco acima dos joelhos.

Sorri quando ele olhou para mim, sabendo que ficaria maluco me vendo naquele vestido a noite inteira. Era maravilhoso e eu tinha adorado, mas foi feito para ser usado por modelos bem altas e magras, e não por mulheres baixinhas e cheias de curvas. Em um acesso de vergonha, eu havia deixado meu cabelo cair por cima dos seios, mas não tinha adiantado muito, conforme a expressão de Gideon indicava.

"Minha nossa, Eva." Ele se ajeitou dentro da calça. "Mudei de ideia sobre o vestido. Você não deveria usar isso em público."

"Agora é tarde demais pra mudar de ideia."

"Pensei que ele tivesse mais pano que isso."

Encolhi os ombros, sorrindo. "Não posso fazer nada. Foi você que comprou."

"Mas eu me arrependi. Quanto tempo você demora pra tirar?"

Passando a língua pelo lábio, respondi. "Não sei. Por que você não tenta descobrir?"

Ele ficou sério. "Nós nem sairíamos de casa se eu fizesse isso."

"Eu não ia reclamar." Ele estava lindo, e eu — como sempre — morria de tesão.

"Não tem um casaco que você possa vestir por cima? Uma parca, talvez? Ou um sobretudo?"

Aos risos, peguei minha bolsinha de mão na gaveta e dei

o braço para ele. "Não se preocupe. Vai estar todo mundo ocupado demais olhando pra você. Ninguém vai nem reparar em mim."

Ele me olhou feio quando o arrastei para fora do quarto. "Estou falando sério. Seus peitos cresceram? Eles estão quase pulando pra fora da roupa."

"Tenho vinte e quatro anos, Gideon", eu disse, irônica. "Já parei de me desenvolver faz tempo. Você está me vendo como sou."

"Sim, mas eu deveria ser o único a ver, já que sou o único que tem acesso liberado a você."

Quando chegamos à sala, durante o tempinho mínimo que demoramos para ir até o elevador, admirei a beleza sóbria da casa de Gideon. Era deliciosamente acolhedora. O charme europeu da decoração em estilo antigo era para lá de elegante, além de muito confortável. A vista magnífica das janelas com arcadas complementava o ambiente, sem destoar dele.

A mistura de tons escuros de madeira e de pedra, cores vivas e toques vívidos de joias era claramente um luxo dos mais caros, assim como as obras de arte penduradas na parede, mas de muito bom gosto. Ali ninguém se sentiria temeroso de tocar nas coisas, ou pouco à vontade na hora de se sentar, com medo de estragar alguma antiguidade. A casa dele não era esse tipo de lugar.

Entramos no elevador privativo e Gideon me encarou quando as portas se fecharam. Ele foi logo tentando puxar meu vestido para cima.

"Se você puxar muito", avisei, "logo mais o que vai aparecer vai ser minha calcinha."

"Droga."

"Isso pode ser divertido. Posso fazer o papel da loirinha piranha que só quer saber do seu pau e do seu dinheiro, e você pode fazer seu próprio papel — do playboy bilionário exibindo o brinquedinho novo. É só parecer entediado e tolerante enquanto eu me esfrego em você e fico tagarelando sobre suas imensas qualidades."

"Isso não tem graça." Logo depois seus olhos brilharam. "Que tal uma echarpe?"

Quando chegamos ao jantar em benefício da construção de um abrigo de emergência para mulheres e crianças vítimas de abuso, tivemos que passar por um tapete vermelho repleto de fotógrafos, o que me provocou uma crise de medo do excesso de exposição. Concentrei-me em Gideon, porque nada era melhor para me fazer esquecer de todo o resto do que ele. E, exatamente por estar prestando tanta atenção nele, pude ver quando o homem que me levou até ali se transfigurou em sua persona pública.

A máscara cobriu seu rosto com naturalidade. Seus olhos perderam o brilho, sua boca sensual ficou séria. Dava quase para sentir seu poder de isolamento envolvendo nós dois. Havia um escudo entre nós e o restante do mundo, simplesmente porque aquela era a vontade dele. Caminhando ao seu lado, eu sabia que alguém só teria coragem de se aproximar caso recebesse algum sinal de aprovação expressa.

Mas o aviso de "mantenha distância" não se estendia aos olhares. Gideon fez os pescoços se torcerem ao entrar no salão. Eu me contraí toda ao notar a atenção que ele estava atraindo, enquanto permanecia impassível.

Se eu tinha em mente ficar tagarelando sobre Gideon enquanto me esfregava nele, era melhor entrar na fila. No momento exato em que paramos de andar, fomos cercados por todos os lados. Eu me afastei para abrir espaço àquelas pessoas ansiosas por sua atenção e circulei por ali à procura de uma taça de champanhe. A Waters Field & Leaman tinha participado da campanha de divulgação do evento criando um anúncio, e eu vi por ali alguns rostos conhecidos.

Tinha acabado de tirar uma taça da bandeja de um garçom que passava por ali quando ouvi alguém chamar meu nome. Ao me virar, dei de cara com o sobrinho de Stanton e seu enorme sorriso, seus cabelos escuros e seus olhos verdes. Ele era mais ou menos da minha idade. Tínhamos nos conhecido em uma das visitas à minha mãe durante as férias da faculdade, e fiquei feliz em vê-lo.

"Martin!" Eu o cumprimentei com um rápido abraço. "Como vão as coisas? Você está um gato."

"Eu ia dizer a mesma coisa." Ele me olhou, apreciando

meu vestido. "Ouvi dizer que você tinha se mudado pra Nova York e estava querendo te encontrar. Faz tempo que está aqui?"

"Não muito. Algumas semanas."

"Termine seu champanhe e vamos dançar", ele disse.

O espumante ainda estava borbulhando alegremente pelo meu corpo quando fomos para a pista de dança ao som de Billie Holiday cantando "Summertime".

"E então", ele começou, "está trabalhando?"

Enquanto dançávamos, contei sobre meu emprego e perguntei o que ele estava fazendo. Não fiquei nada surpresa ao ouvir que ele trabalhava no banco de investimentos de Stanton e estava se saindo muito bem.

"Adoraria ir até Manhattan um dia desses almoçar com você", ele disse.

"Seria ótimo." Dei um passo atrás quando a música terminou e acabei esbarrando em alguém. Suas mãos agarraram minha cintura para que eu não me desequilibrasse, e quando olhei sobre os ombros vi que era Gideon.

"Olá", ele cumprimentou, lançando um olhar gelado para Martin. "Nos apresente."

"Gideon, esse é Martin Stanton. Nós nos conhecemos há um bom tempo. Ele é sobrinho do meu padrasto." Respirei fundo antes de continuar. "Martin, esse é o homem da minha vida no momento, Gideon Cross."

"Cross." Martin sorriu e estendeu a mão. "Sei quem você é, claro. Prazer em conhecer. Pelo jeito, em breve vou começar a encontrar vocês nas reuniões de família."

Gideon apoiou o braço no meu ombro. "Pode contar com isso."

Martin foi chamado por algum conhecido, e se inclinou para a frente para me dar um beijo na bochecha. "Eu ligo para combinar aquele almoço. Semana que vem, pode ser?"

"Claro." Eu sentia toda a energia de Gideon pulsando bem ao meu lado, mas, quando me virei, ele parecia tranquilo e impassível.

Gideon me tirou para dançar ao som de "What a Wonderful World", na voz de Louis Armstrong. "Não sei se gostei dele", murmurou.

"Martin é um cara legal."

"Desde que ele saiba que você é minha..." Ele me deu um beijo na testa e posicionou sua mão no decote nas costas do meu vestido, pele com pele. Segurando-me daquele jeito, ninguém ousaria duvidar que eu pertencia a ele.

Gostei da oportunidade de ficar tão próxima de seu corpo maravilhoso em público. Respirando bem perto dele, deixei-me levar por sua conduta firme. "Adoro isso."

Acariciando-me com o rosto, ele murmurou: "E é pra gostar mesmo".

Uma enorme alegria. Durou o mesmo tempo que a dança.

Estávamos saindo da pista quando vi Magdalene parada em um canto. Demorei um tempo para reconhecê-la, porque ela havia cortado o cabelo curtinho. Estava elegante e cheia de classe em seu vestidinho preto, mas era totalmente eclipsada pela morena lindíssima com quem conversava.

Gideon hesitou diante delas, reduzindo um pouco o ritmo da passada antes de seguir adiante. Eu estava olhando para baixo, imaginando que havia algum obstáculo no chão, quando ele disse baixinho: "Preciso apresentar você a alguém".

Voltei a prestar atenção ao lugar para onde nos dirigíamos. A mulher ao lado de Magdalene viu Gideon e se virou para olhá-lo. Senti seu antebraço se enrijecer sob meus dedos no instante em que seus olhares se encontraram.

Dava para entender por quê.

Fosse quem fosse, aquela mulher estava completamente apaixonada por ele. Isso estava estampado em seu rosto e em seus magníficos olhos azuis. Sua beleza era estonteante, quase surreal. Seus cabelos eram pretíssimos, grossos e lisos, e iam quase até a cintura. Seu vestido tinha o mesmo tom glacial de seus olhos, envolvendo seu corpo longilíneo de curvas perfeitas e sua pele dourada, bronzeada de sol.

"Corinne", ele a saudou, e a rouquidão natural de sua voz se tornou ainda mais pronunciada. Ele me soltou e pegou as mãos dela. "Você não me disse que já estava de volta. Eu teria ido te buscar."

"Deixei algumas mensagens no seu telefone", ela disse, com o tom de voz tranquilo de uma pessoa culta e bem-educada.

"Ah, eu quase não parei em casa ultimamente." Isso fez Gideon lembrar que eu estava ao seu lado, e ele a soltou e me puxou mais para perto. "Corinne, esta é Eva Tramell. Eva, Corinne Giroux. Uma velha amiga."

Estendi a mão e ela me cumprimentou.

"Qualquer amiga de Gideon é amiga minha também", ela disse com um sorriso ameno no rosto.

"Espero que isso se aplique a namoradas também."

Ela me olhou como se já soubesse de tudo. "Principalmente a namoradas. Se você me permitir, gostaria de apresentar Gideon a uma pessoa."

"Claro." Minha voz soava calma e controlada, mas eu estava bem longe disso.

Ele me deu um beijo indiferente na testa e ofereceu o braço a Corinne antes de se afastar com ela, deixando-me embaraçosamente ao lado de Magdalene.

Senti pena dela, sinceramente. Parecia abandonada e desolada. "Seu cabelo ficou uma graça, Magdalene."

Ela olhou para mim sem abrir a boca, mas depois atenuou a situação com um suspiro que me pareceu carregado de resignação. "Obrigada. Estava na hora de mudar. Muitas coisas, aliás. Além disso, não havia por que continuar imitando o visual dela agora que voltou."

Franzi a testa, confusa. "Não entendi."

"Estou falando de Corinne." Ela olhou bem para mim. "Ah, você não sabe. Ela e Gideon foram noivos por mais de um ano. Ela terminou tudo, casou com um ricaço francês e se mudou para a Europa. Mas o casamento não deu certo. Eles estão se divorciando, e ela voltou pra Nova York."

Noivo. Senti meu rosto ficar pálido e meu olhar se dirigir para o homem que eu amava, ao lado da mulher que um dia ele havia amado, com as mãos na parte inferior de suas costas para conduzi-la enquanto ela se inclinava em sua direção aos risos.

Senti meu estômago se revirar de ciúme e de medo, e foi quando me dei conta de que nunca havia me perguntado se ele já havia tido uma relação romântica antes de mim. Idiota. Lindo como era, eu deveria ter imaginado.

Magdalene pôs a mão no meu ombro. "É melhor você se sentar, Eva. Está pálida."

Eu estava mesmo ofegante, com os batimentos cardíacos perigosamente acelerados. "Verdade."

Sentei na primeira cadeira que encontrei. Magdalene se acomodou ao meu lado.

"Você está apaixonada por ele", ela disse. "Eu não sabia. Desculpe. E desculpe pelo que disse a você no dia em que nos conhecemos."

"Você também está apaixonada por ele", respondi, sem nenhuma emoção, com os olhos fora de foco. "E naquela época eu não estava. Ainda não."

"Isso não justifica o que eu fiz."

Aceitei de bom grado uma taça de champanhe e peguei uma para Magdalene antes que o garçom se afastasse. Brindamos em um gesto patético de solidariedade feminina. Eu queria sumir dali. Queria levantar e ir embora. Queria que Gideon percebesse que eu tinha ido, e que fosse atrás de mim. Queria que ele sentisse a mesma dor que eu. Ideias idiotas, imaturas e dolorosas povoavam minha mente e faziam com que eu me sentisse a mais insignificante das mulheres.

Consolei-me com o fato de Magdalene estar ali comigo. Ela sabia o que significava ser apaixonada demais por Gideon. Senti que ela estava tão infeliz quanto eu, o que só confirmava o tamanho da ameaça representada por Corinne.

Ele estava sofrendo esse tempo todo por ela? Era por isso que tinha se fechado de tal forma para outras mulheres?

"Aí está você."

Olhei para Gideon quando ele me encontrou. Obviamente, Corinne ainda estava pendurada em seu braço, e pude observar bem o efeito que causavam como um casal. Eles ficavam insuportavelmente maravilhosos juntos.

Corinne se sentou ao meu lado e Gideon acariciou meu rosto com os dedos. "Preciso ir falar com uma pessoa", ele disse. "Quer que eu traga alguma coisa pra você na volta?"

"Stoli com suco de cranberry. Dose dupla." Eu precisava de alguma coisa para me entorpecer. E muito.

"Certo." Ele franziu a testa antes de se afastar.

"Estou tão feliz em te conhecer, Eva", disse Corinne. "Gideon falou muito sobre você."

"Não pode ter sido tanto assim. Vocês mal tiveram tempo de conversar."

"Conversamos quase todos os dias." Ela sorriu, e não havia nada de falso ou malicioso em seu rosto. "Somos amigos há muito tempo."

"Mais que amigos", Magdalene fez questão de dizer.

Corinne olhou feio para Magdalene, e eu percebi que sua intenção era esconder essa informação de mim. Teria sido ideia dela ou de Gideon, ou dos dois em comum acordo? Por que omitir algo se não havia nada a esconder?

"Sim, é verdade", ela admitiu, visivelmente relutante. "Mas já faz alguns anos."

Eu me virei na cadeira para encará-la. "Você ainda é apaixonada por ele."

"Bom, você não pode me culpar. Qualquer mulher que passa algum tempo com ele acaba apaixonada. Ele é lindo e inacessível. Uma combinação irresistível." Seu sorriso arrefeceu. "Gideon me disse que você o encorajou a começar a se abrir mais. Agradeço por isso."

Por pouco não respondi: *Não fiz isso pra você.* Foi quando uma dúvida insidiosa se instalou na minha cabeça, abrindo espaço para que uma de minhas vulnerabilidades tomasse conta de meu pensamento.

E se eu tiver feito isso para ela sem saber?

Eu girava sem parar a base da taça vazia de champanhe sobre a mesa. "Ele ia casar com você."

"E foi o maior erro da minha vida ter terminado tudo." Ela pôs a mão sobre a garganta. Seus dedos se mexiam sem parar, como se brincassem com um colar que na maior parte do tempo estava lá. "Eu era jovem, e em certas situações tinha medo dele. Era possessivo demais. Só depois de me casar descobri que a possessividade é melhor que a indiferença. Pelo menos pra mim."

Olhei para o outro lado, lutando contra a ânsia de vômito que subia por minha garganta.

"Você está tão quieta", ela comentou.

"O que ela poderia dizer?", soltou Magdalene.

Estávamos todas apaixonadas por ele. E disponíveis para ele. No fim, Gideon teria que escolher uma de nós.

"Uma coisa você deve saber, Eva", recomeçou Corinne, lançando sobre mim seus olhos límpidos verde-azulados, "ele me contou o quanto te considera especial. Precisei de um tempo para tomar coragem de voltar e ver vocês juntos. Cheguei inclusive a cancelar a viagem umas duas semanas atrás. Liguei para Gideon no meio de um evento em que ele daria um discurso, coitadinho, pra dizer que estava voltando e precisava de ajuda pra me instalar aqui."

Fiquei paralisada, sentindo-me frágil como uma taça de cristal rachada. Ela devia estar falando da noite em que Gideon e eu fizemos sexo pela primeira vez. Da noite em que estreamos sua limusine e ele imediatamente se retraiu todo, deixando-me sozinha logo depois.

"Quando ele me ligou de volta", ela continuou, "disse que tinha conhecido alguém. Que queria me apresentar a você quando eu chegasse. Acabei me acovardando. Ele nunca havia me pedido pra conhecer uma mulher com quem estava."

Ai, meu Deus. Dei uma olhada de relance para Magdalene. Gideon tinha me abandonado naquela noite por causa *dela*. De Corinne.

21

"Com licença." Saí da mesa à procura de Gideon. Vi que estava no bar e fui até lá.

Ele estava agradecendo ao barman com dois copos na mão quando o abordei. Peguei meu copo e virei em um gole, sentindo meus dentes doerem ao toque dos cubos de gelo.

"Eva..." Havia um leve tom de reprimenda em sua voz.

"Estou indo embora", eu disse sem rodeios, passando ao seu lado para deixar o copo vazio no balcão. "Não considero isso uma fuga, porque estou avisando com antecedência, e você pode ir comigo se quiser."

Ele bufou, deixando bem claro que entendia o motivo do mau humor. Ele sabia que eu sabia. "Não posso ir embora agora."

Virei as costas.

Ele me pegou pelo braço. "Não vou conseguir ficar se você for embora. Você não tem por que ficar chateada, Eva."

"*Ah, não?*" Olhei para o ponto em que sua mão me agarrava. "Eu avisei que era ciumenta. E, desta vez, você me deu uma boa razão pra isso."

"Só porque me avisou você acha que pode dar uma de ridícula?" Seu rosto estava relaxado e seu tom de voz, calmo e controlado. Ninguém seria capaz de notar à distância a tensão que havia entre nós, mas seus olhos diziam tudo. Brilhavam de fúria e luxúria. Ele era muito bom em combinar as duas coisas.

"Ridícula, é? E o que você fez com Daniel, o instrutor da academia? Ou com Martin, um membro da minha família?" Cheguei mais perto e sussurrei: "Eu nunca trepei com nenhum dos dois, muito menos concordei em me casar com eles! E pode ter certeza de que não converso todo santo dia com nenhum deles!".

Em um gesto abrupto, ele me agarrou pela cintura e me puxou para perto. "Você precisa ser comida agora mesmo", ele cochichou no meu ouvido, mordendo a ponta da minha orelha. "Não devia ter feito você esperar."

"Vai ver você fez tudo de caso pensado", rebati. "Estava se poupando pro caso de uma velha chama se acender e você preferir trepar com outra pessoa."

Gideon virou sua bebida e depois me segurou pela cintura com toda a força antes de me conduzir até a porta. Ele sacou o celular do bolso e chamou a limusine. Quando chegamos à rua, o carro já estava lá. Gideon me empurrou porta adentrou e ordenou para Angus: "Dê umas voltas no quarteirão até eu mandar parar".

Ele entrou logo depois de mim, tão perto que eu conseguia sentir sua respiração contra as minhas costas nuas. Pulei para o outro assento, determinada a manter distância dele...

"Pare com isso", ele gritou.

Caí de joelhos no assoalho acarpetado, com a respiração acelerada. Eu poderia correr até o fim do mundo, mas ainda assim não ia escapar do fato de que Corinne Giroux era uma companhia muito melhor para Gideon do que eu. Era calma e elegante, uma presença tranquilizadora até para mim — a pessoa que estava surtando ao tomar conhecimento de sua existência. Meu pior pesadelo.

Sua mão se enrolou em meus cabelos soltos, prendendo-me. Suas pernas abertas envolveram as minhas, puxando-me com tanta força que minha cabeça encostou em seu ombro. "Vou fazer agora uma coisa de que nós dois precisamos, Eva. Vamos trepar até essa tensão se dissipar o suficiente para podermos voltar para o jantar. E não se preocupe com Corinne, porque, enquanto ela fica lá dentro, vou estar aqui, dentro de você."

"Está bem", sussurrei, passando a língua por meus lábios secos.

"Você esqueceu quem é que manda aqui, Eva", ele falou asperamente. "Abri mão do controle por sua causa. Cedi e ajustei meu comportamento pra você. Faço qualquer coisa pra deixar você feliz. Mas não aceito cabresto nem chicote. Não confunda minha boa vontade com fraqueza."

Engoli em seco, com o sangue fervendo por ele. "Gideon..."

"Estique as mãos e se segure na barra debaixo da janela. Não solte até eu mandar, entendeu?"

Fiz conforme ele mandou, segurando a barra com revestimento de couro. Quando minhas mãos se fixaram ali, meu corpo voltou à vida, fazendo-me perceber o quanto de fato precisava daquilo. Ele me conhecia tão bem, meu amor.

Enfiando as mãos sob a parte de cima do meu vestido, Gideon agarrou meus seios inchados e sedentos. Quando apertou e girou meus mamilos, minha cabeça se jogou para trás em sua direção, com a tensão à flor da pele.

"Minha nossa." Ele esfregou a boca contra a minha têmpora. "É tão perfeito quando você se entrega assim pra mim... quando se abre todinha, como se dependesse disso pra viver."

"Me fode", implorei, sentindo uma necessidade aguda dessa ligação entre nós. "Por favor."

Ele soltou meu cabelo, enfiou a mão por baixo do meu vestido e arrancou a minha calcinha. Seu paletó passou voando por mim e aterrissou no assento; depois suas mãos encontraram o caminho até o meio das minhas pernas. Ele soltou um grunhido ao sentir que eu estava toda molhada. "Você foi feita pra mim, Eva. Não consegue ficar muito tempo sem me sentir dentro de você."

Ainda assim ele continuava me provocando, explorando-me com os dedos, espalhando a umidade por meu clitóris e meus lábios vaginais. Depois enfiou dois dedos em mim e os abriu como uma tesoura, preparando-me para receber seu pau grande e grosso.

"Você me quer, Gideon?", perguntei ofegante, louca para me mexer ao ritmo de seus dedos, mas impedida pela distância por ter que permanecer agarrada à barra de apoio.

"Mais do que o ar que eu respiro." Seus lábios se mexiam perto do meu pescoço, por cima do meu ombro, e o calor de sua língua aveludada passava sedutoramente por minha pele. "Também não consigo ficar sem você, Eva. Você é meu vício... minha obsessão..."

Seus dentes se encravaram de leve na minha pele, combinando seu desejo animal com um ruído brutal de desejo. Enquanto ele me penetrava com os dedos, sua outra mão massageava meu clitóris, fazendo-me gozar de novo e de novo com aquela estimulação simultânea.

"Gideon!", gritei quase sem fôlego quando meus dedos úmidos começaram a escorregar da barra revestida em couro.

Suas mãos me soltaram e ouvi o ruído excitante de seu zíper baixando. "Pode soltar e deitar com as pernas abertas."

Deitei-me e ofereci o meu corpo para ele tremendo de ansiedade. Gideon me olhou nos olhos, e seu rosto se iluminou com os faróis de um carro que passava.

"Não tenha medo." Ele subiu em cima de mim, soltando seu peso com um cuidado escrupuloso.

"Estou com tesão demais pra sentir medo." Eu o agarrei e lancei meu corpo para cima a fim de ficar mais perto do dele. "Quero você."

A cabeça de seu pau se esfregava nos lábios do meu sexo. Flexionando os quadris, ele entrou em mim, expirando o ar junto comigo em uma sincronia marcante. Fiquei toda mole em cima do assento, com os dedos apoiados contra sua cintura estreita.

"Eu te amo", sussurrei, observando seu rosto enquanto ele começava a se mexer. Cada pedacinho da minha pele queimava como se eu estivesse sob o sol, e meu peito estava tão apertado que a respiração ficava difícil. "E preciso de você, Gideon."

"Eu sou seu", ele murmurou enquanto seu pau entrava e saía. "Não poderia ser mais seu."

Estremeci e fiquei toda tensa. Meus quadris se remexiam sem cessar na direção de suas estocadas ritmadas. Cheguei ao clímax com um grito abafado, toda arrepiada enquanto o orgasmo se espalhava por meu sexo, ordenhando seu membro até ele soltar um grunhido e começar a meter com ainda mais força.

"*Eva.*"

Eu me mexia de encontro a suas estocadas ferozes, incitando-o a continuar. Ele me agarrou com força e começou a se mover mais rápido. Minha cabeça se sacudia de um lado para o outro e eu gemia sem o menor pudor, adorando aquela sensação dele dentro de mim, aquela impressão volátil de ser possuída e brutalmente saciada.

Estávamos malucos um pelo outro, trepando como animais selvagens, e eu estava tão em sintonia com nosso desejo furioso que pensei que ia morrer ao sentir mais um orgasmo começar a crescer dentro de mim.

"Você é tão bom nisso, Gideon. Tão bom..."

Ele agarrou minha bunda e me puxou para trás contra sua investida violenta, chegando até o fundo, expulsando um gemido esbaforido de dor e prazer da minha garganta. Gozei mais uma vez, grudando meu corpo ao dele com todas as minhas forças.

"Meu Deus, *Eva*." Com um rugido áspero, ele entrou violentamente em erupção, inundando-me com seu calor. Pressionando meus quadris, ele me deixou imóvel e se esvaziou dentro de mim na maior profundidade que foi capaz de alcançar.

Quando terminamos, ele respirou fundo e ajeitou meus cabelos com as mãos, beijando meu pescoço suado. "Queria que você soubesse o que me faz. Queria saber explicar."

Eu o abracei com toda a força. "Não consigo deixar de fazer coisas idiotas por sua causa. É mais do que consigo suportar, Gideon. É..."

"... incontrolável." Ele começou tudo de novo, com estocadas ritmadas. Pelo simples prazer de fazê-lo. Como se tivéssemos todo o tempo do mundo. Inchando e crescendo a cada investida.

"E você precisa estar no controle." Perdi o fôlego quando ele atingiu um ponto particularmente sensível.

"Preciso de *você*, Eva." Seus olhos permaneciam grudados nos meus enquanto ele se mexia dentro de mim. "Preciso de você."

Gideon não saiu mais do meu lado, e não permitiu que eu me afastasse dele, pelo resto da noite. Seu braço direito permaneceu unido ao meu inclusive durante o jantar. Mais uma vez, ele preferiu comer com uma só mão a ter de me largar.

Corinne — que havia se sentado ao seu lado na nossa mesa — o encarou com um olhar de curiosidade. "Não lembrava que você era canhoto."

"Não sou", ele respondeu, levantando nossas mãos unidas até a boca e beijando meus dedos. Senti-me tola e insegura quando ele fez isso — e envergonhada por Corinne ter visto aquilo.

Infelizmente, sua disposição a gestos românticos não impediu que ele passasse o jantar inteiro conversando com ela, não comigo — o que me deixou impaciente e infeliz. Eu estava vendo mais as costas de Gideon do que seu rosto.

"Pelo menos não é frango."

Virei-me para ver o homem sentado ao meu lado. Estava tão preocupada em tentar ouvir a conversa de Gideon que nem prestei atenção ao restante da mesa.

"Eu gosto de frango", foi minha resposta. E tinha gostado da tilápia servida no jantar — e limpado o prato.

"Não de frango de borracha, com certeza." Ele sorriu, o que o fez parecer bem mais jovem do que seus cabelos grisalhos sugeriam. "Ah, um sorriso", ele murmurou. "E muito bonito, por sinal."

"Obrigada." Eu me apresentei.

"Doutor Terrence Lucas", ele respondeu. "Mas prefiro Terry."

"Doutor Terry. Prazer em conhecer."

Ele abriu outro sorriso. "Só Terry, Eva."

Durante os poucos minutos em que conversamos, convenci-me de que o dr. Lucas não era muito mais velho que eu, apenas prematuramente grisalho. Além disso, seu rosto era liso e bonito, e seus olhos verdes eram inteligentes e gentis. Minha estimativa quanto à sua idade foi revista para uns trinta e tantos.

"Você parece tão entediada quanto eu", ele comentou. "Esses eventos levantam dinheiro por uma boa causa, mas são um pé no saco. Quer ir comigo até o bar? Eu te pago uma bebida."

Tentei fazer com que Gideon soltasse minha mão sob a mesa. Ele a apertou ainda mais.

"O que está fazendo?", ele murmurou.

Vi que ele estava virado para mim. Depois acompanhei seu olhar até chegar ao dr. Lucas, que estava de pé atrás de nós. Gideon fechou a cara visivelmente.

"Ela vai aliviar o tédio de ser ignorada, Cross", disse Terry, apoiando as mãos sobre o encosto da minha cadeira, "vai doar um pouco de seu tempo a alguém que ficaria feliz em dedicar sua atenção a uma linda mulher."

Senti-me imediatamente desconfortável diante da animosidade crescente entre os dois. Puxei minha mão, mas Gideon não me largou.

"Suma daqui, Terry", Gideon alertou.

"Você estava tão entretido com a senhora Giroux que nem reparou que eu estou sentado nesta mesa." Terry abriu um sorriso tenso. "Vamos, Eva?"

"Paradinha aí, Eva."

Estremeci ao ouvir seu tom de voz, mas estava magoada o bastante para dizer: "Não é culpa dele. Ele está certo".

Gideon apertava tanto minha mão que até doía. "Não vamos discutir isso agora."

O olhar de Terry se voltou para mim. "Você não é obrigada a aturar esse tipo de tratamento. Nem todo o dinheiro do mundo dá a ele o direito de tratar alguém assim."

Furiosa e terrivelmente envergonhada, eu me virei para Gideon. "Crossfire."

Não sabia ao certo se podia usar a palavra de segurança fora do quarto, mas ele me soltou assim que a ouviu. Empurrei a cadeira para trás e joguei meu guardanapo no prato. "Com licença. Vocês dois."

Com a bolsa na mão, saí de perto da mesa com passos firmes e decididos. Fui até o banheiro para retocar a maquiagem e me recompor, mas, assim que vi que havia uma saída ali, meu desejo de sumir dali falou mais alto.

Tirei o celular da bolsa ao chegar à calçada e mandei uma mensagem para Gideon: **Não estou fugindo. Só indo embora.**

Consegui pegar um táxi que passava por ali e fui acalmar minha raiva em casa.

Quando cheguei ao apartamento, tudo o que eu queria era uma banheira quente e uma garrafa de vinho. Ao pôr a chave na porta e virar a maçaneta, porém, dei de cara com um set de filmagens de cinema pornô.

Durante os poucos segundos que meu cérebro precisou para registrar o que meus olhos estavam vendo, fiquei parada na entrada do apartamento, inundando o corredor atrás de mim com o som estridente do tecnopop. Havia tantas partes de corpos envolvidas que eu tive tempo de bater a porta com força antes de montar o quebra-cabeça. Uma mulher estava deitada de pernas abertas no chão. Outra estava debruçada sobre ela, chupando-a. Cary estava mandando ver nela com força, enquanto outro cara o comia por trás.

Olhei para cima e soltei o berro mais alto que consegui, incapaz de esconder que estava de saco cheio de todas as pessoas que faziam parte da minha vida. Como o ruído da música ainda estava competindo comigo, tirei um dos sapatos e joguei no aparelho de som. O CD pulou, o que interrompeu a sessão de *ménage à quatre* que acontecia no chão da minha sala e chamou a atenção para minha presença. Passei por cima deles e desliguei o som antes de encará-los.

"Fora da minha casa", gritei. "Agora."

"Quem é essa aí?", perguntou a ruiva na base da pirâmide. "Sua mulher?"

Por um breve momento, pude ver a vergonha e a culpa no rosto de Cary, mas logo depois ele abriu um sorriso arrogante. "Minha colega de apartamento. Tem lugar pra mais uma, gata."

"Cary Taylor. Não me provoque", alertei. "Você não me pegou num bom dia. Não *mesmo*."

O homem de cabelos escuros que estava atrás de Cary saiu de cima dele e veio para o meu lado. À medida que ele se aproximava, vi que seus olhos castanhos estavam absurdamente dilatados e que as veias de seu pescoço pulsavam enlouquecidamente. "Posso salvar o seu dia", ele ofereceu com um sorrisinho.

"Não vem que não tem." Ajustei minha postura, preparando-me para atacá-lo fisicamente se fosse preciso.

"Deixe ela em paz, Ian", Cary gritou, pondo-se de pé.

"Qual é, gata", Ian continuou, deixando-me enojada ao usar o mesmo tratamento que Cary usava para se referir a mim. "Você precisa se divertir um pouco. Pode confiar em mim."

Por um instante ele chegou a ficar a poucos centímetros

de mim. No momento seguinte, estava caindo no sofá com um grito. Gideon se colocou entre mim e todos os outros, tremendo de raiva. "Vá terminar isso no quarto, Cary", ele mandou. "Ou então em outro lugar."

Ian estava se contorcendo no sofá, com o nariz jorrando sangue apesar das duas mãos que tentavam estancá-lo.

Cary apanhou seu jeans, que estava no chão. "Você não é minha mãe, Eva."

Dei um passo à frente e fiquei lado a lado com Gideon. "Ter estragado tudo com Trey não serviu de lição pra você, seu imbecil do caralho?"

"Isso não tem nada a ver com Trey!"

"Quem é Trey?", perguntou a loira curvilínea ao se levantar. Quando conseguiu olhar melhor para Gideon, ela se abriu toda, mostrando seu corpo belíssimo.

Seus esforços renderam apenas um olhar tão carregado de desprezo que ela enfim teve a decência de corar de vergonha e se cobrir com um vestido dourado que apanhou do chão. Aproveitando minha disposição para briga, lancei uma provocação: "Não leve a mal, não. Ele prefere as morenas".

O olhar que Gideon lançou para mim foi assustador. Eu nunca o tinha visto assim tão perturbado. Ele estava literalmente a um passo de uma explosão de violência.

Assustada por aquele olhar, involuntariamente dei um passo atrás. Ele soltou palavrões furiosos e passou as duas mãos pelos cabelos.

Sentindo-me subitamente esgotada e decepcionadíssima com os homens da minha vida, virei as costas para tudo aquilo. "Não quero essa putaria dentro da minha casa, Cary."

Tomei o caminho do corredor, largando o outro sapato no caminho. Quando cheguei ao banheiro já estava sem roupa, e logo depois estava no chuveiro. Esperei a água esquentar e a deixei cair por meu corpo com toda a força. Cansada demais para ficar muito tempo de pé, sentei no chão bem embaixo da água corrente com os olhos fechados, abraçando os joelhos.

"Eva."

Eu me encolhi ao ouvir a voz de Gideon, agarrando as pernas com ainda mais força.

"Puta que pariu", ele explodiu. "Não existe ninguém no mundo que me deixe mais puto que você."

Olhei para ele por entre os cabelos molhados. Ele andava de um lado para o outro no banheiro, sem paletó e com a camisa para fora da calça. "Vá pra casa, Gideon."

Ele parou e me lançou um olhar incrédulo. "Não vou deixar você aqui sozinha nem fodendo. Cary pirou de vez! Aquele drogado filho da puta estava quase atacando você quando cheguei."

"Cary não deixaria isso acontecer. Além disso, não estou com cabeça pra aturar você e ele ao mesmo tempo." Eu não queria aturar nenhum dos dois, na verdade. Só queria ficar sozinha.

"Então vai se concentrar só em mim."

Tirei os cabelos do rosto com um gesto impaciente. "Ah, é? Então quer dizer que a prioridade da minha vida é *você?*"

Ele se encolheu como se tivesse levado uma pancada. "Pensei que a prioridade da nossa vida fosse fazer esta relação funcionar."

"É, eu também pensava. Até esta noite."

"Meu Deus. Dá pra esquecer essa história da Corinne?" Ele abriu os braços. "Estou aqui com você, não estou? Mal tive tempo de me despedir dela, porque tive que sair correndo atrás de você. *De novo.*"

"Foda-se. Não fui eu que pedi pra você vir atrás de mim."

Gideon entrou no chuveiro de roupa e tudo. Botou-me de pé com um puxão e me beijou. Com vontade. Sua boca devorava a minha, enquanto suas mãos apertavam meus braços para me manter onde ele queria.

Mas mantive a postura dessa vez. Não ia ceder. Nem mesmo quando ele tentou me seduzir com lambidas lascivas e sugestivas.

"Por quê?", ele murmurou, com a boca colada ao meu pescoço. "Por que você quer me deixar maluco?"

"Não sei qual é seu problema com o doutor Lucas, e sinceramente não estou nem aí. Mas ele tinha razão. Você só conseguia prestar atenção em Corinne. Praticamente me ignorou durante o jantar inteiro."

"É impossível pra mim ignorar você, Eva." Ele fechou a

cara. "Quando você está por perto, não tenho olhos pra mais ninguém."

"Que engraçado. Porque, pelo que eu vi, você ficou o tempo todo de olho nela."

"Que bobagem." Ele me soltou e tirou os cabelos molhados do meu rosto. "Você sabe o que sinto por você."

"Ah, eu sei? Sei que você me quer. E que precisa de mim. Mas você é apaixonado por Corinne?"

"Porra, é inacreditável. *Não*." Ele desligou o chuveiro e apoiou as duas mãos no box em torno de mim para que eu não saísse. "Você quer que eu diga que te amo, Eva? Essa cena toda é por isso?"

Senti meu estômago se contrair como se tivesse levado um soco. Nunca havia sentido uma dor como aquela, nem sabia que ela existia. Meus olhos ardiam, e eu me abaixei para passar sob seu braço antes de cair no choro. "Vá pra casa, Gideon. Por favor."

"Eu *estou* em casa." Ele me agarrou por trás e enfiou o rosto nos meus cabelos ensopados. "Estou com você."

Lutei para me libertar, mas estava abalada demais. Fisicamente. Emocionalmente. As lágrimas começaram a cair em profusão, e não havia como detê-las. Eu odiava chorar quando não estava sozinha. "Vá embora. *Por favor*."

"Eu te amo, Eva. É claro que sim."

"Ai, meu Deus." Eu o chutei e consegui escapar. Seria capaz de qualquer coisa para me afastar de uma pessoa que estava me causando tamanha dor e sofrimento. "Não estou pedindo pra você ter pena de mim. Estou pedindo pra ir embora."

"Não posso. Você sabe que não posso. Pare de brigar comigo, Eva. Me escute."

"Você só está me magoando com essa conversa, Gideon."

"Não é a palavra certa, Eva", ele continuou, teimoso, com os lábios grudados na minha orelha. "É por isso que eu não disse antes. Não é a palavra certa pra você nem pro que eu sinto por você."

"Chega. Se você gostar de mim um pouquinho que seja, vai calar essa boca e sumir daqui."

"Já fui amado antes — por Corinne, por outras mulheres...

Mas o que elas sabem sobre mim? Como é que elas podem estar apaixonadas se não sabem nem quem sou? Se o amor é isso, não é nada em comparação ao que sinto por você."

Fiquei paralisada, tremendo, vendo no espelho meu rosto borrado de rímel e meus cabelos ensopados e desgrenhados ao lado da beleza perturbada de Gideon. Suas feições estavam dominadas pela emoção quando ele me abraçou com força. Nós não parecíamos combinar em nada um com o outro.

Ainda assim eu compreendia sua alienação por estar cercado de pessoas que não podiam, ou não queriam, entendê-lo. Podia sentir seu autodesprezo, proveniente do fato de ser uma fraude, uma imagem projetada de alguém que ele queria ser, mas não era. Sabia o que era conviver com o medo de que as pessoas que ele amava lhe virassem as costas caso o conhecessem como realmente era.

"Gideon..."

Ele beijou minha testa. "Acho que me apaixonei no momento em que vi você. E quando transamos na limusine virou outra coisa. Uma coisa maior."

"Que seja. Você me deu um chega pra lá naquela noite e foi cuidar de Corinne. Como é que você pôde fazer uma coisa dessas comigo, Gideon?"

Ele só me largou quando se ajeitou para me pegar no colo e me levar até onde estava meu robe, pendurado em um gancho atrás da porta. Ele me vestiu e depois me sentou na borda da banheira enquanto ia até a pia e pegava meus paninhos de tirar maquiagem da gaveta. Agachado na minha frente, começou a limpar meu rosto.

"Quando Corinne me ligou no meio daquele evento, era o momento perfeito pra eu fazer uma idiotice." A expressão em seu rosto banhado de lágrimas era tranquila e afetuosa. "Você e eu tínhamos acabado de transar, e eu não estava conseguindo pensar direito. Disse pra ela que estava ocupado, e que estava acompanhado, mas quando percebi que ela estava magoada, achei que precisava acertar os ponteiros com ela pra poder seguir em frente com você."

"Não entendi nada. Você me deixou de lado por causa dela. É isso que você chama de seguir em frente comigo?"

"Eu pisei na bola com Corinne, Eva." Ele levantou meu queixo para limpar meus olhos borrados. "Nós nos conhecemos no meu primeiro ano de universidade. Ela chamou minha atenção, é claro, toda linda e meiga, incapaz de dizer uma palavra desagradável sobre quem quer que seja. Quando veio atrás de mim, eu me deixei levar e tive minha primeira experiência sexual de comum acordo com ela."

"Eu a odeio."

Ele abriu um sorrisinho ao ouvir isso.

"Não estou brincando, Gideon. Esta conversa está me matando de ciúme."

"Com ela era só sexo, meu anjo. Com você, por mais violento e selvagem que seja, eu sempre faço amor. Desde a primeira vez. Você é a única pessoa capaz de fazer com que eu me sinta assim."

Suspirei. "Está bem. Estou um pouquinho melhor."

Ele me beijou. "Acho que dá para dizer que nós namoramos. Só fazíamos sexo um com o outro e íamos a vários lugares juntos. Ainda assim, quando ela disse que me amava, foi uma surpresa. Uma surpresa agradável. Eu gostava dela. Da companhia dela."

"E pelo jeito ainda gosta", resmunguei.

"Me deixe falar." Ele me castigou batendo com o dedo na ponta do meu nariz. "Pensei que eu poderia estar apaixonado também, da minha maneira... da única maneira que eu conhecia. Não queria ver Corinne com outra pessoa. Então aceitei quando ela propôs o casamento."

Eu me afastei para olhar bem para ele. "*Ela* propôs o casamento?"

"Não precisava ficar tão surpresa", ele falou, irônico. "Você está acabando com meu ego."

O alívio tomou conta de mim com tamanha velocidade que fiquei até tonta. Atirei-me sobre ele, abraçando-o com a maior força de que era capaz.

"Ei." Ele retribuiu o abraço com a mesma avidez. "Está tudo bem?"

"Melhorando." Agarrei seu rosto entre as minhas mãos. "Continue falando."

"Aceitei pelos motivos errados. Estávamos saindo fazia dois anos, e nunca tínhamos nem dormido juntos. Nunca falamos sobre as coisas que eu converso com você. Ela não me conhece, pelo menos não de verdade, mas ainda assim acabei me convencendo de que ser amado bastava. E quem seria capaz de fazer isso melhor que ela?"

Gideon passou a concentrar sua atenção em meu outro olho, removendo as manchas pretas. "Acho que ela esperava que o noivado fosse fazer o relacionamento decolar. Que eu fosse me abrir mais. Que dormisse com ela no hotel — que ela considerava muito romântico, aliás — em vez de ir logo pra casa por causa das aulas no dia seguinte... Sei lá."

Tudo isso me mostrou como ele era uma pessoa solitária. Meu pobre Gideon. Tinha passado tanto tempo sozinho. Talvez a vida inteira.

"E de repente ela pode ter terminado tudo um ano depois", ele continuou, "pra tentar dar uma sacudida nas coisas. Pra me obrigar a fazer um esforço pra ficar com ela. Em vez disso, fiquei aliviado, porque já estava começando a entender que seria impossível pra mim morar sob o mesmo teto que ela. Que desculpa eu teria que arrumar para continuar dormindo sozinho e ter um espaço só pra mim?"

"Você nunca pensou em contar pra ela?"

"Não." Ele encolheu os ombros. "Até conhecer você, não encarava meu passado como um problema. Até achava que ele tinha influência na maneira como eu conduzia as coisas, mas tudo tinha seu lugar e eu não me considerava infeliz. Na verdade, achava que levava uma vida confortável e descomplicada."

"Ops." Franzi o nariz. "Olá, senhor Confortável. Eu sou a senhorita Complicada."

Ele abriu um sorriso. "Com você, nada é previsível ou tedioso."

22

Gideon jogou os paninhos sujos de maquiagem no lixo, depois pegou uma toalha pra enxugar a poça que havia se formado sob seus pés. Para meu extremo deleite, ele começou a tirar suas roupas molhadas.

Deliciada com o que estava vendo, comentei: "Você se sente culpado porque ela ainda é apaixonada por você".

"Pois é, conheço o marido dela. É um cara legal, e era louco por ela, pelo menos até descobrir que Corinne não sentia o mesmo por ele e tudo ir por água abaixo."

Gideon olhou para mim enquanto tirava a camisa. "Eu não conseguia entender por que ele ficou tão abalado com isso. Estava casado com a mulher que queria, vivendo em outro país, então qual era o problema? Agora eu sei. Se você fosse apaixonada por outro homem, Eva, isso me mataria. Mesmo que você estivesse comigo e não com ele. Mas, ao contrário de Giroux, eu não abriria mão de você. Mesmo que não fosse toda minha, seria pelo menos um pouco, e eu já me daria por satisfeito com isso."

Entrelacei meus dedos. "É isso que me assusta, Gideon. Você não sabe dar valor a si mesmo."

"Na verdade, sei, sim. Doze bilhões de..."

"Pare com isso." Minha cabeça começou a girar, e eu apertei os olhos com os dedos. "Não é nenhuma surpresa que as mulheres se apaixonem por você. Sabia que Magdalene deixou o cabelo crescer só pra ficar parecida com Corinne?"

Ele tirou a calça e franziu a testa para mim. "Por quê?"

Suspirei diante daquela falta de noção. "Porque ela acha que você é apaixonado por Corinne."

"Então está achando errado."

"Está mesmo? Corinne me disse que vocês conversam quase todos os dias."

"Não exatamente. Na maioria das vezes não posso atender. Você sabe que sou uma pessoa ocupada." Seu olhar voltou a se acender da maneira como eu estava acostumada a ver. Logo percebi que ele estava pensando nas vezes em que estava ocupado comigo.

"Isso é loucura, Gideon. Ela ligar todo dia. É assédio." O que me fez lembrar o comentário de Corinne de que ele era possessivo com ela da mesma maneira como era comigo. Isso me incomodou terrivelmente.

"Aonde você está querendo chegar com isso?", ele perguntou em um tom de voz de quem estava achando graça naquilo tudo.

"Você não entende? As mulheres ficam malucas por sua causa porque você é o máximo. É a sorte grande. Se uma mulher não puder ter você, sabe que vai ter que se contentar sempre com menos. Por isso não aceitam essa ideia. E ficam imaginando maneiras malucas de chamar sua atenção."

"A não ser a única que eu realmente quero", ele rebateu, sarcástico. "Essa está sempre imaginando um jeito de fugir de mim."

Eu me mantive impassível enquanto apreciava sua nudez diante de mim. "Me responda uma coisa, Gideon. Por que você me quer, se pode escolher alguém perfeito pra você? E não estou atrás de elogios, nem garantias ou algo do tipo. Só quero uma resposta sincera."

Ele me pegou no colo e me levou até o quarto. "Eva, se você não parar de pensar em nós dois como uma coisa temporária, vou dar uns tapas na sua bunda, e de um jeito que você vai adorar."

Ele me sentou em uma poltrona e começou a remexer nas minhas gavetas.

Vi quando pegou um conjunto de lingerie, minha calça de ioga e um top. "Esqueceu que com você eu sempre durmo sem roupa?"

"Não vamos dormir aqui." Ele me encarou. "Não confio que Cary não vá trazer mais idiotas drogados pra cá, e quando cair no sono vou estar chumbado por causa do remédio, então não vou poder proteger você. Vamos pra minha casa."

Olhei para baixo, para minhas mãos retorcidas, lembrando que poderia precisar de proteção contra ele também. "Já passei por isso com Cary antes, Gideon. Não posso me esconder na sua casa e simplesmente torcer pra ele sair dessa. Ele precisa de mim, e eu não tenho ficado por perto ultimamente."

"Eva." Gideon me entregou as roupas e se agachou diante de mim. "Sei que você precisa ajudar Cary. Vamos pensar nisso amanhã."

Peguei seu rosto entre as mãos. "Obrigada."

"Mas eu também preciso de você", ele disse baixinho.

"Nós precisamos um do outro."

Ele ficou de pé, foi até a cômoda, abriu as gavetas reservadas para ele e pegou algumas roupas.

Comecei a me trocar. "Olha só..."

Ele pôs o jeans de cintura baixa. "O quê?"

"Estou me sentindo bem melhor depois dessa nossa conversa, mas Corinne continua sendo um problema para mim." Fiz uma pausa para me vestir da cintura para cima. "Você precisa cortar as esperanças dela pela raiz, Gideon. Precisa superar esse seu sentimento de culpa e começar a manter Corinne à distância."

Ele sentou na beira da cama para colocar as meias. "Ela é minha amiga, Eva, e está passando por um momento difícil. Seria uma crueldade cortar relações com ela agora."

"Pense bem, Gideon. Você não é o único que teve relacionamentos no passado, e está estabelecendo um precedente de como lidar com eventuais reaparições. Estou moldando meu pensamento a partir de suas atitudes."

Ele se levantou e fechou a cara. "Você está me ameaçando."

"Prefiro ver como um pedido de concessão. Relacionamentos são vias de mão dupla. Ela tem outros amigos. Pode encontrar um ombro muito mais apropriado para suas crises."

Pegamos o que precisávamos e voltamos para a sala. Vi toda a bagunça que havia ficado para trás — um sutiã verde-água debaixo da mesa, respingos de sangue no meu sofá claro — e desejei que Cary ainda estivesse ali para me ouvir.

"Cuido disso amanhã", falei entre os dentes, com o maxilar cerrado de raiva e preocupação. "Que saco, eu deveria ter dado um jeito nele quando tive a chance. Deveria ter deixado ele trancado no quarto até conseguir pensar de novo."

Gideon acariciou minhas costas para me acalmar. "Melhor fazer isso amanhã, quando ele estiver de ressaca e sem ninguém por perto. Costuma dar mais certo assim."

Angus estava à nossa espera quando descemos. Eu estava prestes a entrar na limusine quando Gideon soltou um palavrão e me deteve.

"Que foi?", perguntei.

"Esqueci uma coisa."

"Eu te dou as chaves e você sobe pra pegar." Comecei a remexer na mochila que Gideon estava segurando, onde estava minha bolsa.

"Não precisa, tenho uma cópia." Ele abriu um sorriso na maior cara lavada quando a surpresa se estampou em meu rosto. "Fiz um jogo de chaves pra mim antes de devolver as suas."

"Está falando sério?"

"Se você tivesse prestado atenção", ele beijou minha cabeça, "teria visto que agora você também tem uma cópia das chaves da minha casa."

Fiquei observando enquanto ele passava pelo porteiro e voltava para o prédio. Lembrei de todo o tormento que haviam sido os quatro dias que tínhamos passado longe um do outro, e da dor que senti ao receber aquele envelope com as chaves.

E, durante esse tempo todo, a chave para ficar sozinha com ele estava nas minhas mãos.

Balançando a cabeça, olhei ao redor, para minha nova cidade, adorando tudo aquilo e me sentindo grata por toda a felicidade tempestuosa que havia encontrado depois de me instalar ali.

Mas Gideon e eu ainda tínhamos muito trabalho pela frente. Por mais que nos amássemos, não havia como garantir que seríamos capazes de superar nossos traumas. Pelo menos estávamos conseguindo estabelecer uma comunicação, estávamos sendo sinceros um com o outro, e só Deus sabia como era difícil para nós dois deixar certas coisas passarem batidas.

Gideon reapareceu ao mesmo tempo em que dois poodles

enormes e muito bem cuidados saíam com sua dona igualmente emperiquitada.

Assim que o carro arrancou, Gideon me pôs no colo e me abraçou forte. "Tivemos uma noite difícil, mas conseguimos superar."

"Verdade, conseguimos." Jogando a cabeça para trás, ofereci minha boca para um beijo. Ele me deu um bem gostoso e demorado — uma singela reafirmação de nossa relação complicada, enlouquecedora, necessária e insubstituível.

Agarrando sua nuca, passei meus dedos por seus cabelos sedosos. "Mal posso esperar a hora de ir pra cama."

Ele soltou um rugido sexy e atacou meu pescoço com beijos e mordidas, mandando para longe nossos traumas e seus fantasmas.

Pelo menos por um tempinho...

Agradecimentos

Tenho grande admiração e respeito por minha editora, Cindy Hwang, por todas as coisas envolvidas no processo de passar esta série das minhas mãos cautelosas para as dela. Ela queria esta história e lutou muito para tê-la, e eu agradeço seu entusiasmo. Obrigada, Cindy!

Não tenho palavras suficientes para agradecer a minha agente, Kimberly Whalen, e sua energia e disposição inesgotáveis. Ela sempre supera minhas expectativas, deixando-me naquela posição agradável e tão desejada de simplesmente dizer: "Vamos em frente". Obrigada, Kim, por ser exatamente o que eu preciso!

Por trás de Cindy e Kim existem as equipes dinâmicas e competentes da Berkley e do Trident Media Group. Em todos os departamentos, em todos os níveis, o apoio e o entusiasmo com a série Crossfire foram incríveis. Agradeço muitíssimo, e me sinto privilegiada por isso.

Minha enorme gratidão à editora Hilary Sares, que mergulhou profundamente na história e me fez trabalhar por ela. Na prática, ela acabou comigo. Mas, ao se manter sempre alerta e não deixar que eu tomasse o caminho mais curto, Hilary me fez trabalhar mais, e isso tornou este livro muito, muito melhor. *Toda sua* não teria sido o que é sem você, Hilary. Muito obrigada!

Meus agradecimentos a Martha Trachtenberg, copidesque extraordinária, e Victoria Colotta, diagramadora, por todo o trabalho na versão independente deste livro.

Agradeço também a Tera Kleinfelter, que leu a primeira metade de *Toda sua* e disse que adorou. Obrigada, Tera!

A E. L. James, que escreveu uma história que cativou os leitores e criou um desejo por mais obras como a sua. Você é demais!

A Kati Brown, Jane Litte, Angela James, Maryse Black, Elizabeth Murach, Karla Parks, Gitte Doherty, Jenny Aspinall... Ah, existe tanta gente a agradecer por ter feito uma propaganda boca a boca maravilhosa de *Toda sua*! Se esqueci seu nome aqui, por favor acredite que ainda assim ele está no meu coração. Muito, muito obrigada!

A todas as meninas que passaram por Cross Creek em algum momento da adolescência. Que todos os seus desejos se realizem. Vocês merecem.

E a Alistair e Jessica, de *Seven Years to Sin*, que me inspiraram a escrever a história de Gideon e Eva. Fico feliz que a inspiração tenha caído duas vezes no mesmo lugar!

TIPOLOGIA Adriane por Marconi Lima
DIAGRAMAÇÃO Verba Editorial
PAPEL Alta Alvura
IMPRESSÃO Geográfica, janeiro de 2014

FSC®
www.fsc.org
MISTO
Papel produzido a partir de fontes responsáveis
FSC® C019498

A marca FSC® é a garantia de que a madeira utilizada na fabricação do papel deste livro provém de florestas que foram gerenciadas de maneira ambientalmente correta, socialmente justa e economicamente viável, além de outras fontes de origem controlada.